dtv

Eine junge blonde Frau wird tot aus der Themse gezogen. Die Journalistin Cynthia soll über den Fall berichten und bekommt heraus, dass es schon früher ähnliche Morde gegeben hat – war es immer derselbe Täter? Sie schreibt eine Reihe von Artikeln über den »Barbie-Killer«, wie er bald genannt wird, und hegt die schönsten Hoffnungen für ihre Karriere. Zur selben Zeit ist überall von einer neuartigen Droge die Rede, die vom Verteidigungsministerium in einer geheimen Versuchsreihe getestet wird: Sie ermöglicht es den Probanden, völlig ohne Schlaf auszukommen. Auf einmal möchte jeder diese Pille haben. Dass es bei der Testreihe höchst alarmierende Unregelmäßigkeiten gegeben hat, interessiert niemanden mehr. Doch dann entdeckt Cynthia Zusammenhänge mit den »Barbie-Killer«-Morden …

Charlotte Parsons wurde in London geboren und wuchs in Kanada auf. Sie studierte Psychologie in Montreal und arbeitete zwei Jahre als Laborassistentin bei einem Unternehmen, das medizinische Studien durchführte. Anschließend studierte sie Journalismus und war als Journalistin in Kanada und Hongkong tätig. Heute lebt sie in London und arbeitet für CNN. ›Du sollst nicht schlafen‹ ist ihr erster Roman.

Charlotte Parsons

Du sollst nicht schlafen

Thriller

Deutsch von
Christiane Burkhardt

Deutscher Taschenbuch Verlag

Ausführliche Informationen über
unsere Autoren und Bücher
finden Sie auf unserer Website
www.dtv.de

MIX
Papier aus verantwortungsvollen Quellen
FSC® C019821

Deutsche Erstausgabe 2014
Deutscher Taschenbuch Verlag GmbH & Co. KG,
München

Titel der englischen Originalausgabe:
›Shifters‹

Umschlagkonzept: Balk & Brumshagen
Umschlaggestaltung: Isabelle Hirtz,
Inkcraft, München
Satz: Greiner & Reichel, Köln
Gesetzt aus der Stempel Garamond 9,55/12,25·
Druck und Bindung: Druckerei C.H.Beck, Nördlingen
Gedruckt auf säurefreiem, chlorfrei gebleichtem Papier
Printed in Germany · ISBN 978-3-423-21504-6

PHASE EINS

Falls der Schlaf keine absolut lebenswichtige Funktion hat, ist er der größte Fehler, der dem Evolutionsprozess je unterlaufen ist.

Allan Rechtschaffen,
Schlafforscher

I

Februar

Der Geruch des Todes wehte zu der Journalistenmeute hinüber, die sich hinter dem Absperrband der Polizei drängte, und Cynthia wurde übel. Sie fröstelte in ihrem Wollmantel und warf einen Blick über den Schleusenrand, um zu sehen, ob sich inzwischen etwas getan hatte. Aber das ließ sich nur schwer sagen. Hinter dem Absperrband durchschnitten Suchscheinwerfer die Dunkelheit und glitten über die ölige Wasseroberfläche. Sie konnte keine Taucher sehen. Vielleicht waren sie gerade unter Wasser und suchten nach Spuren: nach einer verlorenen Handtasche oder einem fehlenden Schuh. Ein Polizeibeamter ging vorbei und sprach in sein Funkgerät. Cynthia versuchte angestrengt, auch die Antwort mitzuhören, doch sie wurde von statischem Rauschen verschluckt.

Neben ihr scharrte ein Channel-Five-Reporter nervös mit den Füßen. »Wie lange kann das denn dauern, eine Wasserleiche zu bergen?«, knurrte er. »Ich habe meinen nächsten Live-Beitrag in ...« – er hielt seine Armbanduhr in den Lichtkegel – »... sechzehn Minuten, und hier geht überhaupt nichts voran. Die Leiche ist doch ganz deutlich zu sehen. Wo ist das verdammte Problem?«

Cynthia schlug den Blusenkragen hoch und atmete durch ihn hindurch. Der eklig süßliche Duft wurde schwächer, aber dafür bekam sie kaum noch Luft. Sie gab sich geschlagen und zog die Nase kraus.

»Das liegt vermutlich daran, dass sie sich in der Schleuse verfangen hat. Man überlegt jetzt, ob man die Schleuse öffnen soll, damit ein Polizeiboot hineinkann. Oder ob man besser das Wasser ablässt, damit …«

Laute Rufe ließen sie verstummen. Zwei Polizisten rannten an ihnen vorbei zum Wasser. Cynthia wühlte in ihrer Handtasche nach einem Notizblock und zückte einen Stift. Die Fernsehreporter stellten sich in Pose, während Kameras surrend hin- und herschwenkten. Ein Scheinwerfer wurde neu ausgerichtet und beleuchtete die Rücken der Polizisten, die sich jetzt über die Betonkante der Schleuse beugten.

Ein Fotoapparat warf zuckende Blitze auf die Ziegelmauern, die zum Wasser hinunterführten – vermutlich jemand von der Spurensicherung. Weitere Rufe wurden laut, dann trat ein Grüppchen Polizisten vom Rand der Schleuse zurück und bewegte sich auf einen weißen Transporter zu. Zwischen ihnen erkannte Cynthia das orangefarbene Gestell einer Trage. Sie wappnete sich innerlich für den Anblick der Leiche, aber die war bereits in einem Leichensack verstaut worden. Eigentlich hätte Cynthia darüber erleichtert sein müssen, aber aus irgendeinem Grund machte ihr das noch mehr zu schaffen: Es war so, als wäre die Tote einfach ausradiert worden. Woran sie wohl gedacht hatte, als ihre letzte Nacht anbrach? An eine Laufmasche in ihrer Strumpfhose, einen Streit unter Kollegen? An eine Verabredung mit einem Mann? Sämtliche Hoffnungen und Träume waren ohne jede Vorwarnung zunichtegemacht worden.

Traurigkeit senkte sich auf Cynthia herab wie ein Schleier, und sie bewegte ruckartig den Kopf, um sie abzuschütteln. Sie war bestimmt einfach müde. Normalerweise schaffte sie es, die Distanz zu wahren. Das gehörte schließlich zu ihrem Job. Im Großen und Ganzen hatte sie auch wirklich kein Problem mit Leichen. Die Hinterbliebenen waren ihr wunder Punkt als Journalistin. Die fremde Trauer ergriff immer wieder von ihr Besitz und rief Erinnerungen wach, die sie lieber im Dunkeln gelassen hätte: Tabletten, die wie Hagelkörner auf den Boden prasselten. Die Hand ihrer Mutter, die die ihre drückte, während ein Kiefernsarg in die Erde hinabgelassen wurde. Und der heiße, feuchte Baumwollbezug ihres Barbapapa-Kissens in den Nächten, in denen so viele Tränen geflossen waren, dass sie das Gefühl hatte, sich aufzulösen.

Die Türen des Transporters knallten metallisch, und der Wagen fuhr an. Zwei schwarz uniformierte Marinepolizisten standen am Straßenrand und sprachen mit einem Gerichtsmediziner im weißen Overall. Cynthia beugte sich über ihren Block und machte sich Notizen. Als sie wieder aufsah, warf der Channel-Five-Reporter gerade einen prüfenden Blick in den Spiegel. »Hast du das?«, fragte er seinen Kameramann und strich sich eine verirrte Strähne aus dem Gesicht. »Wenn wir das jetzt losschicken, sollten sie es noch zusammen mit meinem anderen Beitrag bringen können. Und ich hätte gern noch ein paar O-Töne …«

Cynthia hörte nicht länger zu, denn etwas anderes zog ihre Aufmerksamkeit auf sich: Die drei Ermittler auf dem Bürgersteig standen beisammen wie eine Gruppe Verschwörer, als der Scheinwerferkegel des Kameramanns sie erfasste. Zwei schwarze Uniformen und in der Mitte eine weiße – es wirkte wie ein künstlerisches Foto. Während Cynthia sie nicht aus den Augen ließ, hielt einer der Beamten seine Hand hinter den Kopf und wackelte mit den Fingern. Die anderen nickten düster und warfen sich vielsagende Blicke zu. Auf ihren Gesichtern zeichnete sich Entsetzen ab.

Sie wartete, bis sich der Mann in Weiß von seinen Kollegen verabschiedete, unter dem Absperrband hindurchschlüpfte und rasch in Richtung Fluss ging. Cynthia eilte ihm nach und verfiel in sein Schritttempo, sobald sie ihn erreicht hatte.

»Hallo«, sagte sie. Der Gerichtsmediziner warf ihr einen kurzen Seitenblick zu, und sie setzte ihr entwaffnendstes Lächeln auf. Sie wusste, dass Männer sie attraktiv fanden. Warum dem so war, hatte sie nie wirklich verstanden: Wenn sie in den Spiegel schaute, sah sie nichts weiter als ein Chaos blonder Locken, die ein sommersprossiges Gesicht umrahmten, das nie schön braun wurde, aber dafür rot anlief, wenn sie verlegen wurde. Doch aus irgendeinem Grund sahen die Männer etwas anderes: etwas, das sie vorübergehend vergessen ließ, dass sie es mit einer quotengierigen Journalistin zu tun hatten. Manchmal verplapperten sie sich sogar richtiggehend.

»Sie haben vermutlich noch eine lange Nacht vor sich«, fuhr sie fort und musterte den Gerichtsmediziner flüchtig von der Seite. Er war jünger als gedacht, etwa dreißig, wie sie. »Sieht ganz so aus, als würde noch jede Menge Arbeit auf Sie warten. Ich bin übrigens Cynthia Wills vom *Sentinel*.«

Er nickte, ohne sich vorzustellen. »Ja, ich werde heute wohl nicht viel Schlaf bekommen.«

Sie erreichten ein künstliches Hafenbecken, das hinter der Schleuse lag. Segelboote schaukelten sanft auf dem Wasser, erhellt vom Schein der Laternen am Ufer. Sie hörte die Masten ächzen, irgendwo in der Dunkelheit kreischte eine Möwe. Sie schlang die Arme um ihren Körper, um sich vor der Kälte zu schützen.

»Und, was steckt dahinter?«, fragte sie vertraulich. »Gibt es schon irgendeine Spur?«

Er lächelte grimmig. »Kein Kommentar.«

»Ach, kommen Sie! Das ganze Aufgebot, das hier im Einsatz ist … Irgendeine Theorie muss es doch geben, wie sie ums Leben gekommen sein könnte.«

Er schien sich ein wenig zu entspannen und lachte leise. »Tut mir leid, aber meine Antwort lautet nach wie vor: kein Kommentar.«

Sie beschloss zu bluffen. »Und was ist damit?«, fragte sie, hielt eine Hand hinter den Kopf und wackelte mit den Fingern, in Nachahmung der Geste, die sie vorhin beobachtet hatte. »Das ist doch … irgendwie besorgniserregend, oder?«

Der Mann blieb abrupt stehen, drehte sich zu ihr um, sah ihr direkt in die Augen. »Woher haben Sie das?«, fragte er brüsk.

Cynthia fühlte die altbekannte Energie in sich aufflammen: Auch nach all den Jahren konnte ihr die Ahnung einer Exklusivstory immer noch einen unglaublichen Adrenalinkick versetzen, ihre Sinne schärfen und ihren Puls beschleunigen. Es war wie ein Stromstoß, der durch ihre Adern rann, bis ihr ganzer Körper davon vibrierte. Fast so wie sich zu verlieben.

Sie verbarg ihre Aufregung hinter einem unschuldigen Lächeln: »Ich hab da so meine Quellen.«

»Das dürfen Sie auf keinen Fall bringen!«, sagte er sofort, und alle Freundlichkeit war wie weggeblasen. »Das würde eine Massenpanik auslösen. Außerdem kann es reiner Zufall sein.« Seine nächsten Worte waren nur noch ein Murmeln, und sie musste sich anstrengen, ihn zu verstehen. »Wir können nur beten, dass es Zufall ist.« Damit wandte er sich ab und ging zu einem Polizeiwagen, der in der schmalen Straße parkte, die den Hafen säumte.

Sie starrte ihm nach, und etwas anderes überlagerte ihre Erregung: ein unruhiges Kribbeln, als liefen Ameisen über ihre Haut. Sie rannte zum Wagen und erreichte ihn, als der Gerichtsmediziner gerade den Schlüssel ins Türschloss steckte.

»Hallo noch mal!«, sagte sie atemlos. »Eine Frage noch, bevor Sie fahren. Ich weiß nicht genau, was Sie eben gemeint haben. *Was genau* könnte Zufall sein?«

Aber der Mann in Weiß schüttelte nur den Kopf, stieg in den Wagen und knallte wortlos die Tür zu.

Als Cynthia den Artikel fertig geschrieben hatte, war es fast vier Uhr morgens. Sie drückte auf »Senden« und lehnte sich in ihrem Schreibtischstuhl zurück, streckte die Arme über den Kopf und gähnte. Jetzt blieb ihr nichts weiter zu tun als zu warten, bis die Tagschicht eintraf, und zu hoffen, dass bis dahin kein Flugzeug abstürzte. Nur noch ein paar Stunden, und sie konnte sich zu Hause bei zugezogenen Vorhängen unter ihre Bettdecke kuscheln. In die herrliche Horizontale gehen. Sie stützte ihr Kinn in die Hände und schloss die Augen. Ärgerlich, dass sie nicht herausgefunden hatte, was diesen Polizisten solche Angst eingejagt hatte. Doch sie würde sich schon bis zur Wahrheit vorarbeiten, so wie bislang noch jedes Mal. Ihr Kontaktmann bei der Polizei kam morgen aus dem Urlaub zurück. Sie würde versuchen, etwas aus ihm herauszubekommen. Vielleicht würde er ihr zumindest inoffiziell etwas sagen. Vielleicht ...

Der Gedanke verlor sich, während sich ihr Geist aus der Alltagsvertäuung löste. Sie trieb auf einer warmen, dunklen Flut dahin und ließ alles hinter sich: die Leiche, die Redaktion, die Welt. Dann rutschte ihr das Kinn aus der Hand, und sie fuhr hoch. Sie schüttelte sich, um wieder einen klaren Kopf zu bekommen. Kaffee!, dachte sie und schob ihren Stuhl zurück. Wenn ich jetzt nicht gleich einen Kaffee bekomme, schlafe ich auf meiner Tastatur ein.

Die Kaffeemaschine stand in der Küche, die gleich um die Ecke des L-förmigen Redaktionsraums lag. Alles, was nicht zur Lokalredaktion gehörte, lag im Dunkeln. Die Oberbeleuchtung war ausgeschaltet, und die Schreibtische waren nur noch graue Schemen, die sich bis ganz nach hinten zum Fenster reihten. Der Ausblick auf Camden Lock war verschwunden. Finsternis hatte die Fensterscheibe in einen Spiegel verwandelt, und Cynthia sah sich selbst verschwommen darin. Jemand aus der Sportredaktion hatte die Anweisung missachtet, Strom zu sparen und sämtliche Computer auszuschalten. Ein Bildschirmschoner mit Goldfischglasmotiv ließ die Dunkelheit um ein paar Zentimeter zurückweichen und tauchte Tacker und Papierstapel in blaues Licht. Die Stille rauschte in ihren Ohren wie Wasser.

Cynthia ging an Schreibtischen vorbei, die übersät waren mit Alltagsrelikten: eine schmutzige Kaffeetasse, Unterlagen, das gerahmte Lächeln eines Babys. In wenigen Stunden würden vertraute Gesichter in diesen Unterlagen lesen und aus diesen Tassen trinken und dabei wie jeden Morgen über die *Tube*, das Wetter und die Artikel schimpfen, zu denen man sie verdonnert hatte. Aber in der gefrorenen Stille von vier Uhr morgens wirkten sie wie Überbleibsel aus einer anderen Welt.

Die Küche des *Sentinel* war eine Art begehbarer Schrank, der eine Spüle, einen kleinen Kühlschrank und eine Filterkaffeemaschine beherbergte. Das Gebräu, das in der zur Hälfte gefüllten Kanne warm gehalten wurde, war bereits mehrere Stunden alt, aber sie schenkte sich trotzdem eine Tasse davon ein und lehnte sich gegen den Kühlschrank. Übelkeit stieg in ihr auf. Sie schloss die Augen, und der Raum schien zu schaukeln wie eine riesige Wiege. Wenn sie sich doch nur kurz hinlegen könnte, nur fünf Minuten auf das Sofa in der Lobby …

»Hallo.«

Cynthia zuckte zusammen, der Kaffee schwappte über und ein paar Tropfen landeten auf ihrem weißen Blusenärmel. »Marcus, verdammt, schleich dich doch nicht so an!«

Wortlos griff er an ihr vorbei nach einem der umgedrehten Gläser auf dem Kühlschrank. Warum konnte sie sich diese bescheuerte Schicht nicht mit jemand anderem teilen? Mit irgendwem, mit dem man jammern und lästern und sich so die restliche Nacht vertreiben konnte. Aber nein, die ganze Woche hatte sie Marcus am Hals, den schweigsamen, blassbewimperten Marcus. Lachen strengstens verboten. Sie versuchte, nicht auf die dunklen Schatten unter seinen Augen zu starren. Anfangs hatte sie es für ein Zeichen von Erschöpfung gehalten. Aber in den fünf Monaten, die Marcus mittlerweile beim *Sentinel* arbeitete, hatte sie ihn noch nie ohne diese Augenringe gesehen, wahrscheinlich war es also Veranlagung.

Sie suchte krampfhaft nach einem Gesprächsthema, während er sich Wasser einschenkte. »Und, was hältst du vom neuen Schichtplan?«, fragte sie. »Ich muss gestehen, dass ich mich heute Nacht wirklich schwertue. Außerdem überzeugen mich die Argumente für eine Nachtausgabe nicht besonders. Meiner Meinung nach sind drei Ausgaben pro Tag übertrieben. Wollen unsere Leser wirklich unbedingt wissen, was um fünf Uhr morgens passiert?«

Marcus zuckte die Achseln. Eine lange Pause entstand. Cynthia zog ein Papierhandtuch aus dem Spender, ließ Wasser darüber laufen und betupfte damit den Kaffeefleck auf ihrem Ärmel. Doch es war sinnlos, die Bluse war ruiniert. Als sie wieder aufsah, hatte Marcus ihr den Rücken zugekehrt. Sie sah, wie er in seiner Hosentasche wühlte, bevor er die Hand zum Gesicht führte. Als er sich wieder umdrehte, hatte er das Glas an die Lippen gesetzt. Er stürzte das Wasser in einem Zug hinunter.

Sie räusperte sich. »Hast du schon gehört, dass Charles uns verlässt? Das heißt, dass die Chefreporterstelle frei wird. Aber wahrscheinlich dauert es wie immer eine Ewigkeit, bis die sich mal entscheiden, wer befördert wird.« Sie achtete auf einen möglichst neutralen Tonfall, um nicht zu verraten, dass sie sich selbst Hoffnung darauf machte.

Cynthia arbeitete schon seit sieben Jahren auf diese Position hin. Nach Charles hatte sie dem *Sentinel* mehr Exklusivberichte und Preise beschert als jeder andere Reporter. Sie wollte diese Beförderung unbedingt – so sehr, dass es fast schon an Verzweiflung grenzte.

Sie wartete, dass Marcus etwas sagte oder vielleicht sogar fragte, ob sie sich darauf bewerben wollte. Aber er starrte nur mit unbewegter Miene in sein leeres Glas. Cynthia trat nervös von einem Bein aufs andere. Sie hatte Schweigen noch nie gut ertragen können. »Du musst ganz erledigt sein«, sagte sie, nur um irgendwas zu sagen. »Ich bin es auch.«

Sie gähnte. Marcus' Blick wanderte zu ihrem Mund. Und plötzlich verzerrte sich sein Gesicht. Die grauen Augen waren nur noch zwei schmale Schlitze, und die Oberlippe entblößte eine halbrunde Zahnreihe. Er wirkte ... ja, wie eigentlich? Nicht wütend, aber etwas Ähnliches. Sie suchte nach dem richtigen Wort, aber es blitzte nur kurz in ihrem Bewusstsein auf wie ein Fisch, der in der Tiefe verschwindet, sobald man ihn zu fassen bekommen will. Dann war der Moment vorbei, und Marcus' Züge wurden erneut ausdruckslos.

»Wir sollten wieder zurück an den Schreibtisch«, sagte er.

»Ich denke auch.«

Er spülte sein Glas aus und stellte es wieder auf den Kühlschrank.

Sie verließen die Küche gemeinsam, aber auf dem Weg zur Lokalredaktion ging er immer schneller und sorgte so für Abstand.

Nach der siebten Partie *Solitaire* sah Cynthia von ihrem Computer auf und merkte, dass es Morgen wurde. Rosa Wolkenschlieren leuchteten vor einem blassgrauen Himmel.

»Das wurde weiß Gott Zeit!«, murmelte sie.

Es war 7 Uhr 39. In vierundzwanzig Minuten würde sie frei sein, durch die Stadt laufen, einem freudigen Wiedersehen mit ihrem Kopfkissen entgegen, während die von der Tagschicht frisch erholt und ihre Aktenkoffer schwenkend an ihr vorbeieilten. Sie legte ihren Oberkörper auf den

Schreibtisch und ließ den Kopf in der Armbeuge ruhen. Ihr fielen die Augen zu.

Sofort begann sie zu träumen. Sie träumte, dass ihr Vater noch lebte und neben ihr den Strand von Bournemouth entlangrannte. Sonne tauchte die Szene in buntes Licht und brachte die Farben zum Funkeln.

»Wer als Letzter beim Pier ist, bezahlt das Eis!«, rief er lachend. Cynthias sieben Jahre alte Beine trabten eifrig über die Strandkiesel, obwohl sie insgeheim wusste, dass er sie gewinnen lassen würde. Denn er war schließlich ihr Daddy, und sie war seine kleine …

»Cynthia?«

Sandra Hobbs berührte ihre Schulter und sah sie so seltsam an. Cynthia blinzelte und spürte den schmerzlichen Verlust, als sie wieder auf dem Boden der Realität angelangt war. Um sie herum nahm der Redaktionsraum Konturen an. Auf einmal war er von Lärm und Gewusel erfüllt. Reporter scharten sich um den Wasserspender. Jacken wurden über Stuhllehnen gehängt. Morgenzeitungen raschelten. Zu ihrer Rechten beschwerte sich die »Mit den Augen einer Frau«-Kolumnistin laut über ein Ausrufezeichen, das ihrem Text hinzugefügt worden war.

Cynthia rieb sich die Augen. »Oh, tut mir leid, ich muss eingeschlafen sein. Wie spät ist es?«

»Höchste Zeit, dass du ins Bett kommst«, sagte Sandra und ließ sich auf den benachbarten Stuhl fallen. »Die Ablösung ist da.«

Cynthia blinzelte benommen. Die Stadt drang durch die Fenster herein, frisch, klar und fast unwirklich hell. Gesprächsfetzen wehten vorbei wie Blätter im Sturm.

»Ihr wisst genau, was ich von Ausrufezeichen halte. Das klingt dann immer so *wow*-mäßig. Das ist …«

»Gehst du auf Matts Party? Die Jungs vom Sport sind zwar allesamt Schweine, aber dafür ziemlich süß. Vielleicht –«

»Die haben meinen Labour-Artikel ganz nach unten auf Seite sieben geschoben. Ich weiß wirklich nicht, warum ich mir überhaupt noch die Mühe mache ...«

Lauter Leute von der Tagschicht, deren Energie sie schier überwältigte. Sie stand etwas wacklig auf und schlüpfte in ihren Mantel. Erst als sie den Lift erreicht hatte, sah sie, dass Marcus immer noch an seinem Schreibtisch saß. Mit einem Ping! öffneten sich die Lifttüren und spuckten zwei Wirtschaftsredakteure in Burberry-Trenchcoats aus. Sie zögerte. Die Wirtschaftstypen gingen weiter und diskutierten über Immobilienpreise. Cynthia betrat den Lift, hielt dann aber inne, den Finger auf dem Halteknopf, und beobachtete ihn.

Marcus griff zum Telefon und wählte, neben ihm lag ein frischer Notizblock. Als der Lärmpegel im Raum kurz sank, konnte sie verstehen, was er sagte: »Höchste Zeit, dass Sie Zahlen nennen.« Dann schwoll der Lärm wieder an und übertönte alles andere. Marcus legte auf und konzentrierte sich wieder auf seinen Bildschirm. Sie starrte ihn an. Die Nachtschicht war vorbei, sein letzter Artikel abgegeben. Warum war er immer noch hier? Vielleicht sollte sie ihn fragen. Rausfinden, was er vorhatte, ob er ...

»Fährst du nach unten?«

Sie zuckte zusammen und drehte sich um. Es war Matt aus der Sportredaktion. Er warf einen vielsagenden Blick auf ihren Finger, der nach wie vor den Halteknopf gedrückt hielt.

»Oh, hallo!«, sagte sie und schwankte leicht, als eine Welle der Erschöpfung sie übermannte. Wen interessierte schon, was Marcus da tat? Die lange Nachtschicht war endlich vorüber, und es war höchste Zeit, dass sie ins Bett kam. Alles andere spielte keine Rolle. »Ja«, sagte sie, lächelte Matt an und ließ ihren Finger zum Erdgeschoss-Knopf wandern. »Nach unten.« Dann schlossen sich die Türen, und Marcus war verschwunden.

Erst vierzehn Stunden später dachte sie erneut an ihn.

2

Man kann schon sagen, dass ich unter einem Unglücksstern geboren wurde. Es ist nicht gerade ein guter Start ins Leben, wenn die eigene Mutter in der Siedlung nur »die Katholikenschlampe« genannt wird. Wir waren acht Kinder (von fünf Vätern), sodass mich Mum kaum wahrnahm, wenn es nicht gerade Probleme gab. Dass sie trank, machte es nicht besser. Als ich sechzehn war, wachte sie mal auf dem Sofa neben einer leeren Ginflasche auf, stützte sich auf den Ellenbogen und schrie: »Jeff! Warum zum Teufel bist du nicht in der Schule?« Da musste ich sie daran erinnern, dass ich schon seit zwei Jahren nicht mehr hinging, nachdem man mich rausgeworfen hatte. Das war übrigens nicht meine Schuld. Vieles *ist* meine Schuld, und das gebe ich auch sofort zu. Aber an dem Tag, an dem ich von der Schule geflogen bin, habe ich das Richtige getan.

Da war dieses Mädchen, Savannah. Ich hatte gerade heimlich eine Zigarette hinter dem Fahrradschuppen geraucht und war auf dem Weg zurück zum Klassenzimmer, als ich sah, wie sie etwas an die Mauer des Kindergartens sprühte. Sie sah hübsch aus und hatte lange schwarze Haare, die ihr fast bis zum Po reichten. Was sie da schrieb, waren nicht die üblichen Schimpfwörter oder Sätze, dass irgendwer ihr-wisst-schon-was mit irgendwem machen will. Stattdessen hatte sie »Bo Peep hat's wegen der Versicherung getan« an die Wand gesprüht. Der alte Kinderreim schoss mir durch den Kopf: »*Little Bo-Peep has lost her sheep …*« Ich brauchte einen Moment, bis ich verstand, was sie damit meinte, aber dann fiel der Groschen, und ich musste lachen. Da drehte sie sich um und sah mich.

Sie war ein Jahr älter als ich, aber sie schnauzte mich nicht an, dass ich verschwinden soll, und sie redete auch nicht mit mir, als wär ich ein Baby oder behindert. Nein, sie lächelte und trat von der Mauer weg, sodass sie neben mir stand und sich unsere Arme beinahe berührten. Ihre Nähe machte mir heftiges Herzklopfen.

»Wie findest du's?«, fragte sie und zeigte mit dem Kinn auf die Worte, die noch feucht glänzten. Dann sah sie mir direkt in die Augen und wartete, so als wäre ihr meine Meinung wirklich wichtig. Ich schluckte schwer und dachte nach. Ich wollte sie beeindrucken. Okay, im Grunde wollte ich mit ihr knutschen. In diesem Moment war das mein sehnlichster Wunsch. Aber natürlich konnte davon keine Rede sein: nicht mit so einem Mädchen, das ein Jahr älter war als ich, lange Haare, schöne Brüste und echt was im Kopf hatte.

»Das ist … witzig«, sagte ich, bis mir was Besseres einfiel: »Geistreich.« Damit war ich zufrieden.

»Danke«, erwiderte sie und gab mir ihre Spraydose. Sie wischte sich die Hände an der Hose ab. »Das ist urbane Poesie.«

»Cool. Ist das dein erstes?« Ich wollte eigentlich nur das Gespräch am Laufen halten. Wenn wir uns lange genug unterhielten, würde sie mich vielleicht auch ganz nett finden.

»Nö.« Sie schüttelte den Kopf. »Ich habe schon jede Menge gemacht. Ich bin Künstlerin. So wie Banksy, nur mit Worten statt Bildern.«

Ich wusste nicht, wer dieser Banksy war, nickte aber und zog nachdenklich die Augenbrauen zusammen, damit es so aussah, als würde ich sie mit ihm vergleichen.

Savannah wollte noch etwas sagen, aber als sie einen Blick über meine Schulter warf, veränderte sich ihr Gesichtsausdruck. »Scheiße!«, rief sie, und dann »Los, lauf!« Und noch ehe ich kapierte, was los war, war sie hinter dem Kindergarten verschwunden. Ein Schatten fiel auf mich, und ich guckte hoch. Es war der Schuldirektor. Er war ganz offensichtlich sauer, denn seine Lippen waren kaum zu sehen. Er presste sie zusammen, wie immer, wenn er richtig wütend war, sein Mund war nur noch ein schmaler Schlitz.

»Loomis, nicht wahr? Jeff Loomis?« Seine Stimme war eher ein Knurren. Ich nickte verwirrt und fragte mich, was ich verbrochen hatte. »Auf frischer Tat ertappt!«, sagte er. Erst da merkte ich, dass ich immer noch die Spraydose in der Hand hielt. »Wir haben in letzter Zeit so einige Kunstwerke von dir zu sehen bekommen, nicht wahr?« Dann sah er zwischen Savannahs hintergründigem Scherz und mir hin und her. Seine Augen wurden ganz klein, während er nachdachte, und man sah, dass ihm irgendwas merkwürdig vorkam. »Natürlich kann es auch sein, dass du ... auf Abwege gebracht wurdest«, fuhr er fort und starrte mich an. »Vielleicht war das gar nicht deine Idee. Wenn das so ist, brauchst du mir nur den Namen deines Komplizen zu nennen, und ich werde dir deine Kooperationsbereitschaft hoch anrechnen. Vielleicht lasse ich den Fall, was dich betrifft, sogar auf sich beruhen.«

Ich dachte daran, wie Savannah mich angelächelt, mir in die Augen gesehen und auf meine Antwort gewartet hatte. Ich schüttelte den Kopf.

»Ich war das ganz allein, Sir«, sagte ich. »Ich ... ich habe mir ein Buch mit urbaner Poesie gekauft und ein paar Gedichte daraus an die Wände gesprüht.« Danach sagte der Direktor nicht mehr viel. Er packte mich bloß am Arm und schleifte mich in sein Büro.

So kam es, dass ich von der Schule flog. Im Nachhinein betrachtet hätte es schlimmer laufen können. Immerhin hat er nicht die Polizei gerufen. Wahrscheinlich wollte er mich bloß loswerden. Ich war nicht gerade ein Vorzeigeschüler.

Noch lange danach habe ich davon geträumt, Savannah zufällig über den Weg zu laufen: Aus Dankbarkeit würde sie mich umarmen, mich ganz eng an sich ziehen und dann … Na ja, sagen wir mal so: Ich habe mir da so einiges ausgemalt. Aber nichts davon ist je wirklich geschehen, weil ich sie nie wiedergesehen habe. Trotzdem, ich bin froh, dass ich mich so verhalten habe und nicht anders. Denn als ich damals nach Hause kam und meiner ältesten Schwester alles erzählte, meinte sie, ich wäre wie einer der tapferen Artusritter, der sich für eine Frau aufopfert. Sie meinte, es gäbe sogar ein besonderes Wort dafür: Ritterlichkeit. Das Wort hat mir gefallen. Tut es heute noch.

Weil sie so müde war, merkte Cynthia gar nicht, dass ihr jemand folgte. Sie verließ das *Sentinel*-Gebäude und ging über den Parkplatz, als jemand hinter sie trat und sie an der Schulter packte.

Sie wirbelte mit erhobener Faust herum, das Herz schlug ihr bis zum Hals. Eine vertraute Stimme ließ sie innehalten. »Hey, ganz ruhig, kleine Wildkatze!«

»Damien!« Sie ließ den Arm schlaff herabfallen, und eine Welle der Erleichterung überflutete sie. »Meine Güte, fällt dir nichts Besseres ein, als dich von hinten an Leute anzuschleichen, die die ganze Nacht über rätselhafte Todesfälle geschrieben haben?« Sie schmiegte sich an ihn, den Kopf an seine Brust gelehnt, und er legte die Arme um sie. Cynthia schloss die Augen, genoss die Wärme und Geborgenheit und das Gefühl, das sich jedes Mal einstellte, wenn sie seine Arme um sich spürte: genau dort zu sein, wo sie hingehörte.

»Du hast recht«, sagte Damien. »Ich bin ein Idiot. Keine Ahnung, was ich mir dabei gedacht habe. Obwohl, ehrlich gesagt schon: Ich habe mir gedacht, dass es doch schön wäre, zusammen mit meiner Freundin zu frühstücken. Aber auch: Warum läuft sie zum Parkplatz, wo sie doch ihr Auto zu Hause gelassen hat?«

»Oh.« Cynthia löste sich aus seiner Umarmung und kam sich ziemlich dämlich vor. »Mist, das hatte ich völlig vergessen! Ich glaube, ich bin einfach nicht ganz da.«

»Womit bewiesen wäre, dass du ohnehin viel zu müde zum Autofahren wärst. Es war also ganz richtig, dass du das Auto zu Hause gelassen hast. Los, komm, schöne Frau! Vergiss die Rushhour in der U-Bahn. Was du jetzt brauchst, ist ein Spaziergang am Kanal, an dessen Ende Rührei mit Speck auf dich wartet.« Damien nahm ihre Hand und führte sie weg vom Parkplatz, hin zum Kanal.

»Iih!«, sagte Cynthia und verzog beim Gedanken an Essen das Gesicht. Zu ihrem Erstaunen merkte sie jedoch, dass sie Lust auf einen Spaziergang hatte. Damiens unverhofftes Auftauchen hatte ihr einen Energieschub verpasst – etwas, das vier Tassen Kaffee nicht geschafft hatten. Sie ließ sich von ihm über einen kopfsteingepflasterten Innenhof führen, der zum riesigen Camden Market gehörte. Verkäufer bauten ihre Tische auf, boten Secondhandklamotten, Perlenketten und Cupcakes feil. Essensgerüche stiegen von den Imbissständen auf und vermischten sich mit weihnachtlichem Glühweinduft. Überall herrschte geschäftiges Treiben. In ihrem übernächtigten Zustand fühlte sich Cynthia desorientiert und aus dem Rhythmus gebracht: als wäre sie in eine fremde Welt hineingestolpert, in der alles schneller geschah.

Sie schloss die Augen und ließ sich von Damien an den Ständen vorbei- und durch den steinernen Torbogen geleiten, der den Hof vom Kanal trennte.

»Das tut gut«, sagte sie, als sie den verlassenen Treidelpfad betraten. Sie holte tief Luft und hüllte sich in die ruhige, friedliche Atmosphäre wie in eine weiche Decke. Das graue Band des Kanals lag direkt vor ihr. Zu ihrer Linken befand sich die Schleuse Camden Lock, zu ihrer Rechten der Regent's Park.

»Und wohin jetzt?«, fragte sie.

Er deutete mit dem Kopf nach rechts. »Joes Café, würde ich sagen. Der Küchenchef macht fantastische Sandwiches. Er ist der unbesungene Held der Londoner Gastronomie.«

»Unbesungen«, wiederholte Cynthia und ließ sich das Wort auf der Zunge zergehen, während sie sich Hand in Hand nach rechts wandten. Vor ihnen schlängelte sich der Pfad unter einer tiefen Brücke hindurch, bevor er weiter nach Westen führte. »Das ist aber ganz schön traurig. Armer Sandwich-Mann.«

»*Wir* können ja nachher ein Lied auf ihn singen.«

»Gute Idee. Und das nennen wir dann ›Ode auf ein fettiges Frühstück‹. Eine Art Musicalversion der Keats'schen ›Ode auf eine griechische Urne‹. Nur mit Sandwiches.«

»Ja, ich habe schon immer das Gefühl gehabt, dass diesem Gedicht noch was fehlt.«

Cynthia lachte leise. Hab ich ein Glück!, dachte sie, als Damien den Arm um ihre Taille legte und sie an sich zog. Wie kann ich nur so ein Glück haben?

Sie hörte ihn gähnen und lächelte. »Meine Müdigkeit scheint ansteckend zu sein. Oder warst du noch auf und hast dir mal wieder einen deiner berühmten Mitternachtsimbisse gegönnt?«

Als er nicht reagierte, blickte sie zu ihm auf. Kurz glaubte sie, einen Schatten über sein Gesicht gleiten zu sehen. Er schluckte und starrte geradeaus. Auf einmal war sie beunruhigt. »Damien, was ist? Hast du irgendwas?«

»Nein, natürlich nicht«, sagte er ein bisschen zu schnell. »Was ist so schlimm daran, früh aufzustehen und mit der eigenen Freundin frühstücken zu gehen? Um sie vielleicht anschließend für einen Quickie ins Schlafzimmer zu locken ...« Er gab ihr einen spielerischen Klaps auf den Po.

»Ja, sicher!«, sagte sie, ohne den Blick abzuwenden. »Ich war die ganze Nacht auf den Beinen, es grenzt an ein Wunder, dass ich überhaupt noch wach bin.«

Damien zuckte die Achseln. »Wer sagt denn, dass du wach sein musst? Ich bin da nicht so. Hauptsache, du bist nackt und liegst in meinem Bett. Ich kriege meinen Quickie und du ein Nickerchen. Die reinste Win-win-Situation.«

»Hmmm, ich glaube, so was Ähnliches hat Romeo auch zu Julia gesagt.«

»Jede Wette! Männer dürfen den größten Mist reden – Hauptsache, es reimt sich!« Er zwinkerte ihr zu, und sie war fast schon sicher, dass sie sich die dunkle Wolke, die über sein Gesicht hinweggezogen war, bloß eingebildet hatte. Vielleicht hatte sie Halluzinationen wegen des Schlafmangels. Sie schmiegte sich an ihn und entspannte sich. Alles war bestens, nein, mehr als das: perfekt. Sie gingen unter der Brücke hindurch, die sie in Dunkelheit und scharfen Uringestank tauchte.

»Und, wie läuft's in der Arbeit?«, fragte sie lächelnd.

Er legte den Kopf schief. »Wir beginnen heute mit einer neuen Studie. Sie ist hochriskant, es könnte also ziemlich dramatisch werden.« Er grinste sie von der Seite an. »Aber das brauche ich dir ja nicht zu erzählen. Du hast es schließlich aus nächster Nähe erlebt.«

Sie traten aus dem Schatten der Brücke wieder in den Sonnenschein. Cynthia sah zu, wie eine Wildgans angeflogen kam und kurz Rast machte, um nach einer weggeworfenen Chipstüte auf der Wasseroberfläche zu picken.

»Dafür darfst du aber nicht die Studie verantwortlich machen. Es ist eher so, dass du dramatische Situationen regelrecht anzuziehen scheinst.« Sie gab ihm einen Schubs mit der Hüfte. »Und, was ist das für ein Medikament? Eines, über das unsere Leser Bescheid wissen sollten?«

»Kein Kommentar«, sagte Damien. »Überhaupt, du hast

deine große Story von Draycott schon bekommen. Sei nicht so gierig!«

Cynthia schüttelte den Kopf. »Das zählt nicht. Ich habe den Artikel darüber nie geschrieben.«

Damien blieb stehen und betrachtete ein sich näherndes Kanalboot. Am Steuer stand ein Mann mit dicker Winterjacke und Wollmütze, der eine Zigarette rauchte. Im Vorbeifahren hob er grüßend die Hand. Sie winkten zurück. »Hm, da hast du auch wieder recht«, sagte Damien, drehte sich um und sah sie mit einem wissenden Lächeln an. »Hilf mir auf die Sprünge: Warum eigentlich nicht?«

»Wegen des fehlenden Nachrichtenwerts«, sagte Cynthia betont gelassen. »So eine tolle Geschichte war es dann auch wieder nicht.«

»Ach nein?« Sein Lächeln wurde breiter. »Ich bin zwar kein Journalist, hätte aber schon gedacht, dass jemand mit deinem Talent eine Titelstory daraus machen kann. Schließlich ist beinahe ein Mensch ums Leben gekommen.« Er blinzelte kurz und schien über seine Worte nachzudenken. »Nicht nur beinahe, wenn man's genau nimmt. Bist du sicher, dass dein Urteilsvermögen nicht von ... unzulässigen Erwägungen getrübt wurde?«

Sie drehte sich zu ihm um, legte die Arme um seine Taille und stellte sich auf die Zehenspitzen, um ihn auf die Nasenspitze zu küssen.

»Von ganz und gar unzulässigen«, sagte sie.

Cynthia hatte damals gar nicht zu Draycott Life Sciences gehen wollen. Sie hatte gehofft, um einen Beitrag für die blödsinnige »Ein Tag bei ...«-Kolumne herumzukommen. Doch als sie durch ein Labyrinth aus grell erleuchteten Fluren geführt wurde, dachte sie, dass es auch schlimmer hätte kommen können. Die arme Sandra musste einen ganzen Tag auf dem Schlachthof verbringen.

Die Cafeteria von Draycott war ein kleiner Raum mit einer Reihe von Getränke- und Snackautomaten. »Bitte nehmen Sie Platz«, sagte Ken, der Studienleiter, der sie mit Informationen versorgen sollte. Er war um die vierzig, hatte ein dünnes Oberlippenbärtchen und ein schmallippiges Lächeln: die Sorte, hinter der sie schlechte Zähne vermutete. Er wies auf einen orangefarbenen Plastikstuhl neben einem Automaten, der eingeschweißte Sandwiches und künstlich aussehendes Obst verkaufte. »Kann ich Ihnen irgendwas anbieten?«, fragte er und zeigte auf den Automaten. Hinter der Glasscheibe quoll zwischen anämischen Brotdreiecken eine zähe Masse hervor.

»Nein, danke.« Cynthia legte ihren Notizblock auf den Tisch und schlug eine neue Seite auf. »Aber bevor wir auf die Details zu sprechen kommen, hätte ich Sie gern etwas gefragt.«

Wieder dieses schmallippige Lächeln. »Aber natürlich, schießen Sie los.«

»Warum hat Draycott sich auf dieses Interview eingelassen?«

Er blinzelte, sichtlich überrumpelt von der Frage. »Wie bitte? Ich verstehe nicht, was Sie meinen.«

»Nun ja, ich weiß, dass sich die Branche im Allgemeinen und Draycott im Besonderen damit brüstet, viel Wert auf Gehei-, äh … Vertraulichkeit zu legen. Dass man der Presse Zugang gewährt, erscheint mir eher … ungewöhnlich.«

»Stimmt«, sagte er und massierte seinen Adamsapfel mit Daumen und Zeigefinger. »Aber nach der Sache bei Newman Meyers Research …«

»Ah, das Ballonsyndrom. Das war ein Alzheimermedikament, nicht wahr?« Sie verzog das Gesicht. »Schrecklich, die aufgeblähten Körper der Probanden.«

»Hm, ja. Nun, der Medienrummel um diese Sache hat ein schlechtes Licht auf die gesamte Branche geworfen, und das ist einfach nicht fair. Einige unserer Kunden haben vorgeschlagen, mit … positiver Berichterstattung dagegenzuhalten. Den Leuten da draußen zu zeigen, dass die Probanden bei uns in guten Händen sind, und alles vollkommen ungefährlich ist.«

»Die Probanden«, wiederholte sie nachdenklich. »Gibt es bei Ihnen eigentlich auch Probandinnen?«

»Natürlich müssen neue Medikamente auch am weiblichen Organismus getestet werden. Aber die Grundtests führen wir in erster Linie an männlichen Probanden durch. Bei Frauen kann es gewisse methodische Schwierigkeiten geben.« Er knackte mit den Fingerknöcheln. »Der … äh … weibliche Zyklus schafft ungleiche Ausgangsbedingungen.« Cynthia sah aus den Augenwinkeln, wie noch jemand die Cafeteria betrat.

»Vor ein paar Monaten hatten wir eine gemischtgeschlechtliche Gruppe für eine Asthmastudie«, fuhr Ken fort. »Aber dabei wurde untersucht, wie gut das Medikament bei tatsächlichen Asthmatikern wirkt, und wir haben uns ausschließlich auf die Lungenkapazität vor und nach der Medikamenteneinnahme konzentriert. Wir haben weder Blut- noch Urinproben genommen. Wir müssen bei weiblichen Probanden äußerst vorsichtig sein, da sie, äh, zusätzliche Untersuchungen erfordern. Manchmal sind sie beim Auswahlverfahren noch nicht schwanger, doch dann stellen wir kurz vor Beginn der Testreihe fest, dass sie inzwischen unwissentlich schwanger geworden sind.«

»Oder *während* der Testreihe«, sagte eine tiefe Männerstimme. Sie zuckte zusammen und drehte sich um. Ein Mann, der etwa in ihrem Alter war, stand vor einem Schokoriegel-Automaten, die Hände in den Taschen seines Laborkittels. Automatisch setzte sie sich gerade hin. Er sah gut aus, war groß und schlank und hatte etwas zerzaustes dunkles Haar. Und seine Augen …

»Haben Sie verschiedenfarbige Augen?« Das war ihr einfach so herausgeplatzt.

Er schloss kurz das rechte (blaue) Auge und sagte: »Einer von zehntausend.«

»Wie bitte?«

»Einer von zehntausend Menschen hat verschiedenfarbige Augen. Ich heiße übrigens Damien.«

»Cynthia Wills vom *Sentinel.*«

»Ah ja, die Reporterin. Ich habe schon gehört, dass Sie kommen, beziehungsweise so etwas vermutet, als man uns sagte, dass wir die Leichen in der Tiefkühltruhe verstecken sollen.«

Ken wirkte irritiert. »Wenn es Ihnen nichts ausmacht, Damien ... Das ist ein Gespräch unter vier Augen.«

Lächelnd begann Damien, den Automaten mit Münzen zu füttern. Ein Schokoriegel fiel mit einem dumpfen Knall in den Ausgabeschacht.

»Während der Testreihe ... tatsächlich?«

Er lehnte sich an den Automaten und riss die Verpackung auf. »Natürlich. Die sitzen hier wochenlang fest und langweilen sich. Und wenn Leute sich langweilen, haben sie Sex.«

Er betonte das letzte Wort, ließ es in dem sterilen Raum nachhallen. Ken ließ mit finsterem Gesicht erneut seine Knöchel knacken. Damien brach ein Stück von seinem Schokoriegel ab, ohne den Blick von Cynthia zu wenden.

»Langeweile hin oder her: Das überrascht mich schon ein wenig«, sagte sie. »Ich konnte bisher nur einen flüchtigen Blick in den Klinikbereich werfen, aber was ich da gesehen habe, ist nicht gerade eine Auswahl für den nächsten Mr.-Universum-Wettbewerb.«

Damien lachte. »Ja, diesbezüglich hat Draycott wirklich nicht allzu viel zu bieten. Die meisten sind Ex-Knackis. Aber was kann man bei Leuten, die bereit sind, sich für einen Hunderter am Tag als Versuchskaninchen benutzen zu lassen, schon groß erwarten?«

»Jetzt reicht's aber, Damien«, sagte Ken und warf einen nervösen Blick auf Cynthias Notizblock. »Er macht natürlich bloß Spaß. Wir bringen unseren Versuchspersonen größten Respekt, ja sogar Zuneigung entgegen. Viele von ihnen sind wiederho...«

»...lungstäter«, beendete Damien den Satz. Er schob sich noch ein Stück Schokolade in den Mund und steckte den Rest in seine Kitteltasche, wobei er Kens tödlichen Röntgenblick ignorierte. »Aber Ken hat recht: Wir lieben sie wirklich. Sie mögen Abschaum sein, aber wenigstens sind sie *unser* Abschaum.«

Cynthia sah zu Ken hinüber. »Dürfte ich ein paar von ihnen kennenlernen? Sie fragen, warum sie hier sind?«

Der Studienleiter machte ein gequältes Gesicht. »Ich fürchte, nein. Schon aus Datenschutz-, aber auch aus anderen Gründen.«

Damien grinste sie mit verschränkten Armen an. »Er hat bloß Angst, dass Sie die Studie stören. Diese Männer sind hier seit drei Wochen zusammen eingesperrt. Schleust man eine attraktive Frau in ihr Ökosystem ein, spielen womöglich die Werte der Teilnehmer verrückt – Herzrasen und so.«

Cynthia spürte, wie sie selbst Herzklopfen bekam, und konnte nur hoffen, dass sie nicht rot wurde. Bei dieser gnadenlosen Beleuchtung würde es ihm sofort auffallen. Damien ging zum Kaffeeautomaten und drückte ein paar Tasten. Man hörte ein Mahlen und Summen, dann kam ein Plastikbecher aus den Eingeweiden der Maschine, der rasch von einem Strahl brauner Flüssigkeit gefüllt wurde. Damien nippte daran, während er sich gegen die Kante des benachbarten Tisches lehnte und seine langen Beine an den Knöcheln verschränkte. Er trug abgewetzte schwarze Turnschuhe, die gar nicht zum grellen Licht und den glänzenden Oberflächen passen wollten. Er musterte Cynthia über den Rand seines Bechers hinweg. Ganz offensichtlich hatte er nicht die Absicht, sich in der nächsten Zeit von der Stelle zu rühren. Seine verschiedenfarbigen Augen machten sie nervös.

»Sagen Sie, Cynthia«, sagte Ken spitz. »Wollten Sie schon immer Journalistin werden?«

»Schon immer«, erwiderte sie und sah ihn an, während sie weiterhin Damiens Blick auf sich spürte. »Ich kann mir nichts Schöneres vorstellen, als loszuziehen und mich mit den interessantesten oder schrecklichsten Dingen zu beschäftigen, die um mich herum passieren. So viel wie möglich zu erfahren und darüber zu schreiben. Also habe ich Journalistik studiert, bin als Volontärin auf einen Politskandal gestoßen und sitze jetzt, sechs Jahre später, bei Ihnen.«

»Ja«, warf Damien ein und nickte. »Hier sitzen Sie also. Um über vorzeitige Todesfälle und Korruption bei einer dubiosen Pharmafirma zu berichten, in der ahnungslosen Patienten Organe entnommen und an den Meistbietenden verkauft werden.«

Cynthia lächelte. »Das ist der Plot von *Coma*.«

»Verflixt, habe ich schon wieder Realität mit Fiktion verwechselt? Ich hasse das! Bei all dem Glamour und der Dramatik hier fällt es mir manchmal schwer, beides zu unterscheiden. Wenn Sie mich jetzt bitte entschuldigen würden, ich muss noch zweiunddreißig Männern dabei zusehen, wie sie in Plastikbecher pinkeln.« Er schenkte ihr ein kurzes Lächeln, löste sich von der Tischkante und ging zur Doppeltür der Cafeteria, den Kaffeebecher noch in der Hand. Cynthia hatte gar nicht bemerkt, dass sie ihm hinterherstarrte, bis er sich plötzlich umsah. Schnell schaute sie woandershin.

Cynthia war so gut wie fertig mit ihrem Interview, als Kens Handy klingelte. Er zog es aus seiner Tasche und musterte stirnrunzelnd das Display.

»Entschuldigen Sie, aber diesen Anruf muss ich leider entgegennehmen«, sagte er und wandte sich ab. Sie tat so, als lauschte sie nicht, während er leise und eindringlich hineinsprach, die Hand schützend um das Gerät gelegt. »Wie hoch ist sein Blutdruck, haben Sie gesagt? Oh Gott, welcher? ... Was soll das heißen, er ist nicht der ... Er ... was?! Egal. Funken Sie den Arzt an und warten Sie auf mich. Ich komme sofort.«

Ken verstaute sein Handy und setzte ein gespenstisches Lächeln auf. »Ich fürchte, ich muss kurz zurück in die Klinik und mich um eine ... äh ... Angelegenheit kümmern, die sich soeben ergeben hat. Würde es Ihnen etwas ausmachen, ein paar Minuten zu warten? Es dürfte nicht lange dauern.«

»Klar, kein Problem.«

Cynthia wartete, bis Ken die Cafeteria verlassen hatte, und stand dann auf. Irgendwas war bei der Medikamentenstudie schiefgelaufen. Anders waren Kens Gesichtsausdruck und seine kurzen Sätze am Telefon nicht zu deuten. Sie spürte, wie die altbekannte Erregung sie packte. Wäre es nicht cool, wenn aus diesem öden Möchtegern-Auftrag noch eine echte Titelstory würde? Rocky, der Nachrichtenchef, wäre bestimmt beeindruckt. Vorausgesetzt, sie fand tatsächlich raus, was hier eigentlich los war.

Sie schob die Cafeteria-Tür vorsichtig auf und sah Ken den Flur hinunterlaufen. Sobald er um die Ecke gebogen war, folgte sie ihm. Entdeckte er sie, würde sie einfach behaupten, sie hätte die Toilette gesucht. Dagegen trauten sich Männer nie etwas zu sagen. Aber er erreichte den Durchgang zum Klinikbereich, ohne sich noch einmal umzuschauen, und hielt seinen Ausweis an einen Sensor, um die Tür zu öffnen. Cynthia schlüpfte in einen Nebenraum und blickte sich rasch in dem kleinen Zimmer um: ein Tisch und sechs Plastikstühle, eine kleine Spüle voll schmutziger Kaffeebecher, ein schwarzes Brett, an dem ein Zettel mit der

Aufschrift »Fahrrad zu verkaufen« hing, der untere Rand war eingeschnitten und mit Telefonnummern versehen. An einem Haken neben der Spüle hing ein Laborkittel. Sie zögerte. Damit konnte sie den Klinikbereich vielleicht unbemerkt betreten. Aber wenn Ken sie darin ertappte, konnte sie die Toilettenausrede vergessen. Ihr Chef wäre wenig erfreut über eine Anzeige wegen Diebstahls und Hausfriedensbruchs. Sie dachte nach, und kostbare Sekunden verstrichen. Dann breitete sich langsam ein Lächeln auf ihrem Gesicht aus. Sie riss den Kittel vom Haken, stellte sich hinter die geöffnete Tür und zog sich hastig die Bluse aus, schlüpfte in die Ärmel des Laborkittels und knöpfte ihn zu. Sie spähte hinter der Tür hervor, vergewisserte sich, dass niemand kam, und lief zur Spüle. Dort hielt sie ihre Bluse unter den Hahn und drehte das Wasser auf, bis die gesamte Vorderseite durchweicht war. Dann knüllte sie die Bluse zusammen und stopfte sie in die Kitteltasche. Vor Aufregung rauschte das Blut in ihren Ohren. Aber gleich darauf drang ein anderes Geräusch zu ihr durch. Ein Mann und eine Frau unterhielten sich auf dem Flur.

Cynthia erstarrte. Sollte sie sich verstecken? Oder sich ganz natürlich benehmen und so tun, als arbeitete sie hier? Die Stimmen näherten sich, sie hörte Gesprächsfetzen – »... kann immer noch nicht glauben, dass ihn niemand vom ... erkannt hat ... Schließlich war ...«. Dann sah sie das Weiß von Laborkitteln aufblitzen, die sich in Richtung Klinikbereich bewegten.

Ohne länger nachzudenken, eilte Cynthia in den Flur und hinter ihnen her. Die Frau hielt ihren Ausweis vor den Sensor, und ein grünes Licht leuchtete auf. Die beiden Laborkräfte gingen durch die Tür. Cynthia konnte gerade noch hinter ihnen hindurchschlüpfen, bevor sie wieder zufiel. Der Mann drehte sich um und sah sie stirnrunzelnd an. »Entschuldigung, wer sind –« Ein Alarmsignal unterbrach ihn.

»Verdammt!«, rief er. Ein Schrei ertönte, und plötzlich kam ein halbes Dutzend Männer in weißen Kitteln angerannt, lief an einem Billardtisch vorbei und blieb vor einem DVD-Player am Ende des Raumes stehen. Cynthia lief ihnen nach.

Was sie dann sah, ließ sie erschrocken aufkeuchen: Ein Mann lag neben einem umgefallenen Stuhl auf dem Boden. Er zuckte und zappelte wie ein Fisch auf dem Trockenen. »Er hat einen Anfall«, sagte eine tiefe Männerstimme. Damien und Ken lösten sich von der Gruppe der Techniker, gingen neben dem Mann in die Hocke und drehten ihn vorsichtig auf die Seite. Nach einer gefühlten Ewigkeit hörte das Zucken auf. Die Gestalt erschlaffte und lag reglos da. »Gut«, sagte Ken. »Bringen wir ihn ins Labor.«

Cynthia sah sich um. Zu ihrer Linken befanden sich mehrere Zimmer mit je vier Stockbetten. An sie schloss sich der Aufenthaltsraum an, in dem sie jetzt stand. Das Labor war zu ihrer Rechten, hinter einer gläsernen Trennwand. Sie sah funkelnde Metallwagen voller Schachteln und eine Reihe Kunstledersessel für die Blutabnahme. Damien und Ken hievten den mittlerweile bewusstlosen Mann durch die Tür ins Labor und auf einen der Sessel. Sie klappten die Lehne nach hinten und das Fußteil nach oben. Die Techniker eilten hinterher, und Cynthia mit ihnen. Sie griff nach einer herumliegenden Akte und hielt sie sich vors gesenkte Gesicht, während sie das Geschehen so gut es ging durch ihre goldblonden Ponyfransen hindurch verfolgte. Hektisch wurden Kabel an der Brust des Mannes befestigt, und ein Monitor erwachte zum Leben. Eine gezackte Linie bewegte sich über den Bildschirm. Der Proband stöhnte und schien langsam wieder zu sich zu kommen. Dann wurde sein Körper von erneuten Zuckungen erfasst, seine Augen rollten nach hinten, sodass nur noch das Weiße darin zu sehen war. Die gezackte Linie wurde zu einem wilden Gekritzel, und Cynthia spürte, wie Angst in ihr aufstieg.

Die anderen Probanden drängten sich vor der Glaswand des Labors und starrten mit weit aufgerissenen Augen herein, während sie die Finger wie Seesterne gegen die Scheibe pressten. Alle im Labor schienen wie gelähmt. Dann flog die Tür zur Klinik auf, und ein Weißkittel eilte herein. Erleichterung huschte über Kens Gesicht, als der Neuankömmling zu dem Bewusstlosen trat, ihm ein Lid hochzog und mit einer kleinen Taschenlampe ins Auge leuchtete. Der zuständige Arzt vermutlich.

»Wie waren seine Werte, bevor das passiert ist?«

»Sein Blutdruck war unglaublich hoch«, sagte Ken. »Er ist der einzige Proband, dessen Blutdruck und Puls nach der Einnahme nicht gefallen sind. Das muss eine unerwartete Nebenwirkung sein.«

»Eher eine *Wechselwirkung*«, sagte Damien. Der Arzt schaute rasch auf. Cynthia sah, wie Ken Damien einen warnenden Blick zuwarf, der jedoch ignoriert wurde. »Der Mann ist unter falschem Namen hier. Er war schon bei der Nicadron-Studie dabei, die erst letzte Woche beendet wurde. Ich weiß nicht, ob Sie auch daran beteiligt waren. Alle Teilnehmer hatten enorm hohen Bluthochdruck. Ich vermute, er konnte es sich nicht leisten, die vorgeschriebene zweiwöchige Ausschleichphase zwischen den Studien abzuwarten. Er muss einen seiner Kumpel überredet haben, für ihn zur Vorauswahl zu gehen, anschließend ist er unter dessen Namen hergekommen. Als wir es bemerkt haben, war es schon zu spät: Er hatte seine Dosis bereits erhalten.«

Eine lange Pause entstand. Ken räusperte sich und sagte, »Man kann nicht von uns erwarten, dass wir …«

Er verstummte, als das Piepen des Herzmonitors plötzlich abriss und durch etwas anderes ersetzt wurde: einen lang anhaltenden Ton, der das ganze Zimmer, die ganze Welt ausfüllte. Cynthias Blick flog zum Monitor. Die Zacken waren verschwunden, an ihre Stelle war eine waagerechte Linie getreten.

»Defibrillator!«, rief der Arzt, legte die Hände auf den Brustkorb des Mannes und drückte in regelmäßigen Abständen darauf. »Sofort!«

Cynthia war gelähmt vor Entsetzen. Sie bekam undeutlich mit, wie Leute hin und her rannten und etwas quietschend herbeigerollt wurde. Aber ihr Blick klebte am Herzmonitor, an der Linie, die quer darüber lief. An der flachen Signatur des Todes. Sie kämpfte gegen den fast unbezähmbaren Drang an, laut loszuschreien.

Dann hielt der Arzt zwei Paddles in der Hand, die er auf den Brustkorb des Mannes drückte. Die Leiche – denn das war es jetzt doch? – bäumte sich auf und fiel dann wieder zurück. Die Linie schlug kurz nach oben aus und lief anschließend erneut waagerecht über den Monitor. Cynthia konnte nur noch denken: *Es passiert schon wieder. Ich sehe zu, wie jemand stirbt*, als die Paddles wieder aufgelegt wurden und sich der Rücken erneut durchbog. Ein kurzes Piepen, dann wieder das monotone Signal. Ich muss hier raus, dachte Cynthia, von Panik geschüttelt. Auf einmal schien der Raum viel zu wenig Sauerstoff zu enthalten. *Ich muss sofort hier raus.*

Der Arzt legte noch einmal die Paddles auf, gab einen weiteren Stromstoß. Und diesmal veränderte sich etwas. Der monotone Ton verwandelte sich in ein rhythmisches Piepen, in ein Morsesignal, das besagte: *Er lebt, er lebt, er lebt.*

Etwas in ihr löste sich. Sauerstoff schien in den Raum zurückzuströmen, so als hätte jemand ein Fenster aufgerissen.

»Gut«, sagte der Arzt. »Wir haben ihn. Sehen wir zu, dass wir ihn ins Krankenhaus schaffen.«

Ken wandte sich seufzend von der Versuchsperson ab, als sein Blick auf Cynthia fiel. Seine Augen weiteten sich. »Was … was machen *Sie* denn hier?« Sämtliche Blicke waren jetzt auf sie gerichtet, in allen Gesichtern die gleiche Mischung aus Neugier und Misstrauen. Nur Damien grinste fast unmerklich und sah sie mit einer hochgezogenen Braue an.

»Ich ... ich musste auf die Toilette«, stammelte sie mit glühenden Wangen. »Ich habe mich verlaufen und nicht mehr in die Cafeteria zurückgefunden. Dann bin ich hier hereingeraten und dachte, vielleicht stoße ich ja hier auf Sie und ...« – sie zuckte die Achseln – »na ja, hier bin ich.«

»In einem Laborkittel, der Ihnen nicht gehört«, sagte Ken kühl. »Das ist Privateigentum, das Sie da tragen. Man könnte sogar sagen, gestohlenes Privateigentum. Und Sie sind unerlaubt in den Privatbereich der Einrichtung eingedrungen.«

»Ja, tut mir leid.« Ihre Finger krampften sich um den obersten Kittelknopf. Ihr ganzes Gesicht stand in Flammen, sie musste inzwischen knallrot sein. Aber das war unter den gegebenen Umständen nicht weiter verwunderlich. »Mir ist ein Missgeschick passiert. Der Wasserhahn in der Damentoilette hat verrückt gespielt und mein Oberteil durchnässt.« Sie zog die durchweichte Bluse aus der Tasche und hielt sie hoch wie Beweisstück A. »Sehen Sie? Ich musste mir irgendwas zum Anziehen borgen. Immer noch besser, als hier in einem klatschnassen Oberteil herumzulaufen, dachte ich mir.«

Damiens Grinsen wurde breiter. »Ach, ich weiß nicht«, sagte er gedehnt.

Ken warf ihm einen kurzen Blick zu, bevor er sich wieder Cynthia zuwandte. »Wie sind Sie ohne Ausweis überhaupt reingekommen?«

»Ich wusste gar nicht, dass man einen braucht«, log sie und atmete tief durch. »Ich bin mit zwei anderen Leuten reingekommen.« Sie verstummte, lächelte und zwang sich, Ken weiter anzusehen. »Sie waren so zuvorkommend. Wenn ich etwas falsch gemacht haben sollte, tut es mir wirklich leid.«

Ken zögerte und ließ die Finger knacken. Sekunden vergingen, in denen sie mit hämmerndem Herzen wartete, ob er ihr die Geschichte abnahm. Hinter ihm legte der Arzt eine Hand auf die Stirn des Patienten. Die Techniker gingen in Zweier- und Dreiergrüppchen hinaus in den Aufenthaltsraum, während sie leise miteinander redeten.

»Nun, ich denke ... ich denke, das ist nachvollziehbar«, sagte Ken, der nach wie vor nervös seine Finger knetete. »Aber ... ich gehe davon aus, dass Sie über nichts berichten, was Sie außerhalb unseres Interviews gesehen haben. Nicht, dass es da viel zu berichten gäbe« – *knack, knack* –, »unser Noel hatte eine kleine Krise, aber jetzt geht es ihm wieder gut. So was kann schon mal vorkommen.«

»Vergessen Sie's, Ken!«, sagte Damien düster. »Es ist zu spät. Sie hat zu viel gesehen. Ich fürchte, wir werden sie umbringen müssen.« Er wandte sich mit einem Augenzwinkern an Cynthia. »Oder aber ich versuche, Sie zu bestechen. Mit einem Abendessen vielleicht? Unter Umständen springt sogar noch ein Drink für Sie raus. Aber nur, wenn Sie schweigen.«

Cynthia spürte ein Flattern in ihrer Brust. Eine andere Form der Erregung konkurrierte mit ihrem Adrenalincocktail aus Angst und Schuld. Sie wollte Ja sagen, nichts als Ja sagen. Doch sie wusste, das konnte sie nicht. Wenn sie die Einladung annahm, konnte sie die Geschichte nicht schreiben, die in ihrem Kopf bereits Gestalt annahm (»Das Herz eines Pharmaprobanden hört auf zu schlagen, nachdem Draycott Life Sciences ihn nach zu laxen Kontrollen zu einer weiteren hochriskanten Studie zugelassen hatte, obwohl er noch unter der Wirkung eines anderen Testmedikaments stand. Dieser Fehler mit beinahe tödlichem Ausgang ereignete sich kaum eine Woche nach dem berüchtigten ›Ballonsyndrom‹-Vorfall bei Newman Meyers Research …«) Damit hatte sie gute Chancen, es auf die Titelseite zu schaffen. Und das war das Einzige, was zählte … oder etwa nicht?

Damiens Blick brachte die Luft zwischen ihnen zum Knistern. Ein blaues und ein braunes Auge. Sie zögerte. So ganz moralisch einwandfrei war ihr Verhalten auch nicht gerade gewesen. Damit konnte sie den *Sentinel* in ziemliche Schwierigkeiten bringen. Außerdem war ja niemand gestorben. Vielleicht kam ihr der Vorfall nur so dramatisch vor, weil sie selbst dabei gewesen war. Sie warf einen erneuten Blick auf den Probanden, der jetzt wieder voll bei Bewusstsein war und dem Arzt etwas zuflüsterte. Es sah ganz so aus, als ob mit ihm alles in Ordnung war. Keine große Sache, wirklich nicht.

»Nein, ich … na ja, vielleicht – ach, warum eigentlich nicht?« Sie sah Damien mit einem etwas schüchternen Lächeln an und suchte in ihrer Handtasche nach einer Visitenkarte. »Hier ist meine Nummer.« Ihre Finger berührten sich kurz, als sie sie ihm reichte. Sie wies mit dem Kinn auf den Mann auf dem Stuhl. »Und womit hätten Sie mich bestochen, wenn er es nicht geschafft hätte?«

»Mit einer Woche auf den Bahamas«, erwiderte Damien, ohne zu zögern. »Und mit einem ganzen Kleiderschrank voller Blusen. Damit Sie nicht jedes Mal unter die Verbrecher gehen müssen, wenn Sie nass werden.« Er grinste. Ihre Blicke trafen sich und hielten einander fest.

Ken brach den Bann. »Es ist 10 Uhr 55, Damien. Sollten Sie sich nicht um die Elf-Uhr-Urinprobe kümmern?«

Damien sah auf seine Uhr und zuckte zusammen. »Ich muss los«, sagte er. »Bis bald.« Damit verschwand er.

Cynthia starrte auf die Lücke, die er hinterlassen hatte. Einer von zehntausend, dachte sie.

3

Mit fünfundzwanzig bekam ich einen Job. Die vom Arbeitsamt zwangen mich immer, mich auf alle möglichen blöden Jobs zu bewerben. Normalerweise sorgte ich absichtlich dafür, dass das Vorstellungsgespräch danebenging, indem ich so tat, als wäre ich betrunken. Oder ich fragte den Personalchef, ob er jemanden kennt, der mir Gras verkaufen kann. Genau das hatte ich auch vor, als ich zum Full Bloom Florist and Garden Centre ging. Aber noch bevor ich die Gelegenheit hatte, meinen Text abzuspulen, führte mich der Besitzer durch sein Gewächshaus. Ich hatte so was noch nie gesehen: Es hatte ein Glasdach und Blätter, die aussahen, als würden sie von oben herunterwachsen, und die Sonne beleuchtete sie, sodass sie glänzten. Es roch, wie es manchmal im Park riecht, direkt nach dem Rasenmähen. Aus irgendeinem Grund fühlte ich mich an diesem Ort wie ein anderer Mensch. Wie einer, der auch mal Glück haben kann.

Also sagte ich die richtigen Sachen und bekam den Job, bei dem ich Säcke mit Blumenerde und Hängeampeln herumschleppen musste. Jeden Montag stand ich hinter der Kasse. Ich ließ ab und zu ein paar Pfund mitgehen, aber meistens machte ich einfach meinen Job. Auch wenn ich das im Pub niemals zugeben würde: Ich mag Blumen, die verschiedenen Formen und Farben und Düfte. Die Art, wie sie zu Sträußen gebunden werden, die »Alles Gute zum Geburtstag«, »Herzlichen Glückwunsch« und »Ich liebe dich« bedeuten. All diese schönen Gedanken und Gefühle werden dadurch zu etwas, das man anschauen, riechen und in eine Vase stellen kann. Wenn man darüber nachdenkt, hat das fast etwas Magisches. Und etwas von dieser Magie muss auch auf mich abgefärbt haben. Denn die Frauen, die die Blumen kauften, lächelten mich immer so an, als wäre ich auch ein Teil davon. Ein Teil von etwas Schönem. Jedenfalls – was ich eigentlich damit sagen will, ist, dass ich mich während meiner Arbeit dort verändert habe, ein bisschen zumindest. Ich kämmte mir die Haare und rasierte mich, damit ich nicht so ungepflegt aussah. Und ich fühlte mich nicht mehr ständig so nutzlos und wütend.

Und eines Tages, an einem Montag, veränderte sich noch etwas. Eine Frau kam rein. Katrina.

Sie war groß und blond und trug ihr Haar so, wie ich es noch nie gesehen hatte: Sie hatte es zu einem Zopf geflochten, der ihr aber nicht auf den Rücken fiel, sondern raffiniert dicht an ihrem Kopf anlag. Sie wollte einen Strauß Lilien, also wickelte ich ihn in lila Seidenpapier und überreichte ihn ihr. »Die sind wunderschön«, sagte sie und strahlte mich an, als hätte ich ihr ein Geschenk gemacht. Anschließend kam sie jeden Montag wieder. Am fünften Montag wehrte ich ab, als sie zahlen wollte, und sagte: »Der geht auf mich«, so wie die coolen Typen in der Bar. Katrinas Lippen bildeten ein O. Dann lachte sie kurz auf, es klang irgendwie traurig, und sagte: »Ob Sie es glauben oder nicht, aber Sie sind der erste Mann, der mir Blumen schenkt.«

»Das glaube ich nie im Leben. Eine so hübsche Frau wie Sie? Nie und nimmer.«

»Oh, verstehen Sie mich nicht falsch.« Sie lächelte mich an, und es passte zu ihrem Lachen. Damit meine ich, dass das Lächeln auch was Trauriges hatte. »Ich habe schon jede Menge Geschenke bekommen: Schmuck, Champagner und Dessous. Aber nicht eine einzige Blume von einem Mann, mit dem ich nicht verwandt bin.« Dann machte sie eine Pause und sagte leise: »Bis heute.«

Ich muss gestehen, dass ich in dem Moment mit meinen Gedanken immer noch bei dem Wort »Dessous« war. Ich fragte mich, ob sie wohl welche trug, wie sie da vor mir stand und wir miteinander redeten. Ich stellte mir vor, dass sich nur ein Hauch von sexy Spitzenwäsche unter ihrem langen Kleid verbarg. Bei dem Gedanken wurde mir ganz heiß, und ich brachte kein Wort heraus, sondern stand bloß da und grinste wie ein Idiot.

Sie warf einen Blick auf mein Namensschild und sagte: »Jeff. Also, danke, Jeff. Es klingt vielleicht seltsam, aber diese Lilien bedeuten mir mehr, als Sie ahnen.« Dann beugte sie sich über die Theke und küsste mich auf die Wange. An diesen Kuss musste ich die ganze Woche denken. Aus dem Mund eines erwachsenen Mannes hört sich das vielleicht komisch an, ich war schließlich keine Jungfrau mehr oder so. Aber Katrina war anders als die Frauen, mit denen ich bis dahin zusammen gewesen war. Die waren meistens laut und ziemlich grob und klauten mir Geld aus der Brieftasche, wenn ich schlief. Wenn ich ehrlich sein soll, habe ich nicht nur an den Kuss gedacht, sondern auch an die Dessous. Junge, Junge, und wie ich daran gedacht habe! Ich fragte mich, welche Farbe und welchen Schnitt sie wohl hatten, wie es sich anfühlen würde, sie ihr auszuziehen.

Als sie dann am nächsten Montag wiederkam, war ich so nervös und verlegen, dass mein Magen flatterte. Katrina war auch verändert. »Hallo, Jeff, wie geht's?«, sagte sie und lächelte mich auf ganz andere Weise an als sonst, so als wäre sie schüchtern. Dann begann sie mich auszufragen: Wie es kam, dass ich in einem Blumenladen gelandet war, welche Träume ich hatte. Damals ging es in all meinen Träumen um Katrina in Unterwäsche, aber das konnte ich ihr natürlich schlecht erzählen. Also sagte ich: »Ich würde gern einen eigenen Blumenladen aufmachen.« Kaum hatte ich das ausgesprochen, wusste ich, dass es stimmte. Ihr schien meine

Antwort zu gefallen, also machte ich weiter und erfand irgendwelches Zeug: dass ich eines Tages meine eigene Ladenkette namens »Loomis Flower World« haben würde. Ich war mir sicher, dass sie gleich merken würde, was für ein Blödsinn das war, aber sie sagte nach kurzem Nachdenken: »Ich wette, das schaffen Sie auch.«

Ich wusste nicht, was ich sonst sagen sollte, also begann ich, ihre Lilien einzuwickeln. Doch was dann? Sollte ich ihr erneut anbieten, sie zu bezahlen, oder war das übertrieben? Aber noch bevor ich sie fertig eingewickelt hatte, sagte Katrina: »Oh je, mir ist gerade eingefallen, dass ich sie nicht gleich mitnehmen kann. Ich muss noch was erledigen und will nicht, dass sie verwelken, bevor ich nach Hause komme.« Dann strahlte sie mich an, und die Sonne ging auf. »Liefern Sie auch abends aus? Ich habe nämlich gerade gedacht ... beziehungsweise gehofft ... dass Sie sie mir vielleicht vorbeibringen können? Sagen wir so gegen acht? Sie bekommen auch ein Glas Wein für Ihre Mühe.«

Ich konnte es einfach nicht glauben. Katrina hatte mich eingeladen! Zu sich nach Hause und auch noch abends! Vor lauter Aufregung war meine Kehle so zugeschnürt, dass ich kein Wort herausbrachte, sondern nur nickte.

»Gut«, sagte sie. »Das wäre also geklärt.«

Und während ich mich fragte, was genau sie damit meinte, senkte sie ihren goldenen Kopf mit der seltsamen Zopffrisur und zeichnete eine kleine Wegbeschreibung: Maida Vale, Stufen, die zu comicartigen Wellen führten, Boote. Katrina lebte auf einem Kanal.

Am Dienstagabend kam Cynthia eine Viertelstunde zu früh zur Arbeit. Als sie das *Sentinel*-Gebäude durch die Drehtür betrat, hob sich ihre Laune. Wenn sie noch vor Marcus hier war, konnte sie als Erste mit dem Nachrichtenchef sprechen und sich die besten Geschichten unter den Nagel reißen.

Ihre Strategie für diese Nacht bestand darin, so beschäftigt wie möglich zu sein. Das war die beste Methode, um wach zu bleiben und die Zeit herumzubringen.

Aber als sie aus dem Lift trat, war Marcus bereits da und hackte etwas in seine Tastatur. Blöder kleiner Scheißer. Dieser unschöne Gedanke kam direkt aus ihrem Unbewussten, und prompt spürte sie Gewissensbisse. Der Schlafmangel machte sie gereizt. Sie hatte den ganzen Nachmittag im Bett verbracht, aber höchstens vier Stunden schlafen können. Sie war einfach nicht dafür gemacht, Nachtschichten zu schieben.

Sie loggte sich in ihren Computer ein und nahm einen Stift aus dem Becher in Form des Weißen Kaninchens, das neben ihrer Tastatur thronte und eine goldene Taschenuhr in der Pfote hielt. Als Kind hatte sie diese Uhr minutenlang angestarrt und jede der winzigen römischen Ziffern bewundert. Sie war begeistert gewesen, dass die Uhr nicht nur aufgemalt, sondern plastisch modelliert war und aus dem Becher herausragte wie eine dicke Zwei-Pence-Münze. Cynthias Vater hatte ihr den Becher während ihrer Alice-im-Wunderland-Phase geschenkt, in dem Jahr, bevor er krank wurde.

Eine Hand berührte ihren Arm, und als sie sich umdrehte, sah sie Katie aus dem Moderessort. Sie trug einen roten Mantel und einen gestreiften Schal, über ihrer Schulter hing eine Handtasche. Bestimmt wollte sie ins Lamb and Flag.

»Ich mach Schluss für heute und geh in den Pub. Hoffentlich hast du eine gute Nacht. Zumindest keine allzu schlimme.« Katies Blick schweifte über die Schreibtischreihen und blieb an Marcus hängen. »Freak!«, murmelte sie und verzog angewidert das Gesicht, als hätte sie in etwas Ekelhaftes gebissen.

Cynthia folgte ihrem Blick und war peinlich berührt, als Marcus zurückstarrte. Sie nahm eine Veränderung in seinem sonst so unbeteiligten Gesicht wahr. Etwas anderes schimmerte hindurch: ein Schmerz, der ihn plötzlich jünger wirken ließ. Verletzlicher. Sie bekam ein schlechtes Gewissen. Dann wandte sich Marcus wieder seinem Bildschirm zu, und seine Miene wurde ausdruckslos. Falls Katie seine Unruhe bemerkt hatte, ließ sie sich nichts anmerken. Sie winkte Cynthia zu und lief zum Lift, während die letzten der Tagschicht den Raum verließen. Der Nachrichtenchef hastete an Cynthias Schreibtisch vorbei, seine abgewetzte Aktentasche in der einen Hand, während er sich mit der anderen den Mantel zuknöpfte.

»Gute Nacht, Rocky«, sagte Cynthia, woraufhin er ihr mit einem knappen Lächeln zunickte. Dann quetschte er sich in den vollen, von Stimmengewirr erfüllten Lift, die Türen schlossen sich, und sie blieb mit Marcus und dem Nachtredakteur allein. Sie stieß einen langen Seufzer aus. Also dann. Sie würde sich auf die naheliegenden Aufgaben konzentrieren. Als Erstes wollte sie Nick wegen der Leiche in der Themse anrufen. Vielleicht kannte die Polizei inzwischen den Namen der Toten und die Todesursache. Cynthia blätterte in ihrem eselsohrigen Adressbuch, bis sie zu der Seite kam, die mit »Polizei« überschrieben war. Ganz oben stand Detective Chief Inspector Nick Robertson. Cynthia und Nick hatten sich an der Universität kennengelernt. Sie studierte damals englische Literatur und er Kriminalpsychologie. Sie hatten unzählige feuchtfröhliche Abende miteinander verbracht und einen betrunkenen Kuss ausgetauscht. Aber in erster Linie waren sie einfach nur gute Freunde, was ihr jetzt, wo sie als Journalistin arbeitete, gut zupasskam.

Nick ging gleich nach dem ersten Klingeln dran. »Ah, Cynthia. Bestimmt willst du hören, wie mein Urlaub war. Mich fragen, ob ich mich gut erholt und ein paar gute Bücher gelesen habe. Falls nicht, kann ich mir nur vorstellen, dass du mehr über die Leiche wissen willst, die Polizeitaucher gestern Nacht aus der Themse gezogen haben.«

»Du kennst mich, Nick, ich interessiere mich nur für die wirklich lustigen Dinge im Leben.«

Er lachte, und sie stellte sich vor, wie er sich am anderen Ende der Leitung, aschblond und urlaubsgebräunt, in seinem Sessel zurücklehnte und die Füße auf den Tisch legte.

»Natürlich kann ich zu laufenden Ermittlungen nicht Stellung nehmen. Was wirklich zu schade ist, denn du wärst sicher erfreut zu hören, dass es sich möglicherweise um Mord handelt.«

»Hurra!«, rief Cynthia.

»Ihre Familie wird in den nächsten Stunden aus dem Urlaub zurückkommen, also darf bitte nichts gedruckt werden, bevor wir mit den Angehörigen gesprochen haben. Aber während du wartest, würdest du deine Zeit nicht unbedingt verschwenden, wenn du dich mit dem Namen Lisa Reed befasst. Wie du bestimmt schnell herausfinden wirst, handelt es sich dabei um eine siebenundzwanzigjährige Studentin.«

Cynthia notierte sich die Angaben, bevor sie fragte: »Hast du irgendeine Ahnung, wer sie tot sehen wollte?«

»Leider nein. Es gibt keine wütenden Exfreunde, keine Unterweltkontakte und auch keine geistesgestörten Verwandten, die im Westflügel ihres sturmumtosten Herrenhauses eingesperrt sind. Wobei ich mit ›sturmumtostes Herrenhaus‹ natürlich ein Zweizimmerapartment in Muswell Hill meine.«

Sie kritzelte es auf ihren Block und fragte dann: »War da irgendwas mit ihrem ... Hinterkopf nicht in Ordnung? Eine Verletzung vielleicht?«

»Nein, nichts dergleichen, warum?« Nick klang verwirrt.

»Ach, nur so, ich habe da zufällig was mit angehört. Könnte es sein, dass dieser Fall besonders besorgniserregend ist?«

»Alle Morde sind besorgniserregend«, sagte er kurz angebunden. Sie brauchte sein Gesicht nicht zu sehen, um zu wissen, dass es verschlossen und argwöhnisch geworden war. Es knisterte in der Leitung, so gespannt war die Atmosphäre.

»Stimmt«, sagte sie vorsichtig. »Aber ich dachte, es gäbe Hinweise darauf, dass dieser Fall besonders besor-«

Als er ihr ins Wort fiel, war seine Stimme so kalt, wie sie sie noch nie gehört hatte. »Hör mal, Cynthia, wenn du konkrete Fragen an mich hast, bin ich gern bereit, sie dir zu beantworten. Aber wenn du dich bloß wiederholst, muss ich das Gespräch beenden.«

Sie blinzelte verblüfft und fand einen Moment keine Worte. Die Stille dauerte an, während sie auf eine Entschuldigung wartete, die nicht kam. Als sie schließlich wieder etwas sagte, war sie mit ihrer Geduld am Ende. »Nick, würdest du mir bitte verraten, was hier eigentlich los ist? Und warum du so auf mich losgehst?«

»Gar nichts ist los«, sagte er hastig. Eine Pause, dann ein langsames Ausatmen. »Ich wollte nicht ungeduldig werden, ich habe einfach ... im Moment viel zu tun. Wenn du also keine weiteren Fragen hast ...«

»Und ob ich die habe!«, sagte Cynthia gereizt. »Ich will ...« Dann verstummte sie und beherrschte sich. Nick war äußerst unhöflich gewesen, aber das hieß noch lange nicht, dass sie es ihm gleichtun musste. Sie räusperte sich, bevor sie weitersprach, und bemühte sich um einen professionellen Ton. »Kannst du mir sagen, wie lange sie schon im Wasser lag?«

»Zwei oder drei Tage.« Er klang inzwischen eher wie ein Polizeipressesprecher als wie ein alter Freund. So steif und offiziell. »Das passt zu den Angaben, wann sie zuletzt gesehen wurde. Sie sollte eigentlich das Haus ihrer Familie in Westlondon hüten, während die im Urlaub war, die Katze füttern und so. Am Samstagabend war sie noch lange mit Freunden weg, die sie bis zu ihrer Straße begleitet haben. Aber aus irgendeinem Grund ist sie am anderen Ende der Stadt als Leiche wieder aufgetaucht.«

»Kann sie nicht einfach in den Fluss gefallen und ertrunken sein?«

»Nein. Ihre Lunge war leer, sie hatte also bereits aufgehört zu atmen, bevor sie ins Wasser fiel.«

»Was ist mit DNA-Spuren?«

»Die Spurensicherung untersucht noch ihre Kleidung, aber ich mache mir diesbezüglich keine großen Hoffnungen. Flüsse haben die unangenehme Angewohnheit, Hautpartikel und Haare wegzuwaschen. Aber in einem Punkt hatten wir Glück: Hätte sie sich nicht in der Schleuse verfangen, wäre ihre Leiche vielleicht nie gefunden worden.«

Cynthias Stift sauste über das Blatt. Sie runzelte nachdenklich die Stirn. »Wie sah sie aus? Gibt es ein Bild, das ich verwenden kann?«

Nick schnalzte tadelnd mit der Zunge, und sein Ton wurde freundlicher. »Es wäre nicht fair, nur einer Journalistin so ein Foto zu überlassen, während alle andern auf die offizielle Presseerklärung warten müssen. Aber ich verlasse mich da ganz auf deine Fähigkeiten. Eine Topreporterin wie du weiß doch, wie sie sich einen Vorsprung verschaffen kann.«

In diesem Moment piepte ihr Computer und teilte ihr mit, dass eine E-Mail eingegangen war. Sie kam von nrobinson@fastmail.net. Ein Foto war angehängt. Sie lächelte erleichtert. Die frostige Stimmung schien verflogen zu sein. »Kannst du mir irgendwas zur Todesursache sagen?«

»Strangulation kann ich dir jedenfalls nicht bestätigen. Du darfst wirklich keine voreiligen Schlüsse ziehen, Cynthia, und Verdachtsmomente zitieren, die sich erst noch erhärten müssen. Diese Male am Hals des Opfers können auch auf andere Art verursacht worden sein. Es wäre falsch, etwas anderes zu behaupten.«

Sie gluckste. »Nick, du bist der Größte! Ich schulde dir einen Drink, oder eher ein halbes Dutzend. Und verlass dich drauf: Wenn ich das nächste Mal über eine aufgedunsene, verweste Leiche stolpere, werde ich liebevoll lächeln und an dich denken.«

»Ja, das sagen die Frauen immer.«

Die Geschichte beschäftigte Cynthia bis Mitternacht. Anschließend wurde sie mit einem Fotografen in die eisige Kälte hinausgeschickt, um verdeckt zu ermitteln, wie es in der Gegend mit Drogenhandel aussah. Der Auftrag bestand darin, immer wieder über die Brücke über das Camden Lock zu gehen und zu zählen, wie viele Dealer ihnen Drogen anboten. Eine Idee des Nachtredakteurs, die Cynthia ziemlich schwach fand, aber sie war zu müde, um sich lange herumzustreiten.

Zurück im Büro gab sie sich Mühe, ihre Erkenntnisse mit dem gebotenen Ton der Empörung zu formulieren. Aber schließlich musste sie die verdammte Brücke auf ihrem Weg zur Arbeit täglich überqueren, und die Worte »Hey, Süße … Hasch? Speed? Koks?« gehörten genauso zu ihrem Alltag wie Zahnpasta und Seife.

Als sie endlich fertig war, war es beinahe fünf. Kaum hatte sie die Geschichte abgegeben, wurde sie von der Erschöpfung wie von einer dunklen Wolke verschluckt. Sie nippte an ihrem lauwarmen Kaffee und überlegte, womit sie sich während der restlichen drei Stunden beschäftigen konnte. Ein Exemplar der Abendausgabe lag ungelesen auf ihrem Schreibtisch. Sie schlug sie weiter hinten auf und überflog die Überschriften, um zu sehen, ob ihr »China-Phobie«-Artikel noch mal gebracht worden war. Ja, da war er, auf Seite zehn: »*Großbritannien in Angst vor Chinas wachsender Macht*«.

Cynthia blätterte die restliche Zeitung durch, in der Hoffnung, auf eine Geschichte zu stoßen, die sie weiterverfolgen konnte. Auf Seite fünf hielt sie inne. Die Überschrift lautete: »*Gewerkschaftsführer erklären ›dringenden Gesprächsbedarf‹ wegen unbezahlter Überstunden.*« In der Autorenzeile darunter stand: *Marcus Grimsby*. Cynthia starrte stirnrunzelnd auf den Namen. Woher hatte er diese Geschichte? Die hatte sich doch wohl kaum mitten in der Nacht zugetragen? Sie überflog die ersten Zeilen.

»*Gewerkschaftsführer fordern, dass die Regierung sofort etwas gegen die sogenannte »Überstundenepidemie« unternimmt. Neue Zahlen belegen, dass britische Arbeitnehmer im Durchschnitt etwa neun unbezahlte Überstunden pro Woche leisten, ein bisher unerreichter Rekord. Auf der Pressekonferenz heute Nachmittag gaben Gewerkschaftsführer dem Arbeitskräftemangel die Schuld und verlangten eine Dringlichkeitssitzung …*«

Cynthias Blick blieb an dem »*heute Nachmittag*« hängen. Marcus hatte letzte Nacht zehn Stunden gearbeitet. Das tat er auch jetzt. Er konnte also heute unmöglich auch tagsüber im Einsatz gewesen sein. Nachdenklich starrte sie über die Schreibtische hinweg zu ihm hinüber. Wie immer hatte er dunkle Augenringe, wirkte aber ansonsten gesund und hellwach. War das dasselbe Hemd, das er schon letzte Nacht getragen hatte? Schwer zu sagen, sein Modegeschmack war unauffällig, fast alles, was er trug, war blau. Vielleicht hatte er die Geschichte jemandem von der Tagschicht übergeben und war einfach in der Autorenzeile stehen geblieben. Das kam schon mal vor. Sie stand auf und streckte sich. Es gab nur einen Weg, das herauszufinden. Sie war investigative Reporterin, höchste Zeit für Nachforschungen.

Marcus zuckte leicht zusammen, als Cynthia neben ihm auftauchte.

»Na, wie läuft's?«, fragte sie. Seine einzige Antwort war ein stummes Achselzucken. Langsam fand sie ihn richtig unheimlich. »Hast du das Versehen in der Abendausgabe bemerkt? Bei dem Artikel über unbezahlte Überstunden auf Seite fünf bist du als Autor genannt worden.«

Marcus blätterte in einigen Pressemitteilungen. Eine lange Pause entstand.

»Das ist kein Versehen«, sagte er gelassen.

»Aber ... die Pressekonferenz hat heute Nachmittag stattgefunden ... Und du bist in der Nachtschicht.«

Wieder dieses Achselzucken. »Jemand hat sich krank gemeldet, also habe ich angeboten, eine weitere Schicht zu übernehmen.«

Cynthia starrte ihn verblüfft an. »Das ist doch nicht dein Ernst! Du hast dreißig Stunden am Stück gearbeitet? Du musst doch völlig am Ende sein!«

Seine Finger huschten über die Tastatur. Der Satz »*Der Premierminister erklärte, ausländische Arbeitskräfte seien keine Lösung*« erschien auf dem Bildschirm.

»Eigentlich nicht«, sagte er, griff nach einem leeren Wasserglas und erhob sich von seinem Stuhl. »Ich habe mich zwischendurch etwas ausgeruht.«

Cynthia brachte nur ein Kopfschütteln zuwege. »Ja, aber ... Meine Güte, Marcus, brauchst du denn gar keinen Schlaf?« Da drehte er sich um und hatte wieder diesen Gesichtsausdruck: die zusammengekniffenen Augen. Die hochgezogene Oberlippe. Und plötzlich trieb das Wort, nach dem Cynthia gesucht hatte, an die Oberfläche ihres Bewusstseins.

Verachtung. Sie stand ihm regelrecht ins Gesicht geschrieben: unverhohlene Verachtung. Verblüfft trat sie einen Schritt zurück. Sie ließ ihr Gespräch noch einmal Revue passieren, suchte nach Missverständnissen, nach einem falschen Wort. Nichts. Dann wurde ihre Verblüffung zu

Wut. Sie presste die Lippen zusammen. Für wen hielt sich dieser Kerl eigentlich? Sie war eine erfahrene, preisgekrönte Reporterin und er nur ein blutleerer Niemand mit dem Charme und dem Charisma von Torfmoos.

»Hast du irgendein Problem, Marcus?«, fragte sie kühl und verschränkte die Arme vor der Brust.

Marcus starrte wortlos zurück. Sie wandte den Blick nicht ab, sodass sie sich fixierten wie Revolverhelden in einem Spaghetti-Western. Nur noch das Summen der Bürobeleuchtung und das gedämpfte Brummen eines Staubsaugers irgendwo über ihnen waren zu hören.

Dann murmelte Marcus etwas.

»Wie bitte?« Cynthia runzelte die Stirn. »Was zum Teufel soll denn das …« Doch sie sprach nur noch mit seinem Rücken. Marcus ging einfach davon in Richtung Küche. Sie starrte ihm nach. Was für ein unverschämter Scheißkerl! Und was für eine seltsame Antwort. Sie schüttelte den Kopf. Sie musste sich verhört haben. Denn sie hätte schwören können, dass er gesagt hatte: »Schlafen ist für Schwache.«

4

Als ich zu Katrinas Boot kam, war es schon dunkel. Ich erkannte es sofort an den Kerzen. Sie sahen aus wie Trinkgläser, nur mit rotem Wachs drin. An jeder Ecke des Bootsdachs stand eine und flackerte im Sommerwind.

Durch eines der Fenster konnte ich sehen, wie Katrina drinnen hin und her ging. Ich schloss die Augen und blieb kurz vor dem Boot stehen, während mir das Herz fast aus der Brust sprang. Bestimmt hatte ich ihr Lächeln im Full Bloom falsch interpretiert. Vielleicht wollte sie bloß höflich sein, und ich hatte mir sonst was ausgemalt. In Wahrheit würde sie einfach die Blumen nehmen, mir ein Trinkgeld geben und die Tür wieder zumachen.

Dann musste sie mich gesehen haben, denn sie öffnete die Tür und winkte mich herein. Im Boot brannten noch mehr Kerzen, und in den Ecken lagen große Kissen. Die Lilien von der Vorwoche standen auf dem Tisch und ließen die Köpfe hängen. Ich sah, dass sie den Tisch für zwei gedeckt hatte, und war furchtbar enttäuscht. Es war, als drehte sich ein Messer in meinen Eingeweiden. Ich warf einen Blick ins Nebenzimmer und erwartete, einen Mann dort zu sehen. Einen, der klug und erfolgreich war, der wusste, worüber man mit Frauen wie Katrina redete. Kein Idiot, der sich Hoffnungen machte, bloß weil sich eine sympathische Frau Blumen liefern lässt.

Aber dann nahm sie mir die frischen Lilien aus der Hand und sagte: »Kannst du zum Abendessen bleiben?«

Ich starrte sie eine Ewigkeit an und war nicht sicher, ob

ich mich nicht verhört hatte. Die Kerzen brachten ihr Haar richtig zum Leuchten. »Klar«, sagte ich. »Das … das wäre nett.«

Und vielleicht zum ersten Mal überhaupt hatte ich das Gefühl, auf der Sonnenseite des Lebens zu stehen.

Weiße Pillen, die aus einem Glasfläschchen fielen: Cynthia versuchte, sie aufzufangen, bevor sie unten aufprallten, aber es waren zu viele. Sie bemühte sich verzweifelt, die zu Boden trudelnden Dinger zu fassen zu bekommen, doch ihre Finger schlossen sich um Luft, und ihre Hände blieben leer. Dann erreichte die erste den Boden und explodierte wie eine Bombe. Sie warf die Arme hoch, versuchte sich zu schützen. Aber jetzt schlugen noch mehr Pillen auf, jagten alles in die Luft, und sie …

Das Schrillen des Weckers riss sie aus dem Schlaf. Der Lärm malträtierte ihre Ohren, während sie die letzten Traumfetzen wegblinzelte. Dann hob sie den Kopf, und die Digitalziffern nahmen Konturen an: 14.14 Uhr. Sie drückte die Schlummertaste und ließ sich seufzend ins Kissen zurückfallen.

In wenigen Minuten musste sie aufstehen und sich auf eine Begegnung mit der Familie des Themse-Opfers vorbereiten. Mit den Hinterbliebenen. Sie legte sich einen Arm übers Gesicht und wünschte beinahe, sie hätte das Interview jemandem von der Tagschicht überlassen. Aber das hätte bedeutet, die Kontrolle über die Geschichte abzugeben, und das ging auf keinen Fall.

Der Wecker attackierte ein weiteres Mal ihre Nerven und wurde mit einem Hieb zum Schweigen gebracht. Bilder und Töne der letzten Nacht tauchten jäh wieder auf. Blasse Haut, schmale Augen. Dunkelheit, die gegen die Fenster der Redaktionsräume anbrandete. Und diese vier geflüsterten Worte.

Schlafen ist für Schwache.

Cynthia verkroch sich noch tiefer unter ihre Bettdecke und versuchte, Marcus zu vergessen. Er war gestört. Und Gestörte sagten nun mal gestörte Sachen, das lag in ihrer Natur. So langsam verstand sie, warum die Kollegen ihn mieden. Irgendwas stimmte nicht mit Marcus.

Das Taxi nach Maida Vale und der zum Glück schweigsame Fahrer gaben Cynthia Gelegenheit, ihre Notizen noch einmal zu überfliegen. Wenn sie etwas an ihrem Job hasste, dann dies: bei den Angehörigen eines Mordopfers aufzutauchen und sie in ihrer Trauer zu stören. Sie staunte jedes Mal, wie oft sie hineingebeten wurde. Ein plötzlicher Verlust machte die Menschen unvorsichtig, brachte sie dazu, sich zu öffnen. Sogar einer Fremden mit einem Notizblock gegenüber.

Die schäbigen Läden und libanesischen Cafés der Edgware Road wichen hübschen viktorianischen Reihenhäusern mit sauber gestutzten Hecken. Das Taxi umrundete Little Venice und seine bunt bemalten Kanalboote. Dann bog es nach links ab und hielt vor einem Haus mit einem kleinen Garten und einer blauen Tür. Cynthia reichte dem Fahrer eine Zwanzigpfundnote, verzichtete auf das Wechselgeld und ließ sich dafür eine Blankoquittung geben.

Vor dem Gartentor blieb sie kurz stehen und kroch tiefer in ihren Wintermantel hinein, wappnete sich gegen das, was jetzt kam. Etwas Schweres schien sich auf ihre Brust gelegt zu haben und drückte ihr Herz schmerzhaft zusammen. Sie atmete ein paarmal tief durch und füllte ihre Lunge mit kalter Luft. Unversehens ging die Tür auf. Eine ältere Frau mit Nickelbrille und einem auffallenden weißen Zopf stand auf der Schwelle, ihre Finger nestelten am Kragen ihres langen Kleides.

»Kann ich Ihnen helfen?«, fragte sie. Sie musste Cynthia durchs Fenster gesehen haben.

Hastig suchte Cynthia in ihrer Handtasche nach ihrem Presseausweis. »Mrs Reed?«

Die Frau nickte.

»Ich heiße Cynthia Wills.« Sie hielt den Ausweis hoch wie einen Schutzschild. »Ich komme vom *Sentinel.* Mein aufrichtiges Beileid zu Ihrem Verlust. Könnte ich vielleicht kurz mit Ihnen über Ihre Tochter sprechen? Darüber, was sie für ein Mensch war?«

Mrs Reed nahm ihre Brille ab und wischte eine Träne weg, bevor sie sie wieder aufsetzte. Cynthia starrte zu Boden und wünschte sich weit fort. »Hören Sie, es tut mir leid. Wenn ich ungelegen komme, kann ich auch …«

Aber Mrs Reed machte die Tür noch ein Stück weiter auf. »Sie sollten lieber reinkommen. Draußen ist es eiskalt. Sie holen sich sonst noch den …« Sie hielt inne, und Schmerz flackerte über ihr Gesicht. »Sie holen sich sonst noch eine Erkältung.«

Das Haus war voller Uhren. Es gab antike Uhren und Digitaluhren, eine riesige Plastikmargerite mit einem Blütenblatt für jede Stunde und einen handbemalten Keramikteller mit römischen Ziffern auf dem Rand. Der Große Vorsitzende Mao winkte Cynthia von einer Uhr auf dem Kaminsims zu, sein Arm bewegte sich bei jedem Ticken.

Im Wohnzimmer zählte eine Standuhr lautstark die Sekunden. Auf dem Sofa daneben saß ein halbwüchsiges Mädchen. Ihre Augen waren verquollen und gerötet, und sie starrte mit leerem Blick aus dem Fenster. Sie hatte die gleichen feinen Züge und blonden Haare wie das Opfer. Ihre Schwester.

»Das ist meine jüngere Tochter, Jessica«, sagte Mrs Reed, nahm am anderen Ende des Sofas Platz und bedeutete Cynthia, sich auf den dicken Polstersessel daneben zu setzen. Sie spielte mit dem Ende ihres weißen geflochtenen Zopfes und schien in Gedanken weit weg zu sein. »Aber das stimmt wohl so nicht mehr«, sagte sie langsam. »Jetzt ist Jessica mein einziges Kind.«

Eine Uhr schlug die falsche Zeit in der darauf folgenden Stille. Cynthia holte ihr Notizbuch hervor und wurde sofort ruhiger. Professionalität war die beste Waffe in diesem Kampf: eine Barriere, die sie von der anbrandenden Trauer trennte, von ihren dunklen Strömungen und tückischen Untiefen. Sie blätterte eine neue Seite auf und strich sie glatt, bevor sie zu den tränenüberströmten Gesichtern von Mrs Reed und ihrer Tochter aufsah. Wo zum Teufel steckte der Vater?

»Mein Mann bringt es gerade seinen Eltern bei«, sagte Mrs Reed, als könnte sie Gedanken lesen. Um dann an Jessica gewandt fortzufahren: »Wir sollten etwas essen. Wir können nicht einfach aufhören zu essen.«

»Ich habe keinen Hunger«, sagte das Mädchen.

Mrs Reed seufzte und wandte sich wieder Cynthia zu. »Was möchten Sie über Lisa wissen?«

Cynthia dachte kurz nach. »Ich möchte versuchen, mir ein Bild von ihr zu machen. Welche Interessen, welche Hobbys hatte sie? Hatte sie einen Freund?«

Mrs Reed zog ein Taschentuch hervor und betupfte ihre Augenwinkel hinter der Brille, bevor sie antwortete. »Lisa war so lebenslustig! Mit ihr konnte keiner Schritt halten. Und so voller Pläne. Sie wollte nach dem Studium für ein Jahr nach Südafrika gehen und dort unterrichten. Ich habe mir Sorgen deswegen gemacht.« Stirnrunzelnd schüttelte sie den Kopf, als tauche sie in eine alte Diskussion ein. »Es gibt dort so viele schreckliche Krankheiten.«

Cynthia nickte. Was für eine grausame Ironie des Schicksals. Die Standuhr schlug einmal und ließ sie zusammenzucken. Mrs Reeds Redefluss schien versiegt.

»Soweit ich weiß, wurde Lisa von Freunden bis fast hierher gebracht. An dem Abend, an dem sie … verschwand«, sagte Cynthia. »Sie wohnen weit weg von Limehouse. Haben Sie irgendeine Ahnung, warum sie dort gefunden wurde? Hatte sie dort Bekannte?«

Mrs Reed schüttelte seufzend den Kopf. »Nicht, dass ich wüsste. Aber ich habe versucht, mich nicht in ihr Leben einzumischen. Sie ist schließlich siebenundzwanzig.« Ihr Blick wanderte zum Kaminsims. Dort stand ein Foto von Lisa zwischen den Uhren. Sie lächelte steif vor einem blauen Hintergrund. Ein Schulfoto. Vielleicht konnte sie es ausleihen? »War«, verbesserte sich Mrs Reed und starrte auf das Foto. »Sie *war* siebenundzwanzig, sollte ich sagen. Aber ich habe mitbekommen, dass sie in den letzten Monaten oft ausgegangen ist.« Ein trauriges Lächeln zerrte an Mrs Reeds Mundwinkeln. »Da war dieser junge Mann, Greg. Ihre Freunde sind ein ziemlich lustiger Haufen und gehen ständig tanzen. Normalerweise hat Lisa versucht, nicht zu spät nach Hause zu kommen, um genug Schlaf zu bekommen. Aber ich glaube, sie war ziemlich verliebt in den Jungen und blieb seinetwegen länger weg. Ich habe nichts dazu gesagt, aber mir Sorgen gemacht, ihr Studium könnte darunter leiden.« Die Stimme wurde etwas lauter, Stolz schwang darin mit. »Sie hat an ihrer Promotion in Geschichte gearbeitet. Aber sie hatte noch viele andere Interessen. Tennisspielen, Reiten, Skifahren.« Mrs Reed stand auf, ging zum Bücherregal und zog ein großes Album mit dickem Ledereinband hervor. »Sie haben gesagt, Sie wollten sich ein Bild von ihr machen«, bemerkte sie, legte das Album vor Cynthia auf den Tisch und schlug es auf.

Die Tote lächelte sie an, die Skibrille auf die Pudelmütze hochgeschoben, im Hintergrund die Alpen. Das Foto daneben zeigte eine ähnliche Szene. Fünf Freunde auf einem verschneiten Berg. Sie hatten einander die Arme um die Schultern gelegt und die skibewehrten Füße zu einer Art Can-Can gehoben. Lisa stand in der Mitte, den Kopf in den Nacken geworfen, und lachte. »Sie hat die Berge geliebt«, sagte Mrs Reed. Sie blätterte weiter, seitenweise Geburtstagskuchen, Abschlussfeiern, Ferien in exotischen Ländern und Weihnachtsfeiern im Familienkreis. Momente eines Lebens, das ausgelöscht worden war und nichts als papierne Erinnerungen hinterlassen hatte. Cynthia wurde wieder von diesem beklemmenden Gefühl gepackt und vergaß für einen kurzen Moment, wo sie war. Sie fiel rückwärts, in eine andere Zeit, einen anderen Ort: ein Zimmer voller Blumen, viel zu viele Blumen, deren Duft sich im Raum staute und einem die Luft nahm. Um sie herum das mitleidige Murmeln der Erwachsenen, geflüsterte Gesprächsfetzen: »Armes kleines Ding«, »Sie standen sich so nahe …«, »Schrecklich, dass sie mitansehen musste, wie …«

Eine Hand berührte sie am Arm. »Alles in Ordnung?«, fragte Mrs Reed und musterte sie besorgt.

»Ich … ja, danke. Bitte sprechen Sie weiter.« Cynthia versuchte, sich wieder ihre professionelle Maske aufzusetzen, diesmal jedoch vergeblich. Sie wollte nur noch weg hier, sich unter die Fußgänger mit ihren banalen Dramen mischen: ein verspäteter Zug, ein vergessener Schirm. Während Mrs Reed das gesamte Fotoalbum durchblätterte, hätte Cynthia am liebsten laut geschrien. Stattdessen atmete sie tief durch und setzte, als Mrs Reed endlich fertig war, ein mitfühlendes Lächeln auf. »Vielen Dank, dass Sie mit mir gesprochen haben. Ich glaube, ich weiß jetzt genug. Lisa muss ein wunderbarer Mensch gewesen sein. Lebensfroh, intelligent und großzügig. Dürfte ich mir vielleicht ein paar Fotos ausborgen?«

Mrs Reed blätterte zurück, zu einer Seite mit Schulfotos. Sie berührte das Bild ihrer Tochter. »Ich kann Ihnen das hier und das mitgeben«, sagte sie und löste die Bilder aus ihren Fotoecken. »Sie ist wunderhübsch, nicht wahr?« Sie schien wieder weit weg zu sein. Cynthia nickte, als wieder eine andere Uhr zur falschen Zeit schlug. Sie stand auf und hoffte, dass die Reeds nicht merkten, wie sehr ihre Finger zitterten, als sie die Fotos in ihre Handtasche schob und ihren Mantel zuknöpfte.

Jessica erhob sich ebenfalls. »Ich bringe Sie zur Tür«, sagte das Mädchen. Die Mutter nickte geistesabwesend.

Die kalte Winterluft brannte in Cynthias Gesicht und brachte sie wieder zur Besinnung. Jessica betrat hinter ihr den Gartenpfad. Sie trug nur eine Jeans und ein kurzärmeliges T-Shirt, schien die Kälte jedoch gar nicht zu bemerken.

»Und, haben Sie mit der Polizei gesprochen? Haben die irgendeine Ahnung, wer das getan hat?«

Cynthia zögerte kurz, bevor sie den Kopf schüttelte. »Nein. Aber dafür ist es auch noch ein bisschen früh.«

Jessicas Augen füllten sich mit Tränen, und eine davon rollte ihr über die Wange. »Sie bleiben doch an der Geschichte dran, nicht wahr?«, fragte sie. Ihre Stimme zitterte. »Sie schreiben so lange darüber, bis der Täter gefasst wird, ja? Sie werden nicht zulassen, dass sie in Vergessenheit gerät?«

Cynthia nickte. Der Drang, von hier wegzukommen, wurde fast übermächtig. Da packte Jessica sie am Handgelenk, sodass sie zusammenzuckte. »Werden Sie das wirklich tun? *Versprechen* Sie es mir?« Ihr Griff wurde fester, und die Augen des Mädchens größer und flehender. Noch eine Träne lief ihr übers Gesicht.

Cynthia nickte seufzend, diesmal nachdrücklicher. »Ja, ich verspreche es.«

»Danke«, sagte Jessica leise und ließ sie los.

Cynthia spürte, wie das Mädchen ihr nachsah, als sie über den Weg zu dem kleinen Gartentor davonging. Kaum war sie auf der Straße, begann sie zu rennen, das Notizbuch immer noch in der Hand. Sie wurde erst langsamer, als sie die schäbigen Läden und libanesischen Cafés der Edgware Road erreicht hatte.

5

»Gesundheitsbedrohung« Arbeitszeit

von Marcus Grimsby

Überstunden im Büro haben zu weit verbreiteten Gesundheitsproblemen geführt – immer mehr Menschen klagen über Schlafstörungen, so die neueste Forschung. Eine Untersuchung der British National Sleep Foundation hat ergeben, dass drei Viertel der Briten Schlafprobleme haben. Ein Drittel ist tagsüber so müde, dass ihre Leistungsfähigkeit stark beeinträchtigt ist. Bei einem von fünf Arztbesuchen geht es mittlerweile um Schlafprobleme.

Laut Studienleiterin Alysen Richards haben die Anforderungen des 21. Jahrhunderts eine Zeitknappheit geschaffen, die die Menschen zwingt, länger wach zu bleiben als noch vor zwanzig oder auch nur zehn Jahren. »Bald wird unsere gesamte Nation an Schlafentzug leiden«, so Richards. »Die Menschen wissen den Schlaf nicht mehr zu schätzen, betrachten ihn als verschwendete Lebenszeit. Indem sie sich zwingen, bis tief in die Nacht zu arbeiten, bekommen sie Schlaf-wach-Rhythmusstörungen. Der menschliche Körper kann das nicht unendlich lang verkraften.«

Cynthia wäre nie hinter Damiens Geheimnis gekommen, hätte es diesen Wochenendausflug nicht gegeben.

Es war ein Freitagabend, und sie waren mit Freunden auf

einen Drink gegangen. Das Old Duck war ein immer seltener werdendes Phänomen: ein traditionelles englisches Pub mit zerschrammtem Holzmobiliar, verblichenem geblümtem Teppich und einem blinkenden Spielautomaten in der Ecke. Seine Hauptattraktionen waren eine Dartscheibe, die gefüllten Ofenkartoffeln auf der Speisekarte sowie eine Auswahl an regionalen Bieren, auf die der Besitzer sehr stolz war. Man munkelte, dass Kunden, die nach einem Guinness Extra Cold fragten, sofort vor die Tür gesetzt wurden.

Sie saßen zu fünft an einem Tisch im hinteren Teil des Lokals. Damien und Joe hatten verschwörerisch die Köpfe zusammengesteckt. Wahrscheinlich unterhielten sie sich über eine moralisch fragwürdige Heldentat aus ihrer Studentenzeit. Cynthia, Karen und Judy diskutierten über George Clooney.

»Tut mir leid, Karen, aber was das anbelangt, bin ich mit Judy einer Meinung«, sagte Cynthia. »Clooney war vielleicht mal der heißeste Typ Hollywoods, aber jetzt ist er einfach … verwelkt.«

»Niemals!«, sagte Karen und legte in einer theatralischen Geste die Hand aufs Herz. »Es ist mir egal, wie alt er ist – George Clooney wird für mich *immer* der Sexiest Man Alive sein.« Sie richtete den Zeigefinger erst auf Cynthia und dann auf Judy. »*Versucht* mir erst gar nicht weiszumachen, dass ihr ihn aus eurem Bett werfen würdet, solltet ihr jemals das Glück haben, ihn dort vorzufinden.«

»Also, ich für meinen Teil kann dir schwören, dass ich das tatsächlich tun würde«, sagte Judy. »Aber das hat momentan nicht viel zu bedeuten, weil ich *überhaupt niemanden* in mein Bett lassen würde. Ich bekomme auch so schon zu wenig Schlaf.«

Es klang nach einem Scherz, aber Cynthia glaubte eine gewisse Bitterkeit herauszuhören. Sie musterte ihre Freundin aufmerksam und bemerkte ihre fahle Haut, die tiefen Augenhöhlen und die zu locker sitzende Kleidung, die von einem plötzlichen Gewichtsverlust kündete. Sie beugte sich vor und flüsterte Judy ins Ohr: »Alles in Ordnung? Du siehst ... erschöpft aus.«

»Geht schon.« Judy lächelte etwas bemüht. »Ich habe bloß jede Menge Überstunden gemacht. Ihr kennt ja die Anwaltsbranche: Da muss man Stunden schinden, die man seinen Mandanten in Rechnung stellen kann. Ich habe ernsthaft überlegt, unser Treffen heute abzusagen. Aber ich dachte, wenn ich das noch einmal mache, wisst ihr bald gar nicht mehr, wie ich aussehe.«

Karen, die in ihrer Handtasche gewühlt hatte, sah jetzt auf und setzte ein gespielt dramatisches Gesicht auf. »Verdammt!«, sagte sie. »Ich habe meinen Kamm vergessen. Und meine Haare sind zum Fürchten.« Sie fasste sich verlegen in ihren dunklen Bob und warf einen Seitenblick zu Joe hinüber.

An einem sehr betrunkenen Abend vor fast einem Jahr hatten Karen und er rumgeknutscht. Joe hatte das längst vergessen, Karen jedoch anscheinend nicht.

»Komm«, sagte Judy und erhob sich von ihrem Stuhl. »Ich habe eine Bürste dabei. Bringen wir deine Haare auf der Damentoilette wieder in Ordnung.«

Als sie weg waren, wandte Cynthia ihre Aufmerksamkeit Joe und Damien zu, die gerade über einen der Supervisoren bei Draycott lästerten. Joe schwenkte gestikulierend sein Glas, im Mundwinkel hatte er eine unangezündete Zigarette hängen. Er rauchte, hasste es aber, nach draußen zu gehen und dort allein zu paffen. Deshalb zog er manchmal seinen Mantel an und steckte sich eine Zigarette zwischen die Lippen, aber dann konnte er sich doch nicht aufraffen, hinauszugehen. Cynthia hatte ihn schon ganze Abende lang so erlebt: ein verhinderter Raucher im Wintermantel.

Eine kurze Pause entstand, als er die Zigarette zwischen seinen Lippen hervorzog und in den Fingern drehte. Er räusperte sich. »Hast du gesehen, dass an dem Wochenende von Stus Junggesellenabschied das Pokalspiel von Arsenal in Barcelona ist?«, fragte er Damien. Cynthia interessierte sich nicht für Fußball, und normalerweise hätte das genügt, um ihre Gedanken abschweifen zu lassen. Aber irgendetwas an Joes Tonfall ließ sie aufhorchen.

Damien richtete sich auf und hob den Kopf wie ein Tier, das eine Fährte wittert. »Ja und? Ich weiß, dass die Schotten keine großen England-Fans sind, aber wir werden schon einen Pub finden, der das Spiel zeigt.«

»Schon, aber ... du weißt ja, was für ein Arsenal-Fan Stu ist.« Joe räusperte sich und wählte seine nächsten Worte mit Bedacht. »Und deshalb hat er beschlossen, die Party von Edinburgh nach ... Barcelona zu verlegen.«

Verwirrt drehte Cynthia sich zu Damien um. Seine Züge hatten sich verhärtet, und die Kiefermuskeln waren angespannt. Sie berührte seinen Arm, aber er reagierte nicht.

»Schatz?«, sagte sie. »Was ist denn ... Stimmt irgendwas nicht mit Barcelona?«

Er schien sich wieder zusammenzureißen, verzerrte den Mund zu einem Lächeln, das seine Augen jedoch nicht erreichte. Geistesabwesend tätschelte er ihr Knie. »Nein, alles bestens. Barcelona ist ... prima.«

Joe sah sie erstaunt an, so als wäre ihre Frage höchst merkwürdig. »Ich glaube, es geht hier eher um die Reise als um das Ziel, wenn du verstehst, was ich meine.«

»Nein, das verstehe ich nicht«, sagte sie schnippisch und begann sich zu ärgern. »Und ich wüsste es wirklich sehr zu schätzen, wenn ihr euch eure kryptischen Kommentare und vielsagenden Blicke sparen würdet, bevor ich noch auf die Idee komme, dass ihr eine Affäre miteinander habt.« Sie drehte sich zu Damien. »Was meint er damit? Hast du … du hast doch keine Flugangst, oder?«

Aber das konnte gar nicht sein, weil Damien durchaus flog. Das wusste sie von den Fotos über seinem Schreibtisch: Damien und sein Kletterkumpel Simon auf einem Gipfel im Himalaya, die Gesichter gerötet vor Stolz und Erschöpfung. Damien beschwipst im grellen Neonlicht von Hongkongs Ausgehviertel. Damien, wie er sich irgendwo auf den Philippinen im Taucheranzug an einem Boot hochzog.

Aber in den zehn Monaten, die sie jetzt mit ihm zusammen war, waren sie nicht ein einziges Mal irgendwohin geflogen. Nicht, dass sie das nicht angesprochen und Safaris in Kenia, Urlaub in Griechenland und ein Skiwochenende in der Schweiz vorgeschlagen hatte. Aber aus irgendeinem Grund war es nie dazu gekommen. Stattdessen hatten sie den Euro Star nach Paris genommen und waren im Sommer mit einem gemieteten Segelboot die englische Küste entlanggeschippert. Dann war da noch das Wochenende in einem Bed & Breakfast in Bristol gewesen, wo sie Blümchensex in einem nach Potpourri riechenden Zimmer gehabt hatten. Mehr nicht.

»Natürlich habe ich keine Flugangst«, sagte Damien. Doch er wich ihrem Blick aus. »Mir graut eher vor der Architektur von Barcelona. Der ganze Gaudì-Scheiß geht mir auf die Nerven! Habt ihr die Kathedrale mal gesehen? Eine Mischung aus Geisterschloss und Sandburg.« Er schüttelte sich dramatisch. »Mir bricht der kalte Schweiß aus, wenn ich nur daran denke.« Er legte eine Hand auf Cynthias Schulter und setzte eine gespielt traurige Miene auf: »Ich hätte dich wohl vorwarnen müssen: Ich leide an Gaudìphobie. Eine Erkrankung, die gar nicht so selten ist, wie man glaubt.«

Neben ihm verzogen sich Joes Lippen zu einem zögernden Lächeln. »Genau. Und? Heißt das, du kommst nicht mit?«

»Ich denk drüber nach.«

»Jetzt mal im Ernst, Damien!«, begann Cynthia. »Warum …«

Aber er brachte sie mit einem plötzlichen Kuss zum Schweigen. »Ich weigere mich, Fragen zu beantworten, die mit ›Jetzt mal im Ernst‹ beginnen.« Er klang liebevoll, aber bestimmt. »Es ist Freitagabend, wir haben eine anstrengende Woche hinter uns, und ich für meinen Teil hätte nichts gegen ein bisschen Spaß und jede Menge Alkohol einzuwenden.« Er legte ihr den Arm um die Taille, und sie zögerte kurz, bevor sie sich an ihn schmiegte. Es brachte nichts, jetzt weiter nachzufragen. Das konnte bis morgen warten, wenn sie allein waren. Und er hatte ja recht: Eine anstrengende Woche lag hinter ihnen, und sie hatte sich auf diesen Abend gefreut.

Sie war mit ihren besten Freunden und ihrem liebevollen, attraktiven Freund unterwegs. Das Leben war schön. Sie musste dringend damit aufhören, sich überflüssige Sorgen zu machen.

»Sambuca für alle!«, rief Damien.

Mitten in der Nacht wurde Cynthia von Scherbenklirren geweckt. »Damien!«, flüsterte sie gepresst in die Dunkelheit, während ihr Herz wie wild klopfte. »Da ist jemand im Wohnzimmer!« Stille. Ihre Hand tastete nach ihm und bekam nur das kalte Laken zu fassen. Erleichterung durchströmte sie. Es war also nur Damien, der mal wieder eine Heißhungerattacke hatte. Sie ließ sich auf ihr Kissen zurückfallen und schloss die Augen. Er hatte sie schon während ihrer ersten gemeinsamen Nacht vor seinen nächtlichen Küchenausflügen gewarnt. Das hatte was mit einem überaktiven Stoffwechsel zu tun, der es ihm erschwerte, acht Stunden ohne Nahrung durchzuhalten. Normalerweise war das kein Problem: Cynthia hatte einen festen Schlaf, und wenn er sie mal weckte, schlief sie gleich darauf wieder wie ein Stein. Aber das Geräusch hatte ihr einen Adrenalinstoß versetzt, sodass an Schlaf nicht mehr zu denken war. Sie stützte sich auf und warf einen Blick auf den Digitalwecker, der 4.48 Uhr anzeigte. Von irgendwo aus der Wohnung kam ein seltsames Scharren. Was zum Teufel tat er da?

Cynthia schlug die Bettdecke zurück und tapste durchs Zimmer, noch etwas benommen von dem vielen Sambuca gestern. Der Flur schien sich vor ihr in die Länge zu ziehen, sodass sie sich kurz fragte, ob sie noch träumte. Dann betrat sie das Wohnzimmer und sah, dass ihr Freund in Jogginghose und T-Shirt mit Schaufel und Besen neben dem Sofa kauerte. Vor ihm auf dem Boden befanden sich eine Pfütze und Glasscherben. Er sah kurz auf, während er sie zusammenfegte. »Tut mir leid, dass ich dich geweckt habe. Ich habe mein Wasser umgestoßen.« Er verschwand kurz in der Küche, um die Scherben in den Mülleimer zu werfen. Das Scharren hallte in der nächtlichen Stille besonders laut nach.

Sie sah sich verwirrt um, nahm das Kreuzworträtselheft auf dem Tisch, die aufgeschlagene Musikzeitschrift, den schmutzigen Kaffeebecher und die halb geleerte Nacho-Tüte auf dem Boden wahr. Der Fernseher lief stumm und zeigte eine Frau, die mit einer Art Hightech-Mixer Obst zerkleinerte. Cynthia rieb sich die Schläfen, während ihr benommenes Hirn die Szene verarbeitete. Damien kehrte zurück, lehnte sich gegen den Türrahmen und nippte an einem Glas mit frischem Wasser.

»Wie lange bist du schon auf?«, fragte Cynthia und wurde mitten im Satz von einem Gähnen unterbrochen, sodass sie zu sagen schien, »Wie lang bist du schon huaaa?«

Er zuckte die Achseln. »Keine Ahnung. Ich habe was gegessen und beschlossen, ein bisschen fernzusehen. Aber dann hat mich der Plot so gefesselt, dass ich die Zeit vergessen habe.«

»Der Plot?«, sagte Cynthia und schaute zum Bildschirm hinüber, auf dem die Frau eine Tüte Möhren emporhielt.

Er folgte ihrem Blick. »Ja. Ich warte darauf, dass sich Möhre und Brokkoli am Ende kriegen. Ich habe so das dumpfe Gefühl, dass sie im Mixer zusammenkommen, ihre Romanze allerdings nur von kurzer Dauer sein wird. Eine zum Scheitern verurteilte Liebe, genau wie ›*Romeo und Julia*‹, bloß mit Gemüse.«

Sie musterte ihn aufmerksam. Er wirkte ganz normal – war zu Scherzen aufgelegt und völlig entspannt. Aber irgendetwas beunruhigte sie. Sie sah sich um und versuchte, sich einen Reim darauf zu machen. Ihr Blick kehrte zu dem Kreuzworträtselheft zurück. Wo kam das auf einmal her? Sie hatte Damien noch nie Kreuzworträtsel lösen sehen. Sie hob es auf. Es war dick, mehr als hundert Seiten. Sie blätterte darin, und ihre Verwirrung wuchs von Seite zu Seite: Das Buch war zu einem Dreiviertel mit Damiens Handschrift gefüllt.

Sie sah sich erneut um. Endlich begriff sie, was sie da vor sich hatte: ein Schlachtfeld, auf dem der verzweifelte Kampf ausgetragen wurde, wach zu bleiben. »Was hast du?«, fragte sie leise. »Leidest du an Schlaflosigkeit? Ist es das? Du bist offensichtlich schon länger wach, wahrscheinlich schon seit Stunden.« Sie hielt das Heft hoch. »Und das nicht nur heute Nacht, stimmt's?«

Anstelle einer Antwort kam er zu ihr, legte die Hände auf ihre Hüften und zog sie an sich.

»Ich weiß Ihre Besorgnis zu schätzen, Frau Dr. Wills, aber wenn Sie mir wirklich beim Einschlafen helfen wollen, verschreiben Sie mir doch bitte Krankengymnastik. Vielleicht können Sie mir ja ein paar gymnastische Übungen zeigen?« Seine Lippen streiften die ihren, und einen Moment lang schmiegte sie sich an ihn und überließ sich seinem Kuss. Doch dann löste sie sich wieder von ihm und schüttelte heftig den Kopf.

»Ein netter Versuch! Aber Sex ist keine Lösung.«

»Ach ja? Sex ist sehr wohl die Lösung. Obwohl ich ehrlich gesagt das Problem vergessen habe.«

»Du bist das Problem. Deine Schlaflosigkeit. Und dass du mir erzählst, dass du nur schnell was isst, während du in Wirklichkeit stundenlang aufbleibst. Warum?«

Eine Weile starrte er sie einfach nur an. Dann seufzte er, als entwiche Luft aus einem Reifen. Plötzlich schienen ihn sämtliche Kräfte verlassen zu haben. Er ließ sich aufs Sofa fallen, beugte sich vor, stützte sich auf die Oberschenkel und schlug die Hände vors Gesicht. Ein weiterer Seufzer erschütterte seinen Körper, und Cynthia bekam Angst.

Als er »Na gut«, murmelte, hörte sich das an, als führte er Selbstgespräche. Ohne den Kopf zu heben, klopfte Damien neben sich aufs Sofa. Cynthia setzte sich und wartete. Sekunden vergingen, und je länger das Schweigen dauerte, desto größer wurde ihre Angst. Nur noch das schwache Gurgeln in den viktorianischen Wasserleitungen war zu hören. Was hatte Damien Schlimmes zu verbergen? Hatte es etwas mit ihrer ... Beziehung zu tun? Eine heimliche Affäre, die an ihm nagte, ihm den Schlaf raubte? Die Angst verwandelte sich in grässliche Panik.

Als er endlich mit der Sprache herausrückte, konnte sie ihre Erleichterung nur mit Mühe verbergen. »Ich hatte einen Albtraum«, sagte er.

Cynthia ließ sich in die Sofakissen sinken und unterdrückte ein Lächeln. Nichts Schlimmes, nur ein böser Traum. Ihr Freund liebte sie, und alles war in Ordnung. Dann fiel ihr das Kreuzworträtselheft wieder ein. Seitenweise ausgefüllte Kästchen.

»Du meintest sicherlich Alb*träume*? Halten die dich vom Schlafen ab?«

Er sah hoch und blinzelte. »Nein. Ich habe mich nicht

klar genug ausgedrückt: Ich habe einen Albtraum, nur einen einzigen.«

»Du meinst einen wiederkehrenden Albtraum?«

Er nickte wortlos. Ein Haarbüschel stand ihm vom Kopf ab, und Cynthia strich es gedankenverloren glatt, während sie versuchte, diese Information mit ihrem Freund in Einklang zu bringen. Damien war kein ängstlicher Typ. Ihr fiel nichts ein, wovor er Angst hatte. Dann dachte sie wieder an den Pub und Joes Worte zurück.

Das Problem ist die Reise.

»Ist dieser Albtraum daran schuld, dass du nicht mehr fliegen willst?«

Damien warf ihr einen überraschten, ertappten Blick zu, in den sich langsam Resignation mischte. Cynthia wartete, während er es sich auf dem Sofa bequem machte, sich auf den Rücken legte, seinen Kopf in ihren Schoß bettete und seine Beine über die Armlehne baumeln ließ. »Ja.«

Sie strich ihm über die Stirn und fragte sich, welche Gedanken und Ängste sich wohl dahinter verbargen.

»Erzählst du mir davon? Ich würde dir gerne helfen. Und wenn das nicht geht, möchte ich dich wenigstens verstehen.« Als darauf Stille folgte, fügte sie hinzu: »Bitte.«

Er schloss die Augen. »Der Traum beginnt immer mit Turbulenzen.« Seine Stimme war monoton, vollkommen leblos. »Ich höre, wie die Gepäckfächer klappern, die Koffer verrutschen. Du bist auch dabei.« Cynthia bekam Gänsehaut. Trotzdem lächelte sie ihm ermutigend zu, als er die Augen öffnete. »Du sitzt direkt neben mir. Deine Hand berührt mein Knie, und ich drehe mich zu dir um. Ich lächle dich an, weil ich weiß, dass dich das Fliegen nervös macht. Ich will dich beruhigen, wegen der Turbulenzen.« Er lachte ein trockenes, bitteres Lachen, so als bräche etwas entzwei. »Deshalb will ich so was sagen wie ›Mach dir keine Sorgen‹. Aber dann sehe ich deinen Gesichtsausdruck, und die Worte bleiben mir im Hals stecken. Deine Augen … sind weit aufgerissen vor Entsetzen. Sie fixieren etwas direkt hinter mir, knapp über meinem Fenster. Ich drehe mich um.« Er verstummte und stützte sich auf, um nach dem Wasserglas auf dem Couchtisch zu greifen. »*Ein Riss läuft quer durchs Flugzeug.* Ich sehe, wie Wasser daran entlangperlt. Während ich hinsehe, wird er immer länger und länger, er reicht bis zur Oberkante meines Fensters. Kurz scheint alles um mich herum zu erstarren. Ich bekomme eine tierische Angst, bin wie gelähmt, kann keinen klaren Gedanken mehr fassen. Dann fällt ein Tropfen auf meinen Arm. Das bricht den Bann, und ich beginne zu schreien. Ich rufe die Stewardess. *Stewardess! Sie müssen dem Captain sagen, dass er das Flugzeug landen soll. Sagen Sie ihm …* Aber sie hört nicht auf mich. Sie steht einfach nur da und runzelt die Stirn. Sie trägt grellroten Lippenstift, der aussieht wie eine blutige Schnittwunde. Sie sagt, dass ich mich beruhigen soll, dass ich die anderen Passagiere nervös mache. Ich versuche, ihr zu widersprechen, aber meine Stimme ist weg, ich bringe kein Wort raus. Dann ertönt ein Donnern, ein Ball aus weißem Licht erscheint. Ich höre den Wind schreien, ich höre dich schreien – alle brüllen, als sich ein Riesenriss in der Flugzeugkabine bildet und alles ansaugt: Decken, Plastikbecher, Zeitschriften.« Er schluckte schwer. »*Uns.* Der Himmel greift nach unserer Stuhlreihe, zerrt daran. Metall reißt.«

Cynthias Herz raste, und auf ihrer Stirn standen Schweißperlen. *Oh Gott!*, dachte sie. *Mir wird schon vom Zuhören ganz anders. Und er erlebt das Nacht für Nacht aufs Neue.*

»Es gibt einen Ruck«, sagte Damien. »Und plötzlich trudele ich durch das grelle, eiskalte All. Einen verrückten Moment lang kann ich tatsächlich die Flugzeughülle sehen, mein Fenster von außen und die Wand darüber, die in Zacken ausläuft und schließlich im Nichts endet.« Sein Mund verzerrte sich zu einem starren Grinsen. »So sagt man doch, oder? Im Nichts. Dann wird mein Kopf zur Seite geschleudert, und du bist noch da, direkt neben mir, dein Sitz ist nach wie vor mit meinem verbunden. Deine Augen sind weit aufgerissen, und deine Haut ... ist blau. Dann kann ich nichts mehr sehen und ich falle und schreie und ...«

Er konnte nicht weitersprechen und legte schützend den Arm vor die Augen.

»Und dann wachst du auf?«, fragte Cynthia sanft und verbarg ihre Nervosität hinter einem mitfühlenden Lächeln. Er nickte stumm. Sie beugte sich über ihn und küsste ihn auf die Wange. »Danke«, sagte sie. »Jetzt weiß ich wenigstens, was los ist.« Sie schwiegen eine Weile. Damiens Arm lag immer noch über seinem Gesicht.

»Also, was ist passiert?«, fragte Cynthia schließlich.

Er nahm den Arm weg und blinzelte misstrauisch. »Wie meinst du das?«

Sie strich ihm eine Haarsträhne hinters Ohr und wusste instinktiv, dass sie sich auf dünnem Eis bewegte. »Früher bist du geflogen, aber jetzt nicht mehr. Du hast diesen Flugzeugalbtraum. Deshalb gehe ich davon aus, dass du in eine Art ... Unglück verwickelt warst?«

Er schob ihre Hand weg, setzte sich auf und stellte die Füße auf den Boden. »Nein«, sagte er. »Es gab kein Unglück.«

»Aber wenn nichts passiert ist, wieso ...«

»Vielleicht *wird* es irgendwann passieren. Falls ich je wieder fliegen sollte.«

Sie schloss unwillkürlich die Augen und fragte sich, ob sie richtig gehört hatte. »Du ... du glaubst an so was?«

»Ginge dir das anders, wenn du Nacht für Nacht dasselbe träumen würdest? So als wollte das Universum dir etwas mitteilen, dich warnen?«

Cynthia starrte ihren Freund an und erwartete, dass er gleich grinsen und ihr zu verstehen geben würde, er habe nur Spaß gemacht. Denn Damien war der geborene Skeptiker: ein Atheist, der über Gespenster, Telepathie und frühere Leben nur die Nase rümpfte. Der sich darüber amüsierte, dass es so etwas wie Parapsychologie überhaupt gab. Und jetzt saß er hier und behauptete, in die Zukunft sehen zu können. Das ergab einfach keinen Sinn.

»Habe ich das richtig verstanden?«, sagte sie langsam. »Du erzählst mir also, dass du nicht mehr fliegst, weil du denkst, dein Albtraum ist … hellseherischer Natur?«

Anstelle einer Antwort sprang er vom Sofa, griff nach dem leeren Kaffeebecher und ging in die Küche. Cynthia folgte ihm und blieb in der Tür stehen, während er Wasser über den Becher laufen ließ und ihn energisch schrubbte. »Habe ich irgendwas Falsches gesagt?«, fragte sie leise.

Sie sah, wie seine Schultern sich hoben und er für einen Moment ganz starr wurde. »Hör zu, es tut mir leid … Es fällt mir nicht leicht, darüber zu reden, und es ist auch nicht gerade hilfreich, wenn du mich für eine Art … *Akte-X*-Spinner zu halten scheinst.«

Sie durchquerte die Küche und umarmte ihn von hinten. »Das tue ich nicht, wirklich nicht. Das … das klingt bloß so gar nicht nach dir. Aber wenn du wirklich glaubst, dass dieser Traum eine Art Warnung oder Prophezeiung ist … werde ich das respektieren.«

»Danke«, sagte Damien und legte seine Hände auf die ihren. »Ich weiß, das klingt alles ziemlich … abgefahren. Aber glaub mir: Hättest du diesen Albtraum so oft wie ich, würdest du auch nicht mehr fliegen wollen.«

»Wie oft hast du ihn denn? Einmal im Monat, einmal in der Woche … wie oft?«

Seine Rückenmuskeln verspannten sich, und seine Finger umklammerten ihre Hände, als genüge allein schon die Frage, dass er sich vollkommen verkrampfte. Cynthia wünschte, sie könnte sein Gesicht sehen.

»Früher nur ab und zu«, sagte Damien. »Aber dann immer öfter: ungefähr einmal die Woche. Und in letzter Zeit … wird es schlimmer. Viel schlimmer. Dreimal die Woche, vielleicht auch viermal.« Er schwieg. »Ich habe dich vorhin angelogen, als ich dir gesagt habe, ich wäre wegen des Albtraums aufgestanden. Ich habe ihm gar nicht erst die Chance gegeben wiederzukehren. Ich bin aufgestanden, als du eingeschlafen bist.« Endlich drehte er sich zu ihr um. Cynthia wurde eiskalt, denn Damien war vollkommen verändert. Seine Mundwinkel zeigten nach unten, und seine Augen waren riesengroß und glänzten, so als sähen sie irgendetwas Entsetzliches in der Ferne, das nur er wahrnehmen konnte. Er sah aus wie der Veteran eines langen, blutigen Krieges.

»Ich bin die ganze Nacht aufgeblieben, weil ich Angst vor dem Einschlafen habe.«

6

Bei unserer zweiten Verabredung hatte ich Katrina in ein Pub am Kanal eingeladen. Ich dachte, die Lichter in den Bäumen würden ihr gefallen: Zwischen den Zweigen schimmerten und blinkten weiße Lichtpünktchen. Ich habe noch nie Glühwürmchen gesehen, aber genau so stelle ich sie mir vor. Es war ein warmer Juliabend, und wir saßen an einem der Tische direkt am Ufer. Katrina trug Ohrringe, die aussahen wie Diamanten – vielleicht *waren* es sogar Diamanten –, und die Lichter in den Bäumen ließen sie aufblitzen, wenn sie den Kopf neigte. Sie trug wieder diese besondere Frisur mit dem Zopf, der ganz oben auf ihrem Kopf begann.

Ich zermarterte mir das Hirn nach einer klugen Bemerkung, nach einem netten Kompliment. Aber nichts schien mir gut genug, also sagte ich schließlich nur: »Deine Frisur gefällt mir. Ist das kompliziert?«

Sie legte ihre Hand auf die meine, und auf einmal hatte ich das Gefühl, einen Ballon in der Brust zu haben, der immer größer und größer wurde, bis er beinahe platzte. Ich starrte auf den Tisch, auf ihre Hand, die meine festhielt.

Da sagte sie: »Wenn du magst, zeige ich dir, wie das geht. Dann kannst du sie mir auch mal machen.«

Ich sah mit einem Ruck auf. Nahm sie mich auf den Arm? Irgendwie hatte ich immer noch Angst, dass Katrina sich nur mit mir traf, um sich über mich lustig zu machen. Dass sie jeden Moment anfangen würde, laut zu lachen, und so was sagen würde wie: »Du hast doch nicht ernsthaft gedacht, dass …«

Aber Katrina sah mich auf eine Art und Weise an wie noch nie jemand zuvor. So als könnte sie in mich hineinschauen und hätte dort etwas entdeckt. Etwas Schönes. Und auch das machte mir Angst, denn ich weiß besser als jeder andere, was sich dort verbirgt: nicht eben viel. Auf jeden Fall nichts, was diesen Blick verdient hätte.

Ich glaube, sie muss die Angst in meinem Gesicht gesehen, aber falsch verstanden haben, denn sie sagte: »Entschuldige, war das ein dummer Vorschlag? Meine Mutter hat mir nämlich immer den Zopf geflochten.« Dann senkte sie den Kopf, griff nach ihrer Serviette und tupfte damit über ihre Augen. »Sie ist gestorben, als ich zwölf war. Aber wenn sie mir die Haare geflochten hat, habe ich mich immer so …« Sie verstummte, als suchte sie nach den richtigen Worten. »… so behütet gefühlt.«

»Das mit deiner Mum tut mir leid«, erwiderte ich und fragte mich, wie es sich wohl anfühlte, eine Mutter zu haben, die einem die Haare kämmte, die darauf achtete, dass man warm genug angezogen war, und die einem vermutlich auch Schlaflieder und so was vorgesungen hatte, als man noch klein war. Eine, deren Tod eine Riesenlücke in deinem Herzen hinterlässt. »Ich würde sehr gern lernen, wie …« – ich wollte schon ihr Haar berühren, ließ es dann aber lieber bleiben und zeigte stattdessen darauf – »… wie das geht.«

Sie lächelte mich an. Eine Träne glitzerte noch auf ihrer Wange. »Du bist wirklich ein netter Kerl, nicht wahr, Jeff? Manche Leute finden ›nett‹ langweilig, aber ich bin da anders. Ich finde, das ist eine seltene Eigenschaft. Eine seltene und kostbare.«

Ich konnte es kaum fassen. Das war das Tollste, was ich in meinem ganzen Leben zu hören bekommen hatte. Und sie sah so schön aus unter den glitzernden Lichtern. Oh Mann, war das ein Moment! Ich suchte krampfhaft nach einer Antwort, nach einem coolen Spruch wie in den James-Bond-

Filmen. Aber als ich den Mund aufmachte, kam die schlichte Wahrheit heraus. »Ich mag dich wirklich sehr, Katrina. Mehr als jeden anderen Menschen.«

Gleich darauf fühlte ich mich nackt. Ich wartete auf ihre Reaktion, voller Angst, dass sie sich über mich lustig machen würde. Oder sagen, wir könnten doch einfach gute Freunde sein, was bekanntlich bedeutet, dass eine Frau nicht auf dich steht. Aber stattdessen geschah etwas Seltsames: Katrina fielen die Augen zu, und sie kippte vornüber. Und zwar ganz plötzlich, wie eine Marionette, deren Fäden man durchtrennt hat.

»Katrina?«, flüsterte ich und stupste sie leicht an, sodass ihr Kopf auf die Seite rollte. Sie lag einfach nur da, die Wange auf dem Papierset. Aber ich wusste, dass sie noch lebte, weil ich ihren Atem hören konnte.

Was hatte das zu bedeuten? Waren ihre Tränen nur ein Trick, um mich aus der Reserve zu locken und mir anschließend wehzutun? So wie Ma, wenn sie die Arme ausbreitete und sagte, »Komm, mein Junge, drück mich mal!«, um mir dann eine Kopfnuss zu verpassen und mich zu verfluchen, wenn ich in ihre Nähe kam. Von Katrina könnte ich so etwas nicht ertragen. Ich überlegte, ob ich mich aus dem Staub machen sollte, bevor sie die Augen aufmachte. Bevor sie mir wehtat. Aber ich konnte mich nicht rühren. Ich war wie gelähmt. Also blieb ich sitzen, während die Minuten zäh vorbeiflossen, und wusste nicht, was ich tun sollte. Mein ganzes nutzloses Leben verengte sich auf diesen Moment. Ich war wirklich überzeugt, dass ich sterben würde, wenn sie sich jetzt aufsetzte und mich auslachte. Der Himmel wurde immer dunkler, sodass ich sehen konnte, wie sich die Baumlichter auf dem Wasser spiegelten, klar und deutlich wie Sterne. Dann fuhr ein Boot vorbei, und sie verschwanden in den Wellen.

Katrina gab ein leises Seufzen von sich und hob den Kopf.

Ich fuhr hoch und schnappte nach Luft. Ich wartete auf das, was sie mir antun würde. Mein Magen spielte dermaßen verrückt, dass ich befürchtete, mich übergeben zu müssen, solche Angst hatte ich.

Sie sah sich blinzelnd um. »Es tut mir so leid!«, sagte sie. »Wie lange war ich weg?«

Ich sah auf die Uhr, obwohl ich die Antwort schon wusste. »Zweiundzwanzig Minuten.« Ich tat so, als würde ich auf einen Fleck auf dem Tischtuch starren und zupfte daran herum. »Ich fürchte ... dir hat nicht gefallen, was ich vorhin gesagt habe.«

Dann geschah etwas ganz Unglaubliches: Katrina beugte sich vor und küsste mich mitten auf den Mund. »Nein«, sagte sie mit fester Stimme. »Das lag nicht an dir. Ich habe ... ein medizinisches Problem.« Sie lächelte ein bisschen schüchtern. »Es kann durch starke Gefühle ausgelöst werden.« Dann legte sie ihre Hand so auf meinen Handrücken, dass jeder ihrer Finger in den Zwischenräumen zwischen meinen zu liegen kam. Es passte perfekt.

Zehn Kilometer: So weit lagen Leben und Tod auseinander. Cynthias Augen flogen zwischen den beiden roten Kringeln auf ihrem Londoner Stadtplan hin und her. Dazwischen lagen die Straßen, Gassen und Parks, die eine lebendige, atmende Frau aus Maida Vale von einem feuchten Grab in Limehouse trennten. Sie strich den Stadtplan auf ihrem Schreibtisch glatt. Das war natürlich die Distanz in Luftlinie, die tatsächlich zurückgelegte Strecke betrug eher fünfzehn Kilometer. Cynthia legte den Finger auf den roten Kringel, der den Ort markierte, an dem Lisa Reed zum letzten Mal gesehen worden war. Dann fuhr sie damit die Marylebone Road und die Old Street entlang und versuchte den Weg nachzuvollziehen, den der Mörder genommen hatte. Lisa und ihre Freunde hatten sich an einem Punkt verabschiedet, der nicht von Überwachungskameras erfasst wurde, die nächstgelegene Kamera war schon seit mehr als einem Monat kaputt. Der Angreifer könnte sie also in seinen Wagen gezerrt, vielleicht auch gelockt haben, um dann mit ihr quer durch die Stadt zu fahren, ohne Aufsehen zu erregen oder Spuren zu hinterlassen. Cynthia starrte nachdenklich auf die rot eingekringelte Straße in Maida Vale. Natürlich konnte der Mörder sie ebenso gut an Ort und Stelle erwürgt und die Leiche anschließend zum Fluss gefahren haben. Aber das war wenig wahrscheinlich, auf Lisas Heimweg gab es einfach zu viele Häuser. Es musste doch *irgendjemand etwas* bemerkt haben, selbst zu dieser Uhrzeit, wenn die meisten schon schliefen.

Ich habe Angst vor dem Einschlafen.

Die Worte schossen Cynthia unvermittelt durch den Kopf und beschworen wieder Damiens gehetzten Blick am Vorabend herauf. Mein Gott, wie hatte sie nur übersehen können, dass etwas mit ihm nicht stimmte? Dass ihr Freund gegen Dämonen ankämpfte und keinen Schlaf fand? Und dieser schreckliche Albtraum ... Wie hielt er das bloß aus, Nacht für Nacht aus einem Flugzeug gerissen und hinunter zur Erde geschleudert zu werden?

Vielleicht wird es irgendwann passieren. Falls ich je wieder fliegen sollte.

Zehn Stunden waren vergangen, seit sie diese Worte gehört hatte, aber Cynthia konnte sie immer noch nicht fassen. Damiens Überzeugung, der Traum prophezeie die Zukunft, passte einfach nicht zu ihm. Geistesabwesend kritzelte sie am Rand ihres Stadtplans herum und überlegte. Angenommen, seine Albträume waren kein Blick in die Zukunft ... was hatte sie ausgelöst? Grübelnd drehte sie den Stift zwischen Daumen und Zeigefinger hin und her. Egal, von welcher Warte aus sie die Sache betrachtete – es gab nur eine logische Erklärung: Damien war in ein Flugzeugunglück verwickelt gewesen. Aber aus irgendeinem Grund sollte sie das nicht wissen.

Warum nicht? Könnte das etwas mit ihrer Beziehung zu tun haben? Der Gedanke löste einen kurzen Anfall von Panik in ihr aus, bevor sie ihn wieder verwarf. Seit sie ein Paar waren, waren Damien und sie höchstens einen Tag getrennt gewesen. Also musste das Unglück vor ihrer Zeit passiert sein. Eine missglückte Flugreise mit einer anderen Frau war somit ausgeschlossen. Aber wenn die Wahrheit keine Gefahr für ihre Beziehung darstellte, warum hielt er sie dann vor ihr geheim?

Cynthia starrte auf ihren Schreibtisch und sah, dass sie die Umrisse eines Flugzeugs auf den Stadtplan gekritzelt hatte. Sie versah den Rumpf mit einem Riss und betrachtete das Bild. Ein derartiges Unglück ... darüber musste es Presseberichte geben. Sie schob den Plan beiseite, wandte sich ihrem Computer zu und loggte sich ins Archiv ein. Es reichte Jahrzehnte zurück und enthielt sämtliche Artikel aller wichtigen Zeitungen weltweit. Mit einer einfachen Suchanfrage konnte sie alle Berichte aufrufen, in denen ein Flugzeug vorkam, dessen Rumpf im Flug geborsten war. Damit hätte sie eine Fluggesellschaft und eine Flugnummer und müsste nur noch einen Blick auf die Passagierliste werfen, um zu wissen, ob Damien mitgeflogen war.

Cynthia wollte gerade die Suchbegriffe eingeben, als sie innehielt. Was genau wollte sie eigentlich mit dieser Information anfangen? Damien damit konfrontieren und ihm gestehen, dass sie hinter seinem Rücken herumgeschnüffelt hatte? War das ihre Vorstellung von einer Beziehung?

Nein. Sie schloss das Archiv. Falls Damien etwas vor ihr verheimlichte, musste sie darauf vertrauen, dass er seine Gründe dafür hatte. Besser, sie gab ihm Zeit, sich zu öffnen, statt ihn zu behandeln wie einen Verbrecher.

Und schließlich hatte sie es hier mit einem echten Verbrechen zu tun: Vor ihr lag der Stadtplan mit den beiden roten Kringeln. Sie hatte genug Zeit mit Beziehungsparanoia verschwendet, höchste Zeit, dass sie sich an die Arbeit machte. Sie griff nach einem Leuchtstift, markierte eine neue Route von Maida Vale nach Limehouse und runzelte nachdenklich die Stirn, als sie erneut auf die blaue Barriere der Themse stieß. Die Leiche musste flussaufwärts von Limehouse ins Wasser geworfen worden sein. Aber der Weg die Themse entlang war geradezu übersät mit Überwachungskameras. Sie trommelte mit den Fingern auf den Schreibtisch. Irgendetwas musste sie übersehen haben.

Jemand rempelte gegen Cynthias Stuhllehne, und als sie sich umdrehte, sah sie, wie Marcus im Mantel zu seinem Schreibtisch ging. Meine Güte, arbeitete der etwa *immer noch*? Marcus hatte sich diese Woche erneut für die Nachtschicht gemeldet, also kehrte er wahrscheinlich nach irgendeiner nächtlichen Recherche erst jetzt wieder ins Büro zurück. Sie sah, wie er aus dem Mantel schlüpfte und ihn zusammengefaltet über die Stuhllehne legte. Sein Gesicht war ausdruckslos. Aus irgendeinem Grund fand sie die Vorstellung, dass Marcus spätnachts durch Londons Straßen strich, unheimlich. Wahrscheinlich hatte sie einfach nur etwas gegen ihn, weil seine vielen Arbeitsstunden sie so aufregten.

In den letzten beiden Wochen hatte Cynthia sich richtig in die Arbeit gestürzt. Sie war fest entschlossen, ihn mit seinen eigenen Waffen zu schlagen, um ihre Chancen auf eine Beförderung zu verbessern. Aber egal, wann sie kam, er war immer schon da. Und egal, wie lange sie blieb, er blieb länger. Er setzte sich wieder an seinen Schreibtisch, und es dauerte nicht lange, bis er wieder etwas in seinen Computer tippte. Er war vollkommen konzentriert, hielt einen Moment inne und kaute am Daumennagel, während er wohl nach einem Wort oder einem bestimmten Ausdruck suchte. Dann setzten seine Finger ihren Tanz fort. Resigniert faltete Cynthia den Stadtplan zusammen und steckte ihn zurück in die Schreibtischschublade. So kam sie nicht weiter. Sie stand auf und schob ihren Stuhl zurück. Zeit für einen Muntermacher.

Der köstliche Duft von frisch aufgebrühtem Kaffee empfing sie, als sie die Küche betrat. Zu schade, dass er nicht hielt, was er versprach. Der *Sentinel*-Kaffee war gefriergetrocknet und schmeckte seltsam verbrannt. Aber er enthielt Koffein, und das war die Hauptsache. Katie stand vor der Maschine und sah zu, wie goldbraune Flüssigkeit durch den Filter lief. Die Kanne war erst zu einem Viertel voll. Cynthia überlegte, ob sie wiederkommen sollte, wenn der Kaffee durchgelaufen war, beschloss aber, dazubleiben. Dann erfuhr sie wenigstens, wer was mit wem hatte: Katies Begabung, solchen Klatsch aufzuspüren, war legendär.

»Morgen, Cynthia, wie geht's?«, fragte Katie und kam prompt zur Sache. »Was ist das bitte für eine Wahnsinnsgeschichte, an der Marcus arbeitet?«

Cynthia nahm achselzuckend einen *Sentinel*-Becher vom Kühlschrank. »Vielleicht verfolgt er seinen Coup von gestern weiter: dass Überstunden Gesundheitsprobleme verursachen. Überstunden und Schlafentzug sind ungesund – wer hätte das gedacht! Als Nächstes werden wir unsere Leser atemlos davon unterrichten, dass Zigaretten süchtig machen.«

Aber Katie schüttelte heftig den Kopf. »Nein, er ist an einer echt großen Sache dran. Es gab heute Morgen eine Redaktionskonferenz deswegen, aber niemand sonst scheint einen Schimmer zu haben, worum es geht. Ich dachte, du wüsstest vielleicht mehr. Ich habe ihn direkt darauf angesprochen, aber er meinte nur: ›Das kannst du in der morgigen Frühausgabe lesen.‹« Sie verdrehte die Augen. »Unglaublich, oder?«

Cynthia nahm einen Karton Milch aus dem Kühlschrank

und goss etwas davon in ihren Becher. Verdammt! Was hatte Marcus entdeckt? *Sie* war hier die investigative Reporterin! *Sie* war diejenige, deren Geschichten Chefredakteure dazu brachten, Redaktionskonferenzen einzuberufen und die Titelseite freizuschaufeln. Nur dass sie seit dem Abend, an dem Lisa Reed aus dem Wasser gezogen worden war, keine Titelgeschichte mehr gehabt hatte. Rocky hatte ihr im Vertrauen gesagt, sie habe die besten Chancen auf die Chefreporterstelle. Doch gleichzeitig hatte sie zu ihrem Erstaunen erfahren müssen, dass Marcus trotz seiner relativen Unerfahrenheit ein ernsthafter Konkurrent war. Was, wenn er an etwas so Wichtigem dran war, dass er ihr den Rang ablief?

»Ich habe nicht die leiseste Ahnung, worum es geht«, sagte Cynthia, um dann gespielt gleichgültig hinzuzufügen: »Wahrscheinlich alles bloß heiße Luft. Vielleicht hat einer der Herausgeber wegen irgendeines persönlichen Lieblingsthemas Blut geleckt. Weißt du noch, mit welch dramatischer Empörung wir über den Regierungsvorschlag berichtet haben, eine halbe Million Pfund für Verkehrsleitkegel auszugeben?« Es gelang ihr zu glucksen und den Kopf zu schütteln. »Meine Güte, diese lächerliche ›Leid-Kegel‹-Überschrift!« Die Kaffeemaschine ließ gurgelnd die letzten Tropfen durchlaufen. Cynthia griff nach dem Henkel der Kanne, schenkte erst Katie und dann sich selbst ein. Sie nahmen große, dankbare Schlucke, bewegungsgleich wie Synchronschwimmerinnen.

»Vielleicht hast du recht«, sagte Katie. Es klang nicht sehr überzeugt.

»Wie dem auch sei, morgen früh wissen wir mehr. Ich wette, diesmal geht es um Fahrbahnschwellen zur Verkehrsberuhigung!«

Cynthia war schon aufgewacht, bevor der Wecker geklingelt hatte, und nahm auf dem Weg nach unten zwei der mit

Teppich ausgelegten Stufen auf einmal. Damien hatte Frühschicht, sodass sie allein in der Wohnung war. Ihr Exemplar des *Sentinel* steckte zusammengerollt im Briefkasten. Einen Moment lang starrte sie misstrauisch darauf, als wäre es eine Giftschlange. Als sie die Zeitungsrolle herauszog, sah sie als Erstes Marcus' Gesicht in einem kleinen Infokasten. Der *Sentinel* hatte ganz gegen die alle Gepflogenheiten ein Autorenfoto abgedruckt. Das versetzte Cynthia einen empfindlichen Schlag. In den sechs Jahren, die sie für die Zeitung arbeitete, war ihr Foto nur drei Mal gebracht worden, das letzte Mal vor fast einem Jahr. Sie befreite die Zeitung von ihrer Banderole. »*Geheimes Medikament des Verteidigungsministeriums könnte ›Schlaf überflüssig machen‹*«, verkündete die Schlagzeile. Sie schnaubte ungläubig. Warum war Marcus bloß so auf das Thema Schlaf fixiert? Sie setzte sich auf die Stufen und begann zu lesen.

Ein Anti-Schlaf-Mittel, das im Geheimen vom Verteidigungsministerium getestet wird, ist plötzlich allgemein verfügbar – und könnte dafür sorgen, dass Schlafen schon bald der Vergangenheit angehört. Niton wurde ursprünglich als Mittel gegen Schlafstörungen entwickelt, aber aufgrund seiner unerwarteten Fähigkeit, das Schlafbedürfnis komplett auszuschalten, wurde das Militär darauf aufmerksam.

»Die haben sofort das Potenzial des Wirkstoffs erkannt – er könnte es Soldaten ermöglichen, rund um die Uhr hellwach und einsatzbereit zu sein«, so eine Quelle aus Regierungskreisen, die nicht genannt werden will. Das Verteidigungsministerium hat unlängst damit begonnen, eigene Tests an Menschen mit einem normalen Schlaf-wach-Rhythmus durchzuführen. Aber mit der Heimlichkeit ist es vorbei, seit ein Nachahmerpräparat übers Internet verkauft wird. Die Online-Apotheke Stay Up *bietet auf ihrer gestern freigeschalteten Website das Anti-Schlaf-Mittel unter dem Namen »24/7« in Kapselform an. Niton wirkt, indem es an*

Kaliumkanäle im Gehirn andockt. Entwickelt wurde es, nachdem Forscher eine mutierte Fruchtfliegenart entdeckten, die ohne Schlaf auskommt. Die Fliegen sind Träger eines veränderten Gens, das ein Protein kodiert, welches am Kaliumtransport an den Zellmembranen beteiligt ist. Forscher wissen bereits seit Längerem, dass Defekte an diesen Kanälen das menschliche Schlafbedürfnis herabsetzen.

»Die Zusammensetzung von ›24/7‹ ist identisch mit der des Anti-Schlaf-Mittels des Verteidigungsministeriums«, heißt es auf der Website. Jede »24/7«-Kapsel kostet 50 £ und schaltet das Schlafbedürfnis ungefähr eine Woche lang aus. Mit dem Medikament könnte eine effektive Erhöhung der menschlichen Lebenszeit um ein Drittel erreicht werden, da der Mensch im Durchschnitt acht von vierundzwanzig Stunden schläft.

Die Website ist auf einen in Russland ansässigen Provider registriert, ihr Betreiber konnte für eine Stellungnahme nicht ausfindig gemacht werden. Das Verteidigungsministerium hat auf Interviewanfragen des Sentinel *bislang nicht reagiert …*

Cynthia unterbrach ihre Lektüre und starrte auf das kleine Foto von Marcus im Infokasten. Er wirkte blass und ernst, und seine dunklen Augenringe waren deutlich zu erkennen. Die Sache mit dem Verteidigungsministerium war das Einzige, was Nachrichtenwert hatte. Ansonsten stand da nur, dass im Internet mit einem extremen, nicht ausreichend getesteten Aufputschmittel gehandelt wurde, und das war wahrhaftig nichts Neues. Und dann diese Einleitung! Schlafen sollte »bald der Vergangenheit angehören«? Was für ein Blödsinn! Der Nachrichtenchef hätte so etwas gar nicht durchgehen lassen dürfen. Sie blätterte so heftig um, dass die Zeitung einriss.

Trotzdem ließ dieser Satz Cynthia einfach nicht mehr los. Ihr fielen die vielen Überstunden ein, die Marcus machte, und die Worte, die er in jener Nacht im Redaktionsraum geflüstert hatte: *Schlafen ist für Schwache*.

Und während sie mit ihrer Zeitung auf den Treppenstufen saß, trafen sie gleichzeitig zwei Erkenntnisse mit voller Wucht: erstens, dass Marcus das Medikament bereits einnahm. Und zweitens, dass sie nicht länger die Spitzenanwärterin für die Chefreporterposition war.

7

Im Herbst verlobten wir uns. Ich und verlobt – ich konnte es selbst nicht glauben. Und sie war nicht schwanger, das war nicht der Grund. Ich liebte sie und wollte ständig mit ihr zusammen sein.

Natürlich hätte ich nie den Mumm gehabt, ihr einen Heiratsantrag zu machen, hätte Katrina nicht selbst davon angefangen. Wir waren gerade beim Abendessen, ich erzählte ihr von meinem Tag bei Full Bloom. Da war diese nette schwangere Dame reingekommen, und ich hatte gesagt, sie würde auch aussehen, als stünde sie in voller Blüte. Daraufhin hatte sie gelacht und gesagt, ich sei witzig. Also merkte ich mir den Vorfall für mein Abendessen mit Katrina, weil ich hoffte, sie würde auch darüber lachen.

Doch stattdessen schenkte sie mir dieses breite, seltsame Lächeln und sagte: »Jeff, ich liebe es, die Welt mit deinen Augen zu sehen. Du bist bestimmt kein Intellektueller, aber meiner Meinung nach steckt ein Dichter in dir. Und ein Romantiker.« Dann legte sie ihre Hand auf meinen Handrücken und fragte: »Meinst du, wir werden eines Tages heiraten?«

Kaum hatte sie das gesagt, wurde ich ganz aufgeregt, denn ich konnte mir nichts Schöneres vorstellen, als mit Katrina verheiratet zu sein. Und so verlor ich ein wenig die Fassung: »Was für eine tolle Idee«, platzte es aus mir heraus. »Lass uns am Samstag heiraten!«

Sie musste lachen – aber kein bisschen bösartig, als ob sie sich über mich lustig machen wollte, sondern auf ihre warme, herzliche Art. Aber das beschwor wieder ihr Problem herauf, sodass sie einfach am Tisch zusammensackte und ihr Weinglas umstieß. Ich war nicht so besorgt wie beim ersten Mal, weil ich mich inzwischen an ihre »Schlafattacken«, wie sie sie nannte, gewöhnt hatte und wusste, dass sie nichts dafür konnte. Es war schon ein bisschen schade, dass das ausgerechnet in einem so wichtigen Moment unserer Beziehung geschah. Aber letztlich spielte es keine Rolle, denn als sie wieder aufwachte, sagte sie Ja. Und ich konnte es kaum fassen: Katrina würde meine Frau sein.

»Was schaust du denn da an, Damien?«

Er stand auf und klickte etwas auf seinem Laptop weg. Es verschwand, bevor Cynthia sehen konnte, was es war. »Nichts«, sagte er rasch.

Sie ging quer durchs Schlafzimmer und schmiegte sich lächelnd an ihn. »Na, du kleiner Heimlichtuer? Guckst du Pornos?« Mit dem Zeigefinger fuhr sie über seine Brust. »Vielleicht ein bisschen früh für so was. Aber ich möchte mich natürlich auf keinen Fall zwischen dich und deine großbusigen Lesben vom Zellenblock D drängen.«

Er lachte leise, nahm sie in die Arme und drückte sie gegen die Wand. Seine Hände glitten zu ihren Hüften, während er ihren Hals küsste. »Heute gibt es keine Einzelzelle für Sie, Gefangene Wills«, murmelte er. »Ich muss mir eine neue Bestrafungsmethode ausdenken.«

Sie legte den Kopf zurück und schloss die Augen, während seine Lippen über ihr Schlüsselbein wanderten. »Hmmmm. Hast du nach heute Nacht immer noch nicht genug?«

Seine Hände legten sich um ihren Hintern und zogen sie an sich. »Genug von dir? Das ist ein Ding der Unmöglichkeit, gewissermaßen ein Oxymoron.« Er machte sich erfolglos an ihrem obersten Blusenknopf zu schaffen. »Verdammt! Irgendwann werde ich deine gesamte Garderobe durchgehen und jeden einzelnen Knopf durch einen Klettverschluss ersetzen. Das ist viel praktischer.«

»Damien, ich hab diese Bluse gerade erst angezogen«, protestierte sie wenig überzeugend. Es war kurz vor acht. Sie würde zu spät zur Arbeit kommen. Schluss jetzt. Beziehungsweise in einer, maximal zwei Minuten ... Dann spürte sie seine Lippen auf ihrem Bauch, und ihre Hände waren in seinem Haar, während sie gemeinsam zu Boden glitten. Egal!, dachte sie und zog ihn an sich. Dieses eine Mal musste die Arbeit warten.

Cynthia summte vor sich hin, während sie sich abtrocknete. Dann streckte sie sich genüsslich, in Gedanken noch ganz bei ihrem Schäferstündchen. Als ihr Blick auf die Uhr fiel, zuckte sie zusammen. Oh Himmel! Sie schaute zu Damiens Rechner hinüber, der noch vor sich hin summte. Wenn sie einen kurzen Blick in ihre E-Mails warf, war sie wenigstens über den Redaktionsplan im Bilde, wenn sie zur Arbeit kam. »Damien?«, rief sie. »Darf ich kurz deinen Computer benutzen?«

Anstelle einer Antwort war nur das Rauschen der Dusche zu hören. Sie setzte sich an seinen Schreibtisch, bestimmt hatte er nichts dagegen. Außerdem brauchte sie nur eine Sekunde. Sie wollte gerade den Browser öffnen, als sie zögerte. Was hatte er sich angeschaut, als sie ihn überrascht hatte? Die verkleinerte Website befand sich in der Fußleiste des Bildschirms und hieß *»Stay Up«*. Hatte sie mit ihrer Porno-Bemerkung etwa doch recht gehabt? Sie merkte, wie ihr Finger über der Maustaste schwebte.

Sie schüttelte den Kopf. Nein, Damien hatte ein Recht auf seine Privatsphäre, und das sollte sie respektieren. Aber dann musste die Neugier doch die Oberhand gewonnen haben, denn ehe sie sich's versah, füllte ein Foto den Bildschirm: blau-weiße Kapseln, die aus einem Glasfläschchen fielen.

Cynthias Herz zog sich schmerzhaft zusammen. *Daddy, der im Dunkeln daliegt, den Blick ins Nichts gerichtet ...* Sie kniff die Augen zusammen, verscheuchte die Erinnerung und atmete tief ein und aus, um sich zu beruhigen. Als sie sich einigermaßen im Griff hatte, öffnete sie wieder die Augen. Rote Buchstaben liefen quer über den Bildschirm: »*24/7 – erobern Sie sich die Nacht zurück!*« Sie runzelte verwirrt die Stirn. Dann begann sie den Begleittext zu lesen: *Kennen Sie das Gefühl, dass der Tag nicht genügend Stunden hat? Hindert Ihr Schlafbedürfnis Sie daran, Ihre Ziele zu erreichen? Mit Hilfe von 24/7 können Sie sich die Nacht zurückerobern und mehr Zeit für Arbeit, Studium oder Hobbys gewinnen. Das Mittel ist vollkommen unbedenklich. Für nur 50 £ erkaufen Sie sich eine schlaffreie Woche, ohne jemals müde zu werden. Wenn Sie normalerweise acht Stunden pro Nacht schlafen, macht das weniger als 1 £ pro Stunde. Bestellen Sie noch heute – für ein längeres Morgen!*

Cynthia spürte, wie ihr Herz erneut zu rasen begann, was diesmal nichts mit ihrer Vergangenheit zu tun hatte. Mein Gott, das war das Anti-Schlaf-Mittel, über das Marcus geschrieben hatte! Warum interessierte sich Damien dafür? Sie klickte sich durch die *Stay-Up*-Website. Es gab einen Besucherzähler (267 492), einen »Jetzt kaufen!«-Button und eine Beschreibung der Wirkungsweise des Medikaments (eine ausführlichere Variante des Kalium-Kanäle-Gelabers aus Marcus' Artikel). Aber das war auch schon alles. Kein Wort über die Betreiber der Website oder darüber, wie sie an die Wirkstoffzusammensetzung gekommen waren.

Sie stützte den Kopf in die Hand und starrte angestrengt auf den Bildschirm. Hatte Damien das Zeug gerade bestellen wollen, als sie ins Zimmer gekommen war? Hatte er deshalb ...

»Was machst du an meinem Computer?«

Sie wirbelte herum. Damien stand hinter ihr, ein weißes

Handtuch um die Hüften geschlungen, und sah sie böse an.

»Ich … ich wollte gerade meine E-Mails checken, als plötzlich dieses Fenster aufgegangen ist«, sagte sie mit hochrotem Kopf. »Warum? War das ein Geheimnis?«

Seine Miene wurde noch wütender. »Nein, ich wollte mir das nur mal ansehen. Wie du weißt, war das Zeug überall in den Nachrichten.« Er zog das Handtuch enger. »Mir war nicht klar, dass Zusammenziehen bedeutet, in den Sachen des anderen herumzuschnüffeln. Hätte ich das gewusst, hätte ich deutlich mehr Zeit mit deiner Unterwäscheschublade verbracht.«

Das sollte witzig sein, aber sein Ton war so beißend, dass Cynthia in sich zusammensank. »Ich wollte doch nicht …«, hob sie an, schwieg dann aber. Es ließ sich nicht leugnen: Sie *hatte* herumgeschnüffelt. »Es tut mir leid«, sagte sie schließlich. »Ich hätte das nicht ansehen dürfen. Aber …« Sie zeigte auf den Bildschirm. »Du willst das Zeug doch nicht etwa *kaufen*, oder?« Sie wartete auf eine Antwort, aber er sah sie nur an. »Denn davon kann ich dir nur abraten. Du weißt so gut wie nichts über dieses Medikament und seine Wirkungsweise.«

Er beugte sich über ihre Schulter, um die Seite zu schließen. »Ich weiß jede Menge darüber.«

Überrascht drehte sich Cynthia auf ihrem Stuhl zu ihm um. »Im Ernst? Woher denn?«

Anstelle einer Antwort ging er zu seiner Kommode und zog eine Schublade auf. »Mist!«, murmelte er und durchwühlte sie. »Ich habe vergessen, Wäsche zu waschen.«

»Auf dem Trockner in der Küche ist frische Wäsche. Woher weißt du …«

»Danke«, sagte er und verschwand im Flur. Cynthia zog sich einen Bademantel über und folgte ihm. Sie blieb mit verschränkten Armen in der Küchentür stehen und sah zu, wie er den Wäschestapel durchging. »Was wolltest du mir gerade sagen? Hast du Insiderwissen über dieses Medikament?«

»Es ist eigentlich ein Betriebsgeheimnis ...« Damien machte ein leicht gequältes Gesicht und schlüpfte in eine Boxershorts. »Na gut«, sagte er dann. »Vermutlich kann ich es dir ebenso gut erzählen, jetzt wo die Katze aus dem Sack ist: Wir haben Niton – dieses Anti-Schlaf-Mittel – bei Draycott getestet. Beziehungsweise wir testen es immer noch. Wir haben eine vierwöchige Testphase, zweieinhalb Wochen sind bereits um. Ich dachte schon, das Verteidigungsministerium würde aus der ganzen Sache aussteigen – jetzt, wo die Wirkstoffzusammensetzung an die Öffentlichkeit gelangt ist und es überall im Internet Nachahmerpräparate gibt.« Er zuckte die Achseln. »Aber das ist nicht der Fall.«

Cynthia riss die Augen auf. »Das soll wohl ein Witz sein! Ihr testet das schon seit ...« Als ihr die Tragweite seiner Worte klar wurde, verstummte sie. »Seit zweieinhalb Wochen? So lange sind die Leute schon wach?«

»Ja. Zweiunddreißig Männer. Drei Kapseln pro Person. Siebzehn Tage lang. Am Montag bekommen sie die nächste.«

»Nebenwirkungen?«

»Keine. Na ja, sie haben dunkle Ringe unter den Augen. Das ist ein Symptom von Schlaflosigkeit, das sich durch das Mittel nicht unterdrücken lässt. Aber das war's auch schon. Sie gähnen nicht mal.«

Cynthia sah zu, wie Damien nach einem blauen T-Shirt griff und es kurz musterte, bevor er es sich über den Kopf zog. Bei näherer Betrachtung war es gar nicht mal so verwunderlich, dass Draycott involviert war. Es gab schließlich nur eine begrenzte Anzahl von Firmen in Großbritannien, die Medikamententests durchführten. Aber eine Frage stellte sich doch: »Seit wann arbeitet Draycott fürs Verteidigungsministerium?«

Damien griff nach zwei schwarzen Socken und hielt sie prüfend hoch. Cynthia sah, dass einer etwas länger war als der andere, aber Damien lehnte sich an die Waschmaschine und zog sie trotzdem an.

»Das tun wir gar nicht, zumindest war dies das erste Mal, und der Name des Kunden wurde uns nicht mitgeteilt. Es gab eine ziemliche Geheimniskrämerei um die Studie. Ich habe erst über den Artikel in deiner Zeitung erfahren, dass sie fürs Verteidigungsministerium ist.« Er ging zum Kühlschrank, öffnete ihn und inspizierte seinen Inhalt. »Ist das Verhör jetzt beendet? Ich bin nämlich am Verhungern.« Er beugte sich vor und verschwand kurz hinter der Kühlschranktür. Als er sich wieder aufrichtete, hatte er ein Paket Butter und einen halben Laib Brot in der Hand. Er hielt beides in die Höhe, damit sie es sehen konnte. »Lust auf einen Toast?«

Sie schüttelte den Kopf. »Nein, ich muss los.«

»Gut«, sagte er und steckte Brot in den Toaster.

»Damien ...« Sie verstummte.

»Ja?« Er sah vom Toaster auf, und sein Gesicht wurde sofort misstrauisch, als er ihre ernste Miene sah.

»Du musst mir etwas versprechen.«

»Was denn?«

Sie ging zu ihm, legte eine Hand auf seine Wange und sah ihm direkt in die Augen. »Dass du dieses Zeug nicht nimmst. Dieses 24/7 oder Niton oder wie es sonst noch heißen mag. Wenn du deine Albträume loswerden willst, musst du den Ursachen auf den Grund gehen, statt sie mit irgendwelchen mysteriösen Pillen zu unterdrücken. Du weißt, dass ich ohnehin kein großer Fan von Medikamenten bin, aber etwas an dem Zeug hier ... macht mir richtig Angst. Warum, weiß ich nicht, aber so ist es nun mal. Versprichst du mir, dass du es nicht nimmst? Bitte.«

Er nahm ihre Hand von seiner Wange und küsste ihre Fingerknöchel, bevor er sie an sich zog. »Du musst dir keine Sorgen machen, mein Schatz. Diese Nachahmerpräparate sind eindeutig illegal. Ich wette, sie werden aus dem Verkehr gezogen, noch bevor die ersten Kunden beliefert werden.«

»Meinst du wirklich?«

»Aber klar. All das Gerede von wegen »Schlaf wird überflüssig« ist reine Übertreibung. Jeder weiß doch, dass *Sentinel*-Reporter da gelegentlich schamlos sind. Und apropos schamlos ...« Er kniff sie leicht in den Hintern. »Lust auf einen weiteren Quickie, bevor du aufbrichst?«

Sie schlang einen Arm um seinen Hals, während er an ihrem Ohrläppchen knabberte. »Willst du, dass ich gefeuert werde?«

»Nein, ich *spiele* mit dem Feuer – ein kleiner, aber feiner Unterschied.«

Sie lachte und schob ihn weg. »Vergiss es, Romeo! Ich bin ohnehin schon spät dran.«

Er stieß einen tragischen Seufzer aus, legte seinen Toast auf einen Teller und bestrich ihn mit Butter. »Es ist wirklich ein Wunder, dass ich sexuell nicht vollkommen gefrustet bin.«

»Mein armer Schatz!« Sie küsste ihn auf die Wange. »Aber jetzt muss ich mich wirklich anziehen und los.«

»Na gut. Grab ein paar interessante Neuigkeiten aus. Sollte das nicht klappen, erfind einfach welche!«

Cynthia summte wieder vor sich hin, als sie die Wohnung verließ und ihren Mini aufschloss. Kaum zu glauben, dass sie erst seit vier Monaten zusammenwohnten: »Zuhause« und »Damien« bedeuteten mittlerweile dasselbe, und die Zeit davor schien zu einem ganz anderen Leben zu gehören. Zu einem viel langweiligeren, längst nicht so leidenschaftlichen Leben. Sie lächelte in sich hinein und fädelte sich in den Stadtverkehr ein. Seit mehr als zehn Monaten waren sie jetzt ein Paar, und trotzdem benahmen sie sich immer noch wie verknallte Teenager. Sie hatte ihr Büro fast schon erreicht, als ihr einfiel, dass Damien ihr kein Versprechen gegeben hatte.

8

Elf tote Frauen starrten Cynthia an. Sie strich die Zeitungsausschnitte auf ihrem Schreibtisch glatt und ordnete sie in gleichmäßigen Reihen an. Die weiblichen Mordopfer des vergangenen Jahres schienen nicht viele Gemeinsamkeiten zu haben: Es gab dicke und dünne Frauen, ein Mädchen im Teenageralter und eine Zweiundfünfzigjährige. Schwarze, Weiße und Asiatinnen. Vier davon waren erschossen worden, zwei erstochen, und einer hatte man mit einem Stein den Schädel eingeschlagen. Einer weiteren Frau hatte man Rattengift eingeflößt, und eine andere war tot in einem Imbissstand in Camden abgelegt worden. Zwei waren einem sogenannten Verbrechen aus Leidenschaft zum Opfer gefallen: Eine Frau war von der eifersüchtigen Ehefrau ihres Liebhabers überfahren worden, und eine war verbrannt, als ihr Exmann das Haus abfackelte, in dem sie einst beide gewohnt hatten. Entweder leistete die Polizei fantastische Arbeit, oder die Mörder waren Stümper, denn acht dieser Fälle waren bereits aufgeklärt, und die Täter saßen hinter Gittern.

»Woran arbeitest du gerade?«

Sandra stand hinter ihr und knöpfte ihren Mantel auf. Cynthia zeigte auf die Zeitungsausschnitte. »Das ist ein Überblick über alle Frauen, die in den letzten zwölf Monaten in London ermordet worden sind. Wer wie warum gestorben ist. Ich recherchiere zum Mord an Lisa Reed.«

»Oh, wie erhebend. Keine Ahnung, warum die Leute Journalisten als Leichenfledderer bezeichnen.«

»Na ja, entweder das hier – oder über Verkehrsunfälle berichten.«

Sandra hängte lachend ihren Mantel auf, bevor sie sich neben ihr niederließ. Cynthia widmete sich wieder ihren Artikeln und las sie nacheinander durch. Als sie zu der Leiche im Imbissstand kam, hielt sie inne. Das war der mit Abstand kürzeste Artikel: nur ein paar Zeilen in den Lokalnachrichten. Die Frau war in Camden, einige Blocks von der Straße, in der man sie zuletzt gesehen hatte, tot aufgefunden worden. Kein Wort über die Todesursache und keine weiteren Artikel. Der Fall war also vermutlich nie gelöst worden. Was nicht erklärte, warum so wenig darüber berichtet worden war. Oder warum Cynthia sich nicht erinnern konnte, je davon gehört zu haben. Dabei lag Camden Market ganz in der Nähe. Sie betrachtete das Foto, aber es war klein und grobkörnig, man erkannte nicht viel. Sie konnte sehen, dass es sich um eine blasse, blonde Frau handelte, mehr nicht.

»Seltsam«, sagte sie laut.

»Was ist seltsam?«, fragte Sandra, die in ihrer Handtasche wühlte.

»Kannst du dich daran erinnern, dass im November hier ganz in der Nähe eine Frau ermordet worden ist? Anscheinend wurde sie auf dem Camden Market gefunden. Wieso habe ich davon nichts mitbekommen?«

Sandra machte ein nachdenkliches Gesicht, während sie einen Beeren-Smoothie hervorzog (die Folge eines akuten Anfalls von Gesundheitsbewusstsein). Sie machte den Reißverschluss ihrer Handtasche wieder zu und stellte sie auf den Boden. »Das ist aber wirklich selt… Ach, warte, jetzt fällt es mir wieder ein. Warst du nicht Ende November im Urlaub?«

»Oh ja, stimmt. Ich war eine Woche mit Damien in Paris.« Cynthia lächelte bei der Erinnerung. Sie hatten ein Hotelzimmer direkt unterm Dach gehabt, mit schrägen Wänden, an denen sich Damien beim Sex ständig den Kopf gestoßen hatte. »Trotzdem wundere ich mich, dass es überhaupt keine späteren Artikel dazu gibt.«

»Dafür gibt es einen Grund«, sagte Sandra und schraubte den Smoothie-Deckel auf. »Das Opfer war eine Prostituierte.«

Cynthia las erneut die wenigen Zeilen unter dem Bild der Frau. »Nein, war sie nicht, zumindest steht das nicht hier.«

Sandra nahm einen Schluck von der lila Flüssigkeit und verzog das Gesicht. Sie war im Grunde ihres Herzens Cola-Trinkerin. »Das wurde absichtlich unterschlagen. Der Chef des Lokalteils meinte, das sei der Toten gegenüber respektlos und würde so aussehen, als ob man das Opfer für die Tat verantwortlich macht … so was in der Art. Ich kann mich nicht mehr genau erinnern. Aber es wurde deswegen nicht weiterverfolgt, weil der Nachrichtenchef fand, Prostituierte hätten ein hohes Berufsrisiko und man könnte mehr oder weniger erwarten, dass sie von einem durchgeknallten Zuhälter oder gestörten Freier umgebracht werden. Mit anderen Worten: Wenn es dann wirklich passiert, hat es nur einen geringen Nachrichtenwert.«

»Wie reizend!«, sagte Cynthia aufgebracht. »Wir haben also beschlossen, dass das Leben dieser Frau weniger wert ist, nur weil sie diesen Beruf ausübt. Jack the Ripper hatte es ausschließlich auf Prostituierte abgesehen. Der *Sentinel* hätte die Ripper-Mordserie also in vier Zeilen im Lokalteil abgehandelt?«

»Hilfe!«, rief Sandra und hob die Hände. »Ich kann doch nichts dafür. Ich zitiere nur.«

Cynthia atmete tief ein und versuchte, sich wieder zu beruhigen. Die vielen Überstunden und der damit verbundene Schlafmangel machten sie reizbar. Es war nicht fair, das an Sandra auszulassen. »Entschuldige. Ich glaube, ich bin einfach übermüdet.« Sie warf einen Blick auf den Namen unter dem Foto des Mordopfers. Mary Davies: eine Frau, deren Leben auf ein paar gefühlskalte Zeilen reduziert worden war. Aber auch sie war jemandes Tochter und jemandes Freundin gewesen. Eine Frau, die geliebt, gehofft und geträumt hatte. Bis zu ihrem gewaltsamen Tod.

Nun, Mary Davies, dachte Cynthia und griff nach dem Zeitungssauschnitt. Hier sitzt eine Journalistin, die deinen Tod nicht als Nebensache betrachtet. Gratuliere, du bist gerade zum Mittelpunkt meines Hintergrundartikels geworden. Cynthia hatte ein gutes Gefühl, als sie zum Telefon griff. Falls die Polizei neue Spuren in der Sache hatte, konnte durchaus ein eigenständiger Artikel über den Fall Davies dabei rausspringen. Aber erst einmal musste sie ein anständiges Foto beschaffen.

»Hallo, Cynthia.« Nick klang gehetzt. »Wenn du wegen Lisa Reed anrufst, verschwendest du nur deine Zeit. Wir haben uns sämtliche Bänder der Überwachungskameras am Fluss und in Maida Vale angeschaut – ohne Ergebnis.«

»Ehrlich gesagt rufe ich gar nicht ihretwegen an, zumindest nicht direkt. Ich interessiere mich für ein anderes Mordopfer, vom letzten November. Mary Davies.«

Cynthia hörte, wie Nick scharf einatmete. Eine Pause entstand, die so lange anhielt, dass sie schon glaubte, die Verbindung sei unterbrochen worden.

»Was hast du herausgefunden?« Es war seine Stimme, die ihn verriet, Bestürzung schwang darin mit. Sie war auf etwas gestoßen. Auf etwas, von dem Nick nicht wollte, dass sie es erfuhr. Adrenalin schoss durch Cynthias Adern und ließ ihr Herz rasen. Sie zupfte an der Telefonschnur, als wäre sie eine Harfensaite, und dachte nach. Wie konnte sie ihn dazu bringen, die Karten auf den Tisch zu legen?

»Ach, komm schon, Nick«, sagte sie betont gelassen. »Du weißt genau, was ich herausgefunden habe.«

»Mein Gott!«, stöhnte er. »Von wem hast du das? Das ist nämlich …« Er verstummte, wahrscheinlich, um sich wieder zu fangen. »Hör zu, es gibt gute Gründe, warum wir das nicht an die Presse gegeben haben. Das wäre unverantwortlich. Es bringt nichts, den Leuten Angst einzujagen, solange wir uns nicht sicher sind.«

»Aber die Öffentlichkeit hat doch ein Recht darauf, zu erfahren …« Sie hielt inne, in der Hoffnung, dass er den Satz für sie beenden würde.

Doch stattdessen sagte er: »Da gibt es nichts zu erfahren. Noch ist das alles … reine Spekulation. Und solange das so bleibt, bitte ich dich als Freundin und verantwortungsbewusste Journalistin, nicht darüber zu schreiben.«

Cynthia wickelte die Telefonschnur um den Zeigefinger, bis sich das Blut darin staute und die Fingerkuppe weiß wurde. »Gut«, sagte sie schließlich. »Ich mache dir ein Angebot: Ich werde noch nicht darüber berichten. Aber wenn sich die Sache … bewahrheitet, bekomme ich eine Exklusivstory. Kannst du mir in der Zwischenzeit ein Foto von Mary Davies und ein paar Informationen über sie schicken? Ich verspreche dir, dass ich das nur als Hintergrundmaterial benutzen werde … vorerst. Aber wenn es so weit ist, stehe ich ganz oben auf deiner Liste, abgemacht?«

Er atmete hörbar auf. »Abgemacht.«

»Gut.«

»Und Cynthia? Du tust das Richtige.«

Noch lange nachdem Nick aufgelegt hatte, starrte Cynthia auf ihr Telefon, während sich ihre Gedanken überschlugen. Was hatte sie seiner Meinung nach herausgefunden? Wie konnte die Geschichte von einer ermordeten Prostituierten eine Massenpanik auslösen? Es sei denn …

Als die E-Mail samt einem Protokoll und einem Foto im Anhang eintraf, stürzte Cynthia sich sofort darauf, und das Bild von Mary Davies füllte den gesamten Bildschirm: ein unscheinbares Gesicht, das deutliche Spuren von Alkoholmissbrauch oder einem harten Leben aufwies. Vermutlich beides. Das Attraktivste an ihr waren die blonden Haare, die ihr in sanften Wellen auf die Schultern fielen. Cynthia konzentrierte sich auf das Protokoll des Gerichtsmediziners.

Achtundzwanzig Jahre alt. Etwa so groß wie Lisa Reed und eine ähnliche Figur. Sie überflog die erbarmungslosen Worte auf der Suche nach der Todesursache. Ihr wurde kalt, als sie las: Strangulation.

Cynthia lehnte sich in ihrem Stuhl zurück, presste die Fingerknöchel an die Lippen und dachte nach. Nick schien davon auszugehen, dass beide Morde etwas miteinander zu tun hatten, nur so konnte sie sich seine Reaktion erklären. Aber er wollte die Öffentlichkeit noch nicht mit der Nachricht in Angst versetzen, dass ein Serienmörder in London sein Unwesen trieb. Sie zog die Schreibtischschublade auf, nahm Lisa Reeds Akte heraus und blätterte darin, bis sie zu dem Schulfoto kam, das Mrs Reed ihr gegeben hatte. Anschließend druckte sie das Foto von Mary Davies aus, das Nick ihr geschickt hatte, und legte beide nebeneinander auf den Schreibtisch. Sie schaute lange von einer zur anderen, bevor sie langsam den Kopf schüttelte. Die beiden Opfer sahen sich ähnlich – aber nicht auffallend. Außerdem unterschieden sich die Fälle deutlich voneinander: Zunächst einmal hatten die Morde weit entfernt voneinander stattgefunden. Und während Mary Davies in der Nähe des Ortes aufgefunden worden war, wo man sie zuletzt gesehen hatte, war Lisa Reed (oder ihre Leiche) meilenweit durch die Stadt transportiert worden. Nein, es gab einfach nicht genug Anzeichen dafür, dass die beiden Morde zusammenhingen. Folglich musste die Polizei noch etwas anderes wissen. Etwas, das Cynthia nicht wusste.

Noch nicht.

9

Keine zwei Monate nach unserer Hochzeit ging Katrina für diese Studie in die Klinik. Ich war wenig begeistert, weil ich den Grund dafür nicht einsah. Es war doch schon ihr Leben lang so gewesen, dass sie plötzlich einschlief. So schlimm war das nun auch wieder nicht. Jedenfalls kein Grund, mich einen ganzen Monat allein zu lassen. Ehrlich gesagt war ich deswegen ein bisschen beleidigt. Aber Katrina schaffte es einfach immer, mich zu überzeugen.

»Ich tu das für uns beide«, sagte sie bei unserem letzten gemeinsamen Abendessen vor ihrem Klinikaufenthalt. Wir waren mit dem Boot zum Paddington Basin gefahren, und ich schaute aus dem Fenster auf die Leute vor den Restaurants am Kanalufer, die wie wir gerade zu Abend aßen. Normalerweise aß Katrina an warmen Abenden lieber draußen, auf dem Dach oder am Heck. Aber diesmal hatte sie drinnen bleiben wollen. Wahrscheinlich, weil sie spürte, was ich dachte, und in Ruhe mit mir reden wollte.

»Begreifst du denn nicht, wie gut das für uns wäre, wenn ich einen normalen Schlafrhythmus hätte?«

»Nein«, sagte ich und stocherte mit der Gabel in dem Hühnerfleisch auf meinem Teller herum. »Ich finde dich perfekt, so wie du bist.«

Sie beugte sich vor, um mir die Haare aus der Stirn zu streichen. Davon wurde mir immer ganz warm. Aber diesmal wehrte ich mich dagegen, weil ich immer noch sauer auf sie war.

»Ich möchte so gern den Führerschein machen«, sagte sie.

»Dann könnten wir richtig in Urlaub fahren, vielleicht in einem Cabrio quer durch Amerika.«

»So wie Thelma und Louise?«, fragte ich und vergaß für einen Moment meinen Ärger.

Sie lächelte ein bisschen merkwürdig und sagte, »Klar, warum nicht? Aber das geht erst, wenn ich den Führerschein habe. Und dafür muss ich mein Schlafproblem loswerden.«

Also ließ sie mich am nächsten Tag allein. Es war der längste Monat meines Lebens. Das Boot fühlte sich so leer an ohne sie. Ich machte Überstunden im Full Bloom, um die Zeit totzuschlagen, und das half auch, aber nur ein bisschen. Jeden Morgen stand ich auf und strich mit rotem Filzstift einen weiteren Tag im Kalender durch, während ich darauf wartete, endlich das Kästchen zu erreichen, in dem stand »Ende von Katrinas Narkolepsie-Studie«. Als es schließlich so weit war, strahlte ich und kreuzte den Tag mit extradickem Filzstift an.

»Meine Frau kommt nach Hause«, sagte ich laut, obwohl ich allein war. »Morgen um diese Zeit ist alles wieder so wie immer.«

Doch das stimmte nicht.

»Hast du die Morgennachrichten gesehen?«, fragte Sandra, während sie sich mit Cynthia auf der Suche nach einem freien Tisch durchs Café schlängelte. »Sie haben einen langen Beitrag über das Anti-Schlaf-Mittel gebracht.«

Diese Neuigkeit verscheuchte den letzten Rest von Cynthias Euphorie nach ihrer Mary-Davies-Entdeckung. Was nutzte es ihr, zu wissen, dass mehr hinter diesem Mord steckte? Sie hatte den halben Vormittag damit verbracht, nach den Angehörigen der Toten zu fahnden – vergeblich. Und inzwischen gab es für den Rest der Welt offenbar nur noch ein Thema, nämlich Marcus' großen Scoop. Jeder schien darauf aus zu sein, sie an den Triumph ihres Rivalen zu erinnern.

»Oh«, sagte sie niedergeschlagen. »Und, war er gut?« Sie setzten sich an einen Tisch neben der Glaswand, von dem aus man die Aufzüge im Blick hatte. Das Café in der Lobby des *Sentinel*-Gebäudes war ein dreieckiger Raum voller Holztische, roter Samtsofas und gerahmter Schwarz-Weiß-Fotos von London.

Sandra leerte den Inhalt eines Zuckertütchens in ihren Caffè Latte. »Er war ziemlich interessant. Sie haben das Verteidigungsministerium um eine Stellungnahme gebeten und gefragt, ob es rechtliche Schritte gegen die Website geben wird, die ihnen die Wirkstoffkombination geklaut hat. Aber das Verteidigungsministerium sagte, für Niton gäbe es keinen Patentschutz. Ob frei damit gehandelt werden dürfe oder nicht, müsse irgend so eine Regierungsbehörde entscheiden. Die Regierungsbehörde wiederum hat auf die Polizei verwiesen. Die ihrerseits erklärt, nein, die Behörde sei zuständig. Sprich: Niemand fühlt sich dafür verantwortlich, dass eine unzureichend getestete, bewusstseinsverändernde Substanz im Internet frei erhältlich ist.«

»Hm«, sagte Cynthia. »Das ist tatsächlich interessant.«

»Ja, vor allem wenn man bedenkt, wie viele das Zeug bereits bestellt haben: eine halbe Million Menschen. Angesichts der Tatsache, dass heute vor einer Woche noch kein Schwein etwas von diesem Zeug wusste, ist das ziemlich beachtlich.«

»Eine halbe Million!«, wiederholte Cynthia. Sie nippte an ihrem Cappuccino und starrte in die Lobby hinaus. Seit Marcus' Artikel über 24/7 erschienen war, hatte Cynthia Dutzende von Gesprächen zu diesem Thema mit angehört. Ob im Lift, in der Schlange vor der Essensausgabe oder im Lebensmittelladen – alle hatten übers Schlafen gesprochen: wie viele Stunden Schlaf sie brauchten, dass er nie ausreichend war und wie anders das Leben ohne Schlaf wäre. In einer Stadt, in der Schichtarbeit und so viele Überstunden geleistet wurden, hatte Marcus' Artikel einen Nerv getroffen.

Mit einem Klirren stellte Cynthia ihre Tasse wieder ab. »Eine halbe Million«, murmelte sie und verspürte eine heftige Aversion gegen Stay Up und seine Kunden. »Was ist mit diesen Leuten bloß los? Begreifen die denn nicht, dass der Mensch tatsächlich schlafen *muss*, um seine Zellen und was weiß ich noch alles zu reparieren? Es ist ein Riesenfehler, den Schlaf-wach-Rhythmus zu manipulieren.«

»Ihr manipuliert ihn auch gerade«, sagte eine Stimme neben ihr.

Cynthia zuckte derart zusammen, dass ihr Cappuccino überschwappte. Schaum lief an der Tasse herunter und bildete eine Pfütze auf der Untertasse. Am Nebentisch saß Marcus mit einem schwarzen Kaffee und sah sie aus blassen Augen an.

»Oh, hallo, Marcus«, sagte Sandra unsicher. »Wie lange sitzt du schon … äh … Wie meinst du das, dass wir ihn auch gerade manipulieren?«

Er wies mit dem Kinn auf ihre Getränke.

»Koffein«, sagte er. »Eines von vielen Hilfsmitteln, mit denen wir den Schlaf-wach-Rhythmus manipulieren, so wie mit Nikotin oder auch Amphetaminen wie Speed und Kokain. Spätestens seit Erfindung der Elektrizität versucht der Mensch, den Schlaf immer weiter zurückzudrängen. Vorher legte man sich schlafen, sobald es dunkel wurde, und wachte bei Tagesanbruch wieder auf – jedenfalls die Leute, die sich kein Lampenöl oder Kerzen leisten konnten. Wusstet ihr, dass die Menschen zu viktorianischer Zeit zwei, drei Stunden länger geschlafen haben als wir heute?«

Cynthia sah Marcus erstaunt an. So gesprächig hatte sie

ihn noch nie erlebt. »Nein«, sagte sie in die darauffolgende Stille hinein. »Das wusste ich nicht.«

Er leerte ein Zuckertütchen in seinen Kaffee und rührte energisch um, sodass sich ein kleiner schwarzer Strudel bildete. Als er wieder aufsah, war in seinen Augen ein intensives Leuchten, das sie an einen religiösen Fanatiker erinnerte. »Die meisten Briten sagen, der Tag habe nicht genügend Stunden, und sie bräuchten einfach mehr Zeit. Niton wird genau das für jeden erreichbar machen und die Grenze zwischen Tag und Nacht aufheben.«

Cynthia musste laut lachen. »Ach, komm schon, Marcus!«, sagte sie kopfschüttelnd. »Das ist ja wohl etwas übertrieben.«

Er beugte sich vor. Das Glitzern in seinem Blick ließ sie zurückweichen. »Absolut nicht. Das Medikament bedeutet für den Schlaf, was die Pille für den Sex bedeutet hat: Es versetzt uns in die Lage, eine sogenannte natürliche Körperfunktion unter unsere Kontrolle zu bringen. Und so wie die Pille die sexuelle Revolution ausgelöst hat, wird dieses Mittel eine Schlafrevolution auslösen.«

Cynthia lächelte gezwungen. »Danke für die Werbeprosa«, sagte sie. »Ich vermute, du hast auch selbst vor, 24/7 zu schlucken, wenn du so sehr von seinen Vorteilen überzeugt bist?«

Er zögerte, und sie musterte ihn forschend, war gespannt, ob er ihren Verdacht bestätigen und zugeben würde, dass er das Medikament bereits einnahm. »Hm, es ist ja gerade erst auf den Markt gekommen«, erwiderte er, ohne sie anzusehen, und nippte an seinem Kaffee, bevor er weitersprach. »Aber ja, ich … Ich ziehe ernsthaft in Erwägung, es zu nehmen. Ich meine, wer hätte denn nicht gern jeden Tag acht Stunden mehr zur Verfügung? Würde man diese Zeit nutzen, um beispielsweise eine Sprache zu lernen, könnte man sie innerhalb eines Jahres fast fließend sprechen.«

Sandra schürzte nachdenklich die Lippen. »Das kann schon sein«, sagte sie. »Aber ohne Nebenwirkungen kann das nicht gehen. Nicht zu schlafen ist widernatürlich. Der Mensch braucht den Schlaf, um sich zu regenerieren. Ohne Schlaf sterben wir.«

Marcus schüttelte den Kopf: mehrere kleine, heftige Bewegungen. »Auch Diabetiker sterben, wenn sie ihr Insulin nicht bekommen. Ist es vielleicht widernatürlich, es ihnen zu geben? Dieses neue Mittel heilt Schlaf, eine Krankheit, die jeden Menschen Tag für Tag in Bewusstlosigkeit stürzt. Wir betrachten ihn nur deshalb nicht als Krankheit, weil wir alle daran leiden.«

»Nein!«, widersprach Cynthia energisch. »Wir betrachten ihn deshalb nicht als Krankheit, weil er weder unangenehm ist noch unser Leben verkürzt.«

»Aber das stimmt doch gar nicht!«, sagte Marcus. »Schlaf nimmt uns ein Drittel unseres Lebens. Ist das etwa kein Zustand, den man heilen sollte?«

Cynthia starrte stirnrunzelnd zur Kaffeetheke hinüber und dachte nach. Dahinter schäumte ein Barista mit lautem Zischen Milch auf. Er warf eine Tasse in die Luft, sodass sie sich einmal um sich selbst drehte, bevor er sie am Henkel auffing und schwungvoll auf eine Untertasse stellte. Auf ihrem Gesicht lag die Andeutung eines Lächelns, bevor sie sich wieder Marcus zuwandte.

»Gut, das ist ein Argument«, gab sie zu. »Aber du übersiehst etwas ganz Entscheidendes: Viele Menschen genießen den Schlaf. Sie wollen ihn gar nicht aufgeben.«

Seine Züge verhärteten sich. »Dann werden sie auf der Strecke bleiben. Die Welt wartet nicht auf sie, während sie herumliegen und gar nichts tun. Würdest du jemanden einstellen, der körperlich nicht in der Lage ist, länger als achtzehn Stunden am Stück zu arbeiten, wenn ein anderer ein dringendes Projekt ohne Pause so lange vorantreibt, bis es abgeschlossen ist? Jemand, der reisen kann, ohne an Jetlag zu leiden, und der die Kosten für teure Geschäftsreisen halbiert, indem er nachts durcharbeitet? Firmen, deren Angestellte 24/7 einnehmen, werden florieren, die anderen werden untergehen. Man muss nur eins und eins zusammenzählen.«

Cynthia rührte heftig in ihrem kalt gewordenen Cappuccino. »Ich weiß nicht, Marcus, das ist doch alles viel Lärm um nichts: ein riesiger Hype, der bald wieder abklingen wird, sobald die Luft raus ist, und dann kommt schon wieder der nächste superheiße Trend.«

Marcus schüttelte den Kopf. »Da täuschst du dich«, sagte er mit Nachdruck. »Dieses Medikament wird bleiben und alles verändern. Die Tage des Schlafens sind gezählt. Am besten, du gewöhnst dich schon mal an die Vorstellung.«

10

Es war schon fast Mitternacht, und Cynthia hatte seit drei Stunden immer dieselbe Frage gestellt. Sie rieb die kalten Hände aneinander und zog ihren Wollschal bis ans Kinn. Sie war schon fast an der U-Bahn-Station Camden, als sie den Verkäufer der Obdachlosenzeitung entdeckte. Er saß im Schneidersitz auf einem Schlafsack, den er auf dem Bürgersteig ausgebreitet hatte.

Er war um die vierzig, hatte einen stumpfen Blick und einen fransigen Bart. Ein erstaunlich gepflegter Hund lag neben ihm. Cynthia zögerte, als sie ihn erreichte. Ach, was soll's!, dachte sie. Ein »Nein« mehr oder weniger war auch schon egal.

»Entschuldigen Sie«, sagte sie und beugte sich vor, um dem Hund über den Kopf zu streicheln. »Kannten Sie Mary Davies? Sie hat hier in der Gegend gearbeitet.«

Der Obdachlose starrte sie ausdruckslos an und schwieg. Na gut. Sie würde es morgen Abend erneut versuchen, vielleicht hatte sie da mehr Glück. Sie richtete sich auf und hob das Gesicht zum dunklen Nachthimmel empor. Jetzt fing es auch noch an zu regnen. Die kalte, feuchte Luft drang ihr durch Mark und Bein, Wärme war nur noch ein ferner Traum. Sie sehnte sich nach ihrem Bett. Wie schön wäre es, sich jetzt unter ihre dicke Daunendecke zu kuscheln. Dann fiel ihr Blick wieder auf den Mann auf dem Bürgersteig.

Die vor ihm aufgestapelten Zeitungen wurden nass. Auf ihn warteten weder weiche Pantoffeln noch eine warme Decke. Bestenfalls eine schmale Pritsche in irgendeiner Unterkunft zwischen lauter schnarchenden ungewaschenen Männern. Ansonsten ein Schlafsack in einem Ladeneingang.

Wie konnte er so leben? Wie hielt man das bloß aus?

Cynthia zog einen Fünfpfundschein aus ihrer Manteltasche und gab sie ihm. Er reichte ihr eine seiner Zeitschriften. »Danke«, sagte sie. »Behalten Sie das Wechselgeld.« Sie wandte sich zum Gehen, als seine Stimme sie innehalten ließ.

»Mit der müssen Sie reden.«

Cynthia drehte sich um und fragte sich, ob sie sich verhört hatte. »Wie bitte?«

»Wegen Mary. Ich hab sie nicht gekannt, aber Lish dort drüben schon. Die beiden waren unzertrennlich.«

Cynthia sah sich um. Auf der anderen Straßenseite lehnte eine Frau an einem heruntergelassenen Ladengitter und rauchte. Minikleid mit Zebramuster, Stilettos und blondgefärbtes Haar, das dunkel nachwuchs. Sie starrte mit leerem Blick in den aufsteigenden Rauch und sah zutiefst erschöpft aus. Ein Gesichtsausdruck, der sich änderte, als Cynthia näher kam. Jetzt war sie auf der Hut.

»Hallo«, sagte Cynthia lächelnd. »Wie ich höre, waren Sie mit Mary Davies befreundet?«

Lish drückte ihre Zigarette an der Hauswand aus. »Na und?«, sagte sie und zuckte die Achseln.

»Ich bin Cynthia und arbeite als Reporterin für den *Sentinel.*« Sie hielt ihren Presseausweis hoch. »Ich möchte eine Hintergrundstory über den Mordfall schreiben.«

Die Frau schnaubte verächtlich. »Ja, klar. Ihr interessiert euch doch einen Dreck für Mary! Damals war sie euch noch nicht mal eine Schlagzeile wert, und jetzt wollen plötzlich alle was über sie wissen.«

»Alle?«, wiederholte Cynthia verwirrt. »Sie meinen … es hat schon jemand nach ihr gefragt? Wer denn? Ein anderer Reporter? Oder die Polizei?«

Aber Lish wandte sich brüsk ab und ignorierte die Frage. Sie sah zur High Street hinunter. Bar- und Restaurantbesucher liefen in Zweier- und Dreiergrüppchen zur U-Bahn, der Alkohol ließ sie laut werden, während sie zum letzten Zug eilten. Minicabs fuhren vorbei und hielten nach Kundschaft Ausschau. Musik plärrte aus einem nahe gelegenen Pub, als mehrere junge Frauen unter wieherndem Gelächter herausgetaumelt kamen.

Cynthia starrte frustriert auf Lishs Rücken und überlegte, wie sie die Frau zum Reden bringen konnte. Da sah sie, dass Lishs Schultern bebten und sie sich mit einer Hand über die Augen fuhr.

Sie weinte.

Mitgefühl überwältigte Cynthia, und sie legte Lish sanft eine Hand auf die Schulter. Die andere versteifte sich.

»Es tut mir leid«, sagte Cynthia. »Ich wollte Sie nicht aus der Fassung bringen.«

Lish schüttelte den Kopf, ohne sich umzudrehen. »Es geht schon wieder. Es ist nur so, dass … dass ich die Einzige bin, der ihr Tod was ausmacht. Für alle anderen war sie ein Nichts, einfach bloß eine Nutte.« Dann drehte sie sich doch um, beide Wangen waren mit Wimperntusche verschmiert. »Aber mir hat sie etwas bedeutet.« Lish musterte Cynthia von Kopf bis Fuß. »Ich wette, Sie haben ein schönes Leben. Sie können sich doch gar nicht vorstellen, wie das ist, jemanden so plötzlich zu verlieren.«

Pillen, die aus einem Glasfläschchen fielen. Cynthias Tränen, die auf die Wangen ihres Vaters tropften, während sie ihn wiederzubeleben versuchte. Seine blauen Lippen.

Alles begann vor ihren Augen zu verschwimmen. Sie musste blinzeln.

Lish musterte sie immer noch, wenn auch nachdenklicher. »Oder vielleicht doch«, sagte sie langsam.

Cynthia wollte gerade etwas erwidern, als ein blonder

Mann mit Schirm vorbeitorkelte und gegen Lish rempelte. Er war jung, gut gekleidet und eindeutig betrunken. Einer von der gut aussehenden, eiskalten Sorte, die Cynthia an einen James-Bond-Schurken erinnerte.

Er baute sich schwankend vor Lish auf. »Pass doch auf, wo du hinläufst!«, schrie er. Dann glitt sein Blick über ihren Körper und blieb an ihren Schenkeln hängen. Etwas Animalisches glomm in seinen Augen auf. »Blöde Schlampe!«, sagte er, holte aus und gab ihr einen Schlag auf den Hintern – so heftig, dass Lish vorwärts taumelte.

Cynthia sah das Grinsen in seinem Gesicht, als er sich abwandte, und es war, als hätte man einen Schalter umgelegt. Ohne lange zu überlegen, streckte sie den Fuß aus, als er an ihr vorbeiging, erwischte ihn am rechten Knöchel und schickte ihn zu Boden. Sein Schirm trudelte über den Bürgersteig. Er stammte offensichtlich aus seinem Büro, denn ein Firmenlogo blitzte auf. »Durnham & Wright Immobilien«.

»He! Was zum ...« Der blonde Mann kam zum Sitzen und starrte sie ebenso schockiert wie aufgebracht an. Er betrachtete seine aufgeschrammten Hände und hielt sie Cynthia anklagend hin. »Du hast mir ein Bein gestellt, du Scheißschlampe! Guck dir an, was du mit meinen Händen gemacht hast!«

Anstelle einer Antwort zückte sie ihr Handy und fotografierte ihn.

»Entschuldigen Sie sich!«, herrschte sie ihn an, beugte sich vor und zeigte mit der freien Hand auf Lish. »Entschuldigen Sie sich sofort, oder ich gebe Ihr Bild der Polizei und verklage Sie wegen sexueller Belästigung und Körperverletzung.« Ihr dämmerte, dass es vielleicht keine so gute Idee war, sich nachts mit einem Betrunkenen anzulegen, aber sie konnte sich nicht mehr zügeln. Der Blonde erhob sich mühsam, bis er leicht schwankend vor Cynthia stand, sein Gesicht so nah vor dem ihren, dass sie das Bier in seinem Atem riechen konnte.

»Na dann viel Glück!«, sagte er grinsend. »Als ob sich die Polizei einen Scheiß für eine Nutte interessiert, die eine verpasst gekriegt hat!«

»Das werden die durchaus, wenn es von mir kommt«, sagte Cynthia. »Ich bin Journalistin und habe ausgezeichnete Kontakte zur Polizei. Die mir übrigens noch den einen oder anderen Gefallen schuldig ist.«

»Ach ja? Und wie genau soll die mich finden?«

Sie baute sich vor ihm auf und sah ihm direkt in die Augen. »Indem sie als Erstes Ihr Foto bei Durnham & Wright Immobilien herumzeigt. Und dann werden Ihre Kollegen mitbekommen, wie man Sie in Handschellen abführt, weil Sie eine Prostituierte tätlich angegriffen haben. Das dürfte für einiges Gerede sorgen.«

Verblüffung malte sich auf seinem Gesicht, bis sein Blick auf den mittlerweile im Rinnstein liegenden Schirm fiel, und er begriff. Er fluchte leise.

»Und?«, fragte Cynthia. »Werden Sie sich jetzt bei meiner Freundin entschuldigen oder nicht?

Er machte den Mund auf, schien es sich anders zu überlegen und schloss ihn wieder. Er rang sich ein schwaches Lächeln ab. »Na gut, na gut, wir wollen mal nicht übertreiben: Ich hab ihr einen Klaps gegeben, und Sie haben mir ein Bein gestellt. Ich würde sagen, wir sind quitt.«

Cynthia schüttelte langsam den Kopf, ohne ihn aus den Augen zu lassen.

»Ach ver…« Dann sagte er zähneknirschend: »Na gut, von mir aus. Sie haben gewonnen. Es tut mir leid. Sind Sie jetzt zufrieden?«

»Nicht bei mir, bei ihr müssen Sie sich entschuldigen.« Cynthia zeigte auf Lish. »Man sieht die Person an, bei der man sich entschuldigt. Hat man Ihnen das nicht beigebracht?«

Er verzog das Gesicht und atmete tief ein. Dann wandte er sich an Lish und deutete eine kleine Verbeugung an. »Es tut mir leid.«

Ihre einzige Antwort war ein vernichtender Blick.

Der Mann sah wieder zu Cynthia hinüber. »War's das jetzt?«, fragte er.

Sie nickte zufrieden. »Ja. Aber sehen Sie zu, dass das nicht noch mal passiert. Alkohol ist keine Entschuldigung für schlechtes Benehmen.«

Während er davonstolperte, wandte sie sich wieder Lish zu, die Cynthia erstaunt musterte. »Wow!«, sagte sie. »So was habe ich nicht erwartet. Sie sind ja eine Art weiblicher Rocky. Ein Rocky, der für gute Manieren kämpft.«

»Ich bin tatsächlich Gründerin, Direktorin und einzige Lehrkraft der Rocky-Schule für Gutes Benehmen.«

Die beiden Frauen sahen sich einen Moment lang an und brachen dann gleichzeitig in lautes Gelächter aus.

»Mary und ich, wir haben jahrelang zusammengearbeitet«, sagte Lish, während sie die Hände an ihrer Teetasse wärmte.

Sie saßen in einem Café unweit der High Street, das die ganze Nacht geöffnet hatte: ein winziges Loch mit Plastikstühlen und Neonlicht. Sogar die Luft hier drin schien fettgesättigt, und es roch nach frittierten Zwiebeln.

»Zusammengearbeitet? Sie meinen ... mit denselben Kunden?«

Lish prustete los. »Wir haben keine flotten Dreier angeboten, wenn Sie das meinen.«

Cynthia wurde rot und spielte mit dem Henkel ihres Kaffeebechers. Sie hatte nicht einmal daran genippt, denn sie traute dem Inhalt nicht so recht. »Was dann?«

Ein trauriges Lächeln verzerrte Lishs Lippen. »Wir haben aufeinander aufgepasst. Kein Zuhälter oder eine Escort-Agentur, nur wir beide. ›Selbstständig‹ hat Mary uns immer genannt. Es gibt zwar niemanden, der dich beschützt, aber auch keinen, der dir dein Geld wegnimmt und dir Probleme macht.« Lish nahm einen Schluck Tee und sah versonnen in die Ferne.

»Uns hat das Wort ›selbstständig‹ gefallen. Wir haben uns stark gefühlt, verstehen Sie? Unabhängig.«

»Und wie genau haben Sie aufeinander aufgepasst?«

Lish zog einen Schuh aus und begann, ihren bestrumpften Fuß unter dem Tisch zu massieren. »Wir haben uns bei jedem Freier eine SMS geschickt. Uns Bescheid gegeben, mit wem wir losziehen, samt Autokennzeichen, Adresse oder Hoteladresse. Keine SMS, kein Sex: So lautete die Regel.«

Cynthia spürte Erregung in sich hochsteigen. »Hat sie das in der Nacht, als sie starb, auch getan?«

Lish holte eine Schachtel Zigaretten aus ihrer Handtasche und klopfte eine aus der Packung. Dass sie vorhatte, im Café zu rauchen, merkte Cynthia erst, als Lish ein Feuerzeug zückte und die Flamme emporzüngeln ließ. Sie legte den Kopf in den Nacken, inhalierte tief und blies den Rauch zur Decke. »Ja.«

»Lish«, sagte eine barsche Stimme hinter dem Tresen. »Willst du, dass ich 'ne Strafe aufgebrummt kriege? Wie oft hab ich dir schon gesagt, dass du hier nicht rauchen darfst?«

»Ist ja gut«, erwiderte Lish. Die Zigarette verwandelte ihren Seufzer in eine Rauchsäule. »Reg dich ab, Earl. Nur ein paar kurze Züge, dann mache ich sie aus.« Sie drehte sich zu den anderen Tischen um. »Ist ja nicht so, als würd ich wen stören.«

Cynthia konnte ihre Aufregung kaum unterdrücken. »Und … Sie wissen also, mit wem sie als Letztes zusammen war?«

»Ja.«

Sie wartete ungeduldig, bis Lish einen weiteren tiefen Zug genommen hatte. Eine erneute Rauchsäule.

»Und?«

»Nichts und. Es war kein Freier, der sie ermordet hat.«

»Woher wollen Sie das so genau wissen?«

»Weil Wally der Letzte war, mit dem sie zusammen war. Das ist nicht sein richtiger Name, aber wir haben ihn immer so genannt. Ein Stammkunde, einmal die Woche, seit mehr als einem Jahr. Er stand auf Outdoor-Sex. Mary hat immer Witze gemacht, dass das vielleicht gar kein Fetisch, sondern bloß ein Vorwand ist, um kein Hotelzimmer zahlen zu müssen.« Mit einem Lächeln streifte sie die Asche in ihre Untertasse ab und sah erneut versonnen in die Ferne.

»Woher wollen Sie wissen, dass er es nicht war?«

»Ich habe den Fall verfolgt, habe immer wieder bei der Polizei nachgefragt. Mary hat den Täter gekratzt. Unter ihren Nägeln waren Haut- und Blutspuren. Die Polizei hat Wally gefunden. Keine Übereinstimmung. Aber mir war ohnehin klar, dass er es nicht war. Ich bin ein paar Mal mit ihm mitgegangen, wenn Mary krank war. Der kann keiner Fliege was zuleide tun. Man bekommt ein Gespür dafür, wenn man diese Arbeit macht. Das muss man auch, wenn man überleben will.« Sie warf einen vielsagenden Blick auf Cynthias Schal und blies den Rauch aus Rücksichtnahme seitlich aus dem Mundwinkel. »Schöner Schal«, sagte sie. »Ich trage keine Schals, weil man mich damit erwürgen könnte. Darüber müssen Sie sich keine Gedanken machen, wenn Sie sich anziehen, aber ich schon.«

Cynthia berührte den Wollschal. Die Kluft zwischen ihnen, die durch die Auseinandersetzung mit dem Betrunkenen kleiner geworden war, war größer denn je. »Da haben Sie recht«, sagte sie. »Das muss ich tatsächlich nicht.«

Sie saßen eine Weile schweigend da, während Lish rauchte und Cynthia nachdachte. Draußen verzogen sich die Wolken, sodass man ein paar Sterne funkeln sah. »Wenn Marys Mörder kein Freier war – wer war es dann?«

Lish drückte ihre Zigarette aus, lehnte sich zurück und schüttelte langsam den Kopf. »Ich habe nicht die leiseste Ahnung.«

Cynthia wagte es nun doch, an ihrem Kaffee zu nippen, und stellte zu ihrer Überraschung fest, dass er richtig gut schmeckte. Sie nahm einen größeren Schluck, bevor sie fragte: »Sie haben vorhin erwähnt, dass noch jemand Fragen über den Mord an Mary gestellt hat. War es ein anderer Reporter?«

Lish schüttelte den Kopf »Nein, die Polizei.«

Cynthia war wie elektrisiert. »Ach ja? Wann denn?«

Lish überlegte. »Das erste Mal vor zwei oder drei Wochen. Dann sind sie vor ein paar Tagen noch mal mit mehr Fragen wiedergekommen.«

»Was waren das für Fragen?«

»Sie wollten wissen, wie sie an dem Abend aussah. Ihre Frisur, was sie anhatte und so.«

»Haben Sie nachgefragt, warum man Sie nach all der Zeit plötzlich wieder vernommen hat?«

»Ja. Sie meinten nur, es hätte sich eine neue Spur ergeben. Mehr hab ich nicht aus ihnen rausbekommen.«

Cynthia nahm ihren Schal ab und legte ihn in ihren Schoß. Das geschah ganz unbewusst, und sie merkte es erst, als Lish die Brauen hochzog.

Cynthia legte etwas verlegen die Hand an den Hals. »Es muss also etwas vorgefallen sein«, sagte sie. »Etwas, das sie dazu bewogen hat, den Fall wiederaufzunehmen.«

Lish nickte. »Sieht ganz so aus. Sie wissen nicht zufällig, was das war? Wo Sie den Fall ja selbst noch mal unter die Lupe nehmen?«

»Nein. Ich habe nichts als … Vermutungen.«

»Die glauben, dass er noch jemanden ermordet hat, nicht wahr?«

Cynthia sah sie überrascht an. »Wie kommen Sie darauf?«

Lish zuckte die Achseln. »Die Polizei hatte vorher kein großes Interesse an dem Fall, aber jetzt ist das plötzlich anders. Das ist die einzige logische Erklärung.« Sie trank ihren Tee aus. »Ich muss dann mal zurück zur Arbeit«, sagte sie.

»Oh ja, natürlich.« Cynthia warf einen Fünfpfundschein auf den Tisch und winkte dem Besitzer, der etwas brummte.

Draußen hatte es aufgehört zu regnen. Die beiden traten auf den Bürgersteig hinaus, und Cynthia wollte sich gerade verabschieden, als ein BMW an ihnen vorbeifuhr und langsamer wurde. Cynthia beobachtete nervös, wie er zurücksetzte und direkt vor ihnen hielt. Das Fenster wurde heruntergelassen.

»Hey, Lish!«, sagte eine Stimme »Bist du frei?«

Lish nickte dem Fahrer zu und sagte eilig zu Cynthia: »Ich muss los. Der Job ruft. In diesem Fall ein Blowjob.« Sie lächelte. »Schön, Sie kennengelernt zu haben.«

»Danke, gleichfalls.« Der BMW hupte ungeduldig, und Cynthia musterte ihn misstrauisch. Die getönten Scheiben gefielen ihr nicht, dahinter konnte alles Mögliche passieren. »Sind Sie sicher, dass der in Ordnung ist?«

»Ja, das ist ein Stammkunde. Einer, der gut zahlt und auch mit Wasser und Seife umgehen kann, also: der ideale Kunde. Ich würde Sie ja bekannt machen, aber er ist ein bisschen scheu.« Sie öffnete die Beifahrertür und stieg ein. Cynthia musste an Mary Davies' letztes Rendezvous vor ihrem Tod denken: ein Stammkunde.

Bevor die Tür zufiel, rief Cynthia noch: »Lish!«

Der gebleichte Blondschopf beugte sich in den Türspalt. »Ja?«

»Passen Sie auf sich auf.«

»Aber klar doch!«, sagte sie augenzwinkernd. Die Wimperntuschespuren, die ihre Tränen hinterlassen hatten, waren noch gut zu erkennen.

11

Das ist doch Wahnsinn!, sagte sich Cynthia, als das Taxi auf dem Parkplatz hinter Draycott International Life Sciences hielt. Ich werde im Gefängnis landen.

Es war Samstag, ein Uhr morgens, trotzdem stand mindestens ein Dutzend Fahrzeuge auf dem Firmenparkplatz, krumme Schatten in dem schwachen Licht, das durch die geschlossenen Fensterläden des Gebäudes drang. Bevor sie die Taxitür aufmachte, holte sie tief Luft. Zum Umkehren war es jetzt zu spät. Die Luft draußen war eiskalt, und sie knöpfte den Mantel bis obenhin zu, während Damien den Fahrer bezahlte. (Fünfzig Pfund. Verdammt noch mal!) Warum hatte sie sich bloß darauf eingelassen? Wahrscheinlich hatte es damit zu tun, dass sie gerade bei ihrem fünften flambierten Sambuca war, als Damien verkündete, er wolle sie in seine Firma schmuggeln und ihr »was Wichtiges« zeigen. In der belebten Bar hatte sich das nach einem amüsanten Abenteuer angehört, aber hier, in der Dunkelheit des Parkplatzes, schien es ein Riesenfehler. Damien küsste sie flüchtig und nahm ihre Hand. »Also los!«, sagte er und dirigierte sie zu ein paar Metallstufen, die zu einer unauffälligen Tür hinaufführten.

»Schauen die sich nicht die Überwachungsbänder an und sehen, wer reingegangen ist?«, fragte sie in der Hoffnung, er würde es sich anders überlegen. Aber er sagte nur »Nö« und hielt seinen Ausweis vor einen an der Wand angebrachten Sensor. Ein leises Klicken ertönte, und die Tür sprang auf.

Vollkommene Stille umfing sie. Sie standen am Ende eines Flurs, der von grünen Türen gesäumt war. Cynthia folgte Damien tiefer ins Gebäudeinnere hinein.

Der Flur war hell erleuchtet. Ihre Sohlen quietschten schrecklich auf dem Linoleumfußboden. Als der Flur sich gabelte, blieben sie stehen. Damien wies mit dem Kinn nach rechts. »Hier entlang«, flüsterte er.

»Hör mal, Damien, vielleicht sollten wir lieber …«

Er legte den Zeigefinger auf ihre Lippen, um sie zum Schweigen zu bringen. Ein Stück weiter vorn ertönten Stimmen.

»… sind verängstigt wegen der dunklen Ringe um ihre Augen.« Die Stimme der Frau übertönte das laute Gurgeln einer Kaffeemaschine.

Der Mann sagte abfällig: »Als ob die Kerle vorher schön gewesen wären! Ich wette, die …«

Damien schlich auf Zehenspitzen durch den Flur, dicht gefolgt von Cynthia. Die Stimmen kamen hinter einer halb geöffneten Tür mit der Aufschrift »Personal« hervor. Damien blieb vor dem gegenüberliegenden Zimmer stehen. An der Wand neben der Tür befand sich ein Tastaturfeld. Er gab eine Zahlenkombination ein, bevor er vorsichtig den Türknauf drehte. Ein Klicken ertönte, und Cynthia erstarrte. Aber das lebhafte Gespräch im Personalraum wurde ohne Unterbrechung fortgesetzt.

Damien zog Cynthia hinter sich in das Zimmer und schloss die Tür. »Hier sind wir in Sicherheit«, flüsterte er. »Das ist das Büro mit den Klinikberichten. Vor sieben kommt hier keiner rein.«

Cynthia sah sich in dem kleinen rechteckigen Raum um. Drei Schreibtische standen eng nebeneinander an einer Wand. Auf der anderen Seite befand sich ein Regal, das schier überquoll vor roten Ordnern. Darüber war ein Fenster mit heruntergelassener Jalousie. Cynthia sah Damien fragend an. »Ich gehe mal davon aus, dass du mir nicht das hier zeigen wolltest?«

»*Au contraire*«, sagte er und zog an der dünnen Plastikkordel der Jalousie. Die Lamellen öffneten sich und gaben nicht etwa den Blick auf die Außenwelt frei, sondern auf einen benachbarten Raum. Cynthia trat näher. Die Szenerie kam ihr bekannt vor: Es war ein großer Raum voller ungepflegter Männer. Einige standen um einen Billardtisch herum, andere lümmelten vor einem Fernseher. Von der einen Seite gingen mehrere Schlafräume ab, auf der anderen lag ein durch eine Glaswand abgetrenntes Labor. »Der Klinikbereich«, sagte sie.

»Ganz genau.«

Sie betrachtete den Anblick, der sich ihr bot. Es war kurz nach ein Uhr nachts, aber die Probanden schienen putzmunter. »Die Niton-Studie?«

»Ja.«

Cynthia sah sich die Gestalten in dem Raum näher an. Ein Mann mit einem Spinnennetz-Tattoo am Hals bereitete einen Billardstoß vor. Sein Gegner sah ihm dabei zu, er hatte den Queue an die Schulter gelegt wie ein Gewehr. Beide Männer hatten dunkle Ringe unter den Augen.

»Und die sind jetzt ... wie lange wach?«, fragte sie. Sie merkte, dass sie undeutlich sprach und immer noch ein wenig betrunken war.

»Seit dreiundzwanzig Tagen.«

Sie beobachtete, wie der Tätowierte sich über den Billardtisch beugte und konzentriert seinen Queue entlangspähte. Dann schoss die weiße Kugel nach vorn, prallte an einer roten ab und schickte sie zielgenau in das Eckloch. Grinsend richtete er sich auf.

Sie schüttelte ungläubig den Kopf. »Erstaunlich.«

»Glaubst du mir jetzt, dass das Medikament unbedenklich ist?«

Sie drehte sich um und riss entsetzt die Augen auf. Damien saß auf der Kante eines der Schreibtische. In einer Hand hielt er ein offenes Glasfläschchen, in der anderen eine blau-weiße Kapsel.

»Ich bin so müde, Cynthia«, sagte er und starrte die Pille wie hypnotisiert an. »Und ich bin es müde, müde zu sein. Ich habe dich hergebracht, um dich zu beruhigen.«

Seine Hand wanderte zu seinen Lippen.

»Warte!«, rief Cynthia, während Panik ihr die Kehle zuschnürte. Sie stürzte mit ausgestreckten Armen auf ihn zu, um ihm die Pille zu entreißen. »Bitte tu das nicht ...«

Aber es war schon zu spät. Damiens Hand zuckte zu seinem Mund, und sein Gesicht verzerrte sich zu einer Grimasse, als er die Kapsel ohne Wasser hinunterschluckte. Zitternd trat Cynthia einen Schritt zurück. Sie wandte sich wieder zum Fenster, lehnte die Stirn gegen die Scheibe und spürte den kühlen Halt, den sie ihr gab. Die Billardpartie war noch nicht beendet. Weiter hinten streckten sich Männer auf Sesseln vor dem DVD-Player und standen auf, der Film musste gerade zu Ende gegangen sein. Abgesehen von ihren Augenringen machten alle Probanden einen guten Eindruck. Sie wirkten vielleicht ein bisschen ungepflegt, aber das schien bei Draycott-Probanden normal zu sein. Vielleicht hatte Damien ja recht, und das Medikament war vollkommen unbedenklich. Vielleicht war das Gefühl von Bedrohung, das sie nicht abschütteln konnte, weniger einem sicheren Instinkt als ihrer Vergangenheit geschuldet, die sie immer wieder heimsuchte und sie paranoid machte.

»Und, Cynthia?«

Sie drehte sich um. Damien sah sie eindringlich an. Er schwankte leicht, ebenfalls noch merklich angetrunken. »Unterstützt du mich jetzt in meinem Entschluss oder nicht?«

Sie zwang sich zu einem Lächeln und versuchte, die Angst

zu ignorieren, die sich in ihrem Magen regte. Es würde schon alles gutgehen.

»Natürlich«, sagte sie.

Cynthia und Damien hatten das Ende des Flurs fast erreicht, als direkt um die Ecke wieder Stimmen ertönten. Diesmal konnten sie sich nirgendwo verstecken. Damien blieb wie angewurzelt stehen, und Cynthia tat es ihm gleich.

Eine gefühlte Ewigkeit verging, von lautem Herzklopfen begleitet. Die Stimmen schienen nicht näher zu kommen. Damien schlich zur Ecke, dicht gefolgt von Cynthia. Er bekam plötzlich gefährlich Schlagseite, und kurz befürchtete sie, er könnte laut gegen die Wand donnern.

»Neeeeeeeeeeeeiiiiiiiiin!«

Das Wort war ein Schrei, und sie erstarrte. Jetzt eine andere Stimme, ein beruhigendes Murmeln, dann Schluchzen. Was zum Teufel war da los? Sie standen mit dem Rücken zur Wand und lauschten.

»Ich habe sie gesehen ... und dann war ihr Gesicht blau. Ganz blau!«

Wieder Schluchzen, erneut gefolgt von beruhigendem Murmeln. »Das ist schon in Ordnung. Sie sind hier in Sicherheit. Niemand kann Ihnen etwas tun. Ich werde Ihnen etwas geben, das Sie beruhigt.«

»Keine Medikamente mehr!«, schrie der unsichtbare Patient hysterisch. »Mir reicht's! Ich will nicht mehr!«

»Psssst. Ich verspreche Ihnen, dass Sie sich anschließend besser fühlen. Legen Sie sich kurz hin ...«

Einen Moment lang war Cynthia zwischen Neugier und dem Drang, zu fliehen, hin- und hergerissen. Dann siegte die Neugier. Sie lief auf Zehenspitzen an Damien vorbei, der nach wie vor reglos an der Wand lehnte, und spähte um die Ecke. Die Stimmen kamen aus einem Zimmer, an dem »Dr. Novak« stand. Die Tür musste offen gelassen worden sein, als der aufgeregte Proband hineingebracht (oder vermutlich eher hineingezerrt) worden war. Sie war nur angelehnt, und Cynthia sah durch den Türspalt, wie sich etwas bewegte. Das Schluchzen war verstummt.

»Kann ich eine Tasse Tee haben?«, fragte der Proband.

»Sie wissen doch, dass das jetzt nicht geht. Aber wie wär's mit einem schönen Glas Orangensaft? Gut. Sie ruhen sich hier aus, und ich bin gleich wieder da.«

Cynthia zog hastig den Kopf zurück und sah sich nach Damien um. Als Schritte auf dem Flur ertönten, pressten sie sich beide an die Wand. Eine kurze Pause, dann entfernten sich die Schritte in die Gegenrichtung. Als sie verstummt waren, atmete sie laut auf und gab Damien ein Zeichen, ihr zu folgen. Die Tür zum Arztzimmer war jetzt geschlossen. Sie lauschte daran und hörte ein leises Stöhnen. Cynthia legte die Hand auf den Türknauf und spürte plötzlich, wie er sich unter ihren Fingern drehte. Sie zuckte zurück, als hätte sie sich verbrannt, und stieß gegen Damien, der direkt hinter ihr stand.

Der Mann im Zimmer wollte hinaus.

Cynthia blieb wie angewurzelt stehen und versuchte, nicht in Panik zu geraten. Sie würde sich als Krankenschwester ausgeben, bestimmt auftreten und versuchen, nicht undeutlich zu sprechen. Der Knauf hörte auf, sich zu drehen. Ein Klicken war zu hören – der Arzt musste von außen abgeschlossen haben. Das Schluchzen begann erneut, wurde zu einem lauten Wehklagen. Dann fing das Schreien wieder an.

Damien packte Cynthias Hand und riss sie mit sich fort. Verfolgt von den Schreien, rannten sie auf den Ausgang zu, ohne sich noch zu bemühen, unentdeckt zu bleiben. Erst nachdem sich die dicke Metalltür hinter ihnen geschlossen hatte, blieben sie stehen.

Kalte Nachtluft schlug wie eine Welle über Cynthia zusammen. Sie beugte sich weit vor und stützte die Hände auf die Knie, um wieder zu Atem zu kommen.

»Das war … unheimlich«, sagte Damien neben ihr.

»Ja«, erwiderte sie und richtete sich auf. »Der arme Mann. Ich frage mich, was …« Dann verstummte sie und starrte ihren Freund an, während ein böser Verdacht den Nebel aus Adrenalin und Alkohol durchdrang. Oh nein, bitte, lieber Gott, nein! Sie packte Damiens Handgelenk, und er zuckte zusammen. »Wie viele Studien laufen derzeit?«, fragte sie eindringlich.

Er sah sie verwirrt an. »Nur die, die du gerade gesehen hast, warum?«

Sie suchte keuchend Halt an der Wand, während die Angst ihr die Kehle zuschnürte.

»Cynthia?« Damiens Stimme schien aus weiter Ferne zu kommen. »Alles in Ordnung?«

Er berührte sie am Arm, und sie sah ihn an, sah die Sorge in seinem Gesicht. »Natürlich«, erwiderte sie und zwang sich zu einem Lächeln. »Es geht mir gut. Alles … alles in Ordnung.«

Aber nichts war in Ordnung. Denn es gab nur eine Studie, an der der schreiende Proband teilgenommen, nur ein Medikament, das seine Halluzinationen verursacht haben konnte: dasselbe, das der nun der man im Blut hatte, den sie liebte.

12

Als Cynthia am nächsten Morgen zur Arbeit kam, gab sie als Erstes »24/7« in ihre Suchmaschine ein. Schon bei der bloßen Anzahl von Suchergebnissen riss sie ungläubig die Augen auf: 1025. Das war schnell gegangen! Es überraschte sie nicht, dass die Stay-Up-Website die Liste anführte. Danach kam etwas, das sich Shifters United nannte.

Shifters? Was sollte das bedeuten? Sie klickte auf den Link, und eine Fotomontage füllte den Bildschirm: gut aussehende Leute, die ausritten, im Freien aßen und am Strand tanzten. Das Ganze vor einem Sternenhimmel. Eine Reihe von Bildern aus dem Arbeitsleben folgte: Manager bei Besprechungen, Lehrer vor Schulklassen, Büros, in denen gearbeitet wurde. Überall raumhohe Fenster, damit der Nachthimmel besser zu sehen war. Nachdem das letzte Foto verblasst war, lief eine Botschaft quer über den Bildschirm: »Willkommen in meiner Welt«, stand da in gelben Buchstaben. Und dann in Blau: »Ich bin Dan Limin: Architekt, Revolutionär und Shifter.« Cynthia schnaubte verächtlich. Was für ein Idiot. Sie überflog die Menüleiste und klickte auf »Shifter Chat«. Als sie das »Zitat der Woche« oben auf der Foren-Startseite las, zuckte sie zusammen: »Schlafen ist für Schwache«. Darunter wurde der Urheber genannt: Marcus Grimsby.

Sie schaute rasch zu ihm hinüber. Marcus tippte emsig, den Blick fest auf den Bildschirm geheftet. Seine dunklen Augenringe waren deutlich sichtbar. Cynthia wandte sich wieder der Website zu und suchte nach Beiträgen über Halluzinationen. Aber da war nichts. Die Postings lasen sich ausnahmslos wie Empfehlungen: »Ich habe seit vier Tagen nicht mehr geschlafen und konnte endlich meinen gesamten Lernstoff nachholen«, stand da.

»Kein Hin-und-her-Wälzen mehr: Erschöpfung ade, Leben, ich komme!«, lautete ein anderer Beitrag, der mit »Ex-Schlafloser« unterschrieben war.

Cynthia klickte auf eine Seite mit der Überschrift »Und das sagt Dan dazu«. Dort gab der Betreiber der Website seine Ansichten über das Medikament, die »Bewegung« und die Zukunft zum Besten. Für ihn *war* 24/7 die Zukunft. Schon bald würde es zum täglichen Leben gehören wie fließendes Wasser und eine Spülmaschine. »Irgendwann werden sich unsere Kinder am Lagerfeuer Horrorgeschichten darüber erzählen, wie schlimm es früher war, als alle ein Drittel ihres Lebens damit verbracht haben, leblos herumzuliegen«, so Dan Limin.

Noch lange nachdem sie die Seite geschlossen hatte, starrte Cynthia wie blind auf den Bildschirm. Dass niemand über Halluzinationen berichtete, hatte ihre Bedenken etwas zerstreut. Aber der Tonfall, in dem die Beiträge gehalten waren, weckte neue Ängste: Das Ganze hatte so etwas Sektiererisches an sich. Sie lehnte sich auf ihrem Stuhl zurück und legte den Kopf in den Nacken. Wo hatte Damien sich da nur hineinmanövriert? Dann huschte ihr Blick zu Marcus. Er beugte sich über einen Stapel Unterlagen, während seine Finger geistesabwesend mit einer bleichen Haarsträhne spielten. Cynthia hätte wetten können, dass er weitaus mehr über das Anti-Schlaf-Mittel wusste, als er in seinen Artikeln verriet. Inzwischen war ihr auch klar, dass Marcus Niton bereits genommen haben musste, bevor das Mittel überhaupt erhältlich gewesen war. Aber wie war er da rangekommen? Cynthia wippte mit ihrem Stuhl vor und zurück und überlegte, wie sie Marcus dazu bringen konnte, sich ihr anzuvertrauen. Sie erwog mehrere Möglichkeiten und verwarf sie wieder, bis eine übrig blieb. Diese Rede im Café … hatte wie eine Predigt geklungen, ganz so, als ob Marcus den missionarischen Drang verspürte, andere von 24/7 zu überzeugen. Einer Kollegin würde er sich nicht anvertrauen, wohl aber einer potenziellen Anhängerin.

Es war fast Mittag, als Marcus endlich von seinem Schreibtisch aufstand. Cynthia folgte ihm in die Küche und sah zu, wie er den Wasserkessel füllte.

»Hallo, Marcus, wie läuft's?«, fragte sie fröhlich und lehnte sich an den Kühlschrank.

»Oh, Cynthia. Gut, danke. Tee?«

»Gern.«

Marcus stellte zwei Becher auf die Theke. Ein etwas verlegenes Schweigen entstand, während sie darauf warteten, dass das Wasser kochte.

»Es tut gut, wieder Tagschicht zu arbeiten, nicht wahr?«, meinte Cynthia. »Das fühlt sich für mich deutlich gesünder an. Bleibst du heute noch lange?«

»Nein, heute nicht.« Er sah auf seine Uhr. »Es gibt nicht viel Neues, über das es sich zu schreiben lohnt. Außerdem muss ich auch mal raus hier. Mit etwas Glück bin ich um sechs weg.«

Cynthia witterte ihre Chance. »Ich denke, ich bin ungefähr zur selben Zeit fertig. Hättest du vielleicht Lust auf einen kurzen Drink hier in der Nähe?«

Er starrte sie stumm an, blass und ausdruckslos. Sie schenkte ihm ihr schönstes Lächeln. Der Kessel dampfte. Marcus goss Wasser in die bereitstehenden Becher und hängte Teebeutel hinein, bevor er Cynthia den ihren reichte.

»Ich habe gerade ziemlich viel zu tun«, sagte er schließlich. »Falls es dir also nichts ausmacht …«

»Ich überlege, ob ich 24/7 nehmen soll«, platzte es aus ihr heraus, und sie spürte, wie sie glühend rot wurde, sobald die

Lüge ausgesprochen war. »Und da du der Experte im Haus bist, dachte ich, du könntest mich vielleicht beraten.«

Einen Moment stand Marcus einfach nur da und sah sie mit schräg gelegtem Kopf an. Cynthia wartete und fragte sich, ob sie sich in ihm getäuscht hatte. Vielleicht hatte sie schlichten journalistischen Eifer mit etwas ... Intensiverem verwechselt. »Ich habe ein paar Vorbehalte gegen das Medikament«, fuhr sie fort, zog den Teebeutel aus ihrem Becher und warf ihn in den Abfalleimer. »Und da dachte ich, du könntest mir die Angst nehmen. Aber wenn du so beschäftigt bist ...«

»Nein«, sagte er rasch, mit einem kühlen Lächeln. »Ich helfe gern.«

»Ich kann gar nicht glauben, dass du noch nie hier warst«, sagte Cynthia, während sie ihr Weinglas auf den Tisch stellte und auf die Bank rutschte. »Das ist doch mehr oder weniger das Wohnzimmer des *Sentinel.*«

Marcus sah sich ohne großes Interesse um. Allerdings gab es auch nicht viel zu sehen: *The Lamb and the Flag* war mal ein vollgestopfter alter Pub mit gemütlichen Nischen und niedrigen Holzbalken gewesen. Aber der jetzige Eigentümer hatte ein kleines Vermögen dafür ausgegeben, dem Lokal jeglichen Charme zu nehmen. Jetzt war es einfach nur eines von vielen mit blank gescheuerten Dielen, grünen Wänden und den üblichen braunen Ledersofas. Aber es lag direkt gegenüber vom *Sentinel*, weshalb es bei den Zeitungsredakteuren nach wie vor erste Wahl war. Cynthia nippte an ihrem Bier, Marcus an seinem Gin Tonic. Ein unbehagliches Schweigen entstand.

»Stay Up sollte dir Provision zahlen«, sagte sie schließlich. »Es gibt schon fast eine Million Kunden – du konntest anscheinend eine Menge Leute überzeugen, 24/7 mal auszuprobieren.«

Marcus zuckte nur die Achseln, während die Andeutung eines Lächelns seine Lippen kräuselte. »Den Erfolg kann ich nicht allein verbuchen. Seit dem Erscheinen meines Artikels haben viele Medien darüber berichtet.«

Cynthia legte ihre Hand kurz auf seine und sagte: »Aber du warst der Erste, die anderen haben bloß nachgezogen.«

Er betrachtete die Stelle, wo sie ihn berührt hatte, und runzelte leicht die Stirn.

Cynthia räusperte sich. »Hast du heute wieder über 24/7 geschrieben?«

Er nickte. »Ich habe einige der Erstkäufer interviewt. Die meisten sind Studenten. Sie stehen kurz vor dem Examen und sagen, sie nehmen es nur, damit sie die ganze Nacht durchlernen können.«

»Das klingt logisch«, sagte Cynthia und dachte an die vielen durchwachten Nächte während ihres Studiums zurück. An den vielen Kaffee und die damit verbundene Übelkeit, an stapelweise Notizen und verzweifelte Erschöpfung.

»Alle behaupten, dass sie damit aufhören, sobald die Prüfungen vorbei sind«, fuhr Marcus fort. »Aber wir werden ja sehen. Wetten, dass sie sich an die zusätzlichen Stunden gewöhnen und dabei bleiben? Sie werden nicht mehr weitermachen wollen wie zuvor.« Er beugte sich vor und senkte die Stimme. »Und dir wird es genauso gehen.«

Cynthia nahm ihr Weinglas und starrte hinein, um ihm nicht in die Augen sehen zu müssen. »Ja, ich kann mir vorstellen, dass das große Vorteile hat. Aber bevor ich mich endgültig dazu durchringe, muss ich wissen, worauf genau ich mich da einlasse ...« Sie sah auf. »Darf ich dich mal was fragen?« Marcus legte den Kopf schräg wie ein Vogel und wartete. »Wie bist du auf die ursprünglichen Versuche mit Niton gestoßen, die durchgeführt wurden, bevor das Verteidigungsministerium involviert war?«

Marcus schien übermäßig lange über diese Frage nachzugrübeln. »Ich war …«, begann er, verstummte dann aber und nahm einen Schluck von seinem Gin Tonic. Er sah Cynthia nachdenklich an, als überlegte er, ob er ihr etwas anvertrauen könne.

»Ja?«, fragte sie ermutigend.

Seine weißblonden Wimpern flatterten ein paar Mal auf und ab. Sekunden verstrichen. Dann lehnte er sich weit über den Tisch und sagte: »Ganz unter uns … ich war einer der Probanden.«

Sie blinzelte erstaunt. »Im Ernst? Wo genau?«

»In einer Klinik in Leeds. Es war nur eine kleine Studie, wir waren zu acht.«

»Meine Güte!«, sagte sie, während sich ihre Gedanken überschlugen. »Das war aber ganz schön … mutig von dir. Stellst du dich öfter als Proband für neue Medikamente zur Verfügung?«

Zu ihrem Erstaunen lachte Marcus. Es war ein seltsames, keuchendes kurzes Auflachen, aber nichtsdestotrotz ein Lachen. »Natürlich nicht. Niton wurde ursprünglich als Medikament gegen ein … Gesundheitsproblem getestet, von dem ich betroffen war. Damals konnte niemand ahnen, welch ein sensationeller Durchbruch es sein würde.«

»Was denn für ein Problem?«, fragte sie und entschärfte die Frage ein wenig, indem sie hinzusetzte: »Falls ich das fragen darf?«

Sein Blick wanderte zur Bar, an der das Feierabendpublikum plauderte und trank. Flaschen mit Spirituosen waren dekorativ vor einer Wand aus grünem Milchglas aufgereiht, die von hinten beleuchtet war, was den Getränken ein giftiges Schimmern verlieh.

Marcus holte tief Luft, richtete den Blick fest auf Cynthia und sagte: »Narkolepsie.« Er griff nach seinem Bierdeckel und riss ihn erst in zwei, dann in vier Stücke.

»Narkolepsie«, wiederholte sie nachdenklich. »Dabei

schläft man ungewollt ein, nicht wahr?« Marcus nickte und riss den Bierdeckel in immer kleinere Fetzen. »Und das kann einen jeden Moment überkommen?«, hakte sie nach, als er nicht weitersprach.

»So ungefähr«, erwiderte er grimmig. »Es kann durch heftige Gefühle ausgelöst werden. Durch Stress, Wut oder Überraschung. Manche Narkoleptiker kollabieren, wenn sie zu sehr lachen.« Er starrte auf den zerfetzten Bierdeckel vor sich auf dem Tisch, bevor er leise hinzufügte: »Ich war ein ziemlich schwerer Fall.«

Und plötzlich ergab alles einen Sinn: Marcus' fast hasserfüllte Aversion gegen den Schlaf, sein vehementes Bedürfnis, ihn zu kontrollieren, ja für immer zu verbannen. Eine Welle des Mitgefühls überflutete Cynthia und spülte den Klumpen der Abneigung, der sich in den letzten Monaten in ihr gebildet hatte, davon. Im Grunde waren Marcus und Damien gar nicht so verschieden: Beide hatten gute Gründe, den Schlaf zu hassen.

»Das muss hart gewesen sein«, sagte sie. Kein Wunder, dass der arme Kerl zu so abartigen Zeiten arbeitete. Journalisten, die bei Stress kollabierten, waren wenig gefragt. Als er auf das Medikament gestoßen war, hatte er bestimmt auch beruflich großen Nachholbedarf gehabt.

»Ja, das war es«, sagte er düster. »Konventionelle Mittel haben kaum geholfen. Bevor ich zu der Niton-Studie kam, war ich ziemlich verzweifelt. Als mein Arzt mir dann sagte, es gebe da ein Medikament in der Testphase, habe ich darum gebeten, dass er mich als Proband empfiehlt. Niton sollte eigentlich bloß den Schlafrhythmus normalisieren. Stattdessen hat es den Schlaf vollkommen abgeschafft.«

»Das muss ein ziemlicher Schock für die Wissenschaftler gewesen sein. Und für die Probanden natürlich auch.«

»Oh ja. Wir waren alle ziemlich … überrascht.«

Cynthia zögerte. »Ich würde gern mehr über die Studie

hören«, sagte sie und beugte sich mit einem warmen Lächeln zu ihm. »Vorausgesetzt, du willst darüber reden.«

Marcus öffnete den Mund, dann schien er es sich anders zu überlegen und schloss ihn wieder. Er griff nach einem Salzstreuer und begann ihn zwischen seinen Handflächen hin und her zu rollen wie ein Bäcker seinen Teig. Cynthia wartete.

»Gut«, sagte er schließlich. »Warum eigentlich nicht?«

Zwei Sportreporter des *Sentinel* kamen mit ihren Biergläsern in der Hand in ihre Richtung gewandert. Cynthia drehte sich weg und schirmte ihr Gesicht mit der Hand ab. Sie wollte jetzt nicht gestört werden. Die Sportreporter gingen vorbei, in eine hitzige Diskussion über Fußballschiedsrichter vertieft. Marcus sah ihnen nach und wartete, bis sie sich in einer entfernten Ecke niedergelassen hatten.

»Die Studie war auf vier Wochen angelegt«, sagte er. »Ursprünglich sollten wir das Medikament jeden Morgen um sieben einnehmen. Damit sollten wir bis um elf Uhr abends wachbleiben können, hieß es. Also schluckten wir unsere erste Dosis und schlurften durch die Krankenhausflure – nichts als ein Haufen extremer Narkoleptiker, die hofften, mal einen ganzen Tag lang nicht bewusstlos zu Boden zu gehen. Es wurde Mittag. Jeder von uns war nach wie vor wach. Dann wurde es Abend. Gegen zwanzig Uhr waren wir alle ganz aufgeregt. Ebenso die Ärzte. Wir hatten fast einen ganzen Tag ohne eine einzige Schlafattacke hinter uns. So lange war noch keiner von uns symptomfrei gewesen.«

Der Salzstreuer rollte zwischen seinen Fingern hin und her. Cynthia sah zu, wie er sich drehte. Hin und her. Hin und her. »Gegen zehn Uhr abends kriegten sich die Forscher vor lauter Aufregung kaum noch ein, und wir auch nicht. Dann wurde es elf, Zeit zum Schlafengehen. Aber keiner von uns war müde. Da wirkten die Ärzte langsam ein bisschen besorgt. Wir mussten ins Bett gehen und wurden an

Monitore angeschlossen, die unsere Gehirnwellen im Schlaf kontrollieren sollten.« Marcus lächelte. Er verzog nicht nur kurz den Mund so wie sonst, sondern strahlte übers ganze Gesicht. »Nur schlief keiner. Am nächsten Morgen waren wir immer noch hellwach. Die Wissenschaftler machten dann eine ganze Reihe kognitiver Tests und Denkaufgaben mit uns, um zu sehen, wie sich die Nacht ohne Schlaf auf unser Denk- und Handlungsvermögen ausgewirkt hatte. Aber sie blieb folgenlos. Es gab jede Menge hastig einberufener Besprechungen und wildes Getuschel. Dann trommelten uns die Forscher zusammen und sagten, dass wir an diesem Morgen keine weitere Dosis bekommen würden. Sie wollten warten, bis die Wirkung der ersten Pille abgeklungen war, um herauszufinden, wie lange sie anhielt. Also warteten wir. Ein weiterer Tag und eine weitere Nacht vergingen. Keiner von uns hat auch nur gegähnt.«

Cynthia beugte sich vor. Seine Erzählung hatte sie gepackt. »Aber hat sich keiner von euch … Gedanken gemacht? Und sei es nur, weil das Medikament noch in der Testphase war und die Studie nicht nach Plan lief?«

Marcus zuckte nur leicht die Achseln und stellte endlich den Salzstreuer weg. »Du kannst vermutlich nicht verstehen, wie befreiend diese Erfahrung für jemanden wie mich gewesen ist. Sich keine Sorgen mehr machen zu müssen, mitten im Satz vom Schlaf überfallen zu werden – für mich war das so, als wäre ich soeben aus dem Gefängnis entlassen worden.« Es wurde laut, als eine größere Gruppe am Nebentisch Platz nahm. Cynthia zuckte leicht zusammen, als eine Männerstimme direkt hinter ihr brüllte: »Her mit den Drinks!« Sie sah zu Marcus hinüber und befürchtete, die Unterbrechung könnte ihn aus seiner Geschichte reißen. Aber er schien seine Umgebung gar nicht wahrzunehmen.

»Am fünften Tag merkten wir, dass andere Leute auf die Station kamen. Sie trugen Laborkittel und versuchten, sich unters Personal zu mischen, aber wir sahen sofort, dass das keine Ärzte waren. Man sagte uns, sie kämen von der Qualitätssicherung und sollten die Studie überwachen. Sie schauten bei unseren täglichen Tests zu und stellten dem Personal jede Menge Fragen.«

»Aha«, sagte Cynthia. »Das Verteidigungsministerium?«

»Genau. Eine ziemlich misslungene Undercoveraktion, wenn es denn eine sein sollte. Wir mussten nach wie vor jeden Abend brav ins Bett gehen, das Licht wurde gelöscht und wir wurden an die Maschinen angeschlossen. Aus irgendeinem Grund führte das dazu, dass die Labortechniker unaufmerksam wurden – als hätten sie vergessen, dass wir gar nicht schliefen. Der Mensch ist eben ein Gewohnheitstier. Sie redeten ziemlich laut über alles, was da vorging, erzählten sich Gerüchte. Und so fand ich heraus, dass das Verteidigungsministerium eine eigene Studie plante, und zwar mit Menschen mit einem normalen Schlafrhythmus.«

Er nahm einen großen Schluck von seinem Gin Tonic, wie um sich Mut zu machen. »Nach etwa einer Woche fingen wir wieder an zu schlafen. Nachdem wir so lange wach gewesen waren, war das irgendwie … schrecklich. Wie eine todesähnliche Leere. Die Forscher verabreichten uns noch eine Dosis und warteten wieder, bis die Wirkung nachließ, bevor wir die nächste nehmen durften. Vier Pillen in vier Wochen. Ich glaube, sie wollten herausfinden, ob wir eine Art Immunität dagegen entwickelten und die Abstände, bis wir wieder einschliefen, kürzer würden. Aber die Wirkung dauerte immer gleich lang: zwischen sechs und acht Tagen, je nachdem, wie schlimm der Betroffene unter Narkolepsie litt. Bei mir ließ sie immer nach sieben Tagen nach. Man konnte die Uhr danach stellen.«

»Und gab es irgendwelche Nebenwirkungen?«

Er schüttelte den Kopf und grinste breit. »Nicht eine einzige.«

Sie nahm noch einen Schluck Wein. Die Schatten unter seinen Augen waren fast schwarz.

»Wann war die Narkolepsie-Studie zu Ende?«, fragte sie schließlich.

»Vor einer ganzen Weile. Ich schätze, das dürfte jetzt ungefähr vierzehn Monate her sein.«

Sie wählte ihre nächsten Worte mit Bedacht. »Und seitdem … bist du ganz ohne Schlaf ausgekommen?«

Er setzte zum Sprechen an, zögerte. Als sie schon gar nicht mehr mit einer Antwort rechnete, nickte er schließlich. Sie starrte ihn fasziniert an. Mehr als ein Jahr ohne Schlaf! Unglaublich. Ihr schwirrte der Kopf, so viele Fragen hatte sie an ihn.

»Aber … woher hast du das Medikament bezogen, bevor Stay Up aufgemacht hat?«

Er zuckte übertrieben lässig mit den Achseln. »Es gingen ein paar Pillen … verloren, als die Studie zu Ende war. Wir sollten ja ursprünglich eigentlich eine pro Tag einnehmen. Aber dann war es nur eine pro Woche. Da blieb ziemlich was übrig.«

Cynthia runzelte die Stirn. »Ja, aber es ist normalerweise nicht so, dass man die getesteten Medikamente anschließend in einem Doggy Bag mit nach Hause bekommt. Wie bist du da rangekommen?«

Sein Blick irrte durch den Raum, so als würde er sich auf einmal all der Menschen um sie herum bewusst. Die Menge vor der Bar war dichter und lauter geworden. Die Grup pe am Nebentisch diskutierte lebhaft. Einige Frauen aus der Gesundheits- und Kosmetikredaktion gingen mit Weißweingläsern an ihnen vorbei. Niemand sah in ihre Richtung.

»Keine Sorge«, sagte Cynthia. »Alles, was du mir erzählst, bleibt unter uns.«

»Na gut.« Marcus beugte sich zu ihr vor und flüsterte: »Ich habe mich mit einer anderen Probandin angefreundet, die sich öfter mit einem der männlichen Pfleger unterhalten hat. Wie sich herausstellte, stammte er aus irgendeinem Krisengebiet und wollte kündigen, nach Hause zurückkehren und seine Familie unterstützen. Es ging um einen Bruder, der zu Unrecht im Gefängnis saß. Nur, vorher brauchte er Geld, und zwar schnell. Die Forscher hatten ursprünglich eine Placebo-Gruppe mit eingeplant, also standen irgendwo haufenweise wirkungslose Kapseln herum, die genauso aussahen wie das Testmedikament. Ka… meine Freundin hat den Pfleger überredet, die Placebos mit dem übriggebliebenen Niton zu vertauschen und es uns nach dem Ende der Studie zu verkaufen. Jeder von uns hat zweitausend in bar bezahlt. Das war teuer, aber jeden einzelnen Penny wert.« Marcus schien langsam wieder zu sich zu kommen. Sein Gesicht drückte Besorgnis aus. »Du darfst niemandem erzählen, dass ich schon Niton genommen habe, bevor es Stay Up gab! Damit würdest du mich schwer belasten. Versprichst du mir, dass du nichts verrätst?«

»Du hast mein Wort. Aber die Leute müssen doch was gemerkt haben? Was glauben die Bosse beim *Sentinel*, wie du so viele Überstunden machen und ganze Nächte ohne Schlaf auskommen kannst?«

»Modafinil«, erwiderte Marcus. »Das gibt es schon seit Jahren, und es ist absolut legal, wenn man ein ärztliches Rezept dafür hat. Damit kann man den Schlaf reduzieren oder auch mal eine Nacht darauf verzichten, ohne dass Nebenwirkungen auftreten. Während des Golfkriegs wurde es sogar britischen Piloten verschrieben. Wenn mich die Leute fragen, wie ich das anstelle, sage ich, dass ich manchmal Modafinil einnehme, um meinen Schlafbedarf zu reduzieren. Und das ist noch nicht mal völlig gelogen, denn ich habe es wirklich gegen meine Narkolepsie eingenommen. Es war nur nicht stark genug. Jetzt, wo 24/7 frei erhältlich ist, kann ich natürlich offen sagen, dass ich darauf umgestiegen bin.«

Sie nickte. »Also ... du nimmst das jetzt seit über einem Jahr, ohne das irgendwas falsch gelaufen ist?«

Die Frage war eigentlich ganz harmlos, hatte aber eine dramatische Wirkung: Marcus' Gesicht wurde starr. Seine Augen wurden schmal, und er versteifte sich am ganzen Körper. Knallrote Flecken erschienen auf seinen Wangen.

»Wie kommst du überhaupt darauf, mir diese Frage zu stellen? Wie kommst du darauf, ich hätte etwas Falsches getan?«

Vielleicht lag es an ihrer Nervosität oder daran, wie unerwartet das kam, aber Cynthia musste sich auf einmal schwer zusammenreißen, um nicht laut loszukichern. Sie biss sich fest auf die Unterlippe. Eine Pause entstand. »Nein«, sagte sie, als sie sich wieder unter Kontrolle hatte. »Du hast mich missverstanden. Ich habe dich nur nach Nebenwirkungen gefragt. Hast du welche festgestellt?«

Die Wut – wenn es denn Wut gewesen war – verschwand aus Marcus' Gesicht. Er entspannte sich leicht und lehnte sich mit einem etwas verlegenen Gesichtsausdruck zurück. Cynthia beugte sich über den Tisch. »Wieso, was dachtest du denn, was ich meine?«

»Nichts«, sagte er rasch und trommelte mit den Fingern auf die Tischplatte. »Ich dachte, du willst etwas ... Negatives andeuten. In Bezug auf das Medikament. Aber um deine Frage zu beantworten: Nein. Es gab keinerlei Nebenwirkungen.« Er schenkte ihr ein minimales Lächeln. »Außer, du betrachtest ein normales Leben und beruflichen Erfolg als Nebenwirkung.«

Cynthia nahm ihr Glas und musterte ihn insgeheim. Was war nur eben mit ihm los gewesen? Normalerweise fiel es ihr leicht, die Menschen zu durchschauen, aber Marcus war wirklich schwer zu knacken. Egal. Die Hauptsache war, dass er gute Nachrichten für sie gehabt hatte. Denn wenn Marcus in über einem Jahr keinerlei Nebenwirkungen festgestellt hatte, musste das Medikament ungefährlich sein. Und das bedeutete, dass auch für Damien keine Gefahr bestand. Die Halluzinationen des Probanden hatten vielleicht ganz andere Ursachen gehabt. Irgendeine Vorerkrankung oder so.

Marcus schenkte ihr noch ein mikroskopisches Lächeln und leerte sein Glas. »Und, hat dir das geholfen? Bist du jetzt ein bisschen beruhigt, was 24/7 betrifft?«

»Ja, das war enorm hilfreich«, sagte Cynthia und errötete leicht, weil sie sich schuldig fühlte. Sie war wirklich ein furchtbarer Mensch, brachte Marcus unter Vortäuschung falscher Tatsachen dazu, dass er sich ihr anvertraute. Aber zumindest waren ihre Motive lauter: Sie wollte den Mann beschützen, den sie liebte. Oder wenigstens herausfinden, ob der Mann, den sie liebte, Schutz *brauchte*.

Erst beim Verlassen des Pubs fiel ihr etwas auf: Marcus hatte lange vor der Einführung des Internet-Nachahmerpräparats Zugang zu Niton gehabt. *Er konnte Stay Up den Prototyp gegeben haben.* Auch zeitlich käme das hin – nach einem Jahr mussten seine Reserven zur Neige gegangen sein. Er musste Hilfe gehabt haben, Hilfe von jemandem, der das Mittel analysieren und kopieren konnte. Ganz offensichtlich hatte er sich nur einen Partner mit pharmazeutischem Wissen und der entsprechenden Laborausstattung suchen müssen, um dann das Produkt selbst zu vertreiben und das Geschäft mit einer Titelgeschichte anzukurbeln.

Es war schon dunkel, und es hatte begonnen zu regnen. »Ach, Marcus«, sagte sie wie nebenbei und zog den Reißverschluss ihres Mantels zu. »Du hast mir noch gar nicht erzählt, wie du von Stay Up und den Niton-Kopien erfahren hast. Hat dir jemand einen Tipp gegeben?«

Marcus' Züge verhärteten sich. »Ich fürchte, diese Frage kann ich dir nicht beantworten«, sagte er tonlos. Er zückte einen Knirps und öffnete ihn mit einem Knopfdruck. »Meine Quellen müssen anonym bleiben, das verstehst du sicher.«

Cynthia schaute ihn forschend an. Aber er wich ihrem Blick aus, sah die regengepeitschte Straße hinunter.

»Natürlich«, sagte sie leise. »Ich verstehe vollkommen.«

PHASE ZWEI

Schlaf ist eine Absurdität, eine schlechte Angewohnheit.

Thomas Edison

13

Ich konnte kaum fassen, wie schön sie war. Egal, wie oft ich sie ansah, ich staunte jedes Mal darüber.

»Liebling!«, sagte Katrina, als sie ins Wartezimmer des Krankenhauses gerannt kam und mich umarmte. »Etwas ganz Wunderbares ist geschehen!«

Ich fand es ja schon das Wunderbarste überhaupt, Katrina in die Arme schließen zu können. Aber sie hatte einen so seltsamen Ausdruck in den Augen, dass ich sie natürlich fragte, was denn so wunderbar sei. Sie antwortete nicht, sondern kicherte nur und legte einen Zeigefinger auf die Lippen. Es war eine lange Zugfahrt zurück nach London, aber das war mir egal. Dass ich meine Frau wieder an meiner Seite hatte … Von mir aus hätten wir auch auf dem Mond sein können.

Als wir endlich nach Hause kamen, war es Zeit fürs Abendessen. Ich hatte am Vortag eine besondere Willkommens-Moussaka zubereitet, die im Kühlschrank wartete und nur noch in den Ofen geschoben werden musste. Vor Katrina hatte ich von diesem Gericht noch nicht mal gehört. Meine Mutter war alles andere als eine raffinierte Köchin gewesen.

Es war ein regnerischer Abend, also blieben wir im Boot und tranken Wein, während wir darauf warteten, dass die Moussaka fertig wurde. Katrina erzählte mir jede Menge Anekdoten über andere Leute, die bei der Studie dabei gewesen waren. Als wir aßen, war es fast elf, und Katrina hatte mir immer noch nicht gesagt, was nun eigentlich so wunderbar war. Natürlich interessierte mich das zu diesem Zeitpunkt nur noch am Rande. Ich wollte mit ihr ins Bett gehen, Sex mit ihr haben und dann an sie geschmiegt einschlafen. Deshalb sagte ich: »Willst du nicht ins Bett gehen?«

Wieder hatte sie diesen seltsamen Ausdruck in den Augen. So als wäre sie begeistert und gleichzeitig nervös. »Das ist ja das Wunderbare, Liebling«, sagte sie. »Ich muss überhaupt nicht mehr ins Bett gehen.« Sie schlüpfte aus einem Schuh und ließ ihren Fuß über mein Bein gleiten. »Zumindest nicht zum Schlafen.«

Nachdem wir einen ganzen Monat getrennt gewesen waren, brachte dieser Fuß mein Blut ziemlich in Wallung. Deshalb fiel es mir schwer, mich auf ihre Worte zu konzentrieren. Sie griff in ihre Jackentasche, holte eine Plastiktüte hervor und legte sie zwischen uns auf den Tisch. Die Tüte war durchsichtig, sodass ich die Pillen darin erkennen konnte.

»Ist das Viagra oder so was?«, fragte ich. »Denn eins kann ich dir gleich sagen: Das ist völlig überflüssig.«

Sie schüttelte den Kopf und lachte. Dann griff sie in die Tüte, nahm eine der Pillen heraus und legte sie in meine Hand, nahm meine Finger, schloss sie darum und küsste jeden einzelnen Fingerknöchel. Ich war inzwischen sehr geil, aber auch verwirrt. Wenn das keine Sexpille war, was dann?

»Wenn du das einnimmst, musst du eine Woche lang nicht mehr schlafen«, sagte sie. Ihre Augen glänzten so, dass ich es ein bisschen mit der Angst bekam. Ich musste an diese Leute an den Straßenecken denken, die einem was von Gott erzählen. Dass man lieber alles bereuen soll, weil man sonst in die Hölle kommt. »Überleg mal, Jeff! Auf diese Weise können wir mehr Zeit miteinander verbringen und uns lieben, wann wir wollen.« Ihre Stimme bekam einen irgendwie verzweifelten, flehenden Klang. »Wäre das nicht toll?«

Das wäre schon toll, aber nicht der Rest. Eine ganze Woche ohne Schlaf? So was würde mir mein Körper niemals vergeben. Ich öffnete die Hand und starrte auf die Pille. Schließlich ließ ich sie auf den Tisch fallen. »Sind das die Pillen von deinem Experiment?«

Sie nickte und ließ mich keine Sekunde aus den Augen.

»Aber … sollten die nicht einfach nur bewirken, dass du schläfst wie ein normaler Mensch?«

»Ja, ursprünglich schon, aber …« Sie biss sich auf die Unterlippe, so als ob sie genau überlegte, was sie jetzt sagen sollte. »Das Medikament ist viel … besser, als die Forscher gedacht haben.«

Ich starrte die Tüte auf dem Tisch an. Da waren unheimlich viele Pillen drin. »Woher hast du die denn?«, fragte ich. »Die verteilen doch keine Gratisproben oder?«

Sie sagte nichts darauf, sondern lachte nur nervös und ging zur Spüle, um ein Glas Wasser zu holen. Sie stellte das Glas vor mich hin, neben die Pille, und setzte sich wieder. Sie lächelte strahlend wie vorher auch, aber irgendwie wirkte es künstlich.

Ich wollte diese Pille nicht einnehmen. Ich habe in meinem Leben schon ziemlich viel Mist eingeworfen, sogar Klebstoff geschnüffelt. Aber das hier war etwas anderes. Bei Klebstoff, Gras oder Alk weiß man wenigstens, was man da nimmt. Aber das hier … Das hatte ich noch nie gesehen. Ein Medikament aus einem Experiment.

»Aber … willst du denn nicht wenigstens ab und zu ein bisschen schlafen?«, fragte ich. »Ich finde schlafen manchmal eigentlich ganz schön.« Ich streckte die Hand aus und berührte ihre Wange. »Und ich liebe es, neben dir einzuschlafen.«

Das aufgesetzte Lächeln verschwand aus ihrem Gesicht. Sie löste sich von mir, und ich sah, dass ihre Unterlippe zitterte. Dann kullerte eine Träne über ihre Wange. Ich fühlte mich entsetzlich schlecht, als ich das sah. Irgendwie hatte ich Katrina zum Weinen gebracht, und das war wirklich das Letzte, was ich wollte. Ich versuchte die Träne fortzuwischen, aber sie umklammerte meine Finger und hielt sie fest. So fest, dass es wehtat. Sie zog meine Hand an ihre Brust, dort wo ihr Herz schlug. »Bitte, Liebling«, flüsterte sie, während eine weitere Träne fiel. »Bitte tu es für mich. Tu mir nur diesen einen Gefallen. Lass mich im Dunkeln nicht allein.«

Ich habe diese erste Niton-Pille nur aus einem einzigen Grund genommen: Ich konnte es nicht ertragen, Katrina weinen zu sehen.

Mai

»Es ist, als hätte man mir ein ganz neues Leben geschenkt«, sagte Damien. Seine Augen glänzten im Schein der Kerze, die zwischen ihnen auf dem Tisch flackerte. »Und das nicht nur wegen des Albtraums: Du kannst dir nicht vorstellen, was für ein Gefühl das ist, niemals müde zu sein. Und durch die vielen zusätzlichen Stunden kann ich in meinem Tag so viel mehr unterbringen als nur Arbeit …« Er redete und redete, während Cynthia nickte und lächelte. Sie hatte das alles bestimmt schon ein halbes Dutzend mal gehört, seit Damien begonnen hatte, 24/7 einzunehmen.

Das Lamb and Flag hatte das Feierabendpublikum bereits abgefertigt. Jetzt wurde die Beleuchtung gedimmt und die Musik für die jungen, coolen Nachtschwärmer aufgedreht, die in Camden auf die Piste gingen. Cynthia war müde, und die Musik und die vielen Menschen gingen ihr langsam auf die Nerven. Sie war seit sechs Uhr früh auf, als Damien sie sanft angestupst und geflüstert hatte: »Cynthia? Bist du schon wach?« Und sobald ihre Augen einen Spaltweit geöffnet waren, hatte er sie mit einem langen, intensiven Kuss unwiderruflich ins Bewusstsein zurückgeholt.

Und nun saß sie hier, vollkommen bettreif, und musste sich eine glühende Rede über die Vorzüge der Schlaflosigkeit anhören. Aber Damien machte einen glücklichen, gesunden Eindruck, und das war schließlich die Hauptsache, sagte sie sich, während sie ihrem begeisterten Freund zulächelte.

»... dachte nur, du überlegst es dir vielleicht noch mal. Nach der langen Zeit siehst du ja, dass es unbedenklich ist.« Die plötzliche Veränderung in Damiens Tonfall riss sie aus ihren Gedanken. Er musterte sie eindringlich, und eine Anspannung lag in seinem Gesicht, die vorher noch nicht da gewesen war. Cynthia lauschte seinen letzten Sätzen nach und hatte das Gefühl, ins Bodenlose zu stürzen, als sie ihre Bedeutung begriff. Er wollte, dass sie 24/7 nahm. *Dass sie eine Droge nahm.* Der Boden schien unter ihr zu schwanken, als wäre sie an Bord eines Schiffes.

Damien beobachtete sie schweigend. Wartete.

Sie holte tief Luft und riss sich zusammen. »Du weißt, dass ich keine Tabletten nehme«, sagte sie gerade noch laut genug, um die Musik zu übertönen.

Er tat es mit einem Achselzucken ab. »Ja, du bist die Einzige, die ich kenne, die lieber Kopfschmerzen hat, als ein Aspirin zu nehmen. Aber hier geht es um etwas ganz anderes, nämlich um eine massive Verbesserung der Lebensqualität. Und der Lebens*quantität.* All diese zusätzlichen Stunden ...« Er streckte den Arm aus und nahm ihre Hand, ließ seinen Daumen in ihrer Handfläche kreisen. »Die würde ich gern mit dir verbringen.«

Sie sah auf seine Hand, die ihre hielt, doch schon bei dem Gedanken, eine Pille einzunehmen, fühlte sie sich ganz gestresst. Sie sah ihm in die Augen. Sie konnte es nicht länger aufschieben – sie musste ihm jetzt die Wahrheit sagen.

»Damien, es gibt da was, was ich dir noch nie erzählt habe ... weshalb ich mich mit Medikamenten so schwertue.« Sie brauchte einen Moment, bis sie sich wieder gefasst hatte und weitersprechen konnte. »Es hat mit meinem Vater zu tun. Damit, wie er gestorben ist.« Damiens Blick wurde mitfühlend und weich, und er schloss seine Hand fester um ihre. »Er ist nicht wirklich an Krebs gestorben. Der war gerade dabei, sich zurückzubilden, als es passiert ist.« Sie spürte, wie Tränen in ihr aufstiegen, und blinzelte, um sie zurückzudrängen. Damiens Gesicht war voll Liebe und Besorgnis. »Er hatte starke Schmerzen während des akuten Stadiums. Man gab ihm Hydromorphon dagegen. Weiße Pillen. Er hat sie weitergenommen, auch als der Schmerz weg war.« Sie senkte den Kopf, sodass ihr eine Locke in die Augen fiel.

Damien strich ihr die Locke zurück. »Du ... du willst damit sagen, dass er süchtig war?«

Sie nickte, richtete sich auf und straffte die Schultern, entschlossen, die Geschichte zu Ende zu erzählen. »Nachmittags machte er immer ein Schläfchen. Eines Tages blieb er länger liegen als sonst. Da bin ich ins Schlafzimmer meiner Eltern gegangen ... und habe ihn gefunden.«

Sie sah erneut die zugezogenen Vorhänge vor sich, die zusammengekrümmte Gestalt ihres Vaters. Das Weiß in seinen Augen, als sie ihn endlich dazu brachte, sie zu öffnen. Das Entsetzen darin.

»Ich wusste sofort, dass etwas nicht stimmt. Seine Atmung klang komisch, so als bekäme er keine Luft. Er lag im Sterben ... und ich sah ihm an, dass er das wusste. Er wusste es und er wollte nicht, dass ich es mit ansehe.«

Die zuckenden Lippen ihres Vaters, als er versuchte, die Worte herauszubringen. Ein Flüstern, mehr eine Art Rasseln. »Geh. Bitte.« Dann ein letztes Ringen nach Luft, bevor alles zu Ende war: »Geh!«

Sie schloss krampfhaft die Augen und versuchte, das Bild zu verdrängen. Der Song von Lady Gaga, der gerade lief, dröhnte in ihrem Schädel, sodass sie sich am liebsten die Ohren zugehalten und ihn mit lautem Schreien übertönt hätte.

»Aber ich bin nicht gegangen«, fuhr sie fort. »Ich habe das Licht angemacht und gesehen, dass seine Lippen ganz blau waren. Das Glasfläschchen in seiner Hand ist zu Boden gefallen, überall waren weiße Pillen verstreut. Er hat sich nicht mehr gerührt. Ich habe noch nie jemanden so still daliegen sehen.« Sie merkte vage, wie fest ihre Hand die von Damien umklammerte. So fest, dass es wehtun musste. Aber sie ließ trotzdem nicht locker. »Ich habe geschrien. Nach meiner Mutter. Doch sie war draußen im Garten und hat mich nicht gehört. Ich habe versucht, ihn zu retten. Ich hatte in der Schule gelernt, wie man Mund-zu-Mund-Beatmung macht. Aber …«

Tränen erstickten ihre Worte. Sie legte die Hände vor die Augen, als ihr ihre Umgebung wieder schmerzhaft bewusst wurde. Die Menschen. Die Musik.

Damien rutschte mitsamt seinem Stuhl neben sie und nahm ihr Gesicht in beide Hände. »Es tut mir leid«, sagte er und küsste sie auf die Stirn. »Es tut mir so leid, dass du das durchmachen musstest.«

Sie nickte stumm, wischte sich mit dem Handrücken über die Augen, fragte sich, wie sich alte Wunden so frisch anfühlen konnten.

»Mum hat mir nie gesagt, dass es eine Überdosis war«, fuhr sie fort, nachdem sie ihre Stimme wiedergefunden hatte. »Aber ich habe gehört, wie die Leute auf der Beerdigung darüber geredet haben.« Sie atmete tief ein. »Deshalb nehme ich keine Medikamente. Nicht, wenn ich es irgendwie vermeiden kann.« Sie lächelte zittrig. »Jetzt weißt du es also. Und verstehst mich hoffentlich.«

»Natürlich tue ich das«, sagte er. In seiner Stimme lag aufrichtige Anteilnahme, trotzdem glaubte sie noch etwas anderes herauszuhören. Enttäuschung.

»Können wir jetzt bitte gehen?« Sie wollte dringend in die kleine Welt zurückkehren, die Damien und sie sich aufgebaut hatten. In ihre vertraute Umgebung. »Ich ... ich würde jetzt wirklich gern gehen.«

»Ja, sicher, natürlich.« Er verlangte die Rechnung.

Cynthia spürte, wie die Woge des Kummers, die sie überkommen hatte, langsam abebbte. Doch etwas anderes war an ihre Stelle getreten: Angst. Denn sie wusste jetzt, dass Damien nie mehr damit aufhören würde, 24/7 einzunehmen. Und ihr Schlafbedürfnis würde sie Nacht für Nacht voneinander trennen, während er mit neuen Freunden ein anderes, aufregendes Leben führte, in einer Zeitzone, die sie nicht bewohnte. Wie lange konnte das gutgehen, bevor es einen Keil zwischen sie trieb?

Als sie hinausgingen, nahm Damien ihre Hand und drückte sie mitfühlend. Mein Freund liebt mich, sagte sich Cynthia. Keine Pille der Welt kann daran etwas ändern. Sie traten auf die Camden High Street hinaus. Nicht zu fassen!, dachte sie, als sie einer langen Menschenschlange vor einem Nachtclub auswichen. Bin ich die Einzige in London, die morgen arbeiten muss? Dann blieb Damien so abrupt stehen, dass ihre Hände sich voneinander lösten. Er hatte ein Plakat im Fenster eines winzigen Musikclubs entdeckt – die Begeisterung stand ihm ins Gesicht geschrieben.

»James Mullen!«, rief er. »Was macht der denn in so einer kleinen Kaschemme? Der Mann ist eine Legende!« Cynthia trat neben ihn. Das fotokopierte Plakat zeigte einen Mann mit einer Gitarre. Darüber hatte jemand von Hand geschrieben: »James Mullen, nur heute Nacht«. Eine ziemlich lausige Werbung für eine angebliche Legende. »Ich wusste gar nicht, dass er in der Stadt ist«, fuhr Damien fort. »Das stand bestimmt nicht in *Time Out*, denn das hätte ich mir gemerkt.«

Er wandte sich dem Clubeingang zu. Die Tür stand offen und gab den Blick auf eine nach unten führende Treppe frei. Eine Samtkordel sperrte sie ab, die von einem Mann im schwarzen T-Shirt mit grauem Pferdeschwanz bewacht wurde.

»Hallo«, sagte Damien betont lässig. »Ich nehme an, der Gig ist ausverkauft?«

Der Mann mit dem Pferdeschwanz schüttelte den Kopf. »Nö. Vor zwei Stunden wusste noch niemand was davon. Mister Mullen ist ein alter Freund des Inhabers. Er ist auf einen Plausch vorbeigekommen und hat beschlossen, für ein paar Sets dazubleiben. Ein improvisiertes Event sozusagen. Ein Glücksfall für uns!« Er grinste. »Und für dich auch, wenn du ein Fan bist. Fünfzehn Pfund Eintritt, die Vorstellung beginnt in acht Minuten.«

Damien strahlte Cynthia an. »Fünfzehn Pfund für James Mullen live, und es geht gleich los! Das ist doch nicht zu fassen!« Dann musste er ihr erschöpftes Gesicht bemerkt haben, denn seine Mundwinkel sackten nach unten. »Außer … Ich meine … du bist wahrscheinlich zu müde, oder?«

Sie streichelte seine Wange. »Tut mir leid, Schatz, ich bin echt am Ende. Aber geh du nur, viel Spaß! Ich kann von hier aus zu Fuß nach Hause laufen.«

Er warf einen sehnsüchtigen Blick zu der abgesperrten Treppe hinüber und schaute dann wieder Cynthia an. »Bist du sicher? Ich meine, ich lasse dich nicht allein nach Hause gehen …« Er biss sich auf die Unterlippe. »Oder wie wär's, wenn ich dich in ein Taxi setze?«

Cynthia lächelte ihn liebevoll an. »Ich bin ein großes Mädchen und kann mir durchaus selbst ein Taxi rufen.«

»Nur, wenn du dir absolut sicher bist …«

»Ich bin ganz sicher. Jetzt geh schon und mach dir um mich keine Sorgen, amüsier dich!«

Sein Gesicht leuchtete auf. »Du bist die Beste!«, sagte er, umarmte sie, hob sie hoch und wirbelte sie einmal herum. »Habe ich dir in letzter Zeit eigentlich mal gesagt, dass ich dich liebe?«

Sie lachte. »Das war das dritte Mal heute.«

Eine Viertelstunde später ging sie allein durch eine dunkle Straße. Nachdem sie zehn Minuten lang vergeblich versucht hatte, ein Taxi zu ergattern, hatte sie beschlossen, zu laufen. Es war eine warme Frühlingsnacht, und die Bewegung würde ihr guttun. Die Lichter und der Lärm Camdens wurden schwächer, als sie die High Street verließ. Plötzlich war es so still, dass ihre Schritte auf dem Pflaster hallten.

Sie musste an Mary Davies denken, die nur wenige Blocks von hier erwürgt worden war. Und an Lisa Reeds fatalen Entschluss, allein nach Hause zu laufen. Auf einmal fühlte sie sich unbehaglich. Sie glaubte, eine Bewegung hinter sich wahrzunehmen, und fuhr mit klopfendem Herzen herum. Aber da war nichts, nur geschlossene Geschäfte und parkende Autos. Ihre Fantasie war mit ihr durchgegangen. Sie wurde schneller und versuchte, alle Gedanken an die Morde aus ihrem Kopf zu verbannen. Doch sie ließen sich nicht verdrängen. Was, wenn ihr Gefühl sie doch nicht trog und Mary Davies von derselben Person ermordet worden war, die auch Lisa Reed getötet hatte? Was, wenn ein Serienmörder in London sein Unwesen trieb, der blonden Frauen auflauerte? Cynthia fiel das Gesicht des Gerichtsmediziners wieder ein, als sie seine Geste nachgeahmt und ihre Finger über ihrem Kopf hin und her bewegt hatte. *Wir können nur beten, dass es Zufall ist.* Was hatte das zu bedeuten?

Da hörte sie die Schritte. Sie kamen um die Ecke und folgten ihr. Erst waren sie noch ganz leise, dann wurden sie immer lauter, kamen immer näher. Adrenalin schoss in einer

Übelkeit erregenden Welle durch ihren Körper. Sollte sie rennen? Oder würde ihn das erst recht ermutigen, Jagd auf sie zu machen? Sie beschleunigte ihre Schritte, bis sie fast lief. Ihre Gedanken rasten, und ihr Atem ging stoßweise. Die Schritte hinter ihr wurden schneller und rannten jetzt auf sie zu.

Eine Hand packte sie am Arm.

Angst durchzuckte Cynthia wie ein glühender Blitz. Die Zeit schien stehen zu bleiben. Sie spürte, wie sich ihr Hals versteifte, als sie sich zu der überschatteten Gestalt umdrehte, die jetzt direkt hinter ihr stand. Ein Mann, der im Licht der Straßenlaterne riesig wirkte. Sie öffnete den Mund, wollte um Hilfe rufen oder einfach laut schreien. Aber ihr Mund war wie ausgetrocknet, ihre Kehle zugeschnürt.

Dann sagte der Mann etwas. Es klang höflich und normal. »Entschuldigen Sie, Miss. Ich glaube, Sie haben da was verloren.« Er hielt ihr etwas hin. Einen Geldbeutel. *Ihren* Geldbeutel. Er musste ihr aus der Manteltasche gefallen sein. Sie sah sich das Gesicht des Fremden näher an: ein absolut freundlich aussehender Typ um die zwanzig, der sie besorgt anlächelte.

»Danke«, sagte sie verlegen und hoffte, dass er nicht merkte, wie sehr ihre Hand zitterte, als sie nach dem Geldbeutel griff. »Das … das ist sehr nett von Ihnen.«

»Sie sollten etwas vorsichtiger sein«, sagte er. »Das ist keine gute Gegend. Hier treiben sich manchmal finstere Gestalten rum.«

»Ja«, sagte sie und lächelte mühsam. Ihr zitterten die Knie vor Erleichterung. »Ich weiß.«

Erst als sie zu Hause war, wurde Cynthia wieder ruhiger. Während sie sich für die Nacht fertig machte, schämte sie sich dafür, dass sie sich so in ihre Ängste hineingesteigert hatte.

Am nächsten Morgen erfuhr sie von der Leiche.

14

Am Anfang kamen mir die Tage viel zu lang vor, so ganz ohne Schlaf. Aber nach ein paar Wochen wurde es uns mehr oder weniger zur Routine. Das Schönste für mich war unser Spaziergang: Jede Nacht um vier gingen Katrina und ich Händchen haltend den Treidelpfad entlang. Es war immer sehr still, vor allem, wenn wir die Stelle erreichten, wo der Kanal sich von der Straße entfernt. Danach kamen nur noch verlassene Parks, geschlossene Pubs und Häuser, in denen kein Licht mehr brannte. Die reinste Geisterstadt, sagte Katrina. Aber für sie war das nicht gruselig, sondern schön.

»Ich liebe die Dunkelheit«, schwärmte sie eines Nachts, als ich das Schlafen etwa seit einem Monat eingestellt hatte. Sie blieb mitten auf dem Treidelpfad stehen, legte den Kopf in den Nacken und lächelte zum Himmel empor. »Ich liebe es, wie sie alles schwarz, weiß und grau werden lässt. So als wäre man in einem alten Spielfilm.«

»Ja«, sagte ich, denn die Idee gefiel mir. »In einem Liebesfilm. Und wir sind die Hauptdarsteller.«

Sie drückte meine Hand und ließ sie wieder los, um den Pfad entlangzurennen. So war Katrina: voller Energie. Sie blieb erst ein ganzes Stück weiter weg stehen, breitete die Arme aus und drehte sich im Kreis. Sie sah aus wie eine Märchenfee, als sie sich so drehte und ihr Haar silbern im Mondlicht schimmerte. Kaum hatte ich sie eingeholt, packte sie mich an meinen Gürtelschlaufen und zog mich an sich. Sie strahlte wie ein kleines Kind. »Für mich ist die Nacht eine Art fremdes Land, findest du nicht auch?«

Ich verstand nicht recht, was sie damit meinte, aber es klang gut, und sie war so glücklich darüber, dass ich Ja, natürlich sagte. Katrina lächelte. Dann entdeckte sie etwas auf dem grasbewachsenen Hügel neben dem Pfad und bückte sich. Als sie sich wieder aufrichtete, sah ich, dass sie eine Pusteblume gepflückt hatte: einen Löwenzahn mit weichem, weißem Flaum. Sie drehte ihn in den Fingern hin und her und sagte: »Das ist eine ganz besondere Zeit: Zeit, die wir vorher nicht hatten. Geschenkte Zeit.«

»Geschenkte Zeit«, wiederholte ich. »Das klingt gut.«

Bevor ich weiter darüber nachdenken konnte, sagte sie: »Wünsch dir was!«, blies beide Backen auf und pustete.

Ich versuchte, mir schnell etwas zu wünschen, aber die Samen flogen davon, ehe ich den Wunsch richtig in meinem Kopf ausgesprochen hatte. Plötzlich hatte ich Angst, das könnte Unglück bringen und mein Wunsch würde nicht in Erfüllung gehen. Ich hatte mir gewünscht, dass mit Katrina und mir alles so bleibt, wie es ist. Dass wir immer glücklich sein würden. Natürlich wusste ich, dass ein bisschen Pusteblumenflaum nicht mein Leben bestimmen konnte. Aber als ich sah, wie die Samen davonflogen, bevor ich meinen Wunsch zu Ende gedacht hatte, machte mir das schon zu schaffen.

Katrina ließ den Stängel zu Boden fallen, legte eine Hand auf meine Wange, und ihr Gesicht nahm einen verführerischen Ausdruck an: Sie hatte die Augen halb geschlossen und den Mund zu einem leichten Lächeln verzogen, bei dem ihr linker Mundwinkel ein Stückchen höher war. Ich liebte es, wenn sie mich so ansah. Aber ich war verwirrt, weil wir uns doch im Freien befanden. Der Kanal war an dieser Stelle sehr schmal, und am anderen Ufer standen mehrere Häuser, deren Fenster zu uns hinausgingen.

Katrina fuhr mit dem Finger über meine Brust, hinunter bis zu meinem Bauch und verharrte am untersten Hemdknopf. »Ist das nicht aufregend?«, flüsterte sie mir ins Ohr. »Alle sind weg, und wir haben die Welt ganz für uns allein.« Ich spürte ihren Atem an meinem Hals. Dann öffnete sie langsam die Knöpfe an meinem Hemd, wodurch ich natürlich allmählich die Fassung verlor. »Komm, wir lieben uns gleich hier!«, sagte sie und zog mich auf den grasbewachsenen Hang neben dem Pfad. »Jetzt sofort, solange wir allein hier sind.«

Aber die Häuser mit ihren Fenstern schienen uns förmlich anzustarren. »Wir sind doch nicht wirklich allein«, erwiderte ich. »Da drüben wohnen Leute.«

Sie sah zu den dunklen Häusern empor, und der verführerische Ausdruck in ihrem Gesicht verschwand und wich einem verächtlichen. Seit wir zusammen waren, hatte ich diesen Ausdruck bei Katrina noch nie gesehen. Ganz einfach weil sie nett war und in jedem nur das Gute sah. Aber viele andere hatten mich so angeschaut, deshalb wusste ich, was es bedeutet, wenn jemand so ein Gesicht machte.

»Die zählen nicht«, sagte sie, ließ sich rücklings ins Gras fallen und zog mich mit hinunter. Es war eine kalte Herbstnacht, und das Gras war nass, aber das schien ihr nichts auszumachen. »Diese Leute da sind gar nicht real. Bis morgen früh sind die alle tot.« Dann zog sie den Reißverschluss meiner Jeans auf, und ich dachte nicht mehr an die Häuser oder ob die Leute darin real waren oder nicht. Ich vergaß alles um mich herum bis auf sie.

Die Leiche war längst abtransportiert worden, als Cynthia zum Tudor Park kam. Es war ein klarer Morgen, die Sonne stand hoch am knallblauen Himmel. Die Ermittler hatten Glück: kein Regen, der Beweisspuren vernichten konnte. Eine kleine Menschenmenge hatte sich vor dem Absperrband angesammelt, das die Stelle markierte, wo die Tote gelegen hatte. Schrecklicherweise war es ein Kind gewesen, das sie gefunden hatte, ein neun Jahre alter Junge mit einem neuen Drachen. Er wohnte ganz in der Nähe und war nach dem Abendessen in den Park gerannt, weil er es kaum erwarten konnte, sein Geschenk auszuprobieren. Er war rückwärts gelaufen, den Blick auf das bunte Dreieck über sich geheftet, als er über etwas gestolpert war: das Bein einer Frau. Der Junge hatte die Drachenschnur losgelassen und war davongerannt.

Die Tote hieß Phoebe Albertson. Der Name stand auf dem Führerschein in ihrem Geldbeutel, der außerdem dreiundsechzig Pfund in bar und zwei Kreditkarten enthielt. Also kein Raubüberfall. Und die Leiche war »vollständig bekleidet, ohne jeden Hinweis auf ein Sexualverbrechen«. Eine Vergewaltigung schien es also auch nicht zu sein. Aber mehr hatte Nick Cynthia auch nicht sagen können, als sie vor einer Stunde miteinander telefoniert hatten. Die Todesursache war noch nicht bekannt – wenn sie einen Scoop landen wollte, musste sie selbst vor Ort recherchieren.

Sie musterte die Polizisten, die den Tatort bewachten. Sie brauchte jemanden, der jung und männlich war. Einen Beamten, der noch weit unten in der Hierarchie stand, einen einsamen Anfänger. Ihr Blick blieb an einem Constable hängen, der an der Ecke des Parks, die der U-Bahn am nächsten lag, Wache schob. Er zupfte an dem Absperrband herum und schien sich zu langweilen. Als er den Kopf drehte, sah sie, dass er ein freundliches, von Aknenarben gezeichnetes Gesicht hatte. Sie schätzte ihn auf dreiundzwanzig, höchstens vierundzwanzig. Perfekt.

Sie schlenderte beiläufig auf ihn zu. Eine scharfe Brise zerrte an ihrem knielangen Rock, und sie ließ zu, dass er ein paar Zentimeter hoch wehte und um ihre Oberschenkel flatterte. Der Gesichtsausdruck des Polizisten blieb unverändert, aber sie sah, wie sein Blick zu ihren Beinen huschte.

»Hallo!«, sagte Cynthia und blieb vor ihm stehen. Seine

Antwort war ein kurzes Nicken. »Wie lange stehen Sie denn schon hier?«

Er zögerte und sah dann auf seine Uhr. »Fast elf Stunden.«

»Sie müssen ja völlig fertig sein«, sagte Cynthia mit ehrlicher Anteilnahme.

Der Polizist zuckte die Achseln. »Das gehört zum Job.«

Sie zeigte mit dem Kinn auf den Tatort. »Was ist der armen Frau zugestoßen?«, fragte sie. »Ich nehme an, es war kein natürlicher Tod?«

Er zupfte wieder an dem Absperrband, das sie trennte. »Sieht ganz so aus.«

»Aber sie wurde auch nicht erstochen oder erschossen«, fuhr sie fort und lauerte auf eine Reaktion des Polizisten.

»Ach ja?«, sagte er, plötzlich misstrauisch geworden. »Woher wissen Sie denn das?«

»Weil es kein Blut gibt.«

Er lächelte undurchsichtig. »Wenn es welches gäbe, wäre es im Gras doch schwer zu erkennen, meinen Sie nicht?«

»Nun ja, Sergeant …«, hob Cynthia an.

Er zögerte kurz, bevor er sie verbesserte. »Ich bin nur ein einfacher Constable.«

Sie gab ihm die Hand und sagte: »Cynthia Wills vom *Sentinel.*«

»PC Justin Miller.« Lächelnd erwiderte er ihren Händedruck.

»Nun, PC Miller. Ich bin keine Expertin, kann mir aber vorstellen, dass Erstechen oder Erschießen mit einem erheblichen Blutverlust einhergeht. An einem so schönen Tag wie heute würde man das bestimmt sehen, sogar im dichten Gras. Sogar aus der Ferne.« Cynthia hatte nicht die geringste Ahnung, ob das stimmte. Sie wartete – darauf, dass er ihr sagte, sie irre sich, es gebe dort eine riesen Blutlache, die in den Boden gesickert sei. Stattdessen nickte er nur zustimmend.

Sie sah zu den schwer beschäftigten Beamten der Spurensicherung hinüber und versuchte, ihre Aufregung zu verbergen. Sie durfte keine voreiligen Schlüsse ziehen. Dass es kein Blut gab, musste nicht heißen, dass die Frau erwürgt worden war. Es gab noch jede Menge andere unblutige Methoden, jemanden zu ermorden. Ertränken zum Beispiel. Sie suchte ihre Umgebung nach Wasser ab, nach einem Fluss, Kanal oder Teich. Aber da war nichts. Der Tudor Park war ein großes, rasenbewachsenes Rechteck, das an drei Seiten von Büschen begrenzt wurde. Er enthielt die Statue eines Mannes, der auf einem sich aufbäumenden Pferd saß, einen kleinen Spielplatz und ein paar Bäume, mehr nicht. Wenn die Frau ertränkt worden war, dann auf keinen Fall hier. Sie konnte natürlich auch vergiftet worden sein. Vielleicht hatte der Mörder dem Opfer etwas in einen Drink gemischt. Cynthia stellte sich vor, wie Phoebe Albertson am Park vorbei nach Hause schlenderte, bevor ihr die Kehle eng wurde. Sie stellte sich vor, wie sie entsetzt an ihren Hals griff, den Mund weit aufriss, vergeblich nach Luft rang. Cynthia schauderte.

»Alles in Ordnung?«, fragte der Beamte.

Cynthia nickte. »Ja. Mir ist nur etwas mulmig bei dem Gedanken, dass hier ein Mörder frei rumläuft.«

»Keine Sorge«, sagte PC Miller und stellte sich ein wenig breitbeiniger hin. »Wir werden ihn schnappen.«

Sie schenkte ihm ein herzliches Lächeln und spielte mit einer Haarsträhne. »Ich bin neugierig: Was glauben Sie, wie ist sie umgebracht worden?«

Der Beamte zögerte. »Darüber dürfen wir noch keine Informationen herausgeben. Das wäre voreilig …«

»Oh, ich wollte nur Ihre persönliche Meinung hören. Die Meinung eines Mannes, dessen Beruf es ist, Verbrechen aufzuklären. Außer, Sie haben nicht die leiseste Ahnung.« Sie biss sich auf die Unterlippe und legte den Kopf schräg, musterte den Polizisten, als müsse sie ihre gute Meinung von ihm noch einmal überdenken.

Mehrere Sekunden vergingen. Dann sagte er achselzuckend: »Ich würde meinen, sie wurde erwürgt.«

Das Wort beschleunigte ihren Puls. Eine dritte Frau war stranguliert worden. Das war doch bestimmt kein Zufall? Sie schaute kurz zu Boden und kämpfte ihre Aufregung nieder. Als sie wieder etwas sagte, verriet ihre Stimme nicht mehr als nur ein beiläufiges Interesse. »Wirklich? Wieso glauben Sie das?«

»Wegen der Hämatome an ihrem Hals. Aber das muss natürlich erst noch vom Gerichtsmediziner bestätigt werden.«

»Natürlich«, sagte Cynthia, deren Herz wie wild pochte. Noch ein letzter Bluff. »Nur, um auf Nummer sicher zu gehen ... Ein Kollegin hat die Leiche gesehen, bevor sie weggebracht wurde. Sie meinte, das Opfer hätte rote Haare gehabt. Stimmt das?«

Er sah sie verwirrt an. »Tatsächlich? Ich bin nur ein Mann und kein Experte für Haartöne, aber in meinen Augen war sie blond.«

Drei blonde Frauen. Drei Strangulationen. Jetzt musste Nick doch zugeben, dass da ein Serienmörder frei herumlief? PC Miller sah sie erwartungsvoll an. Cynthia berührte lächelnd seinen Ellbogen. »Schön, Sie kennengelernt zu haben«, sagte sie. »Ich fühle mich sicherer, wenn ich weiß, dass Leute wie Sie an diesem Fall arbeiten.«

Der junge Beamte errötete.

Nick ging gleich nach dem ersten Klingeln dran. »Ah, Cynthia! Hast du das Foto von Phoebe Albertson bekommen, das ich dir geschickt habe?«

Sie warf einen Blick auf den Ausdruck vor ihr: eine Frau von Ende zwanzig mit blondem Haar, das ihr in Wellen auf die Schultern fiel. »Ja. Und ich muss feststellen, dass diese

Frau Lisa Reed und Mary Davies entfernt ähnlich sieht. Alle drei sind blond. Und alle drei wurden erwürgt. Würdest du mir jetzt bitte bestätigen, dass die Polizei davon ausgeht, dass ein und dieselbe Person für diese drei Morde verantwortlich ist?« Schweigen. »Komm schon, Nick, ich habe mit der Mary-Davies-Story gewartet. Aber abgemacht ist abgemacht …« Das nächste Schweigen dauerte so lange, dass sie befürchtete, die Leitung wäre tot.

»Nick?«, hakte sie nach.

»Ich bin noch dran«, sagte er leise. »Aber ich kann unmöglich …« Wieder ein Schweigen. Cynthia hörte, wie er atmete, und wartete ab. Ganz offensichtlich überlegte er, ob er ihr etwas anvertrauen sollte. Dann sagte er: »Ich ruf dich zurück« und legte auf. Cynthia saß am Schreibtisch, den stummen Hörer noch am Ohr. Nachdenklich legte sie ihn zurück auf die Gabel. Als wenige Minuten später das Telefon klingelte, nahm sie sofort ab.

»Hallo.« Es war Nick. Im Hintergrund lärmte der Straßenverkehr. Zunächst dachte sie, er habe nur das Revier verlassen, um sie anzurufen. Doch dann hörte sie das Klirren von Münzen. Er rief von einer Telefonzelle aus an. Egal, was er ihr erzählen wollte – der Anruf sollte nicht auf seinem Einzelverbindungsnachweis auftauchen. »Hör zu, meine Chefs wollen nicht, dass wir schon mit der Presse reden, aber du hast recht: Abgemacht ist abgemacht. Außerdem bin ich der Meinung, dass die Öffentlichkeit gewarnt werden sollte …« Er schwieg, und sie hörte das Klicken eines Feuerzeugs, ein scharfes Ein- und dann ein langes Ausatmen. Interessant! Nick rauchte nur, wenn er abends ausging oder unter Stress stand. »Du hast recht. Sieht ganz so aus, als wäre da ein Serienmörder am Werk. Ich nehme an, das mit den Haaren weißt du schon? Hast du deswegen eine Verbindung zwischen Lisa Reed und Mary Davies hergestellt?«

»Was … Du meinst, weil alle Opfer blond sind?«

»Nein«, sagte Nick. »Das meine ich nicht.« Eine lange Pause entstand. »Gut. Ich werde dir jetzt etwas erzählen, das strikt vertraulich ist. Es darf auf keinen Fall veröffentlicht werden. Kann ich mich darauf verlassen?«

Cynthia legte ihren Stift weg und sagte: »Ich gebe dir mein Wort darauf.«

Nick holte tief Luft. Noch mehr Münzen. *Klirr, klirr.* »Alle drei Opfer wurden mit einer Frisur aufgefunden, die man meinen Kolleginnen zufolge französischer Zopf nennt. Aber keines von ihnen ist so aus dem Haus gegangen. Mary Davies, das erste Opfer, trug einen Pferdeschwanz, bevor sie ermordet wurde. Lisa Reed und Phoebe Albertson hatten ihr Haar mit einer Spange zurückgesteckt. Entweder die Opfer haben mitten in der Nacht beschlossen, ihre Frisur zu ändern, oder aber der Mörder hat das für sie erledigt.«

Cynthia wurde fast schwindelig vor Aufregung. Sie dachte an die Beamten am ersten Tatort zurück. Daran wie der Polizist seine Finger über seinem Kopf hin und her bewegt hatte: Er hatte einen imaginären Zopf geflochten. *Wir können nur beten, dass es Zufall ist.*

Nur war es leider kein Zufall. Sie griff erneut zu ihrem Stift. Das Detail mit dem Flechtzopf wäre das Tüpfelchen auf dem i, aber sie konnte den Artikel auch ohne das groß aufziehen: Es genügte, zu enthüllen, dass ein Serienmörder, der es auf langhaarige Blondinen abgesehen hatte, in London sein Unwesen trieb. Titelseite, ich komme!, dachte Cynthia.

»Und wie laufen die Ermittlungen?«, fragte sie. »Gibt es irgendwelche Verdächtige?«

Die Antwort war nur ein Seufzen.

»Ich nehme an, das heißt Nein. Gibt es irgendwelche Spuren?«

»Oh, die gibt es haufenweise: Hautproben, Haarproben, alles, was du willst. Aber was es *nicht* gibt, sind Übereinstimmungen mit unserer PDB.«

»Wie bitte?«

»Mit der landesweiten Polizeidatenbank. Wer auch immer der Täter ist – er ist nicht vorbestraft. Bis wir also einen Verdächtigen haben, gibt es niemanden, mit dem wir die DNA-Proben vergleichen können.«

Klirr, klirr, klirr.

»Hm.« Cynthias Stift flog über ihr Notizbuch. »Und wie ermittelt die Polizei einstweilen?«

»Derzeit gehen zwei Constables sämtliche Überwachungsbänder von Westbourne Park und Ladbroke Grove durch. Es kann sich also höchstens um ein paar Jahre handeln, bis wir mehr wissen. Wenn es ihnen gelingt, ein verdächtiges Fahrzeug aufzuspüren, haben wir wenigstens einen Anhaltspunkt. Ansonsten müssen wir warten, bis der Mörder erneut zuschlägt.«

Cynthias Hand mit dem Stift erstarrte. »Du ... du glaubst also, er wird wieder zuschlagen?«

»Worauf du dich verlassen kannst.« Seine Stimme war harsch.

15

Drei Millionen Briten schwören dem Schlaf ab
von Marcus Grimsby

Mehr als drei Millionen Briten nehmen das umstrittene Anti-Schlaf-Mittel 24/7, so die Website des Internethändlers Stay Up gestern.

Die wachsende Beliebtheit des Medikaments hat Beunruhigung bei Ärzten und Entsetzen bei Eltern ausgelöst. »Meine siebzehnjährige Tochter hat mich gebeten, ihr Geld für diese Pillen zu leihen, damit sie die Nacht aufbleiben und lernen kann«, so Stella Garnett, Organisatorin einer dreitätigen Protestaktion vor dem Westminsterpalast, die erreichen will, dass das Medikament verboten wird. »Warum legt die Regierung diesen Dealern nicht das Handwerk?« Ärzte sagen eine Welle von Gesundheitsproblemen voraus, sobald die Konsumenten die Folgen des Schlafentzugs zu spüren bekommen.

»Schlaf ist eine hochkomplexe Aktivität«, so Dr. Faisal Pandy. »Ich glaube nicht, dass sich seine wohltuende Wirkung auf den Gesamtorganismus mit einem künstlichen Wirkstoff imitieren lässt.«

Seit der Internethandel mit dem Medikament vor zwei Monaten begann, ist die Nachfrage groß: Bei Redaktionsschluss verzeichnete die Stay-Up-Website 3 038 098 Kunden.

»Ich nehme das Medikament mittlerweile seit vier Wochen und kann mir nichts Besseres vorstellen«, so ein Rechtsreferendar, der gern anonym bleiben möchte. »Nach meinem Sechzehnstundentag war ich normalerweise viel zu gestresst, um richtig schlafen zu können. Aber mit diesem Medikament werde ich gar nicht erst müde und habe viel mehr Zeit für meine Arbeit. Manche Menschen können es sich vielleicht leisten, Zeit mit Schlafen zu verschwenden. Ich kann und will das nicht.«

Damien ging gerade zur Haustür, als Cynthia ihn ansprach. »Ich möchte mitkommen!«, sagte sie mit fester Stimme. Er drehte sich zu ihr um, war bereits halb in seine Jacke geschlüpft. Als er sah, dass sie mit verschränkten Armen im Flur stand, runzelte er die Stirn. »Wirklich?«, fragte er vorsichtig und zog den Reißverschluss zu. »Warum?«

Cynthia atmete tief durch. Sie hatte diese Rede den ganzen Nachmittag geprobt und war fest entschlossen, sich weder verunsichern zu lassen noch aggressiv zu werden. Sie hatten ein echtes Problem. Ein Problem, das dringend angesprochen werden musste.

»Weil ich sonst das Gefühl habe, aus deinem Leben ausgeschlossen zu sein. Ich möchte wissen, worum es geht. Was es dir bedeutet.«

Damien zuckte unbehaglich mit den Schultern. »Was es mir bedeutet? Cynthia, jetzt übertreib doch nicht so. Ich treffe mich mit ein paar Leuten auf einen Drink, mehr nicht.«

Cynthia schüttelte stirnrunzelnd den Kopf. »Das sind nicht nur ein paar Leute. Du triffst dich mit einem Haufen anderer Konsumenten, die …«

»Hör auf, sie so zu nennen«, unterbrach er sie heftig. »Das klingt ja so, als wären wir süchtig! Aber das sind wir nicht. Es geht nicht um Drogen, sondern darum, sich für ein

Leben ohne Schlaf zu entscheiden. Wir treffen uns auf einen Drink, weil wir gemeinsame Themen haben. So wie du mit Karen und Judy. Aber im Gegensatz zu dir bin ich nicht jedes Mal beleidigt, wenn du mich nicht auf einen deiner Frauenabende mitnimmst.«

»Ach, komm schon! Das ist etwas völlig anderes, und das weißt du auch. Judy und Karen sind meine besten Freundinnen. Ich kenne sie schon seit *Jahren*. Du kennst diese Leute noch keine neun Wochen. Aber sie scheinen dir inzwischen extrem wichtig zu sein, da du die letzten beiden Monate fast nur noch vor dem Computer verbracht und dich mit ihnen in irgendwelchen Shifter-Chatrooms getummelt hast. Ich fühle mich da einfach ausgeschlossen, und jetzt, wo du sie zum ersten Mal leibhaftig triffst, wäre ich gern dabei. Falls du nichts dagegen hast.«

Damien warf einen vielsagenden Blick auf die Uhr. »Du kannst mitkommen, wenn du unbedingt willst, aber es ist schon nach elf. Ist das nicht ein bisschen spät für jemanden, der Schlaf braucht? Ich dachte, du musst morgen früh arbeiten?«

Cynthia nahm ihren Mantel von der Garderobe. »Das schaffe ich schon«, sagte sie verbissen.

Der Owl Club war ein großer runder Raum mit einer achteckigen Bar in der Mitte. Davon gingen höhlenartige Nischen ab wie Speichen eines Rades. In jeder hingen rote, grüne oder blaue Lampen, die die Wände in unterschiedlich gefärbtes Licht tauchten.

Cynthia und Damien schauten in jede Nische und suchten nach jemandem, der auf die ziemlich bescheuerte Beschreibung passte, die Dan Limin von sich selbst gegeben hatte (»Kurzbeschreibung? Byron mit Goatee«). Schließlich fanden sie ihn in einer blauen, mit weißen Sofas eingerichteten Nische. Er saß neben einer rothaarigen Frau. Ihr gegenüber unterhielt sich ein junger Schwarzer mit einer untersetzten Dunkelhaarigen. Neben ihr saß ein dürres, aknegeplagtes halbwüchsiges Mädchen. Sie konnte kaum älter als fünfzehn sein. Als sie lächelte, blitzte eine Zahnspange auf. Dan verstummte, als Damien und Cynthia näher kamen.

»Hallo«, sagte er. »Du musst Damien sein. Herzlich willkommen.« Er erhob sich und legte eine Hand auf Damiens Schulter, während die Rothaarige auf dem Sofa beiseiterutschte. »Leute, das ist Damien. Wie ihr seht, ist er einer von uns. Und das ist seine Freundin Cindy.«

»Cynthia«, verbesserte sie und grüßte in die Runde. Sie musterte die ihr zugewandten Gesichter. Ein zusammengewürfelter Haufen, der nur eines gemeinsam hatte: dunkle Augenringe. Der Mitgliedsausweis eines Clubs, dem sie nicht angehörte. Sie setzte sich und strich befangen ihren Rocksaum glatt.

»Und, wie findet du die Location?«, wollte Dan von Damien wissen und zeigte auf die Bar.

»Cool. Und ziemlich versteckt«, sagte Damien. »Sie ist mir vorher noch nie aufgefallen.«

Dan nickte. »Das ist Absicht. Der Besitzer legt keinen Wert auf Laufkundschaft und überlegt, den Laden ›Shifters‹ zu nennen.«

»Shifters«, wiederholte Cynthia nachdenklich. »Dieses Wort höre ich in letzter Zeit öfter. Es stammt von deiner Website, nicht wahr? Hast du den Begriff selbst geprägt?«

Dan nickte und rieb beim Sprechen langsam die Hände. »Ich habe nach einem Wort gesucht, das die Abkehr von Schlaf und die Hinwendung zu einem Rund-um-die-Uhr-Leben ausdrückt – den damit verbundenen Paradigmenwechsel oder ›Shift‹, wenn du so willst.«

Die Rothaarige neben Cynthia mischte sich ein: »Das Wort hat auch eine ganz praktische Bedeutung, nämlich die Fähigkeit, sich auf Schichtarbeit einzustellen. Die Globalisierung hat dazu geführt, dass auch bei uns immer mehr Leute nachts arbeiten. Ich glaube, es sind jetzt mehr als fünf Millionen.«

»Ja«, sagte Cynthia und wandte sich ihrer Sitznachbarin lächelnd zu. Die Frau hatte den verzweifelt freundlichen Blick, den Cynthia von Almosensammlern und den Zeugen Jehovas kannte. »Ich bin auch eine von diesen fünf Millionen. Entschuldige, ich habe deinen Namen nicht richtig verstanden?«

»Edith«, sagte ihre Nachbarin und gab ihr die Hand. »Dans Freundin.« Als sich ihre Hände berührten, sah Cynthia, wie Edith die Haut unter ihren Augen musterte und ihr Lächeln etwas weniger strahlend wurde. »Du arbeitest also Nachtschichten … und bist trotzdem nicht versucht, 24/7 zu nehmen?«

»Eigentlich nicht«, sagte Cynthia achselzuckend. »Ich schlucke nicht gern Medikamente. Außerdem schlafe ich ganz gern.«

Daraufhin verschwand Ediths Lächeln völlig. Sie beugte sich an Cynthia vorbei und richtete ihre nächste Frage an Damien. »Und seit wann bist du Shifter?«

Cynthia fühlte sich unwohl. Nicht nur weil diese Frau so abrupt jedes Interesse an ihr verloren zu haben schien, sondern auch wegen der Selbstverständlichkeit, mit der sie Damien diese Frage stellte: so als wäre sie auf einer Cocktailparty und fragte, was er beruflich mache.

»Seit siebenundfünfzig Tagen«, erwiderte er.

»Wow«, sagte Edith und legte mit einer theatralischen Geste die Hand aufs Herz. »Du gehörst also zur Gründergeneration!«

Du lieber Himmel, noch so ein schräger Begriff! Cynthia sah in die Runde und hoffte, das Gespräch auf ein anderes Thema lenken zu können. Aber alle Augen ruhten inzwischen auf Damien.

»Dan gehört auch zur Gründergeneration«, verkündete Edith stolz.

»*Neun*undfünfzig Tage«, betonte Dan und zeigte auf die Ringe unter seinen Augen. Im Lampenlicht sahen sie violett aus. »Als ich von 24/7 erfahren habe, habe ich es sofort bestellt und die erste Kapsel genommen.«

Edith zeigte verlegen auf ihre eigenen, blasseren Augenringe. »Sechzehn Tage, wie ihr seht.« Sie seufzte.

Dan tätschelte ihren Arm. »Mach dir keine Sorgen, Edith. Die werden schon dunkler!«

Ein Gefühl von Unwirklichkeit erfasste Cynthia, während sie die Gesichter am Tisch mit ihren dunklen Flecken betrachtete. In den letzten Wochen hatten 24/7-Konsumenten viel schlechte Presse bekommen, und trotzdem wurden es immer mehr. Ärzte warnten vor möglichen Nebenwirkungen. Mütter forderten ein Verbot, und alle Welt – angefangen von Studenten bis hin zu Rechtsreferendaren – beklagte sich darüber, dass die Konsumenten, die ihren Tag verlängerten, einen unfairen Wettbewerbsvorteil genossen. Der Aufschrei der Empörung hatte viele Konsumenten in die Anonymität getrieben, und Damien hatte begonnen, sich Cynthias Concealer auszuleihen und die dunkler werdenden Schatten damit zu überdecken.

Aber jetzt trug er keinen Concealer. Dies war ein Ort, an dem man mit dunklen Augenringen punkten konnte. Sie schüttelte den Kopf, weil es so surreal war.

Dan war das nicht entgangen, denn er lächelte sie überheblich an und sagte: »Das muss einem Nicht-Shifter alles ziemlich bizarr vorkommen.«

»Shifter.« Damien wiederholte den Begriff, als ließe er ihn sich auf der Zunge zergehen. »Das Wort gefällt mir. Und es trifft es wirklich gut.« Mit einem zufriedenen Lächeln verschränkte er die Arme hinter dem Kopf, lehnte sich in dem weißen Sofa zurück und schloss die Augen.

»Hey, jetzt bloß nicht einschlafen!«, sagte der Schwarze, was große Heiterkeit auslöste.

Cynthia beugte sich über den Tisch und erzwang Blickkontakt mit ihm. Sie war fest entschlossen, sich an dem Gespräch zu beteiligen. »Tut mir leid, aber ich glaube, man hat uns noch nicht vorgestellt.«

»Leonard.« Er gab Cynthia die Hand. »Fünfunddreißig Tage. DJ bei Nacht und Rechtsanwalt bei Tag.« Er grinste. »Und zwar genau in dieser Reihenfolge.«

Cynthia wandte sich mit einem Lächeln an das Mädchen neben sich. »Und du bist …?«

Die Halbwüchsige löste ihre Lippen kurz von ihrem Strohhalm. »Ruth«, sagte sie. »Sechzehn Tage.« Dann widmete sie sich wieder ihrer Cola.

Die Frau neben ihr sagte: »Ich bin Felicity. Neununddreißig Tage.« Sie tätschelte den Arm des Mädchens. »Ich habe zwei Wochen gebraucht, um sie zum Shiften zu überreden. Sie ist meine Tochter.«

Cynthia sah sie ungläubig an. Welche Mutter übt Druck auf ihr Kind aus, ein ungetestetes Medikament zu nehmen? Felicity war ihre Reaktion nicht entgangen, denn sie lächelte und sagte: »Das hört sich vielleicht seltsam an, aber es ist wirklich zu ihrem Besten. Ruth hatte immer schlechte Noten. Aber jetzt, wo sie so viel Zeit zum Lernen hat …« Sie legte einen Arm um die Schultern ihrer Tochter. »Ich bin alleinerziehend und konnte nicht studieren. Aber sie wird das schaffen. Sie wird es einmal besser haben als ich.«

Der letzte Rest Pepsi verließ unter lautem Schlürfen die Flasche. Ruth wischte sich gelangweilt mit dem Ärmel über den Mund. Vermutlich hatte sie diesen Text schon öfter gehört. Ein Kellner tauchte am Tischende auf. Er trug eine schwarze Fliege und hatte malvenfarbene Ringe unter den Augen.

»Sind hier alle auf 24/7?«, fragte Damien, nachdem die Bestellungen aufgenommen worden waren.

Dan schüttelte den Kopf. »Noch nicht. So früh am Abend ist das Publikum noch gemischt. Aber gegen zwei sind die meisten Schläfer verschwunden.«

Leonard rümpfte die Nase. »Es ist schon verrückt, wenn man darüber nachdenkt! Die verschenken völlig grundlos ein Drittel ihres Lebens. Aber ich kann jetzt vierzehn Stunden am Tag arbeiten, sechs Stunden in der Nacht Musik auflegen und habe immer noch Zeit, mich mit den Ladys zu amüsieren, die sich um mein DJ-Pult drängen.« Er zwinkerte Damien spitzbübisch zu.

Dan gluckste. »Von mir aus dürfen die Schläfer gern im Bett bleiben. Würden alle shiften, hätten wir ja keinen Wettbewerbsvorteil mehr. Starke ohne Schwache – das bringt nichts in unserer Ellbogengesellschaft.«

Cynthia schaute ungläubig zwischen Dan und Leonard hin und her. Wie unfassbar unverschämt! Hatten die ganz vergessen, dass sie auch noch hier war?

Dan beugte sich vor und tätschelte ihre Schulter. »Das sollte keine Beleidigung sein«, sagte er.

Cynthia warf Damien einen Blick zu. Aber der sah Dan beeindruckt an und schien die gespannte Atmosphäre gar nicht zu bemerken.

»Hast du deshalb so früh mit dem Shiften begonnen?«, fragte Damien. »Um dir einen Wettbewerbsvorteil zu verschaffen?«

Dan lächelte nachsichtig. »Ich habe das Potenzial von 24/7 auf Anhieb erkannt. Mir war klar, dass es ein neues Zeitalter einläuten würde: ein Zeitalter, in dem der menschliche Fortschritt nicht länger von Schlaf behindert wird. Ich bin Architekt: ein viel beschäftigter Kreativer. Schlaf hat da nur gestört. Als ich sah, dass es für dieses Problem eine Lösung gibt, habe ich mich sofort darauf gestürzt. Ich habe keine Sekunde daran gezweifelt, dass es richtig ist, 24/7 zu nehmen. Ich konnte dem Schlafen sowieso nie viel abgewinnen.«

Cynthia zog die Augenbrauen hoch und wartete darauf, dass er das weiter ausführte. Ruth beugte sich vor und flüsterte: »Er hatte schwere Schlafstörungen.«

Dan wirkte gereizt. »Mein Körper hat Schlaf schon immer abgelehnt«, sagte er. »Die Schlafstörungen waren nur das Symptom. Jetzt, wo ich 24/7 nehme, kann ich die physischen und die psychischen Seiten meiner Persönlichkeit in Einklang bringen.«

Meine Güte, was für ein Vollidiot!, dachte Cynthia. Auch wenn es sie nicht komplett überraschte: Das Ziegenbärtchen war ein deutliches Warnsignal gewesen.

Der Kellner nahte mit einem Tablett mit Pommes frites und Burgern. Cynthia hatte um diese Zeit keinen Appetit mehr, Dan machte sich über einen Cheeseburger her. Braune Sauce lief ihm übers Kinn und verschwand in seinem Bärtchen. Cynthia sah zu Damien hinüber, um ihm zu verstehen zu geben, dass sie gern gehen würde. Aber er musterte den Tisch nachdenklich und fragte: »Wie würdet ihr diese Mahlzeit nennen? Spätes Abendessen? Oder Nachtessen?«

Dans Augen leuchteten auf. Er ließ seinen Burger sinken und sagte: »Witzig, dass du das fragst! Ich suche schon die ganze Woche nach einer Antwort auf diese Frage.«

»Ach, wirklich?«, fragte Cynthia und dachte im Stillen, dass in der Architekturbranche offenbar gerade ziemlich Flaute herrschte.

Dan nickte, ohne sie anzusehen. »Jetzt, wo wir acht Stunden mehr zur Verfügung haben, fällt mindestens eine Mahlzeit mehr an: so gegen Mitternacht.« Er strich über sein Bärtchen. »Und die braucht einen Namen. Ich fände es irreführend, ein Wort zu verwenden, das auch tagsüber gebräuchlich ist. Ich dachte an ›Munch‹. So wie Lunch oder

Brunch, aber mit ›M‹ für Mitternacht.« Dan sah sich Beifall heischend um.

»Oh, das ist so was von clever!«, rief Edith und klatschte in die Hände. »Hört sich gut an«, sagte Felicity achselzuckend.

»Wenn alle dafür sind, poste ich es morgen«, sagte Dan.

»Posten?«, fragte Cynthia matt.

Wieder dieses überhebliche Lächeln. »Auf meiner Website. Sie hat unter anderem den Zweck, Konzepte zu propagieren, die mit unserer neuen Lebensform einhergehen. So kann ich neue Begriffe prägen und für eine möglichst große Verbreitung sorgen. Heute in einem Monat werden schon alle ihre Freunde zum Munch einladen.«

Edith strahlte. »Und wir können sagen, dass wir dabei waren, als alles angefangen hat.«

»Wir Glücklichen«, sagte Cynthia und versuchte wieder, Damiens Blick aufzufangen, ihm verstohlen zuzulächeln. Aber er schien sie gar nicht zu bemerken.

Dan sah in die Runde. »Stimmen wir ab!«, sagte er. »Alle, die dafür sind, das Mitternachtsmahl ›Munch‹ zu nennen, sagen ›Jawohl‹.«

»Jawohl«, riefen Edith und Felicity im Chor.

»Von mir aus«, murmelte Ruth, nachdem ihre Mutter ihr einen Stoß mit dem Ellbogen versetzt hatte. Cynthia sah zu Leonard hinüber. Der Blick des Anwalts war auf sein iPhone geheftet, seine Finger huschten über das Display. Er sah nur kurz auf und sagte mit leichtem Achselzucken: »Klar.«

Cynthia wandte sich Damien zu und fühlte sich auf einmal ganz angespannt. Sie legte eine Hand auf sein Knie, beugte sich vor und flüsterte: »Wollen wir gehen und sie mit ihrer Munch-Debatte alleine lassen?« Mit pochendem Herzen wartete sie auf seine Antwort, plötzlich fast überwältigt von dem Gefühl, dass etwas Wichtiges auf dem Spiel stand. Bitte schau mich an!, flehte sie innerlich. Sag diesem Ziegenbart, dass wir gehen müssen. Dann machen wir uns unterwegs über diesen lächerlichen Typen lustig, und zu Hause werden wir uns lieben. Aber zuerst sieh mich an. Jetzt. *Bitte*.

Damien drehte sich weg und wandte sich Dan zu. Er hob sein Glas.

»Jawohl!«, sagte er.

16

Wäre Cynthia nicht so müde gewesen, wäre bestimmt alles anders gelaufen. Aber nach dem Kneipenabend mit den Shiftern hatte sie weniger als fünf Stunden geschlafen, und der Tag danach war anstrengend gewesen. Es war fast acht Uhr abends, als sie ihren letzten Artikel fertig hatte und mit einem Gähnen abschickte. Sie hatte den Nachmittag auf einer Einwandererdemo verbracht, und von der stundenlangen wütenden Megafonbeschallung hatte sie Kopfschmerzen bekommen. Während sie in ihren Mantel schlüpfte, schwelgte sie in Plänen für den Abend: ein Schaumbad, eine DVD und früh ins Bett. Sie ging schon zum Lift, als ihr Schreibtischtelefon klingelte.

Sie zögerte. Sollte doch der Anrufbeantworter drangehen. Bestimmt war das nur so ein PR-Fuzzi oder irgendein Wichtigtuer, der sich für einen Whistleblower hielt. Am besten, sie ließ es läuten und ging nach Hause. Das Telefon schrillte. Beim vierten Klingeln griff sie schließlich zum Hörer.

Nicks Stimme klang gepresst. »Es hat einen weiteren Mord gegeben.«

Cynthia ließ sich auf ihren Stuhl fallen und suchte in dem Weißen-Kaninchen-Becher nach einem Stift. »Was? Wer? Wann hat man … Wo?«

Er lachte trocken. »Ihr Journalisten nehmt die W-Fragen wirklich ernst! Hör zu, ich bin mir nicht sicher, ob es derselbe Typ ist, weil wir die Leiche noch nicht geborgen haben. Aber uns wurde gemeldet, dass es aus einem Abflussrohr am Islingtoner Shepherd's Walk stinkt. Als ein

Beamter nachsehen ging, hat er eine weibliche Leiche entdeckt. Die Spurensicherung ist gerade dort. Wir haben die Presse noch nicht informiert, aber falls du zufällig in der Nähe sein solltest, könntest du zusehen, wie die Leiche rausgeholt wird. Und falls dir auffällt, dass sie geflochtene Haare hat …«

Cynthia war wieder hellwach vor lauter Aufregung. »Wirst du auch dort sein?«

»Nein«, erwiderte Nick seufzend. »Ich muss an meinem Schreibtisch bleiben und alles koordinieren. Vermutlich hocke ich bei Sonnenaufgang immer noch hier.«

»Während ich eine heiße Verabredung mit einer stinkenden Leiche habe.«

»So, wie's aussieht, werden wir heute Nacht beide nicht viel Schlaf bekommen.«

»Tja«, sagte Cynthia. »Schlaf wird ohnehin überbewertet, wie ich jetzt weiß.«

Den Shepherd's Walk zierte ein Absperrband. Flutlicht erhellte den Asphalt. Spurensicherer untersuchten auf allen vieren jeden Zentimeter des abgesperrten Bereichs. Es dauerte ewig.

Cynthia ertappte sich mehrmals dabei, wie sie fast einnickte, und schaltete das Autoradio ihres Minis ein, während sie sich mit dem Handballen die Augen rieb. Sie durfte auf keinen Fall einschlafen, bevor die Leiche geborgen war. Sie starrte durch die Windschutzscheibe auf die Polizeiautos. Die Brücke weiter vorn war gesperrt und wimmelte nur so von Polizisten. In der Dunkelheit schwamm ein Schwan unter der Brücke hindurch.

Wie lange konnte das denn dauern, ein paar Spuren zu finden und die Leiche aus dem Rohr zu ziehen? Sie ließ ihr Fenster herunter, vielleicht würde die frische Luft sie wieder wach machen. Doch entsetzlicher Verwesungsgeruch drang in den Wagen, und sie musste würgen. Schnell schloss sie das Fenster wieder. Im Radio lief Sting. »*Every step you take, every move you make, I'll be watching you*«, sang er. Ein Lied über einen Stalker. Wie passend! Sie fragte sich, ob der Mörder die junge Frau im Abflussrohr schon lange beobachtet hatte, bevor er sie tötete. Ob er sie gekannt oder sie nur zufällig ausgewählt hatte.

Jemand klopfte gegen die Scheibe, und Cynthia fuhr zusammen. Eine Taschenlampe schien ihr ins Gesicht, und sie zuckte zurück. Ein Polizist. Zögernd ließ sie das Fenster herunter und atmete möglichst flach. »Hallo, Officer, was kann ich für Sie tun?«

Der Lichtkegel suchte ihren Wagen ab, wanderte zum Rücksitz und dann auf den Boden.

»Sie parken schon eine ganze Weile hier. Gibt es ein Problem?«

Die Taschenlampe leuchtete ihr wieder ins Gesicht. Cynthia kniff die Augen zusammen und suchte in der Manteltasche nach ihrem Presseausweis.

»Ich arbeite für den *Sentinel*«, sagte sie und reichte ihn der Gestalt, die sie nur in Umrissen erkannte. Der Lichtkegel wanderte nach unten und beleuchtete den Ausweis. Jetzt konnte Cynthia den Beamten sehen. Er war mittleren Alters, hatte ein zerklüftetes Gesicht und dicke Augenbrauen. Ein Luftzug kam durchs Fenster, und Cynthia musste wieder würgen. »Mein Gott!«, sagte sie mit tränenden Augen. »Wie halten Sie den Gestank bloß aus?«

»Eukalyptusöl, direkt unter den Nasenlöchern – das hilft.« Grinsend gab er ihr den Ausweis zurück.

»Und?«, fragte Cynthia mit ihrem freundlichsten Lächeln. »Schon was Interessantes gefunden?«

Der Polizist räusperte sich. »Kein Kommentar. Aber eines kann ich Ihnen sagen: Das dauert noch 'ne Weile. Nur so ein Tipp von mir: Sie sollten lieber wieder in die Redaktion fahren und auf die Presseerklärung warten. Gute Nacht.«

Damit marschierte er zurück zur Brücke und ließ Cynthia im Dunkeln allein. Sie drehte das Radio wieder auf. Eine Stimme verlas die Fußballergebnisse. Es begann zu regnen. Die Tropfen prasselten gegen die Windschutzscheibe und ließen die Polizeischeinwerfer verschwimmen. Cynthia war froh, dass sie nicht bei der Spurensicherung war. Im Regen herumkriechen und nach Blut- und Kleidungspartikeln Ausschau halten, Verwesungsgestank einatmen – sie konnte sich nichts Schlimmeres vorstellen. Cynthia schloss die Augen. Hier war es zumindest warm und trocken. Hier ...

Jemand klopfte gegen die Scheibe. Cynthia fuhr hoch. Der Polizist musste zurückgekommen sein. Sie öffnete die Augen und sah mit Entsetzen, dass es schon hell war. Sie schaute sich um. Die Polizeiautos und Spurensicherer waren verschwunden. Ein einsamer Constable hielt am Absperrband Wache.

Sie musste eingeschlafen sein. *Verdammt, verdammt, verdammt!* Ein genervt aussehender Mann stand vor ihrem Fenster.

»He!«, schrie er durch die Scheibe. »Sie dürfen hier nicht parken.« Er zeigte auf ein Schild. »Parken nur mit Parkausweis, von 7–19 Uhr.«

Sie sah auf die Uhr. Viertel nach sieben. Na wunderbar.

»Entschuldigung«, murmelte sie, um den wütenden Anwohner zu beruhigen, drehte den Schlüssel im Zündschloss und fuhr zurück auf die Straße.

»Es tut mir wirklich leid, Rocky.« Cynthia war direkt ins Büro gefahren, ihr war leicht schwindelig vor Erschöpfung und dem abrupten Erwachen. Rocky hatte seine Arbeit kurz unterbrochen. Er schaute immer noch auf den Computerbildschirm, aber seine Finger lagen reglos auf der Tastatur. Er hörte Cynthia mit ausdrucksloser Miene zu.

»Ich weiß, dass es für die Morgenausgabe zu spät ist«, fuhr sie fort. »Aber wenn ich meinen Kontaktmann bei der Polizei anrufe, kann ich vielleicht herausfinden, ob der Mord etwas mit …«

»Das dürfte sich bereits erledigt haben«, sagte Rocky. Er warf Cynthia einen kurzen Blick zu und wandte sich dann wieder seinem Bildschirm zu. »Die *Sun* hat schon über einen Serienmörder berichtet und ihre These mit einem Polizeizitat untermauert. Sie haben ihm sogar schon einen Namen gegeben: Der Barbie-Killer. Sein letztes Opfer hieß Nicole Whiteman. Sie war blond und Ende zwanzig, genau wie die anderen. Ihr Mann war der Letzte, der sie lebend gesehen hat. Schreibt die *Sun*.«

Cynthia starrte düster auf den Teppichboden. Die *Sun* war dem *Sentinel* zuvorgekommen, und das war alles ihre Schuld. Ausgerechnet jetzt, wo sie befördert werden wollte.

»Es tut mir furchtbar leid«, sagte sie. »Keine Ahnung, warum ich mein Handy auf stumm gestellt habe.«

»Lass dich davon nicht um den Schlaf bringen«, sagte Rocky völlig ironiefrei. »Ich hätte dich gar nicht erst da hinschicken dürfen; du hattest bereits den ganzen Tag gearbeitet. Das hätte jedem passieren können.«

Nein, dachte Cynthia, während ihr Blick zu Marcus' blasser Gestalt hinüberhuschte. Nicht jedem.

17

An einem sonnigen Septembernachmittag hatten Katrina und ich zum ersten Mal Streit. Es war ein Montag, der Tag, an dem ich ihr immer Lilien aus dem Full Bloom mitbrachte. Katrina war noch nicht von der Arbeit zurück, deshalb trug ich die Blumen in die Kombüse, wie Katrina unsere winzige Küche nannte. Ich musste jedes Mal lächeln, wenn sie das sagte. Ich suchte nach der Vase, als ich zufällig aus dem Fenster über die Spüle sah … und den Reiher entdeckte.

Das hört sich vielleicht nicht besonders aufregend an, aber in der Siedlung, in der ich groß geworden bin, gab es keine Vögel außer Tauben. Ich hasste die Viecher. Ich hätte schwören können, dass sie mit Absicht nur auf mich schissen, auch wenn sie genügend andere Leute zur Auswahl hatten.

Was ich damit sagen will, ist Folgendes: Obwohl ich jetzt schon monatelang auf dem Kanal lebte, war es für mich immer noch etwas Besonderes, einen Reiher oder eine Kanadagans aus der Nähe zu sehen, ein bisschen, als wäre ich auf einer Fernreise. Ich ging auf Zehenspitzen zur Bootstür und steckte ganz langsam meinen Kopf hinaus, wie in einem Spionagefilm oder so. Es ist wirklich unglaublich, so einen Vogel ganz aus der Nähe zu sehen. Ich schob mich vollständig durch die Tür und ging in die Hocke.

Ich befürchtete schon, er könnte davonfliegen, aber stattdessen kam er näher. Dann passiertes etwas Erstaunliches: Der Reiher drehte den Kopf und schaute mich an. Ich konnte sehen, wie mich sein gelbschwarzes Auge fixierte. Ich hielt die Luft an. Wir sahen uns eine gefühlte Ewigkeit an, und obwohl er wusste, dass ich da war, beschloss er zu bleiben. Ich hätte ihn beinahe berühren können, so nahe war er herangekommen.

Plötzlich ertönte hinter mir ein lautes Poltern, und ich spürte, wie das Boot schaukelte. Der Kopf des Reihers zuckte herum. Und das war's dann. Er breitete die Flügel aus und flog davon. Beim Aufsteigen aus dem Wasser hinterließ er winzige Wellen.

»Hallo, Jeff, was machst du denn da?« Katrina stand mit einer Tüte voller Lebensmittel hinter mir. Ich sprang auf, und zum ersten Mal war ich wütend, als ich sie ansah.

»Du hast alles kaputt gemacht!«, schrie ich.

Sie blinzelte ein paar Mal ganz schnell, als hätte ich sie geschlagen oder so, was mich erst recht aufregte, denn ich hatte ihr ja nichts getan.

»Wie bitte? Jeff, wovon redest du überhaupt?«

Ich spürte, wie ich vor Wut richtig zitterte. Ich machte einen Schritt auf sie zu, und Katrina wich zurück, bis sie an der Heckeinfassung stand. Ein Schubs hätte genügt, und sie wäre im Wasser gelandet. Mein Kopf explodierte fast. Warum musste sie kommen und alles kaputt machen? Hatte sie denn nicht gemerkt, dass mich der Reiher direkt angeschaut hatte? Oder vielleicht hatte sie es ja gemerkt ... und es war ihr egal gewesen. Vor meinen Augen tanzten rote Flecken, und ich spürte ein dumpfes Pochen in meinem Schädel. Es war mein Herz, das so raste.

»Fotze!«, schrie ich.

Da riss sie die Augen auf – und wie. »Jeff.« Ihre Stimme war ganz schwach und zittrig. »Bitte hör auf damit. Du machst mir Angst.«

Ich sah in ihr völlig verschrecktes Gesicht, und plötzlich war meine Wut verraucht. Mein Herz hörte auf, wie verrückt zu hämmern, die roten Flecken vor meinen Augen verschwanden, und alles wurde wieder normal. Was zum Teufel machte ich da eigentlich? Ich hatte Katrina angeschrien und ihr Angst eingejagt. Und o Gott – hatte ich sie wirklich so genannt?

»Katrina, es tut mir so leid!«, sagte ich. Als ich die Hand nach ihr ausstreckte, zuckte sie zurück. Daraufhin wurde mir so elend zumute, dass ich weinen musste. »Ich weiß nicht, was mit mir los war. Bitte sag, dass du mir verzeihst. Ich liebe dich so sehr!«

Bei diesen Worten wurde sie ruhiger, sie lächelte sogar ganz leicht. »Schon gut«, sagte sie, als ich sie umarmte und mein Gesicht an ihrem Hals vergrub. »Jeder hat mal einen schlechten Tag. Natürlich verzeihe ich dir.«

Aber nach dem Abendessen sah ich, dass Katrina die Lilien neben der Spüle hatte liegen lassen, wo sie langsam verwelkten.

»Ich kann einfach nicht glauben, dass wir tatsächlich hier sind.« Cynthia sah sich mürrisch im Ten-Pins-Bowling-Center um. »Ich dachte, hier gehen wir nur hin, wenn wir betrunken sind und es ironisch meinen?«

Judy beugte sich über die Kugelausgabe, steckte ihren Daumen nacheinander in mehrere Löcher und runzelte die Stirn. »Die Auswahl lässt wirklich zu wünschen übrig«, sagte sie. »Ich finde keine Kugel, die das richtige Gewicht und die richtige Lochgröße für meine Finger hat.«

»Meine Güte, Judy! Vielleicht solltest du dir eine eigene Kugel kaufen und deine Initialen eingravieren lassen?«, sagte Cynthia. »Kann es sein, dass ich mit ernsthaften *Bowlern* befreundet bin?« Sie ließ sich auf die knallorangefarbene Couch am Ende ihrer Bahn fallen und fasste sich verzweifelt an den Kopf. »Wie konnte es nur so weit mit mir kommen?«

Karen setzte sich neben sie und beugte sich vor, um ihre Bowlingschuhe zuzubinden. »Du bist ja bloß neidisch, weil wir besser sind als du«, sagte sie.

Cynthia sah zu, wie Judy hochkonzentriert eine weitere Bowlingkugel inspizierte. Natürlich konnte sie nicht einfach die nächstbeste nehmen und sie die Bahn hinunterschicken. Nein, jede Entscheidung, jede Handlung musste gründlich im Hinblick auf die Erfolgsaussichten erwogen werden. Selbst hier, beim Bowlen mit Freunden, stand sie unter Druck. Stirnrunzelnd betrachtete Cynthia die gebeugte Gestalt ihrer Freundin. Ihr blasses, müdes Gesicht. Sie war angespannt … und erschöpft.

Endlich traf Judy ihre Wahl – die Kugel war lila – und nahm ihre Position am Ende der Bahn ein. Sie kniff die Augen zusammen, holte schwungvoll aus und zielte auf die Mitte. Die Pins stoben zur Seite. Nur einer blieb stehen und wackelte leicht.

Cynthia wurde misstrauisch. »Du hast heimlich geübt«, sagte sie anklagend. Judy grinste selbstgefällig.

»Und, was gibt's Neues beim *Sentinel*?«, fragte Karen, während Judy darauf wartete, dass ihre Kugel zurückkam.

Cynthia starrte zu Boden. Sie hatte ihre Freundinnen um ein Treffen gebeten, weil sie sich unbedingt mit jemandem aussprechen musste. Aber jetzt, wo die Stunde der Wahrheit gekommen war, blieben ihr die Worte im Halse stecken. Sie holte tief Luft. »Ich hab die Beförderung nicht gekriegt«, sagte sie etwas lauter, damit Judy sie auch verstehen konnte. »Ich bin eingeschlafen und hab eine Story vermasselt. Der Chefredakteur hat mich zu sich gebeten und gesagt, dass sie Marcus den Job geben, weil sie jemanden brauchten, der – ich zitiere – ›belastbarer ist‹.« Bei der Erinnerung daran glühten ihre Wangen vor Scham und Empörung. »Und das nur, weil er dieses Scheißmedikament nimmt. So viel, wie der arbeitet … das ist einfach nicht fair!«

Judy starrte schweigend in das leere Maul der Ballausgabe. Karen nickte. »Es ist schon erschreckend, wie viele Leute das Zeug mittlerweile schlucken. Eine Kollegin von mir gehört eindeutig auch dazu. Sie kommt morgens direkt aus irgendeinem Club oder so ins Lehrerzimmer und erzählt, wo sie mit ihrem Freund überall war. Sie duscht neben der Turnhalle, tauscht ihre Ausgeh- gegen Arbeitsklamotten, und schon ist sie bereit fürs Klassenzimmer. Und das Tag für Tag. Ich persönlich finde es ziemlich erbärmlich, so was für einen Mann zu tun.«

»Apropos Männer ...« Cynthia räusperte sich. »Damien nimmt es auch.«

Karen blieb der Mund offen stehen, sodass sie aussah wie eine erstaunte Comicfigur. »Das soll wohl ein Witz sein! Warum denn das?«

»Er hat seit Längerem ... Schlafstörungen. Er war es einfach leid, ständig kaputt zu sein.«

»Trotzdem ...« Karen schob kopfschüttelnd die Unterlippe vor. »Ich an deiner Stelle würde dafür sorgen, dass er damit aufhört. Sonst schlägt er sich in Zukunft mit Gott weiß wem die Nächte um die Ohren, während du zu Hause im Bett liegst. Eure Beziehung wird garantiert drunter leiden.«

Judys Kugel kam aus der Ausgabe. Sie nahm sie, stellte sich erneut ans Ende der Bahn und starrte auf den noch stehenden Pin.

»Ich vertraue Damien«, sagte Cynthia gekränkt. »Er ist durchaus in der Lage, ein paar Stunden mit anderen zu verbringen, ohne dass er gleich meine Existenz vergisst und in femden Betten landet.«

Karen schüttelte den Kopf. »Das meinte ich auch gar nicht. Ich hätte einfach Angst, dass er nur noch mit diesen Shiftern rumhängt – und ehe du dich's versiehst, bist du abgehängt. Die meisten Leute aus meinem Bekanntenkreis halten Shifter für Loser: Leute, die es nicht schaffen, ohne Medikamente klarzukommen. Oder für notorische Partygänger, die einfach nicht genug bekommen. Damit meine ich natürlich nicht Damien.«

»Du hast ja recht«, sagte Cynthia. »Ich hab diese Shifter-Typen kennengelernt und bin ganz deiner Meinung.«

Judys Kugel sauste über die Bahn und verfehlte den einsamen Pin um fünf Zentimeter. »Mist!«, rief sie und stampfte mit dem Fuß auf. Jetzt war Karen dran, und Judy nahm ihren Platz auf dem orangenen Sofa ein. Sie blickte starr vor sich hin. Cynthia dachte, sie haderte mit sich wegen des stehen gebliebenen Pins – Judy war schon immer lächerlich ehrgeizig gewesen.

»Ich überlege, ob ich es auch ausprobiere«, sagte Judy leise.

Cynthia brauchte einen Moment, bis sie begriff, was Judy meinte. Sie starrte ihre Freundin ungläubig an. Judy machte ein trotziges Gesicht.

»Aber warum denn, um Himmels willen?«, fragte Cynthia. »Damien hat … gesundheitliche Probleme und will deshalb den Schlaf umgehen. Aber du? Warum solltest du so etwas tun wollen?«

»Verdammt!«, rief Karen, als ihre erste Kugel in der Rinne verschwand. Sie wandte sich zur Couch um. »Das Daumenloch war zu groß. Die Kugel ist mir aus der Hand gerutscht, bevor ich so weit war.«

»Ja, ja: Wenn der Reiter nichts taugt, ist das Pferd schuld!«, rief Judy.

Cynthia starrte sie nach wie vor an und wartete auf eine Antwort. Sie spürte einen unerklärlichen Anflug von Panik.

Judy seufzte. »Schau mich doch nicht so an. Ich sage ja nur, dass ich darüber nachdenke. Ich stehe kurz davor, in der Kanzlei zur Partnerin gemacht zu werden, und da ist der Druck, noch mehr abrechenbare Stunden ableisten zu können, schon enorm. Ich bin mir ziemlich sicher, dass ein paar von meinen Kollegen auf 24/7 sind, die arbeiten rund um die Uhr. Ich kann da einfach nicht mehr mithalten.« Sie spielte mit ihrer Bierflasche und pulte mit dem Daumen am

Etikett. »Meist sitze ich bis zwei Uhr nachts am Schreibtisch, und am nächsten Morgen um sechs oder sieben geht es weiter. Heute ist mein erster freier Abend seit zwei Wochen, die Wochenenden miteingerechnet. Es ist ganz einfach so, dass ...« Noch ein Seufzen, diesmal schon deutlich lauter. »... dass ich noch verrückt werde, wenn ich nicht bald etwas mehr Privatleben bekomme. Karen und du, ihr beschwert euch, dass ihr mich kaum noch seht – jetzt wisst ihr warum. Würde ich das Schlafen aufgeben, hätte ich mehr Freizeit, und wir drei könnten mehr miteinander unternehmen. Außerdem wäre es ja nur vorübergehend: Sobald ich Partner bin, setze ich das Zeug wieder ab.«

Cynthia packte ihre Freundin am Arm. »Nein, das wirst du eben nicht tun«, sagte sie und hörte selbst die Angst, die in ihrer Stimme mitschwang. »Du wirst es weiter nehmen. Und dich verändern. Du wirst versuchen, alle Welt zum Shiften zu bekehren. Genau das passiert dann nämlich.«

Judy entzog Cynthia ihren Arm. »Nein«, sagte sie gereizt. »Das ist bloß irgendeinem Psycho aus deinem Büro passiert. Und der ist nicht gerade repräsentativ. Falls du es noch nicht gemerkt haben solltest: Es schlafen schon viele nicht mehr, ohne dass unsere Gesellschaft in Auflösung begriffen wäre. Ehrlich gesagt, Cynthia, klingst du langsam etwas paranoid.«

Karen kam zurück und griff nach ihrem Bier. »Du bist dran, Cynthia.« Als sie die angespannte Atmosphäre bemerkte, fragte sie: »Was ist denn?«

»Frag Judy«, sagte Cynthia. »Ich will nicht mehr darüber reden.«

Sie nahm die erste Kugel, die sie in die Finger bekam, und legte sie wieder weg. Plötzlich schnürten ihr Tränen die Kehle zu. Mein Gott, sie stellte sich wirklich an. Aber sie wurde das Gefühl nicht los, dass alles um sie herum außer Kontrolle geriet. Dass die Welt krank war und immer kränker wurde.

Auf der Bahn nebenan nahm ein Mädchen Anlauf, rot-weiß-blaue Schuhe blitzten auf. Die Kugel sauste die Bahn hinunter und traf die Pins genau in der Mitte. Das Mädchen vollführte einen Freudentanz. Hinter ihr, ganz am anderen Ende des Saals, hing ein Werbebanner an der Wand, das Cynthia noch gar nicht bemerkt hatte: »Ten Pins – jetzt rund um die Uhr geöffnet«. Sie stellte sich reihenweise Bowler vor – alle mit einer Kugel in der Hand und dunklen Augenringen –, die sich dazu beglückwünschten, ihr Spiel zu verbessern, während die Normalsterblichen schliefen. Sie nahm eine rote Kugel und fuhr mit der Hand über ihre kühle, glatte Oberfläche.

»Los, mach schon!«, rief Karen vom Sofa aus. »Wird das heute noch was, oder willst du nur fummeln?«

Cynthia rief sich zur Ordnung. Sie würde diesen Wurf machen, sämtliche Pins umnieten, ihre Tasche nehmen, sich in vornehmes Schweigen hüllen und gehen, ohne Judys Applaus zu beachten. Konzentrier dich!, ermahnte sie sich und starrte die Bahn hinunter. Sie atmete dreimal tief durch und holte dann Schwung. Die Kugel sauste direkt auf die Pins zu. Sie sah ihr nach, biss sich auf die Unterlippe und wollte plötzlich unbedingt, dass ihr der Wurf gelang. Es sah so aus, als würde die Kugel sämtliche Pins abräumen. Aber kurz vor dem Ziel driftete sie nach links. Hilflos sah Cynthia zu, wie sie weit von der Bahn abgelenkt wurde. Ein Pin fiel um, und ein anderer geriet leicht ins Schwanken, bevor er dann doch stehen blieb. Ein Punkt.

»Ich kann nur verlieren«, sagte sie, ohne sich zu ihren Freundinnen umzudrehen.

18

Ich hasse Ratten. Ich hasse sie fast so sehr wie Schlangen, und das will schon was heißen. Als ich also sah, wie eine bei Full Bloom quer durchs Gewächshaus lief – trippelnde Füße und spitze kleine Ohren –, schrie ich laut. Ich weiß, das ist peinlich: ein erwachsener Mann, der laut aufkreischt. Aber ich konnte nicht anders. Zum Glück hörte mich nur Norma, die nette dicke Frau, die die Blumen arrangiert und freitags an der Kasse sitzt. Sie trat in die Tür zum Gewächshaus.

»Meine Güte, was ist denn hier los?«

Ich zeigte auf einen Hibiskustopf in der Ecke. Mein Finger zitterte, und ich hatte Schwierigkeiten, die Worte herauszubringen. »Eine Ratte. Riesig. Dahinten.«

Norma runzelte ungläubig die Stirn. »Bist du sicher? Ich habe hier noch nie eine Ratte gesehen. Eine Maus vielleicht?«

Ich schüttelte den Kopf und konnte den Blick nicht von dem Blumentopf abwenden. »Nein«, sagte ich. »Ich kann doch eine Maus von einer Ratte unterscheiden. Und das hier war eindeutig eine Ratte.«

Norma wischte die Hände an ihrer Schürze ab und sagte: »Also, die kann hier unmöglich rumrennen und die Kunden vergraulen. Wir müssen sie loswerden.«

Diese Idee gefiel mir ganz und gar nicht. Keine zehn Pferde würden mich in die Nähe dieses Blumentopfes bringen. Nicht bei neun Pfund die Stunde – nicht mal für hundert Pfund! Norma hatte wohl gemerkt, was in mir vorging, denn sie ging ins Büro und kehrte mit einem Karton zurück, der an einer Seite offen war.

»Gut«, sagte sie. »Ich werde ihr diesen Karton überstülpen, und du beschwerst ihn mit einem Stein. Das wird unser Rattengefängnis, bis wir jemanden geholt haben, der sie wegschafft.«

Einen Stein auf eine Schachtel legen – das müsste ja wohl zu machen sein. Also nickte ich, griff hinter mich und tastete bei den Japan-Accessoires nach einem schönen großen Stein. Ich ließ den Hibiskus nicht aus den Augen, aber nichts rührte sich.

»Sind Sie sicher, dass sie noch dort ist?«, flüsterte Norma und ging mit dem Karton langsam auf den Topf zu. Alter Schwede, die Frau war echt mutig!

»Ja«, sagte ich. »Ich habe keine Sekunde weggeschaut, seit sie sich dahinter versteckt hat. Sie ist nicht rausgekommen.«

»Na gut, dann wollen wir mal.« Sie beugte sich vor und hielt den Karton vor sich. Dann machte sie einen kleinen Satz hinter den Topf. Ich spürte, wie sich mein ganzer Körper anspannte, um wegzulaufen, falls sich was bewegte. Aber es bewegte sich nichts. Norma stand hinter dem Hibiskus, die leere Schachtel nach wie vor in der Hand.

»Da ist nichts«, sagte sie.

»Aber … aber sie muss dort irgendwo sein. Ich habe mit eigenen Augen gesehen, wie sie dorthin gerannt ist.«

Ich kam auf Zehenspitzen näher, den Stein vor mir ausgestreckt, damit ich ihn als Waffe benutzen konnte. Mir war ganz schlecht vor Angst, als ich einen Blick hinter den Topf warf. Aber da war nichts, nur ein graues Stück von dem Papier, mit dem wir immer die Blumen einwickeln. Norma hob es auf.

»Hier drin zieht's immer so«, sagte sie. »Auf den ersten Blick hat es wahrscheinlich so ausgesehen, als …«

Aber ich schüttelte heftig den Kopf. »Ich habe sie genau vor mir gesehen. Ich habe ihre *Zähne* gesehen.«

»Ich weiß nicht, was ich sagen soll, Jeff«, meinte Norma achselzuckend. »Aber Hauptsache, sie ist weg. Das ist doch schon mal gut, oder?«

Ich starrte auf das zusammengeknüllte graue Einwickelpapier in ihrer Hand. Eigentlich hätte meine Übelkeit nachlassen müssen – jetzt wo die Ratte nicht mehr da war. Aber stattdessen wurde sie schlimmer.

»Ja«, sagte ich. »Das ist schon mal gut.«

China legalisiert Anti-Schlaf-Mittel nach »jahrelangen Tests«

von Alexander Pritchard

Peking – Die chinesische Regierung hat das unter dem Namen 24/7 bekannte Anti-Schlaf-Mittel offiziell zugelassen, sodass vermutlich ab nächster Woche Eigenproduktionen in den Handel kommen werden.

Auf die Kritik hin, das Mittel sei nur unzureichend an Nicht-Narkoleptikern getestet worden, sagte die Regierung, man habe »eine identische Wirkstoffkombination über mehrere Jahre getestet und ihre Unbedenklichkeit festgestellt«.

Kritiker werfen China jedoch vor, Forschungsergebnisse zu fälschen, um ein Medikament zu legalisieren, das die Produktivität steigert und es den Arbeitskräften ermöglicht, mit dem schnellen Wirtschaftswachstum des Landes Schritt zu halten. Obwohl es keine offiziellen Zahlen gibt, deuten stichprobenartige Befragungen darauf hin, dass in Fabrikhochburgen wie Shenzen bereits jeder vierte Wanderarbeiter illegale Nachahmerpräparate von 24/7 nimmt, um mit zwei Jobs sein Einkommen zu verdoppeln. Die Nachahmerpräparate werden für 84 Yuan (6 £) pro Kapsel verkauft.

»Mithilfe dieses Medikaments könnte China die USA fünf Jahre früher als vorausgesagt überholen und

> zur größten Wirtschaftsmacht aufsteigen«, so Professorin Alice Hoon, eine chinesische Wirtschaftsexpertin. »24/7 beschleunigt Chinas Aufstieg zur Supermacht.«

Cynthia bekam eine Gänsehaut, nachdem sie den Artikel des Peking-Korrespondenten gelesen hatte. Sie schenkte sich ein Glas Wein ein und fragte sich, warum die Nachricht sie derart beunruhigte. Was war schon dabei, wenn irgendein fremdes Land das Anti-Schlaf-Mittel legalisierte? China war weit weg und würde die Haltung Großbritanniens zu 24/7 kaum beeinflussen – vorausgesetzt, die britische Regierung konnte sich irgendwann überhaupt zu einer Haltung durchringen. Bisher schienen die Entscheidungsträger des Landes das Mittel in einer rechtlichen Grauzone belassen und es weder verbieten noch zulassen zu wollen.

Sie faltete die Abendausgabe zusammen, verstaute sie in ihrer Handtasche und wünschte, sie hätte noch etwas anderes zum Lesen mitgenommen. Sie war eine Viertelstunde zu früh im Lamb and Flag, was eindeutig ein Fehler war: Es war rappelvoll, und allein in der lärmenden Menge zu sitzen, zerrte an ihren Nerven.

»Hallo, Süße, ist der Platz noch frei?« Damien küsste sie auf die Wange und ließ sich auf den Stuhl gegenüber fallen. Lächelnd schenkte Cynthia ihm ein Glas Wein ein. »Und, wie war dein Tag?«, fragte sie. »Was gibt's Neues von der medizinischen Front?«

»Nur Mist, fürchte ich«, sagte er und griff nach einer der laminierten Speisekarten, die zwischen Salz- und Pfefferstreuer geklemmt waren. »Und zwar im wahrsten Sinne des Wortes: Wir verabreichen Typen, die nicht unter Verstopfung leiden, gerade ein neues Abführmittel. Die Folgen kannst du dir ausmalen.« Er überflog die Speisekarte. »Eine Erfahrung, nach der ich natürlich einen Riesenappetit habe. Was hältst du davon, wenn wir hier nur einen Happen essen und anschließend noch woanders hingehen? Im Green Room soll eine gute Band spielen.«

Cynthia schnitt eine Grimasse. Sie hatte einen anstrengenden Tag hinter sich und war alles andere als scharf auf eine lange Nacht in einer lauten Bar. »Ich hatte eigentlich eher an einen gemütlichen Abend gedacht: dass wir hier eine Kleinigkeit essen und dann zu Hause vor dem Fernseher ein bisschen kuscheln.« Sie hob einen Fuß und fuhr damit über seine Oberschenkelinnenseite. »Und danach – mal sehen ...«

Damien brachte sein Bein außer Reichweite. »Das ist ja alles gut und schön, aber ich habe heute wirklich Lust auf einen Ausgehabend.« Er hob die Hand wie ein Verkehrspolizist, um jeden Protest im Keim zu ersticken. »Und ja, ich weiß, dass heute Mittwoch ist. Aber der Tag hat vierundzwanzig Stunden, von denen wir elf nicht arbeiten. Und trotzdem kann ich von Glück sagen, wenn ich vier davon mit dir verbringe.«

Cynthia verschränkte die Arme vor der Brust. »Und was ändert sich bitte schön daran, wenn du mich in einen Club zerrst? Wenn wir uns unter die Clubgänger mischen, dürfte das die Zeit, die wir zu zweit verbringen, kaum erhöhen.«

»Ehrlich gesagt, hatte ich gehofft, dass du bei etwas Action mit Musik länger aufbleibst. Und tatsächlich etwas mit mir zusammen machst statt bloß ... zu *schlafen*.« Er spuckte das letzte Wort förmlich aus.

Einen Moment konnte Cynthia ihn nur schweigend anstarren, so wütend und verletzt war sie. »Nur damit ich das richtig verstehe: Willst du mir hier ein schlechtes Gewissen machen, nur weil ich Schlaf brauche? Hoffentlich nicht, denn wenn, wärst du ein ziemliches Arschloch, und ich lasse mich aus Prinzip nicht mit Arschlöchern ein.«

Damien warf die Speisekarte dermaßen heftig auf den Tisch, dass sie fast auf der anderen Seite hinuntergerutscht wäre. »Heutzutage *braucht* niemand mehr Schlaf, Cynthia«, sagte er und sah ihr dabei fest in die Augen. »Falls du es noch nicht bemerkt haben solltest: Schlaf ist inzwischen ein Lifestyle, für den man sich ganz bewusst entscheidet oder eben nicht. So gesehen finde ich es ziemlich … egoistisch von dir, acht Stunden am Tag mit Nichtstun statt mit mir zu verbringen. Eigentlich geradezu … verletzend.«

»Mein Schlafrhythmus hat doch nichts mit meinen Gefühlen für dich zu tun! Erstens schlafe ich einfach gern: Ich finde es schön, zur Ruhe zu kommen und zu wissen, dass anschließend wieder ein neuer Tag auf mich wartet. Und außerdem weißt du, wie ungern ich Medikamente einnehme. Ich dachte eigentlich, du hättest Verständnis dafür.« Ihre Stimme zitterte. »Aber anscheinend habe ich mich geirrt.« Sie blinzelte, um die Tränen zurückzudrängen, durch deren Schleier die Barbeleuchtung plötzlich ganz verschwommen wirkte. Verdammt. Sie hasste Frauen, die bei Auseinandersetzungen auf die Tränendrüse drückten. Diese billige Kleinmädchen-Taktik war nichts, was sie je planmäßig einsetzen würde. Aber sie wirkte: Damiens Wut war sofort verraucht. Er streckte den Arm aus und strich ihr über die Wange, Schuldgefühle, ja Bestürzung malten sich auf seinem Gesicht.

»Bitte wein doch nicht. Ich habe einfach nicht nachgedacht. Du hast recht: Ich bin ein egoistisches Arschloch.«

Sie senkte den Kopf und wischte die Tränen hastig mit dem Daumen weg. »Ist schon gut«, sagte sie, schluckte und zwang sich zu einem Lächeln. »Bei diesem Thema werde ich immer emotional. Nach so vielen Jahren sollte ich eigentlich darüber hinweg sein.«

Damien nahm ihre Hand. »Ich glaube nicht, dass man über den Tod eines Elternteils jemals hinwegkommt«, sagte er leise. »Eigentlich wollte ich dir nur vorschlagen, es auch mal mit 24/7 zu probieren, nur für eine Woche. Nur eine einzige Kapsel. Das ist etwas ganz anderes als die Sache mit deinem Vater damals. Ich kann dich verstehen, wirklich, aber … vielleicht wird es langsam Zeit, dass du deine … Phobie überwindest?«

Sie wollte widersprechen, doch er legte den Zeigefinger auf ihre Lippen. »Nur eine einzige kleine Kapsel, damit du dir selbst ein Bild machen kannst. Es muss ja kein Dauerzustand werden.«

Cynthia riss sich zusammen und bemühte sich, Damiens Vorschlag rational in Erwägung zu ziehen. Was sie auf jeden Fall vermeiden wollte, war noch so eine Diskussion wie im Bowlingcenter. *Ehrlich gesagt, Cynthia, klingst du langsam etwas paranoid.* Vielleicht hatte Judy ja recht. Denn es gab keinerlei Belege für das, was Cynthias Bauchgefühl ihr sagte: dass irgendwas mit dem Medikament nicht stimmte. Eigentlich war das genaue Gegenteil der Fall. Auf den ersten Blick war Damiens Vorschlag gar nicht so unvernünftig. Er wollte nur, dass sie 24/7 einmal ausprobierte. Eine Woche ihres Lebens war wirklich nicht so viel verlangt.

Sie dachte an all die Artikel, die sie gelesen hatte, an Marcus' Worte damals im Pub: *Sie werden nicht mehr weitermachen wollen wie zuvor. Und dir wird es genauso gehen.* Sie sah Damien nachdenklich an. »Du sagst, das muss kein Dauerzustand werden … aber das wird es zwangsläufig, nicht wahr?«

Er sah sie fragend an. »Entschuldige, aber ich kann dir nicht ganz folgen. Die Pille wirkt nur eine Woche lang. Das steht sogar auf dem Etikett.«

»Ja, aber dabei sind wir ausschließlich auf die Aussage von Stay Up angewiesen: Denn ich weiß von keinem Fall, wo jemand, der nicht an Narkolepsie leidet, nur eine einzige Pille genommen und dann gewartet hätte, bis die Wirkung komplett abklingt. Hast du auch nur von einer einzigen Person gehört, die das getan hat? Der *Sentinel* hat jede Menge Konsumenten befragt, darunter auch zahlreiche Studenten, die geschworen haben, sie würden das Mittel nur während des Examens nehmen. Aber das Examen ging vorbei – und sie haben ihre Kapseln Woche für Woche weitergenommen, pünktlich wie ein Uhrwerk.«

Damien zuckte die Achseln. »Das wusste ich gar nicht, aber es wundert mich auch nicht weiter. Wenn man erst mal eine Woche ohne Schlaf verbracht hat, kommt einem die Vorstellung, so viele Stunden am Tag einfach nur rumzuliegen ... ziemlich bescheuert vor, ehrlich gesagt.« Er griff in seine Jackentasche und zog ein Glasfläschchen hervor. Er öffnete es, nahm eine blau-weiße Kapsel heraus und legte sie neben ihr Weinglas. »Also, warum stellst du dich deinen Ängsten nicht und versuchst es einfach mal? Das hier hat nicht die geringste Ähnlichkeit mit dem ... was dein Vater getan hat. Und wenn es dir nicht gefällt, kannst du die Erste sein, die nach einer Tablette aufhört. Aber ich bin mir sicher, dass es dir gefallen *wird*. Weil wir dann mehr Zeit füreinander haben. Und du es dann diesem Marcus so richtig zeigen kannst.«

Cynthia nahm die Kapsel zwischen Daumen und Zeigefinger und zwang sich, sie so nüchtern zu betrachten wie ein Juwelier einen Edelstein. Nach einigen Sekunden merkte sie, wie ihre Anspannung sich löste. Schon äußerlich hatte diese Kapsel keinerlei Ähnlichkeit mit den Schmerztabletten ihres Vaters. Außerdem bat Damien sie nur, eine einzige zu nehmen. Sie drehte sie zwischen ihren Fingern hin und her und kam kurz in Versuchung. Es wäre *wirklich* praktisch, wenn ihr Tag mehr Stunden hätte.

»Na los«, murmelte Damien, zog ihre freie Hand an seine Lippen und küsste ihre Finger. »Was hast du schon zu verlieren?«

Und dann war ihr Gesicht blau, ganz blau! Die verzweifelten Schreie des Draycott-Probanden hallten ihr in den Ohren. Sie versuchte sich einzureden, dass das ein Einzelfall und vermutlich ganz irrelevant war. Das sagte ihr zumindest die Vernunft. Aber ihr Instinkt sagte etwas anderes.

Sie steckte die Kapsel in ihre Handtasche. »Ich denk drüber nach.«

Damien nickte. Doch sie sah eine Spur seines früheren Ärgers über sein Gesicht huschen. »Gut. Denn es ist mir wichtig, *unseretwegen*. Ich will, dass wir zusammengehören.«

Sie beugte sich vor und küsste ihn auf den Mund. »Ich dachte, das tun wir bereits«, sagte sie leise.

PHASE DREI

Schlaf – diese kleinen Stückchen des Todes: Oh, wie ich sie hasse.

Edgar Allan Poe

19

An dem Tag, an dem ich meinen Job verlor, hatte ich genau neun Monate nicht geschlafen.

Eine alte Frau war in den Laden gekommen und konnte sich einfach nicht entscheiden. Ich war alte Leute gewöhnt, es kamen viele davon zu Full Bloom. Sie brauchten immer ewig, Zeit bedeutete ihnen nichts. Irgendwie seltsam, dass jemand, der dem Tod so nahe ist – vielleicht schon mit einem Fuß im Grab steht –, bereit ist, eine Viertelstunde seines kostbaren restlichen Lebens zu opfern, um sich Gedanken über die richtige Rosenfarbe zu machen. Aber bisher hatte mich das nie gestört – ich wurde schließlich nach Stunden bezahlt.

Das Problem war nur, dass ich immer reizbarer wurde. Kleinigkeiten, die mir früher nie was ausgemacht hatten, trieben mich plötzlich in den Wahnsinn. Sogar bei Katrina. Heute Morgen hatte ich sie angeschrien, weil sie so ein idiotisches Lied unter der Dusche gesungen hatte. Sie hatte sofort damit aufgehört. Und danach kein einziges Wort mehr gesagt. Wir frühstückten in eisigem Schweigen. Deshalb war ich schon schlecht gelaunt, als die alte Frau reinkam. Sie war winzig und ging ganz gebeugt, ihre Haut sah aus wie zerknittertes Papier. Sie ging zum Kaktusgarten und sah sich die Pflanzen an. Mein Chef war an diesem Tag auch da und reparierte irgendwas im Japanbereich. Er sah immer wieder zu uns rüber. Aber sie wirkte zufrieden, also ließ ich sie eine halbe Stunde lang die Kakteen ansehen, bevor ich zu ihr ging und sagte: »Kann ich Ihnen helfen?«

Sie lächelte dieses typische Alte-Leute-Lächeln, bei dem man sich immer fragt, ob sie sich noch an die Frage erinnern können. Dann sagte sie: »Ich wollte eigentlich etwas Blühendes.«

Na ja, inzwischen kannte ich mich mit Kakteen gut aus und wusste, welche wann blühen und welche Farbe die Blüten haben werden. Ich beschrieb sie ihr, zeigte dabei auf jede Pflanze und war sehr stolz auf mich und mein Wissen. Darauf, dass ich einen Job hatte, in dem ich gut war. Dass ich meinen Platz gefunden hatte. Als ich damit fertig war, waren fast fünfzehn Minuten vergangen.

Die Frau stand da, nickte bedächtig und sagte dann: »Das ist wirklich alles sehr interessant, mein Lieber. Aber ich hatte eher an so etwas wie Lilien gedacht.«

Aus dem Japanbereich war ein unterdrücktes Lachen zu hören.

Ich konnte es einfach nicht fassen. Die alte Kuh hatte sich eine halbe Stunde bei den Kakteen umgesehen und mich dann eine Viertelstunde lang über die blöden Dinger reden lassen. Und wozu das alles? Bloß damit sie mich vor meinem Chef lächerlich machen konnte! Plötzlich war diese Riesenwut in mir, wie eine schwarze Wolke, und ich wollte nur noch schreien und um mich schlagen. Vor meinen Augen tanzten Flecken, und ich sah alles nur noch ganz undeutlich. Die alte Schnalle stand immer noch da, hatte den Kopf schräg gelegt und wollte was von Lilien hören.

»Raus hier!«, schrie ich, und es tat gut, zu sehen, wie sie zusammenzuckte. »Ich sagte, RAUS HIER!«

Ein Teil von mir nahm die Stimme meines Chefs wahr, die hinter mir laut wurde. Auch die alte Dame muss irgendwas gesagt haben, denn ich sah, wie sich ihre Lippen bewegten. Aber die einzigen Worte, die ich hören konnte, kamen aus meinem eigenen Mund. Es war eigentlich nur eins, das ich immer wieder schrie: »Raus-raus-raus-RAUS!« Es war wie ein Steinhagel, mit dem ich diese dumme, zeitraubende alte Schachtel raustrieb aus meinem Gewächshaus, aus meinem Laden.

Ich weiß nicht genau, was als Nächstes passiert ist. Ob es Sekunden, Minuten oder Stunden gedauert hat, bis meine Wut wieder weg war und sich die blinden Flecken vor meinen Augen wieder mit Farbe füllten. Ich stand in der Tür zwischen Laden und Gewächshaus und versuchte zu begreifen, was passiert war. Hatte ich wirklich so geschrien, oder war das nur ein Traum?

Aber es konnte kein Traum gewesen sein, weil mein Chef vor mir stand und sagte, dass ich gefeuert war.

Juli

Cynthia rutschte auf ihrem Stuhl hin und her. Der Konferenzraum des Riverside Hospital schien keine Klimaanlage zu haben, und die Freitagnachmittagssonne, die durch die Fenster fiel, machte die Luft nur noch stickiger. Sie sah auf die Uhr. Halb drei. Der Arzt müsste jeden Moment hier sein.

Normalerweise hasste Cynthia Pressekonferenzen. Allein schon das Ambiente, die dem Podium zugewandten Plastikstuhlreihen, die Power-Point-Präsentationen und die Hände, die sich reckten, wenn Fragen gestellt werden durften. Wie in der Schule. Aber diese Pressekonferenz hatte sie neugierig gemacht: Dr. James Livington, ein bekannter Neurologe, ergriff für 24/7 Partei. Durchaus bemerkenswert angesichts der Tatsache, dass alle anderen Mitglieder der Ärztezunft seit fünf Monaten ins selbe Horn stießen und lautstark ihre Besorgnis äußerten. Cynthia war neugierig auf den Mann, der so beherzt widersprach. Da Marcus mit etwas anderem beschäftigt war, hatte sie angeboten, über die Konferenz zu berichten.

Sie blätterte ihre Pressemappe durch. Obenauf lag James Livingtons Lebenslauf: leitender Neurochirurg, Universitätsdozent, regelmäßiger Autor des *New Scientist* sowie Verfasser eines Buchs über Gehirnfunktionen namens *States of Mind.* Beeindruckend. Das nächste Blatt trug die Überschrift »Zahlen und Fakten«. Der erste Punkt setzte Cynthia davon in Kenntnis, dass »übermüdete Autofahrer im letzten Jahr 852 Verkehrsunfälle in Großbritannien verursacht haben, 12 Prozent davon mit tödlichem Ausgang«. Sie sah sich im Raum um. Fernsehteams bauten Kameras auf und machten Soundchecks. Sie entdeckte Reporter von Channel Four, ITV und der BBC. Erstaunlicherweise auch Zain Verjee von CNN International. Ein ziemlich großer Name für so eine kleine Veranstaltung. Vielleicht war auch sie eine 24/7-Anhängerin? Cynthia suchte unter ihren Augen nach der verräterischen Verfärbung. Aber die Moderatorin war bereits fürs Fernsehen geschminkt, sodass Cynthia nur spekulieren konnte.

»Hallo! Ist der Stuhl neben dir noch frei?«

Cynthia sah auf und freute sich, Debbie Harold vom *Evening Star* zu sehen. Sie hatten sich auf einer Weihnachtsfeier angefreundet, auf der sie beide zu viel Sekt getrunken und gemeinsam unter viel Gelächter eine inoffizielle Top-Ten-Liste der schärfsten Männer in der Zeitungsbranche angefertigt hatten.

Debbie setzte sich neben sie, als ein unscheinbarer Mann durch die Tür hinter dem Podium trat. Er stellte sich vor das Mikrofon und räusperte sich nervös.

»Dr. Livington, nehme ich an«, flüsterte Cynthia.

»Das wohl kaum«, sagte Debbie kopfschüttelnd. »Ich weiß nämlich aus zuverlässiger Quelle, dass Jim Livington – ich zitiere – ›echt heiß‹ ist.«

»Tatsächlich?«, fragte Cynthia, als der Mann auf dem Podium um Aufmerksamkeit bat. Er war klein und kahlköpfig und trug einen schlecht sitzenden Anzug. Dieser Mann war eindeutig nicht heiß. Nicht mal Zimmertemperatur.

»Herzlich willkommen«, sagte er, als die Reporter verstummten. »Ich bin Bernard Draper, einer der Chirurgen am Neurologischen Institut. Mr. Livington und ich haben Sie heute hergebeten, weil wir die Berichterstattung über das Anti-Schlaf-Mittel, das auch unter dem Namen 24/7 bekannt ist, für ziemlich einseitig halten. Viele unserer Kollegen haben Vorbehalte gegen die Abschaffung des Schlafs geäußert. Diese Pressekonferenz soll eine neue Sicht auf die Problematik bieten und für etwas mehr Ausgewogenheit sorgen. Wir hoffen, dass sich das in Ihren Beiträgen widerspiegeln wird. Keine langen Vorreden, meine Damen und Herren, hier ist Jim Livington!«

Die Tür hinter dem Podium öffnete sich, und Cynthia konnte mindestens zwei unterdrückte Seufzer – aus weiblichen Kehlen – im Publikum hören.

»Wow!«, raunte sie Debbie zu. »Du hast nicht zu viel versprochen.«

Jim Livington war groß, bestimmt über einsachtzig, und hatte schwarz glänzendes Haar. Seine blassgrauen Augen lagen in dunklen Höhlen, was sie noch durchdringender wirken ließ. Aber er war mehr als nur gut aussehend. Während der Neurochirurg den Blick über sein Publikum gleiten ließ, spürte Cynthia sein enormes Charisma, das ihm die Aufmerksamkeit sämtlicher Anwesender eintrug, noch bevor er ein einziges Wort gesagt hatte. Das Stühlerücken und Papierrascheln verstummte. Alle Augen waren auf den Mann am Rednerpult gerichtet.

Als er mit seinem Vortrag begann, war seine Stimme tief und wohlklingend. »Bhopal. Die Raumfähre Challenger. Die Exxon Valdez. Tschernobyl.« Eine dramatische Pause.

»Wir alle kennen diese Namen nur zu gut. Sie sind zu Synonymen für Leid und Tod geworden. Aber sie haben noch etwas anderes gemeinsam, etwas, das Sie vielleicht nicht wissen.« Er hob einen Finger und ließ ihn dort, während die Spannung stieg. »Erschöpfung – Schlafmangel – wird zumindest teilweise für all diese Tragödien verantwortlich gemacht: Es waren übermüdete Arbeiter, die fatale Fehler begingen. Schlaf war auch die Ursache für viele furchtbare Unfälle in unserem eigenen Land. 1987 ist die *Herald of Free Enterprise* gesunken, weil ein Bordmitglied einschlief, statt die Bugklappen zu schließen. Hundertdreiundneunzig Menschen starben – die schlimmste Schiffskatastrophe zu Friedenszeiten in der britischen Geschichte. Dann war da noch das Zugunglück 1993 in Yorkshire: Ein Autofahrer schlief am Steuer ein, kam von der Autobahn ab und landete auf den Zuggleisen.« Sein Blick glitt durch den Raum, und Cynthia spürte einen leichten Schauer der Erregung, als er ihr Gesicht streifte. »Sechs Fahrgäste und vier Bahnangestellte kamen bei dem darauffolgenden Zusammenstoß zu Tode. Lauter sinnlos geopferte Menschenleben.«

Er betätigte einen unsichtbaren Schalter, und die Zahlen und Fakten aus der Pressemappe wurden hinter ihm an die Wand geworfen. »Aber diese dramatischen Fälle sind nur die Spitze des Eisbergs. Übermüdung ist für mehr Verkehrstote verantwortlich als Alkohol und Drogen – von Arbeitsunfällen oder Bränden, die von eingeschlafenen Rauchern verursacht werden, ganz zu schweigen. Werden die Opfer dieser Tragödien dann vielleicht nachts ins Krankenhaus gebracht, sind ihre schlafbedingten Probleme noch längst nicht vorüber. Denn höchstwahrscheinlich wird sie ein junger Arzt untersuchen, dessen Urteilsvermögen durch Übermüdung erheblich beeinträchtigt ist. Studien aus den USA belegen, dass Assistenzärzte während der Nachtschicht Krankenakten doppelt so oft falsch interpretieren wie während der Tagschicht und somit ihre Patienten gefährden.« Er musterte sein Publikum ernst. »Für diese potenziell tödlichen Fehler ist ausschließlich Schlafmangel verantwortlich. Schaffen wir das Schlafbedürfnis ab, können wir größere Katastrophen vermeiden, die Zahl der Verkehrsunfälle senken und die Qualität unseres Gesundheitssystems verbessern.«

Seine Redepause war eine Millisekunde zu lang, sodass sich Debbie vor lauter Begeisterung nicht mehr bremsen konnte. Ihre Hand flog in die Höhe. Der Arzt lächelte wohlwollend und nickte ihrem ausgestreckten Arm zu.

»Sie als Arzt sind also der Auffassung, dass wir tatsächlich nicht unbedingt Schlaf brauchen? Debbie Harold, vom *Evening Star*.«

Jim Livington räusperte sich. »Es gibt unzählige Hypothesen über die eigentliche Funktion des Schlafs. Eine der plausibelsten ist die sogenannte adaptive Hypothese der Erhaltung. Vor Jahrmillionen hat der Mensch in einer Welt voller Raubtiere gelebt. Es war gefährlich für ihn, wach zu bleiben und im Dunkeln umherzustolpern, während seine Fressfeinde Beute suchten. Unsere Vorfahren brauchten keine vierundzwanzig Stunden, um ihr Nahrungsbedürfnis sowie andere biologische Bedürfnisse zu stillen. Schlaf war also nur eine Methode des Organismus, dafür zu sorgen, dass sie sich in der dafür nicht benötigten Zeitspanne im Schutz einer Höhle aufhielten und damit in Sicherheit waren. Das hatte außerdem den Vorteil, dass über die Nahrung mühsam zugeführte Energie gespart wurde. Mit anderen Worten, der Schlaf diente einst der Anpassung an die Umwelt. Und als die äußere Bedrohung wegfiel, blieb der Schlaf bestehen: ein Überbleibsel der Evolution ohne jeden Sinn und Zweck.«

Er schien noch etwas sagen zu wollen, als ihn eine Männerstimme hinter Cynthia unterbrach. »Haben Sie denn gar keine Bedenken, ein Medikament zu empfehlen, das im Grunde noch in der Experimentierphase ist?«

Sie drehte sich um und sah einen Reporter mit Hängebacken und wässrigen Augen, der aufgestanden war. »Sie müssen die bisherigen Tests mit diesem Medikament doch auch für völlig unzureichend halten. Eine Studienreihe mit Narkoleptikern und nur eine einzige Testreihe mit Gesunden? Sie werden zugeben, dass es äußerst ungewöhnlich ist, dieses Medikament in Umlauf zu bringen, obwohl es noch so wenig erforscht ist. *Doktor* Martin Bowden, Ressort Medizin der *Tribune*.«

»Vielen Dank, Herr Doktor«, hob Jim Livington an. »Diesen Punkt wollte ich ohnehin ansprechen. Es war in Bezug auf Niton viel von angeblich ungenügenden Tests die Rede. Allerdings hat gerade Phase drei begonnen, eine Testreihe mit einer Gruppe britischer Soldaten, die gerade einen Einsatz in feindlichem Gebiet haben. Als Niton kurz davor stand, für die Behandlung von Narkolepsie zugelassen zu werden, beschloss das Ministerium, sicherheitshalber auch die früheren Testphasen zu wiederholen, um es für die neue Indikation zu prüfen. Angefangen bei den unzähligen Tests an Ratten und Primaten bis hin zu denen an narkoleptischen und gesunden menschlichen Versuchspersonen waren sämtliche Studien ein uneingeschränkter Erfolg. Ich würde sagen, dass Niton – oder 24/7 – alles andere als ungetestet ist, sondern eines der am intensivsten klinisch getesteten Medikamente überhaupt. Alles spricht dafür, dass es die aufregende Möglichkeit gibt, den Schlaf gefahrlos auszuschalten und seine positiven Auswirkungen auf den Organismus chemisch zu reproduzieren.«

Cynthia drehte sich zu Dr. Bowden um, neugierig, wie er darauf reagieren würde.

Er wirkte unbeeindruckt. »Sie sagen, die Tests des Verteidigungsministeriums seien erfolgreich gewesen … Aber wo sind die Belege dafür? Ich habe beantragt, die Studienergebnisse einsehen zu dürfen, bin aber nur auf verschlossene Türen gestoßen. Und vom Schlaf an sich mal abgesehen – was ist mit den Träumen? Frühere Versuche mit Tieren haben ergeben, dass Lebewesen träumen müssen. Ratten werden in der Regel zwei oder drei Jahre alt. Bringt man sie um den REM-Schlaf, überleben sie im Durchschnitt nur fünf Wochen. Sie sterben an Traummangel.«

Livington lächelte. »Ich fürchte, das Verteidigungsministerium ist im Interesse der öffentlichen Sicherheit manchmal gezwungen, bestimmte Dokumente vertraulich zu behandeln – sogar wenn ein Medizinreporter der *Tribune* sie einsehen will.« Ein paar unterdrückte Lacher. »Und was die Träume anbelangt: Ich glaube nicht, dass wir uns wirklich mit anderen Spezies vergleichen können. Das wäre ja so, als wollte man Äpfel mit Birnen vergleichen. Schließlich erleben Tiere Träume ganz anders als der Mensch. Reptilien zum Beispiel träumen gar nicht. Was man nach Ihrer Logik als Beweis dafür anführen könnte, dass Träume durchaus verzichtbar sind – eine Meinung, die ich übrigens teile. Wie dem auch sei, das Anti-Schlaf-Mittel enthält einen Wirkstoff, der die mit Träumen verbundene Hirnaktivität unterdrückt, und bisher gab es keinerlei negative Nebenwirkungen.« Er lächelte ein überwältigendes Filmstarlächeln. »Das bestätigt mich in meiner Ansicht, dass Träume überflüssig sind.«

»Ja, aber …«

»Vielleicht möchte sonst noch jemand eine Frage stellen?«, mischte sich Bernard Draper ein und sah den Medizinreporter missbilligend an.

Cynthia hob die Hand, und Livington nickte ihr zu. »Sie sagen, wir müssten nicht träumen. Aber wenn das stimmt, warum *tun* wir Menschen es dann? Cynthia Wills vom *Sentinel.*«

»Das ist eine ausgezeichnete Frage, Cynthia Wills vom *Sentinel.*« Er lehnte sich an das Pult, als wäre er im Pub und plauderte mit Freunden. »Wie Sie vielleicht wissen, ist der Kortex jene Hirnregion, die für komplexere Gehirnfunktionen zuständig ist, fürs Denken und Analysieren. Er befindet sich über dem entwicklungsgeschichtlich viel älteren Teil des Gehirns, der mit Emotionen und Trieben in Verbindung gebracht wird, dem Stammhirn. An der Basis dieses unteren Teils des Gehirns liegt ein Areal namens Pons. Während der REM-Phase des Schlafs beginnt der Pons zufällige Signale und Erregungsmuster zu erzeugen. Viele Experten glauben, dass Träume die reflexartigen Versuche des Kortex darstellen, diese Signale zu deuten und zu strukturieren – und somit aus einer fragmentierten Hirnaktivität eine Geschichte zu formen. Mit anderen Worten: Träume werden vom Kortex verursacht, der dort nach Bedeutung sucht, wo es gar keine gibt. Im Grunde reine Zeitverschwendung, eine enorme geistige Anstrengung für nichts.«

Der Reporter der *Tribune* war erneut aufgesprungen. »Aber das ist bloß *eine* Theorie!«, brach es aus ihm hervor. »Was ist mit den Studien, die belegen, dass seelische Stabilität und kognitive Leistung schon nach wenigen Nächten ohne Träume nachlassen?«

Jim Livington verschränkte die Arme vor der Brust und musterte Dr. Bowden fast schon amüsiert. Er ließ ein paar Sekunden verstreichen. Dr. Bowden wurde sichtlich nervös.

»Ich selbst habe vor fünf Monaten mit der Einnahme von 24/7 begonnen, gleich nachdem es verfügbar wurde«, sagte der Neurochirurg. Er richtete seine grauen Augen auf Cynthia, die prompt errötete. »Was sagen Sie, Cynthia vom *Sentinel*? Wirke ich instabil auf Sie?«

Sie ertappte sich dabei, wie sie den Kopf schüttelte, und merkte, dass andere um sie herum dasselbe taten.

»Seit ich Shifter bin, habe ich doppelt so viele Operationen wie zuvor durchführen können«, fuhr er fort. »Würden andere Ärzte meinem Beispiel folgen, könnten wir unzählige Leben retten, und Wartelisten würden der Vergangenheit angehören. Aber Vorurteile verhindern das, Vorurteile denjenigen gegenüber, die beschlossen haben, eine sinnlose, ja manchmal sogar gefährliche biologische Funktion auszuschalten. Ich bitte Sie, unvoreingenommen zu sein und die Konsumenten von 24/7 als das zu sehen, was sie wirklich sind: Pioniere, die die Welt zu einem besseren und sichereren Ort für uns alle machen.«

Dr. Draper betrat erneut das Podium. »Damit wäre die Pressekonferenz beendet. Ich danke Ihnen.« Er hielt seinem Kollegen die Tür auf.

Livington winkte seinem Publikum hoheitsvoll zu, bevor er verschwand. Gemurmel wurde laut, während die Journalisten nach ihren Unterlagen griffen und ihre Kameraausrüstung einpackten.

»Und, was sagst du dazu?«, fragte Debbie. »Ich weiß ja nicht, wie es dir geht, aber mich hat er fast dazu gebracht, das Zeug selbst auszuprobieren.«

»Ja«, sagte Cynthia nachdenklich. »Ich würde sagen, die Shifter haben ihr Aushängeschild gefunden.«

»Also, wenn der Fanclub irgendwann Poster von ihm druckt, hole ich mir auch eins für mein Schlafzimmer.«

»Ich fürchte, du hast nicht richtig zugehört«, sagte Cynthia mit einem schiefen Lächeln. »Wozu brauchst du noch ein Schlafzimmer?«

20

24/7 – Mit den Augen einer Frau
von Camilla Hughes

Jeder, der nicht gerade auf einer Forschungsstation in der Antarktis lebt und nur von Pinguinen umgeben ist, dürfte inzwischen von 24/7 gehört haben.

Als das Anti-Schlaf-Mittel vor mehr als fünf Monaten im Cyberspace auftauchte, haben es die Ärzte landesweit unisono verdammt und die Bevölkerung mit eindringlichen Warnungen bombardiert.

Aber letzte Woche versetzte der Neurologe Jim Livington dieser Einheitsfront einen empfindlichen Schlag.

Auch ich war unter den Millionen Zuschauern, die seine Pressekonferenz im Fernsehen gesehen haben. Und es lässt sich nicht leugnen: Es war beeindruckend.

Ich weiß genau, was jetzt viele denken – nämlich dass der verschärfte Sex-Appeal des Redners die Kolumnistin unzulässig beeinflusst hat. Nun ja, gut möglich.

Aber auch die Wucht seiner Argumente hat mich überzeugt. Zum ersten Mal erlebte ich, wie jemand 24/7 vernunftbetont verteidigt hat. Die Wirkung, die das auf mich hatte, war tiefgreifend: Ich fing an, mir ein Leben ohne Schlaf vorzustellen. Und je mehr ich darüber nachdachte, desto mehr kam es mir vor wie ein Sechser im Lotto – nur mit Zeit als Hauptgewinn. Ich malte mir aus, wie ich sie verbringen würde. All die Bücher, die ich lesen, und Schuhe, die ich sortieren könnte! Keine unerledigte To-do-Liste mehr an meinem Kühlschrank, die mir Angst oder ein schlechtes Gewissen einflößt. Bei der Menge zusätzlicher Stunden wäre sie im Nu geschrumpft und schließlich verschwunden, um Platz für wunderbare neue Projekte zu machen: Ich könnte Klavierstunden nehmen, Japanisch lernen, einen Roman schreiben. Offensichtlich hat mir der Schlaf jahrelang im Weg gestanden und verhindert, dass ich die mehrsprachige Bestseller schreibende Konzertpianistin wurde, die ich eigentlich bin.

Um der Prinzipien der journalistischen Recherche und der philosophischen Aufklärung willen habe ich ein paar von diesen Kapseln bestellt. Und heute Morgen erstmals eine genommen. Danke, Mr Livington: Sie haben mir eine wertvolle Lektion in Sachen Angst und Wandlungsfähigkeit, Vorurteile und Fortschritt erteilt. Vielleicht kann ich mich ja revanchieren, indem ich Ihnen zeige, wie ein von Schlaf befreiter Mann trotzdem noch gewinnbringend Zeit in seinem Bett verbringen kann.«

»Du musst damit aufhören, jeden Tag anzurufen«, sagte Nick, dessen Stimme in einem Husten unterging. »Sonst denken die Kollegen noch, ich hätte eine Affäre.«

»Alles in Ordnung, Nick?« Cynthia hielt sich ihr freies Ohr zu, um den Lärm im Redaktionsraum auszublenden. »Du klingst ein bisschen … mitgenommen.«

Er seufzte. »Ich habe eine anstrengende Nacht hinter mir und war noch gar nicht zu Hause.«

Cynthia wurde hellhörig. Sie schlug eine neue Seite in ihrem Notizblock auf und strich sie glatt. »Warum? Was ist los? Gibt es einen Durchbruch im Fall des Barbie-Killers?«

»Von wegen!«, sagte Nick verbittert. Eine Pause entstand. »Nein, es gibt ein weiteres Opfer. Damit wären es schon fünf.«

Cynthia schloss kurz die Augen. »Dieselbe Vorgehensweise?«

»Ja. Eine sechsundzwanzigjährige Frau wurde erwürgt in den Meanwhile Gardens unweit von Ladbroke Grove aufgefunden. Eine anonyme Quelle bei der Polizei möchte eure Leserinnen darauf hinweisen, dass hochgewachsene Frauen mit langen blonden Haaren spätnachts möglichst nicht allein herumlaufen sollten.«

Cynthia berührte automatisch ihre Haare. »Weißt du ihren Namen?«

»Ja. Moira Yates. Ich maile dir gerade ihr Führerscheinfoto.« Alles Leben war aus seiner Stimme gewichen. Als hätte er eine Schlacht verloren.

»Danke.« Cynthia zögerte. »Bist du sicher, dass mit dir alles in Ordnung ist?«

»Ja, ich bin bloß müde.«

»Gibt es irgendeine neue Spur?«

Er lachte freudlos. »Die offizielle Variante lautet: kein Kommentar, die Ermittlungen laufen noch. Und die inoffizielle: *Nada. Niente.* Null. Aus den Orten, an denen die Leichen abgelegt wurden, lässt sich kein Muster ableiten, nichts weist darauf hin, ob die Frauen an Ort und Stelle getötet wurden, und von den üblichen Spinnern und verwirrten alten Damen abgesehen gibt es auch keinerlei Zeugen. Du bist doch Enthüllungsjournalistin! Bitte erklär mir, wie er das macht.«

»Ich habe wirklich keine Ahnung. Vielleicht mietet er Zimmer in verschiedenen Vierteln, entführt sie und bringt sie dorthin? Hast du schon bei der Meldebehörde …«

»Keine Übereinstimmungen«, schnitt Nick ihr das Wort ab. »Wir haben die Register sämtlicher Billigpensionen, Stundenhotels und Sozialwohnungen im Fünfmeilenradius der Leichenfundorte überprüft. Nichts. Nicht mal eine Handschrift stimmt überein.«

»Hm. Werden solche Typen nicht irgendwann überheblich und machen einen entscheidenden Fehler?«, sagte Cynthia. »Zumindest im Film ist das immer so. Wenn ihr nicht lockerlasst, müsst ihr irgendwann auf was stoßen.«

»Ja«, sagte Nick finster. »Auf eine weitere Leiche.«

Um halb elf kam Judy strahlend und mit geröteten Wangen aus dem Spanischen Kulturinstitut. Cynthia war direkt von der Arbeit zu ihrer Verabredung mit ihr gefahren. Zuvor hatte sie den früheren Chef des Opfers aus den Meanwhile Gardens befragt. Ein fruchtloses Unterfangen. Sie hatte fast vier Stunden vor seinem Büro gewartet, um dann gesagt zu bekommen: »Sie war eine vorbildliche Arbeitnehmerin, nie gab es irgendwelche Probleme.«

Judy hakte sich bei Cynthia unter, während sie die Frith Street überquerten. »Ich bin im Fortgeschrittenenkurs!«, sagte sie. »Erstaunlich, an wie viel man sich erinnert, wenn man die Sprache wieder hört.«

»Super!«, sagte Cynthia und fächelte sich mit der Zeitung Luft zu, während sie sich durch die Menschenmassen vor dem Prince Edward Theatre hindurchschlängelten. Die Nachtluft kam ihr feucht und verbraucht vor. Trotz der drückenden Hitze wimmelte es auf der Bateman Street nur so von Touristen, Nachtschwärmern und Theaterbesuchern.

»Und, wie hast du es geschafft, dich aus dem Büro loszueisen?«, fragte Cynthia, während sie in die Dean Street einbogen.

»Ach, ich gehe jetzt immer vor acht«, sagte Judy leichthin. »Ich fahre dann später noch mal hin und hole die Zeit nach. Aber bis dahin genießen wir London. Worauf hast du heute Lust?«

»Wie wär's mit einem Film? Ich hab mich heute den ganzen Tag mit dem Tod beschäftigt, deshalb wäre ich für was Lustiges. Es gibt eine schräge Komödie im Curzon, die ich mir gern ansehen würde. Und wie es der Zufall so will, ist sie auf Spanisch. Natürlich mit Untertiteln.«

»Pah!«, sagte Judy vergnügt, während sie sich den Weg zum Kino bahnten. »Wer braucht schon Untertitel? Ich bin ja praktisch Muttersprachlerin.«

Der Film begann erst um Mitternacht, also kauften Cynthia und Judy die Karten und gingen dann auf einen Tee ins Curzon Café. Cynthia musterte ihre Freundin und staunte, wie sehr sie sich verändert hatte. Die Zeit der hängenden Schultern, der schweren Lider und der fahlen Haut war vorbei. Die Judy, die vor ihr saß, hatte klare Augen, einen frischen Teint und leuchtete geradezu. Sie sah zehn Jahre jünger aus. Cynthia musterte die makellose Haut unter den Augen ihrer Freundin. Im weichen Licht des Cafés ließ sich unmöglich sagen, ob sie einen Concealer aufgetragen hatte oder nicht.

»Und, wie läuft's mit Damien?«, fragte Judy und stürzte sich auf ihr Stück Karottenkuchen.

Cynthia goss Tee aus einem kleinen Metallkännchen in ihre Tasse. Sie zog die Schultern hoch und ließ sie seufzend wieder fallen.

»Ehrlich gesagt nicht besonders. Die Atmosphäre ist ziemlich angespannt in letzter Zeit. Weil er Shifter ist und ich nicht. Nichtschläfer können gegenüber Menschen, die noch schlafen, sehr intolerant sein.« Sie wartete auf eine Reaktion. Es war nur ein kaum wahrnehmbares Zucken, doch das genügte. »Aber dir brauche ich wohl nicht zu erklären, wie Shifter so sind … oder?«

Judy starrte auf ihren Kuchen, ohne aufzusehen. Cynthia verschränkte die Arme und wartete.

»Na gut«, sagte Judy schließlich, legte die Gabel weg und betupfte ihren Mund mit einer Serviette. »Ich gebe es zu. Ich bin jetzt auch Shifter. Ich weiß, dass …«

»Ich kann es einfach nicht fassen!«

Judy hob eine Hand, um Cynthia zum Schweigen zu bringen. »Ich weiß, du bist beleidigt, weil ich eine wichtige Lebensentscheidung getroffen habe, ohne vorher unser Trio einzuberufen. Aber nach unserem Gespräch auf der Bowlingbahn wusste ich, dass du sowieso bloß versuchen würdest, es mir auszureden. Und ich habe das gebraucht, Cynthia! Ich habe es wirklich gebraucht, wieder richtig zu leben. Und genau das tue ich jetzt.« Sie strahlte. Cynthia versuchte, sich daran zu erinnern, wann sie ihre Freundin zuletzt so entspannt gesehen hatte. Das musste lange vor dem Jurastudium gewesen sein. »Schau mich doch an!«, fuhr Judy fort. »Ich lerne eine Fremdsprache, statt krampfhaft zu versuchen, über einem Stapel Gerichtsakten wach zu bleiben. Und dienstags mache ich einen Fotokurs. Bevor ich Shifter wurde, gab es nichts als Arbeit und Erschöpfung in meinem Leben. Jetzt fühle ich mich wieder wie ein richtiger Mensch mit Hobbys, Interessen und Freunden.« Sie warf ihr Haar gespielt theatralisch zurück, bevor sie hinzufügte: »Ich habe sogar jemanden kennengelernt.«

»Echt?«, sagte Cynthia und beugte sich in einer pubertären Anwandlung wie elektrisiert vor. »Wo denn?« Sie hielt inne und schüttelte den Kopf. Das Thema Männer konnte warten. Sie würde sich jetzt nicht ablenken lassen. »Wie schaffst du das alles? Du warst früher fast immer bis um neun im Büro – oft sogar noch länger. Schlaf hin oder her – woher nimmst du auf einmal die Zeit für Abendkurse? Da musst du doch dein Arbeitspensum ziemlich zurückgeschraubt haben.«

Judy schüttelte den Kopf. »Im Gegenteil. Ich arbeite mehr denn je. Wie gesagt, in wenigen Stunden gehe ich ins

Büro zurück und bleibe vermutlich da, bis die Sonne aufgeht. Dann mache ich einen schönen Spaziergang und gönne mir ein ausgiebiges Frühstück vor der Morgenbesprechung. Jetzt, wo ich nicht mehr müde werde, macht es mir nichts aus, nachts zu arbeiten. Außerdem bin ich wesentlich produktiver, weil die Dauererschöpfung von früher wegfällt. Ich bin konzentrierter, schaffe mehr und mache weniger Fehler.«

Cynthia nippte an ihrem Tee. Es war schwer, Judys Argumenten etwas entgegenzusetzen. Sie dachte an die 24/7-Kapsel im Innenfach ihrer Handtasche. Wäre sie zur selben Zeit wie Damien Shifter geworden, wäre sie nicht bei der Arbeit eingeschlafen und hätte ihre Beförderung nicht vermasselt. Auch um ihre Beziehung wäre es besser bestellt. Damien und sie würden nachts zusammen ausgehen. Richtig zusammengehören.

Judys Stimme riss sie aus ihren Gedanken. »Und, willst du gar nichts über meinen neuen Typen wissen?«

»Doch, natürlich! Also, sag schon … Wer ist es, wo hast du ihn kennengelernt, und wie ist er so?«

»Er ist ziemlich süß und heißt Grant. Er ist Anwalt wie ich: groß, witzig und smart.«

»Hast du ihn über die Arbeit kennengelernt?«

»Nein.« Judy schüttelte den Kopf. »Auf einem Abend, der von ShiftersUnited veranstaltet wurde.«

Cynthia stöhnte innerlich. Diese verdammte Website! Schlimm genug, dass Dan Limin Damien in seine Cyberspace-Welt gelockt hatte. Musste es jetzt auch noch ihre Freundin sein? Sie starrte durch das große Fenster auf den lebhaften Verkehr und das Fußgängergewimmel. War vor einem halben Jahr unter der Woche auch schon so viel los gewesen?

Sie wandte sich wieder Judy zu und zwang sich zu einem Lächeln. »Ich nehme an, dein Freund ist auch Shifter?«

»Aber sicher.«

Und obwohl Cynthia nicht genau sagen konnte, woran es lag, klang Judy irgendwie fremd, als sie das sagte – gar nicht wie Cynthias alte Freundin.

21

Das Kanalboot wirkte so leer, wenn Katrina nicht da war. Alles wirkte leer. Ich war jetzt mehr als einen Monat arbeitslos. Es kam mir so vor, als ob ich die ganze Zeit nur dasaß, auf die Uhr starrte und darauf wartete, dass meine Frau nach Hause kam. Dass sie bis spätabends arbeitete, machte es auch nicht gerade leichter.

Ich lief in der Küche auf und ab, horchte, ob ihre Schritte zu hören waren. Aber da war nichts als Stille. Ich versuchte es immer wieder auf ihrem Handy, aber es ging jedes Mal gleich der Anrufbeantworter dran. Ich sah aus dem kleinen Fenster über dem eingebauten Sofa in der Hoffnung, dass sie bald auftauchte. Aber da draußen war nichts, nur der dunkle Treidelpfad und die Baumreihe dahinter. Ich kniete auf den Sofakissen, starrte raus und wartete. Eine Ewigkeit verging. Ein Mann schob sein Fahrrad am Fenster vorbei, mehr passierte nicht. Ich sah auf die Uhr. Halb zehn. Sie war über anderthalb Stunden zu spät. Wo steckte sie bloß?

Die Stille veränderte sich und wurde zu einem eigenen Geräusch, einem unangenehmen Zischen wie von einem stumm gestellten Fernseher. Ich sprang vom Sofa auf und lief wieder auf und ab. Die Lampe über der Spüle schien plötzlich greller zu werden und blendete mich. Ich sah wieder auf die Uhr. 9.41 Uhr. Die Nacht drängte gegen das Boot, und ich hatte das Gefühl, in der Falle zu sitzen wie ein Bergarbeiter nach einem Minenunglück.

Wo blieb sie nur? Katrina hatte gesagt, dass sie mehr Überstunden machen wollte, jetzt, wo sie keinen Schlaf mehr brauchte. Sie stand kurz vor einer Beförderung. Wenn das klappte, würde es mehr Geld geben, und wir könnten gemeinsam in Urlaub fahren. Oder ein größeres Boot kaufen. Aber mich interessierte weder ein Urlaub noch ein größeres Boot: Ich wollte nur meine Frau bei mir haben.

Und dann kam mir dieser furchtbare Gedanke: Was, wenn das alles gelogen war? Was, wenn Katrina gar nicht bei der Arbeit war, sondern bei einem anderen? Bei jemand Besserem: bei einem Bürokollegen vielleicht oder einem reichen Kunden. Ich stellte mir vor, wie der heimliche Liebhaber Katrinas Haar berührte, während er sich vorbeugte, um sie zu küssen. Wie sie die Lippen öffnete, wenn ihre Münder sich berührten.

Nein! Ich spürte, wie mir heiße, klebrige Tränen übers Gesicht liefen. Katrina! Meine wunderschöne Frau ... war mir weggenommen worden. Mir versagten die Beine, ich fiel auf die Knie und schlug mit dem Kopf gegen die hölzerne Sofakante. Vor Schmerz sah ich weiße Blitze, die das Bild von Katrina und dem anderen Mann ausblendeten. Also schlug ich noch mal mit dem Kopf gegen die Kante, noch fester, und dann noch einmal.

Die Wände des Bootes schienen näher zu kommen und mich zu erdrücken. Ich kam mir vor wie in einem hölzernen Sarg. Wie konnte sie mir das bloß antun? Meine Katrina, diese ... diese ... Eine ungeheure Wut überfiel mich und fegte allen Kummer weg.

Diese ... *Schlampe!*

Meine Zähne knirschten aufeinander, meine Hände ballten sich zu Fäusten. Ich hämmerte auf den Boden. Wie konnte sie nur? Aber ich würde es ihr schon zeigen. Ich würde ...

»Jeff? Was machst du denn da auf dem Boden?«

Da war sie: die Ehebrecherin. Sie stand in ihrem Arbeitsoutfit in der Tür und sah mich so seltsam an. Ich sprang auf, die Wut zerrte an mir wie ein wildes Tier. Ich wollte auf sie losgehen, sie packen und schütteln, bis die Wahrheit aus ihrem Lügenmaul kam. Ich machte einen Schritt auf sie zu und sah ihr direkt ins Gesicht. Ich rechnete damit, so etwas wie Angst in ihren Augen zu sehen, wenn ihr klar wurde, dass ich sie durchschaut hatte, sie als die Schlampe entlarvt hatte, die sie war.

Aber Katrina starrte auf meine Stirn. »Mein Gott, Jeff, was ist denn passiert?« Sie ließ ihre Handtasche fallen, kam zu mir und legte mir ganz sanft eine Hand auf den Kopf. In ihren Augen stand nichts als Besorgnis und Liebe. Und als ich das sah, zerplatzte meine Wut wie eine Seifenblase. Ich stand da, blinzelte und merkte, wie plötzlich alles wieder normal wurde. Katrina war nicht bei einem anderen. Sie war hier, bei mir. Alles war in bester Ordnung. Mir wurde ganz schwindelig vor Erleichterung.

»Hast du dich gestoßen?«, fragte Katrina. »Wie schlimm ist es? Warte, ich hole was zum Desinfizieren.« Sie verschwand im Schlafzimmer, und ich konnte hören, wie sie in einer Schublade kramte. Es fühlte sich immer noch an, als würden mir Tränen übers Gesicht laufen. Aber das konnte nicht sein, weil ich nicht mehr weinte. Ich fasste mir ins Gesicht, und meine Finger wurden rot. Blut.

Katrina kehrte mit ein paar Wattebäuschen und einem Fläschchen Dettol zurück. »Erzählst du mir jetzt, was passiert ist?«, fragte sie.

»Gar nichts«, antwortete ich und zuckte zusammen, als sie das Desinfektionsmittel auf die Wunde tupfte. Es brannte höllisch. »Ich bin gestolpert und hingefallen. Total idiotisch.« Meine Stimme wurde ganz heiser, als ich sagte: »Ich liebe dich, Katrina.«

Sie betupfte meine Stirn, und wieder brannte es. »Ich liebe dich auch, Jeff.«

Simon Caulder war ein großer, spindeldürrer Mann, der einen erschöpften, niedergeschlagenen Eindruck machte. Er hatte nicht mit Cynthia reden wollen und ihre wiederholte Bitte um ein Telefoninterview höflich abgelehnt. Aber als sie mit einem Notizblock und einem mitfühlenden Lächeln vor seiner Tür stand, hatte er nachgegeben.

»Wie lange waren Sie mit Moira zusammen?«, fragte Cynthia leise. Sie saßen an einem Ecktisch in einem Café neben Simons Wohnung in Southwark. Der mittägliche Ansturm war vorbei, und außer ihnen war nur noch das Mädchen hinter der Theke anwesend, das die Glasfront des Getränkekühlschranks polierte und dabei vor sich hin summte. Simon rührte Zucker in seinen Tee und hob die schmalen Schultern. »Noch nicht sehr lange«, sagte er tonlos. »Drei Monate vielleicht.«

»Und Sie waren in der Nacht, in der sie ermordet wurde, gemeinsam aus?«

»Ja. Wie ich der Polizei schon sagte, sind wir auf einen Drink in einen Pub am Regent's Park gegangen. Sie wohnt dort ganz in der Nähe und wollte zu Fuß nach Hause laufen. Normalerweise ist das eine sichere Gegend.«

»Wo waren Sie genau, als Sie sie das letzte Mal gesehen haben?«

»Auf dem Gloucester-Slips-Parkplatz. Wir haben uns dort verabschiedet, anschließend ist sie über die Brücke in den Park gegangen und verschwunden. Das war das letzte Mal, dass ich sie gesehen habe.«

»Können Sie sich erklären, wie Moira in den Meanwhile Gardens gelandet ist? Hatte sie einen Grund, dorthin zu gehen?«

»Nicht, dass ich wüsste.«

»Und ihre Haare …«

Simon zuckte unmerklich zusammen. »Das hat mich die Polizei auch gefragt. Ich sollte mir Frisuren in einem Fotoalbum ansehen. Aber warum? Hat man ihr den Kopf rasiert oder so was?« Cynthia versuchte, die Frage zu ignorieren, schüttelte aber instinktiv den Kopf.

»Wie dem auch sei«, sagte Simon mit gesenktem Blick. »Sie hat ein Haargummi getragen, wie meistens.«

»Haben Sie irgendetwas zu ihr gesagt, bevor Sie sich verabschiedet haben? Etwas, das sie aus der Fassung oder auf die Idee gebracht haben kann, eine Freundin zu besuchen …«

»Nichts dergleichen. Ich habe versprochen, sie anzurufen. Ich habe sie geküsst. Sie ist gegangen und wurde ermordet. Schluss, aus, vorbei.«

Cynthia musterte Simons vom Kummer gezeichnetes Gesicht. Er starrte mit leerem Blick in seine Teetasse.

»Haben Sie sie geliebt?«, platzte es aus ihr heraus.

Simon sah überrascht auf. Er dachte kurz nach und sagte dann mit einem Achselzucken: »Ich war drauf und dran. Sie hat mich glücklich gemacht.«

Cynthia versuchte, ihn sich glücklich vorzustellen, doch es gelang ihr nicht. Behutsam berührte sie seinen Arm und sagte: »Danke, dass Sie sich Zeit genommen haben. Es … es tut mir sehr leid, was da passiert ist.«

»Ja«, sagte er ausdruckslos. »Mir auch.«

22

Londons Bürgermeister fordert die Legalisierung von 24/7

von Marcus Grimsby

Der Londoner Bürgermeister hat an die britische Regierung appelliert, Chinas Beispiel zu folgen und das Anti-Schlaf-Mittel 24/7 vollständig zu legalisieren.

»Seit mehr als einem halben Jahr profitieren Internethändler von einem rechtlichen Vakuum«, so Bürgermeister Mark Davies. »Jetzt wird es höchste Zeit, die 24/7-Verkäufe aus dem Cyberspace in die Apotheken zu verlagern, wo die Qualität gesichert werden kann.«

Bürgermeister Davies zufolge wird eine Legalisierung dazu führen, dass der Verkauf des Anti-Schlaf-Mittels kontrolliert stattfinden und ein Mindestabgabealter von sechzehn Jahren eingeführt werden kann.

Vor einer Legalisierung müssten jedoch erst noch sämtliche Zweifel in Bezug auf die Unbedenklichkeit des Mittels ausgeräumt werden.

»Wenn Chinas Testmethoden die hohen Standards des Vereinigten Königreichs erfüllen, dürfte es nicht mehr lange dauern, bis 24/7 auch bei uns offiziell erhältlich ist, ja vielleicht sogar über das staatliche Gesundheitssystem verteilt wird.«

Er widersprach Behauptungen, Peking habe die Forschungsergebnisse gefälscht, um das Medikament möglichst schnell weithin verfügbar zu machen.

Cynthias Welt brach eines Samstagnachts um kurz nach drei zusammen. Es geschah ganz plötzlich, fast ohne Vorwarnung. Noch zehn Minuten zuvor hatten Damien und sie in einem neuen Club namens Breakers umwabert von Kunstnebel miteinander getanzt. Sie machte eine entschlossen muntere Miene, während sie sich zur Musik hin und her wiegte. In Wahrheit sehnte sie sich bereits seit einer Stunde nach ihrem Bett, hatte aber beschlossen, ihrer Müdigkeit zu trotzen und weiterzufeiern. Sie verbrachten gerade einen so schönen Abend zusammen – erst der Jazzclub in Soho, wo sie etwas gegessen und getrunken hatten, und jetzt noch das Tanzen –, dass sie nicht alles kaputtmachen wollte, indem sie zu früh vorschlug zu gehen. Sie sah auf die Uhr: Gott sei Dank, fünf vor drei. In wenigen Minuten würde der Club schließen, und sie könnten nach Hause. Vielleicht noch eine langsame Nummer, und dann würde sie die Augen schließen und sich dem Schlaf hingeben. Der perfekte Ausklang eines perfekten Abends.

Laserstrahlen schlugen Schneisen in die Dunkelheit. Sie schlang die Arme um Damiens Hals, und sie küssten sich, während der Beat sie umtoste und alles vibrieren ließ. Sie rechnete damit, dass die Musik gleich aufhören würde, aber stattdessen gingen die Schlussakkorde nahtlos in einen Song der Kings of Leon über.

»Noch einen Drink?«, rief Damien über die Musik hinweg.

Sie sah auf die Uhr. Es war kurz nach drei. »Jetzt wird bestimmt nichts mehr ausgeschenkt. Die schließen gleich.«

Von der Hitze und dem Tanzen war sie ein bisschen verschwitzt, und ihre Locken kringelten sich über der Stirn. Damien strich ihr eine Strähne aus den Augen und schob sie ihr sanft hinters Ohr. »Nein, wir haben noch zwei Stunden. Der Besitzer ist Shifter. Er sieht nicht ein, warum die Leute gezwungen sein sollen, nach Hause zu gehen, wenn die Nacht noch jung ist.« Er zog sie in Richtung Bar.

Noch zwei Stunden, hallte es in ihrem Kopf, und sie hätte weinen können vor Frust und Erschöpfung. Sie wollte nur noch nach Hause ins Bett.

Stattdessen kletterte sie mühsam auf einen Barhocker. Ihre Glieder waren bleischwer. Immer wieder fielen ihr die Augen zu, und der Boden schien wegzukippen, als würde der Raum mit allem darin in wohltuender Dunkelheit versinken.

»Ich glaube, es gibt einen Grund, warum Bars gegen drei Uhr früh schließen«, sagte sie matt. »Nämlich weil dann die meisten Leute bettreif sind.«

Damien verdrehte nur die Augen. »Es gibt Millionen Menschen, die gar nicht mehr ins Bett gehen. Warum sollte es nicht auch ein paar Clubs geben, die auf unsere Bedürfnisse eingehen?« Er beugte sich über den Tresen und versuchte, die Aufmerksamkeit des Kellners zu erregen. »Und, was nimmst du? Ich würde sagen, es ist Zeit für einen Sambuca.«

Aber der Gedanke, noch zwei Stunden weiterzutrinken und zu tanzen, war unerträglich. Sie hob die Hand und zerzauste zärtlich Damiens Haar. »Wir hatten einen tollen Abend, aber jetzt bin ich müde und würde gern nach Hause gehen.«

Der Blick, den er ihr zuwarf, ließ bei ihr sämtliche Alarmglocken schrillen. Er ging ihr durch Mark und Bein. Damien legte Cynthia eine Hand auf die Schulter, beugte sich vor und flüsterte ihr ins Ohr: »Das mit der Müdigkeit lässt sich ändern. Die Kapsel, die ich dir gegeben habe – hast du die dabei?«

Sie schloss die Augen und nickte. Sie hatte sie tatsächlich dabei, irgendwo in den Tiefen ihrer Handtasche. Aber sie wollte sie nicht nehmen. Sie hatte wirklich versucht, sich einzureden, dass ihre Ängste irrational waren. Doch sie wurde einfach das Gefühl nicht los, dass es ein schrecklicher Fehler wäre, 24/7 zu nehmen.

»Komm schon!«, sagte Damien drängend und strich über ihre Schulter. »Dann ist deine Müdigkeit sofort verschwunden, und wir können so lange bleiben, wie wir wollen: zwei Nachtschwärmer, die zusammen die Stadt unsicher machen.«

Cynthia lehnte sich an ihn und ließ die Stirn an seiner Brust ruhen. In dem sich verdichtenden Nebel der Erschöpfung fiel es ihr schwer, noch einen klaren Gedanken zu fassen. »Tut mir leid, Damien, aber … ich bin einfach noch nicht so weit. Ich hatte gehofft, wir würden zusammen nach Hause gehen und …«

Er entzog sich ihr so abrupt, dass sie sich an der Tresenkante festhalten musste, um nicht vom Hocker zu fallen. Sein zärtlicher Blick war verschwunden, stattdessen war sein Gesicht zu einer zornigen Maske erstarrt.

»Ja, ich hab schon verstanden! Du willst nach Hause und im Bett rumliegen, weil das ja so viel schöner ist, als Zeit mit dem Menschen zu verbringen, den du *angeblich* liebst.« Er steckte die Hände in die Hosentaschen und zog die Schultern hoch, als müsste er sich gegen einen Sturm stemmen. »Tut mir leid, Cynthia, aber ich bin Shifter. Das gehört einfach zu mir. Und wenn du die Hälfte deines Lebens wegwerfen und dich tot stellen willst, weil du zu viel Angst hast oder zu rückwärtsgewandt bist, um im Hier und Heute zu leben, ist das verdammt noch mal dein Problem.«

Cynthia konnte ihn nur ungläubig anstarren, während Wut ihre Erschöpfung verdrängte. »Mein Gott, Damien, weißt du eigentlich, was du da *sagst*? Merkst du nicht, dass du dich gerade wie ein Arschloch verhältst? Ich habe dir erklärt, warum ich Vorbehalte gegen Medikamente habe. Ich habe versucht zu verstehen, warum dir deine alten Freunde plötzlich egal sind, und mich bemüht, deine neuen zu akzeptieren. Obwohl sie ehrlich gesagt langweilig bis zum Gehtnichtmehr sind für jeden, der keine Lust hat, den ganzen Abend über ›Schläfer‹ zu lästern. Zu denen übrigens immerhin noch vier von fünf Menschen zählen, falls du das noch nicht bemerkt haben solltest. Ich habe versucht, Kompromisse zu machen und so lange wach zu bleiben, wie mir das körperlich möglich ist. Ich habe gehofft, das genügt. Aber …«

»Nichts aber! Es genügt eben *nicht*, Cynthia. Ich will mit jemandem zusammen sein, der so ist wie ich. Mit einer Frau, die da ist, wenn ich sie brauche, auch wenn das um vier Uhr früh der Fall ist. Mit einer, die versteht, dass sich die Zeiten ändern. Und zwar zum Besseren, wenn du mich fragst. Mit einer, die meine Begeisterung teilt. Die mein Leben, meine Gefühle teilt. Und so leid es mir tut: Wenn du das nicht sein willst, dann …« Er zuckte die Achseln und sah auf einmal traurig statt wütend aus.

Es war wie ein Schlag in die Magengrube. Der Raum schien jede Farbe zu verlieren, plötzlich war alles nur noch grau in grau und ohne jedes Leben. »Willst du mir allen Ernstes erzählen, dass es mit uns aus ist, wenn ich nicht sofort Shifter werde? Einfach so?«

»Was heißt hier ›einfach so‹? Wir führen dieses Gespräch so oder so ähnlich schon seit Monaten. Ich bin es langsam müde. Du nicht auch?«

Sie stieß ein krächzendes Lachen aus, das sich eher anhörte wie ein Schluchzen. »Ja, das bin ich. Im wahrsten Sinne des Wortes. Aber genau das ist ja das Problem, scheint mir.«

»Ja«, sagte er leise. »Ich denke schon.« Er nahm ihre Hand und drückte sie. »Leb wohl, Cynthia.« Dann ging er. Sie rutschte von ihrem Barhocker, lief ihm nach, packte seinen Arm und zwang ihn, sie anzusehen. Die Musik schien lauter geworden zu sein: ein unablässiges Stampfen, das sie bis ins Mark erschütterte, ja regelrecht ohrfeigte. Sie sah Damien flehend an und suchte in seinem Gesicht nach dem Mann, der sie liebte und nicht ohne sie leben konnte. »Tu das nicht. Bitte. Ich liebe dich.«

»Ich liebe dich auch«, sagte er, und die traurige Resignation in seinem Blick erfüllte sie mit hilflosem Entsetzen. »Aber ich fürchte, das reicht nicht mehr. Ruf mich an, wenn sich irgendetwas ändert.«

»Was soll sich denn ändern?«, wiederholte sie, während ihr die Tränen kamen. Jeder Atemzug schmerzte, und ihre Beine schienen ihr nicht mehr zu gehorchen. »Was meinst du damit?«

Er beugte sich vor und küsste sie sanft auf den Mund. »Du weißt genau, was ich meine«, sagte er. Dann wandte er sich ab, bahnte sich einen Weg durch die Menge und war verschwunden.

PHASE VIER

Es herrscht eine Kluft zwischen denen, die schlafen können, und denen, die es nicht können. Sie ist eine der größten der Menschheit.

Iris Murdoch,
Nuns and Soldiers

23

Dezember

Es war ihre fünfte Verabredung, und Cynthia begann sich langsam zu fragen, ob Nigel auch noch über etwas anderes reden konnte.

»Drei Monate!«, rief er verächtlich. »Ich kann nach wie vor nicht fassen, dass sie dieses Medikament für unbedenklich erklärt haben, nachdem sie gerade mal drei Monate in China waren. Dauern solche Studien normalerweise nicht Jahre?«

Cynthia musterte über den Restauranttisch hinweg ihren Begleiter, der sich gerade auf seine Spaghetti stürzte. Sie zuckte die Achseln. »Sie behaupten, sie hätten Jahre gedauert, und dass die chinesischen Forscher den Großteil der Arbeit für uns erledigt hätten. Dass unsere Forscher ihre Ergebnisse überprüft und abgesegnet hätten. Wenn das wirklich stimmt, wäre es tatsächlich reine Zeit- und Steuergeldverschwendung, unanfechtbare Forschungsarbeiten zu wiederholen.«

Nigel sah abrupt auf. »Du verteidigst diese Entscheidung doch nicht etwa? Ich dachte eigentlich, wir wären einer Meinung, was diese Shitter betrifft.«

Cynthia griff zu ihrer Gabel und stach in ein Stück Brokkoli, wobei sie ein Seufzen unterdrückte. Als sie Nigel auf der Hochzeit einer Freundin kennengelernt hatte, waren seine Shifter-Schmähreden Balsam für ihre Seele gewesen. Bei ihrer ersten Verabredung hatten sie sich bei mehreren

Gläsern Wein ausgiebig über die Veränderungen beschwert, die die Shifter mit sich brachten. Cynthia war wie befreit nach Hause gegangen. Bei ihrer dritten Verabredung war sie mit Nigel ins Bett gegangen. Sie hatten sich das ganze Frühstück über gesagt, wie schön es sei, Arm in Arm einzuschlafen, und wie sehr sie die vierundzwanzig Millionen Briten verachteten, die sich gegen diese Erfahrung entschieden hatten. Es hatte sie miteinander verbunden, aber inzwischen war es nur noch ermüdend.

»Nein, ich verteidige sie überhaupt nicht«, sagte sie. »Auch ich halte diese Legalisierung für ziemlich überstürzt. Ich versuche nur, beide Seiten zu sehen.«

Nigel ließ seine Gabel sinken und verzog angewidert sein hübsches, aber nichtssagendes Gesicht. »Oh mein Gott, sie haben dich umgedreht, nicht wahr? Du bist zu einer Shitter-Sympathisantin geworden.«

»Ich wünschte, du würdest aufhören, dieses Wort zu verwenden«, sagte Cynthia gereizt. »Ich weiß, du hältst es für wahnsinnig geistreich, aber es ist ehrlich gesagt ordinär und fängt beim zehnten Mal an zu nerven.«

Nigel richtete sich auf und presste die Lippen zusammen. »Tut mir leid, dass meine Gesellschaft für dich so anstrengend ist. Vor Kurzem fandest du sie noch erfrischend.«

Cynthia nahm einen Schluck Wein und zwang sich zu einem Lächeln. »Wir haben einfach schon sehr viel Zeit damit verbracht, unsere Bedenken in Bezug auf die Shifter zu äußern. Wir haben festgestellt, dass wir in diesem Punkt einer Meinung sind, und da dachte ich, wir könnten zur Abwechslung auch mal über was anderes reden.«

»Und das wäre?«

»Nun ja, ich habe heute einen Artikel darüber geschrieben, dass sich inzwischen viele Blondinen aus Angst vor dem Barbie-Killer die Haare umfärben, obwohl der letzte Mord bereits Monate her ist. Ich weiß nicht recht, ob ich das vorausschauend oder einfach nur paranoid finden soll. Was sagst du dazu?«

Nigel kaute aggressiv auf einem Stück Steak. »Dieses Thema bringt mich nicht gerade um den Schlaf«, sagte er. »Vorausgesetzt, wir dürfen das überhaupt noch sagen ...« Er redete und redete, und Cynthia hörte ihm schon gar nicht mehr zu. Sie nahm einen Schluck Wein und nickte, während Nigel wieder mal sein Lieblingsthema beackerte. Wie sich herausstellte, hatten sie nicht viel gemeinsam. Nigels Shifter-Besessenheit war weniger darauf zurückzuführen, dass er sich Sorgen um die Gesellschaft machte, sondern auf eine krankhafte Angst, weshalb er für logische Gegenargumente nicht zugänglich war. Cynthia begriff, dass ihre »Beziehung«, wenn man sie überhaupt so bezeichnen konnte, eine reflexhafte Rebellion gegen 24/7-Konsumenten im Allgemeinen gewesen war – und gegen Damien im Besonderen.

»... haben belegt, dass Schlaf die Kreativität sowie das Problemlösen fördert, und ich kann mir nicht vorstellen, dass ein chemischer Wirkstoff ...«

Cynthia nickte, nippte und stellte sich Damiens schiefes Grinsen vor. Die Lachfältchen um sein braunes und sein blaues Auge. Seine Lippen auf ihrem Mund. Sie drohte in eine Verzweiflungsspirale zu geraten. Nach all den Monaten tat die Lücke, die Damien hinterlassen hatte, immer noch weh. An schlechten Tagen konnte sie nichts anderes mehr denken als: *Ich vermisse ihn – Ich vermisse ihn – o Gott, ich vermisse ihn so.*

»... eine reine Wahnvorstellung, aber das begreifen diese Shitter ja nicht.«

Eine Gesprächspause riss sie aus ihren Gedanken, und sie konzentrierte sich wieder auf Nigel. Der starrte sie mit geschürzten Lippen und gerunzelter Stirn an. Wie hatte sie diesen Mann auch nur ansatzweise attraktiv finden können? Ihr schnürte sich die Kehle zusammen. Wem machte sie da eigentlich etwas vor? Ihre Affäre mit Nigel war nichts weiter als der krampfhafte Versuch, über die Trennung hinwegzukommen. Ein Versuch, der gescheitert war.

»Findest du nicht auch?«, fragte Nigel, dessen Stirnfalten tiefer wurden, je länger das Schweigen dauerte.

»Ja, doch. Unbedingt.« Die Worte kamen ihr nur zögerlich über die Lippen, aber das schien ihm gar nicht aufzufallen. Sie trank ihren Wein aus und versuchte nicht mehr an Damien zu denken. »Wollen wir zahlen?«

Cynthia winkte gerade dem Kellner, als ihr Handy vibrierte. Sie sah auf das Display: Nick. Sofort war sie hellwach, und ihre Niedergeschlagenheit war wie weggeblasen. Wenn er sie an einem Freitagabend um elf anrief, musste etwas wirklich Wichtiges passiert sein. »Tut mir leid, Nigel, aber ich muss kurz rausgehen und diesen Anruf entgegennehmen. Und wenn es das ist, was ich vermute, muss ich unter Umständen gleich weg und arbeiten.«

Nigel wandte nur achselzuckend den Blick ab.

»Sie wurde da hinten im Gebüsch gefunden«, sagte Nick und zeigte auf das Absperrband in der südwestlichen Ecke des Parks. »Sie heißt Andrea Prescott und wurde zuletzt in Bromley gesehen, wo sie mit ihrem Mann in einem Restaurant zu Abend gegessen hat. Er musste weg, noch irgendwas aus dem Büro holen, also sind sie getrennt nach Hause gegangen. Dort ist sie nie angekommen.«

Der Victoria Park wirkte unnatürlich hell. Kunstlicht ließ das nasse Gras giftgrün aufglühen, flutete über regennasse Büsche und den dahinter liegenden Bach. Die Leiche war bereits abtransportiert worden, aber es tummelten sich noch jede Menge Beamte in Zivil und Uniform am Tatort.

Es war nach Mitternacht, und Cynthia fröstelte in der Winterkälte. Sie hätte lieber zuerst nach Hause fahren und einen dickeren Mantel anziehen sollen. Aber als Nicks Anruf kam, war sie sofort hergeeilt. Zwei Spurensicherer liefen in Schutzanzügen an ihr vorbei, sie hatten die Stimmen gedämpft. Cynthia musste in dem grellen Megawatt-Licht der Laterne neben sich blinzeln. Nick folgte ihrem Blick. »Die sind neu«, sagte er. »Dieses Gebiet ist eines der ersten, die von den Plänen des Bürgermeisters profitieren, London zu einer Stadt mit rund um die Uhr geöffneten Parks zu machen.«

Sie rieb sich die Arme. »Beleuchtung hin oder her – wer will hier schon in einer Novembernacht spazieren gehen?«

Er zuckte die Schultern. »Ich glaube, es geht ums Prinzip. Darum, dass die Leute das Recht haben, sich zu jeder Unzeit den Arsch abzufrieren, wenn ihnen danach ist.«

»Es hat also niemand etwas gesehen?«

»Soweit wir wissen, nein. Ein Teenagerpärchen hat sie gefunden. Der Junge hat ihre Hand aus dem Gebüsch ragen sehen. So wie es aussieht, ist sie schon seit ein, zwei Tagen tot.«

»Eine Blondine?«

»Ja.«

»Mit Flechtfrisur?«

»Ja. Genau wie die anderen.«

Cynthia drehte sich langsam um die eigene Achse und musterte ihre Umgebung. »Wir sind meilenweit von den Meanwhile Gardens und Camden Market entfernt«, sagte sie. »Und auch von den anderen Leichenfundorten.«

»Ich weiß«, sagte Nick. »Und ich wette mit dir um hundert Pfund, dass die Aufnahmen der Überwachungskameras an den Straßen zum Park nichts ergeben werden.« Er schloss die Augen. »Wenn ich nur wüsste, wie er die Opfer transportiert! Dann könnten wir ihn schnappen.«

Cynthia legte ihm sanft eine Hand auf den Ellbogen. »Geh nicht so hart mit dir ins Gericht. Du hast alles Menschenmögliche getan, um ihn aufzuspüren. Niemand hätte mehr tun können.«

Nick schwieg und starrte auf die Stelle, an der die Leiche gefunden worden war.

Die Fahrt vom Park zum *Sentinel*-Gebäude schien gar kein Ende nehmen zu wollen. Der Taxifahrer hatte versucht, die Staus zu umfahren, indem er Seitenstraßen nahm, aber das nutzte nicht viel. Sobald sie wieder eine größere Straße erreichten, stießen sie auf eine weitere Blechlawine.

Als sie die Charing Cross Road entlangkrochen, sah Cynthia frustriert auf die Uhr. Es war zwanzig vor zwei Uhr morgens. Sie hatte gehofft, den Artikel über den Mord schnell herunterzuschreiben und noch vor drei im Bett zu liegen. Aber das konnte sie jetzt vergessen. Gähnend hielt sie die Hand vor den Mund. Dann beugte sie sich vor, um durch das Fenster in der Plastiktrennwand den Fahrer anzusprechen.

»Was ist da nur los?«, fragte sie. »Gab es einen Unfall?«

»Nö«, sagte er, ohne sich umzudrehen. »In letzter Zeit geht es um diese Uhrzeit immer so zu. Viele Leute kommen gerade von der Arbeit und gehen noch auf ein Pint in den Pub. Das ist die neue Rushhour.«

»Natürlich, das hatte ich ganz vergessen. Normalerweise bin ich so spät nicht mehr unterwegs.«

Während das Taxi zentimeterweise auf eine verstopfte Kreuzung zukroch, lehnte sie die Stirn gegen das Seitenfenster und beobachtete das Gedränge auf den Straßen. Männer und Frauen in Bürokleidung schoben sich über den Bürgersteig. Ein paar gackernde Mädchen kamen mit Einkaufstüten aus dem Shoe World. Schirme wurden aufgespannt, da es anfing zu regnen. Cynthia betrachtete die Bücher im Schaufenster von Foyles, als plötzlich sämtliche Auslagen dunkel wurden. Nur noch die Autoscheinwerfer beleuchteten die erstarrten Fußgänger auf dem Bürgersteig. Bremslichter tauchten die Szene in ein unheimliches rotes Licht.

»Schon wieder ein Stromausfall«, sagte der Taxifahrer kopfschüttelnd. »Das ist schon der zweite in dieser Woche. Man sollte meinen, die hätten das Problem inzwischen gelöst.«

»Das liegt an den vielen hell erleuchteten Parks und den rund um die Uhr geöffneten Geschäften – das hat natürlich Auswirkungen«, sagte Cynthia. »Fast die Hälfte der erwachsenen Bevölkerung macht die Nächte durch, darauf ist das Stromnetz nicht ausgelegt.«

Der Taxifahrer schnaubte. »Bei den Steuern, die wir zahlen, könnten die locker ein weiteres Kraftwerk bauen.«

»Das werden sie bestimmt auch«, erwiderte Cynthia. »Aber die Veränderungen kamen so schnell, dass die Infrastruktur hinterherhinkt.«

Der Fahrer hüllte sich in Schweigen.

Cynthia starrte auf das inzwischen dunkle Schaufenster der Buchhandlung. Sie sah, wie sich etwas bewegte, und glaubte das Klirren von Glas zu hören. Sie ließ das Fenster herunter, und wütende Stimmen drangen herein.

»… wag es nicht noch mal, mich *anzufassen*, du verdammte Schwuchtel!«

»… habe Sie im Dunkeln nicht gesehen … Seien Sie doch nicht gleich …«

»… wie kommst du darauf, meinen Kumpel eine …«

Schemenhafte Gestalten gingen aufeinander los, und Cynthia hörte dumpfe Schläge. Und auf einmal gingen die Lichter an der Charing Cross Road wieder an und tauchten die Szene in grelle Farben. Direkt vor der Buchhandlung befanden sich drei Männer auf dem Bürgersteig. Einer hockte mit gesenktem Kopf da. Ein anderer beugte sich mit blutender Nase und wildem Blick über ihn. Der Dritte lag mit dem Gesicht nach unten auf dem Boden und rührte sich nicht. Eine rote Pfütze breitete sich unter seinem Kopf aus.

»O Gott«, sagte sie entsetzt. »Sollen wir einen Krankenwagen rufen?«

Der Fahrer schüttelte nur den Kopf, ohne sich umzudrehen. »Ach was. Da sind genug Leute unterwegs. Irgendjemand wird sich schon um ihn kümmern. Glauben Sie mir: Das passiert in letzter Zeit ständig.«

Der Stau vor ihnen löste sich langsam auf, und das Taxi fuhr mit einem Ruck an. Cynthia drehte sich um und schaute aus dem Rückfenster, aber der Wagen hatte beschleunigt, und der reglos daliegende Mann war aus ihrem Blickfeld verschwunden.

24

Katrina vögelte mit einem anderen, da war ich mir sicher. Ich saß auf dem Dach des Kanalboots, die Fingerknöchel gegen die Stirn gepresst, und versuchte, einen klaren Kopf zu bekommen. Es war ein kalter Februarabend, und die Luft stach mir in die Lunge wie ein Messer. Trotzdem machte ich mir gar nicht erst die Mühe, mir eine Jacke anzuziehen. Wem würde es schon was ausmachen, wenn ich krank wurde und starb? Meiner Frau bestimmt nicht. Ich schlug mit der Faust auf das Bootsdach, so fest, dass es wehtat.

Ich hatte diesen Verdacht schon seit Längerem. Die Gedanken kamen aus dem Nichts, überfielen mich und loderten in mir auf wie ein Feuer. Aber dann waren sie nach wenigen Minuten wieder erloschen, sodass ich mich fragte, ob es diesen anderen Mann wirklich gab oder ich ihn mir nur einbildete.

Aber in letzter Zeit war der Gedanke ständig da. Es passte alles zusammen: Katrinas Überstunden im Büro. Ihr nachlassendes Interesse an Sex. Dass sie in meiner Nähe manchmal so schreckhaft und nervös war. Dafür konnte es nur einen Grund geben: Meine Frau betrog mich, sie war eine Schlampe. Bei der Vorstellung, dass Katrina mit einem anderen schlief, zitterte ich am ganzen Leib, und das nicht wegen der Kälte. Es war, als ob sich mein ganzer Körper zu einer Faust ballte. Natürlich hätte ich von Anfang an wissen müssen, dass sie mich eines Tages nicht mehr gut genug finden würde. Aber ich wollte sie ja unbedingt heiraten, ich Idiot!

Da sah ich aus dem Augenwinkel, wie etwas über das

Dach des Kanalboots glitt. Eine Schlange! Sie kam direkt auf mich zu. Ehe ich mich rühren konnte, ringelte sie sich um meinen Knöchel. Ich schrie und trat um mich, so fest ich konnte, bis das schleimige, eklige Ding davonflog und mit einem Platschen im Wasser landete. Mein Herz schlug wie verrückt, als ich über die Bootskante spähte, voller Angst, die Schlange könnte an Land schwimmen und mich erneut angreifen. Aber da war nichts. Im Licht der Straßenlaterne neben dem Treidelpfad, die aufs Wasser schien, war nichts außer einem vorbeitreibenden Ast zu sehen. War ich schon wieder verwirrt gewesen? Hatte ich den Ast für eine Schlange gehalten? Ich starrte lange ins Wasser und versuchte, aus alldem schlau zu werden. Dann schüttelte ich den Kopf. Nein, in diese Falle würde ich ihr nicht gehen. Katrina sagte ständig, ich würde Dinge sehen, die es gar nicht gab. Aber das war gelogen, ich sollte bloß an meinem Verstand zweifeln, damit sie mit diesem Typen ficken konnte.

Die Wut riss an mir, wurde größer und größer, bis ich fast explodierte. Meine Frau war irgendwo da draußen, lachte und trank – mit ihm. Ich sprang ins Heck und ließ den Motor an. Zähneknirschend manövrierte ich das Boot rückwärts aus seinem Liegeplatz.

Ich würde ihr zeigen, wer sich hier was einbildete.

Cynthia musterte die anderen Passagiere verstohlen. Mehr als die Hälfte der Gesichter in ihrem Waggon wies dunkle Augenringe auf: von blassen Malventönen bis hin zu einem so dunklen Blau, dass es fast schwarz aussah. Gut möglich, dass einige auch Schläfer waren und ihre Augenringe ganz normale Erschöpfungssymptome, weil sie verzweifelt versuchten, mit den Shiftern Schritt zu halten.

Sie musste an Damien denken. Bestimmt waren die Halbmonde unter seinen Augen mittlerweile schwarz. Kopfschüttelnd verscheuchte sie diesen Gedanken. Es brachte nichts, zurückzuschauen. Besser, sie konzentrierte sich auf die Zukunft.

Jemand hatte einen *Media Guardian*, das Fachblatt für Journalisten, auf dem Nebensitz liegen lassen. Cynthia griff danach und blätterte zu den Stellenanzeigen. Es wurde Zeit, dass sie über eine berufliche Veränderung nachdachte. Ihr Stern beim *Sentinel* war in den letzten Monaten immer weiter gesunken. Rocky interessierte sich nicht für ihre Themenvorschläge und gab ihr nur noch Geschichten, die allenfalls für die hinteren Seiten taugten. Während Marcus so richtig durchstartete. Sein Name war fast täglich auf der Titelseite zu finden, und seine »Paradigmen-Shift«-Kolumne war für einen nationalen Journalistenpreis nominiert worden.

Cynthia überflog die Stellenanzeigen. Diese Woche gab es ziemlich viele Angebote. Der *Telegraph* brauchte einen Berlinkorrespondenten. Die *Financial Times* suchte einen Wirtschaftskolumnisten. Als sie sah, dass der *Guardian* eine Stelle als Nachrichtenreporter ausgeschrieben hatte, hellte sich ihre Miene auf. Auf diese Stelle würde sie sich auf jeden Fall bewerben. Oder sollte sie die Gelegenheit nutzen, etwas Neues auszuprobieren? Fernseh- und Zeitschriftenjournalismus? Während Cynthia die Anzeigen überflog, ging es ihr zunehmend besser. Irgendjemand würde eine preisgekrönte Reporterin wie sie bestimmt zu schätzen wissen, die einen Ruf als … Da sah sie etwas, das sie erstarren ließ. *Channel Six: Fernsehjournalist/in gesucht, der/die bereits Vierundzwanzigstunden-Nachrichten gemacht hat. Mindestens zwei Jahre Reportererfahrung werden vorausgesetzt sowie die Bereitschaft zu langen Arbeitszeiten und wechselnden Schichten.* Aber es war die allerletzte Zeile, die sie hatte zusammenzucken lassen. Da stand es, direkt über der fett gedruckten Kontaktadresse: *Keine Schläfer.*

»Na und?«, sagte Rocky und warf einen Blick auf die Stellenanzeige in Cynthias Hand. »Tut mir leid, aber ich kann dir nicht ganz folgen. Was ist daran so interessant?«

Cynthia war mit der Stellenanzeige schnurstracks zum Schreibtisch des Nachrichtenchefs marschiert und hatte sich schon auf die Schlacht gefreut, die sie sich mit den Leuten von Channel Six liefern würden. Aber Rocky sah sie an, als sei sie nicht ganz zurechnungsfähig.

»Na ja, zunächst einmal ist es diskriminierend«, sagte sie. »Und dann noch eine ganz neue Form von Diskriminierung: Menschen werden Berufschancen verwehrt, nur weil sie keine Medikamente einnehmen. Ich finde das durchaus interessant.«

Er warf ihr einen vernichtenden Blick zu. Die Haut unter seinen Augen war marineblau. Zwei Monate, schätzte sie automatisch. So lange dauerte es, bis Marineblau erreicht war.

»Das ist nicht dein Ernst, Cynthia, oder? Die machen doch nichts anderes als Firmen, die nur Nichtraucher einstellen: Sie wollen keine Raucher, weil die zu viele Pausen machen und ständig krank werden. Das ist völlig nachvollziehbar. Genau wie das hier: Warum sollten Firmen gezwungen sein, Kandidaten einzustellen, die nicht so flexibel und weniger produktiv sind?«

»Aber …« Cynthia fiel es schwer, die tiefe Beunruhigung, die sein Einwand bei ihr auslöste, in Worte zu fassen. Sie versuchte es anders. »Na gut. Ich verstehe deine Haltung. Aber in den letzten Monaten haben wir jede Menge … Pro-Shifter-Artikel gebracht. Wenn ich jetzt mal darüber schreibe, unter welchem Druck Schläfer stehen, wäre das ein fairer Ausgleich.« Der Nachrichtenchef starrte sie nur ausdruckslos an. »Der Objektivität zuliebe«, fasste sie ihre Position zusammen.

Rocky schüttelte den Kopf. »Das sehe ich anders. Warum sollten wir über Schläfer schreiben? Die machen nichts Neues oder Interessantes. Die tun nur ... was sie schon immer getan haben. Shifter sind *die* Story: Sie sind diejenigen, die neue Wege beschreiten und die Welt verändern. Deshalb schreiben wir über sie. Shifter sind die Zukunft, und Schläfer sind von gestern. Wir schreiben nicht über gestern. Anstatt aus einem Nichts eine Nachricht machen zu wollen, solltest du lieber rausgehen und eine echte Geschichte liefern. Auf der M25 gab es gerade einen großen Verkehrsunfall. Die Informationen sind lückenhaft, und es kann nicht schaden, mal hinzufahren und nachzusehen.«

»Ein Verkehrsunfall«, wiederholte Cynthia matt. »Du willst mich tatsächlich zu einem Verkehrsunfall schicken?«

»Ja, das will ich. Es soll ein Bus beteiligt sein. Und wenn du mich jetzt bitte entschuldigen würdest: Ich muss mich auf die Morgenkonferenz vorbereiten.«

Cynthia fuhr langsamer, als sie vor sich die Autokolonne sah, deren Bremslichter sich rot vom grauen Asphalt abhoben. Sie machte den Motor aus und den Warnblinker an. Gut. Sie würde sich also diesen Unfall mit Blechschaden ansehen und etwas für Rocky zusammenschreiben, das dann im hinteren Teil der Zeitung ignoriert würde. Damit bekam Marcus noch mehr Platz. Tränen der Wut stiegen ihr in die Augen, und sie blinzelte sie verärgert weg.

Sie knöpfte ihren Mantel zu und stieg aus dem Mini. Kälte schlug ihr ins Gesicht. Sie sah sich um. Weiter vorn konnte sie Leitkegel erkennen, dahinter Scherben und verbogenes Metall. Dann machte die Straße einen Bogen um ein altes Lagerhaus und verschwand aus ihrem Blickfeld.

Während sie auf die Leitkegel zuging, rasten mit Sirenengeheul und Blaulicht mehrere Feuerwehrwagen auf dem Standstreifen vorbei. Ein Krankenwagen folgte, und dann noch einer. Nachdem der vierte Krankenwagen vorbeigedonnert war, bekam Cynthia allmählich das Gefühl, dass es hier vielleicht doch eine echte Story zu holen gab. Sie beschleunigte ihre Schritte. Die Bäume vor ihr sahen durch die vor Hitze flimmernde Luft verzerrt aus, so als betrachtete man sie durch eine dicke, blinde Glasscheibe. Eine heiße Luftwelle erfasste sie, die einen unangenehmen Chemiegeruch mit sich brachte. Hinter dem Lagerhaus stieg eine dunkle Rauchwolke auf. Sie erreichte die Polizeischranke. Ein junger Beamter verringerte den Abstand zwischen den Leitkegeln und ergänzte sie um neue, zum Zeichen, dass es hier nicht so bald weitergehen würde. Dann sah Cynthia, was sich dahinter befand, und erstarrte.

»Tut mir leid, Miss, aber ich muss Sie bitten, hinter dieser Linie zu bleiben«, sagte der Beamte. »Wir machen eine Spur auf, sobald wir die Situation unter Kontrolle haben. Miss? Haben Sie mich verstanden?«

Cynthia reagierte nicht. Sie stand da wie angewurzelt und starrte fassungslos auf die Szene, die sich ihr darbot. Ein riesiger Laster stand quer auf der Fahrbahn. Die Fahrerkabine befand sich in einem Neunzig-Grad-Winkel zum Anhänger. Es sah seltsam aus, wie die unnatürliche Stellung eines gebrochenen Arms oder Beins. Der Laster musste Holz transportiert haben, denn überall auf dem Asphalt lagen Bretter herum. Manche brannten.

Aber nicht das lähmte sie und schnürte ihr die Kehle zu. Es war der brennende Bus dahinter. Aus seinen Fenstern loderten Flammen. Darunter befand sich der handgemalte Schriftzug »Talbot-Grundschulchor«. Während sie hinsah, wurde der letzte Teil des Wortes schwarz und wellte sich. Feuerwehrmänner schlugen mit Äxten auf die Scheiben ein und versuchten, die eingeschlossenen kleinen Passagiere zu befreien. Sie stellte sich die herausgerissenen Sitze und die sengende Luft vor. Den Rauch und die Schreie. Kleine Hände, die gegen heißes Glas hämmerten.

Eine Hand berührte sie am Arm und ließ sie zusammenzucken. »Miss«, sagte der Polizist. »Ich muss Sie bitten, sofort zu Ihrem Wagen zurückzukehren.«

Cynthia schloss die Augen und holte tief Luft. Es roch giftig. Dann ging sie zu ihrem Wagen zurück und stieg ein. Lange Zeit saß sie einfach nur da und sah durch die Windschutzscheibe auf die Rauchsäule. Dann legte sie den Kopf aufs Lenkrad und weinte.

25

Ich hatte über eine Stunde nach Katrina gesucht, als ich sie endlich unter einer Brücke am ruhigeren Kanalabschnitt kurz vor Camden Market entdeckte. Es war schon dunkel, aber im Schein der Straßenlaterne sah ich gleich, dass sie es war. Ich stellte den Motor ab und ließ das Boot treiben. Beobachtete sie. Was hatte sie hier zu suchen? Warum versteckte sie sich bei dieser Kälte unter einer Brücke?

Dann sah ich *ihn*. Er trat aus dem Schatten und blieb vor Katrina stehen. Dann packte er meine Frau und drückte sie gegen die Wand unter der Brücke. Und sie verschmolzen miteinander, sodass ich sie nicht mehr auseinanderhalten konnte.

Es war, als ob jemand mir das Herz zerriss. Katrina küsste einen anderen. Ich stellte mir vor, wie sie dem Mistkerl etwas ins Ohr flüsterte und Dinge sagte wie »Die Nacht gehört uns« und »Wir sind die Einzigen, die um diese Uhrzeit wirklich leben«. All die Sätze, die doch für mich bestimmt waren. Ich dachte schon, es könnte nicht schlimmer kommen, als die beiden Schatten anfingen, sich vor und zurück zu bewegen. Ich wusste, was das bedeutete: Die beiden vögelten, hier unter der Brücke. Alles in mir brach zusammen. Und dieser Schmerz – ich hatte nicht gewusst, dass es so einen Schmerz geben kann.

Nein. Ich musste zu ihr, das beenden, was sie da tat. Das Boot trieb einen halben Meter vom Ufer entfernt dahin, aber ich sprang trotzdem an Land. Es war mir egal, dass es nicht festgemacht war. Ich landete auf allen vieren auf dem

Asphalt, wobei ich mir die Handflächen aufschürfte. Dass ich weinte, merkte ich erst, als ich hochschaute und alles nur noch verschwommen sah. Ich blieb eine Ewigkeit auf Händen und Knien, während meine Tränen auf den Boden tropften. Die ganze Welt war nur noch ein schwarzes Loch, das mich verschluckt hatte. Ich dachte daran, in den Kanal zu springen und nie mehr aufzutauchen. Dann konnte sie mir wenigstens nicht mehr wehtun.

Aber dann kam die Wut. So etwas Großes, Übermächtiges hatte ich noch nie erlebt. Sie raste in meinem Inneren wie ein Feuer und brannte alles andere nieder: den Schmerz, die Trauer und die Liebe.

Bis nichts mehr übrig war außer Zorn.

Cynthia starrte auf das Gesicht der Toten, während das Taxi eine kopfsteingepflasterte Nebenstraße zum Tudor Park hinunterratterte. Es war Montag, und sie hatte den Vormittag damit verbracht, die Tatorte des Barbie-Killers abzuklappern für eine Reportage, die in der Sonntagsbeilage des *Sentinel* erscheinen sollte. Phoebe Albertsons Foto lag auf ihrem Schoß. Es zeigte eine hochgewachsene, blasse Frau, die irgendwo auf dem Land an einem Viehgatter lehnte. Sie war nicht im klassischen Sinne schön, dafür war ihre Nase ein bisschen zu groß. Aber sie hatte ein offenes, sympathisches Gesicht. Hinter ihr war ein grasbewachsener Hang mit Schafen zu sehen. Die Sonne tauchte die Szene in helles Licht und wurde von Phoebes gewelltem Haar reflektiert. Ihrem langen, blonden Haar.

»Tudor Park. Wir sind da.«

Die Stimme des Fahrers riss Cynthia aus ihren Gedanken. Das Taxi hatte direkt am Park gehalten, auf der Seite, die nicht mit dichtem Gebüsch bewachsen war. Cynthia verstaute das Foto wieder in ihrer Handtasche, zahlte und trat in den kalten Nachmittag hinaus. Der Wind wehte jetzt stärker, und sie schlug den Kragen hoch, um ihre Wangen zu schützen.

Sie ging an der Statue eines Königs auf einem sich aufbäumenden Pferd vorbei und blieb neben dem dahinterliegenden Spielplatz stehen. Der einzige andere Parkbesucher war ein Mann, der einen Deutschen Schäferhund ausführte. Cynthia brauchte nur wenige Minuten, dann hatte sie den Leichenfundort entdeckt. Phoebe war schon mindestens eine Stunde tot gewesen, als der Mörder sie hier abgelegt hatte. Wie war das möglich? Dafür hätte er die Leiche fünfunddreißig Meter weit über ein gut beleuchtetes, offenes Gelände schleppen müssen, das noch dazu von der Straße aus einsehbar war.

Sie konzentrierte sich auf die Reihe viktorianischer Häuser hinter der Hecke. Vielleicht hatte der Mörder die Leiche von der anderen Seite ins Gebüsch geschoben. Aber in diesem Fall hätte er sie über die hohen Gartenmauern hieven müssen, die von den Fenstern aus gut sichtbar waren. So etwas wäre doch sicherlich nicht unbemerkt geblieben? Wie hatte er es geschafft, sein Opfer zu erwürgen, der Toten die Haare zu flechten, sie durch ganz London zu kutschieren und hier abzulegen – und zwar ohne von irgendjemandem gesehen oder gehört zu werden? Es schien unmöglich.

Sie starrte auf das Gras zu ihren Füßen. Ihm war nicht anzusehen, dass hier etwas Furchtbares passiert war. Ein weiterer eisiger Windstoß erfasste Cynthia und ließ sie frösteln. Was suchte sie hier eigentlich? Hatte sie ernsthaft erwartet, etwas zu finden, das die Polizei übersehen hatte? Lächerlich!

Trotzdem zückte sie ihren Notizblock und begann, eine Skizze zu machen. Sie zeichnete den gesamten Park: Spielplatz, Bäume, Hecken und Straße. Zum Schluss fügte sie noch die Reiterstatue und die viktorianischen Häuser hinzu, deren Fenster auf den Leichenfundort hinausgingen. Aber wenn sie für ihren Artikel die Atmosphäre angemessen einfangen wollte, müsste sie eigentlich nachts noch einmal wiederkommen. Cynthia dachte an Phoebe Albertson, daran, wie sie auf dem Foto aussah: so sorglos und strahlend. Sie konnte ja nicht ahnen, wie sie ihr Leben beenden würde: hilflos um sich schlagend, während ihr ein Mann die Kehle zudrückte. Immer fester zudrückte, bis …

Ein Bellen ertönte, und sie zuckte zusammen. Der Schäferhund rannte vorbei. Sein Herrchen schlenderte hinter ihm her, die Leine locker um die Hand gewickelt. Er nickte Cynthia im Vorübergehen grüßend zu. Hier gab es nichts mehr zu recherchieren. Sie ging durch den Park zurück zur Straße. Die Bäume schwankten im Wind.

Auf dem Weg ins Büro ging Cynthia auf dem Camden Market vorbei, um sich den Ort noch einmal anzusehen, an dem vor über einem Jahr die erste Leiche gefunden worden war. Marktstände drängten sich im Hof eines U-förmigen Backsteingebäudes und säumten das Kanalufer. Eine Fußgängerbrücke führte über den schmalen Wasserstreifen zu einem Starbucks und einem Pub. Die Leiche war in einem Doughnut-Stand gefunden worden. Cynthia sah ihn sofort: Hinter der Theke schob eine rundliche Frau gezuckerte Kringel in eine Papiertüte, während vor ihr die Kunden Schlange standen. Cynthia musterte die Szene nachdenklich. Schon damals, lange bevor irgendjemand von 24/7 gehört hatte, war in diesem Teil der Stadt nachts viel los gewesen. Der Hof selbst mochte verlassen gewesen sein, aber in den umliegenden Straßen waren garantiert Nachtschwärmer, Drogendealer und Bettler unterwegs gewesen. Nicht gerade ein idealer Ort, um einen Mord zu begehen und dem Opfer anschließend noch die Haare zu flechten. Wie also …

»Hey, Baby«, sagte eine melodiöse Stimme. Cynthia

drehte sich um und entdeckte eine vertraute Gestalt in Jeans und mit Dreadlocks. »Hasch? Speed? Koks?«

Lachend schüttelte sie den Kopf. »Das fragst du mich jeden Tag«, erwiderte sie. »Mal ganz im Ernst: Sehe ich so aus, als würde ich Drogen nehmen?«

Er dachte kurz nach und lächelte hintergründig. »Der Schein trügt manchmal«, sagte er leise.

26

Cynthia schlängelte sich zwischen den Doppeldeckerbussen auf der Oxford Street hindurch, um zu Selfridges auf der anderen Seite zu gelangen. Die steinernen Säulen an der Art-déco-Fassade des Kaufhauses erinnerten an einen ägyptischen Tempel. Sie drückte die Glastür auf und blieb kurz stehen, um sich zu orientieren. Kosmetikverkaufstresen breiteten sich vor ihr aus wie die Stände eines riesigen Basars aus glänzendem Marmor. Sie lief an ihnen vorbei zur Rolltreppe, die sie in die Abteilung Bad und Inneneinrichtung bringen würde.

Heute war ein guter Tag. Sie hatte endlich *wirklich* akzeptiert, dass Damien nicht mehr zurückkommen würde. Und deshalb musste sie jetzt die traurigen Lücken schließen, die durch seinen Auszug entstanden waren. Wenn sie nach vorn schauen wollte, musste sie sich auch allein in ihrer Wohnung wohlfühlen. Deshalb hatte sie sich eine Woche freigenommen, um sie schön einzurichten. Sie hatte schon einen Sessel und einen Couchtisch gekauft, eine Schreibtischlampe und ein paar kleine Kelim-Brücken. Jetzt suchte sie nach einem neuen Duschvorhang und dazu passenden Handtüchern. Sie hatte die Rolltreppe beinahe erreicht, als sie eine Menschenmenge vor Hot Hues sah, einem der trendigeren Kosmetikstände. Neugierig bahnte sie sich einen Weg zum Anfang der Schlange.

Dort stand sie vor einer Pyramide aus flachen Döschen. Ihre transparenten Deckel ließen Kreise aus verschiedenfarbigem Puder erkennen. Cynthia fragte sich, warum eine neue Lidschatten-Linie so viel Aufmerksamkeit erregte, zumal die Auswahl nicht sehr groß war. Es gab höchstens ein Dutzend Farbtöne: ein blasses Mauve, verschiedene Lila- und Blautöne, Braun und Schwarz.

Dann sah sie das Schild vor dem Stand und fühlte sich, als hätte man ihr einen Schlag versetzt. »Shifter-Schimmer«, stand da, wobei die Punkte auf beiden »i«s durch ein lila untermaltes Comic-Auge ersetzt worden waren. »Die Produktneuheit der Saison!« Tester-Döschen säumten die Theke, Hände griffen nach Applikatoren und probierten aus. Neben Cynthia hielt ein vielleicht sechzehnjähriges Mädchen eines der Döschen vor ein Zeitschriftencover. Darauf prangte ein Model mit Schmollmund und lilablauen Halbmonden unter den Augen. Das Mädchen sah zwischen dem Foto und den Döschen hin und her und war offensichtlich auf der Suche nach dem richtigen Farbton.

Ein Stück weiter hinten versuchte eine Frau in Cynthias Alter, die Hot-Hues-Verkäuferin auf sich aufmerksam zu machen. »Entschuldigung!«, sagte sie mit lauter Stimme und zeigte auf die Mitte der Pyramide. »Ist das der richtige Farbton für vier Wochen?«

Cynthia musterte verstohlen ihr Gesicht. Weder Augenringe noch Spuren eines Concealers: eine Schläferin.

Die Verkäuferin schwebte zu ihr. Sie trug eine rosa Uniform und pastellfarbenes Make-up. »Nein, das ist für sechs Wochen«, sagte sie, drehte das Döschen um und zeigte auf das Etikett. Sie nahm einen helleren Farbton aus der Pyramide. »Versuchen Sie es mal mit dem hier. Er heißt *Early Days*: drei bis fünf Wochen.«

»Sieht das auch wirklich echt aus?«, fragte die Kundin besorgt und nahm das Döschen entgegen. »Es bringt mir nur was, wenn es vollkommen natürlich wirkt.«

Die Verkäuferin nickte lächelnd. Cynthia versuchte nicht hinzustarren, als *Early Days* abkassiert und bezahlt wurde. Ihr Blick schweifte über die Gesichter, die sich vor der Pyramide drängten. Etwas mehr als die Hälfte der Londoner Bevölkerung nahm jetzt 24/7, aber nur wenige der Frauen hier wiesen die verräterischen Schatten unter den Augen auf. Das bedeutete, dass die neue Produktlinie von Hot Hues mehr war als nur ein Modetrend: Sie diente der Camouflage. Schläfer gaben sich mit Hilfe von Make-up als Shifter aus. Vielleicht wegen ihrer Freunde oder Partner, die bereits Shifter waren. Oder aber um Karriere zu machen.

Keine Schläfer, hatte es in der Stellenanzeige geheißen.

Sie musste an Rocky denken, an seine ablehnende Haltung ihren Themenvorschlägen gegenüber. Und an Marcus, der es anscheinend mit jedem Artikel auf die Titelseite schaffte. Sie nahm einen der Applikatoren von der Theke und starrte auf den *Early-Days*-Tester vor ihr. Es konnte schließlich nicht schaden, ihn mal auszuprobieren. Sie trug etwas Puder in einem halbkreisförmigen Bogen unter jedem Auge auf und betrachtete sich blinzelnd im Spiegel. Der cremige Puder hatte einen lila Schatten über ihren rosigen Wangen hinterlassen. Die Wirkung war überzeugend: Sie sah ganz erschöpft aus. Cynthia griff nach dem hellsten Farbton. »*New Beginnings* – ein bis drei Wochen« stand auf dem Etikett. Cynthia drehte das Döschen in der Hand. Erwog sie ernsthaft, eine Lüge zu leben? Make-up zu benutzen, um sich als jemand auszugeben, der sie nicht war? Absurd! Kopfschüttelnd legte sie das Döschen zurück auf die Theke. Sie wollte schon gehen, als ihr etwas einfiel. Mit Hilfe des Make-ups konnte sie die wachsende Kluft zwischen Shiftern und Schläfern aufdecken. Sie konnte verdeckt recherchieren und aus erster Hand über das Leben auf beiden Seiten berichten, enthüllen, welchen Diskriminierungen Schläfer mittlerweile ausgesetzt waren. Das war genau die Sorte Storys, für die es Journalistenpreise gab. Die Wahrscheinlichkeit war gering, aber vielleicht würden ihre Erkenntnisse Rocky nachdenklich machen, wenn sie ihm schließlich den fertigen Artikel hinlegte.

Die rosafarbene Verkäuferin bewegte sich elfengleich an ihr vorbei und warf einen Blick auf das *New-Beginnings*-Döschen, das Cynthia erneut in der Hand wog. »Nehmen Sie das?«, fragte sie mit einem professionellen Lächeln. Die Ringe unter ihren Augen waren dunkelblau. Schwer zu sagen, ob sie echt waren oder nicht.

»Ja«, sagte Cynthia und griff nach ihrem Portemonnaie. »Ich denke schon.«

Rocky hörte ihr gar nicht zu. Er starrte wie gebannt auf die brandneuen malvenfarbenen Ringe unter ihren Augen und wippte mit seinem Stuhl vor und zurück. Sie kannte diese Marotte, das machte er immer, wenn er neue Informationen verarbeitete.

Sie ließ sich nicht beirren, sondern redete weiter. »... habe in letzter Zeit immer mehr das Gefühl, nur Storys zu bekommen, bei denen ich meine eigentlichen Stärken nicht ausspielen kann.« Der Stuhl wackelte weiter. Vor und zurück. Vor und zurück. Nachdem sie geendet hatte, entstand eine unangenehme Pause. »Und?«, fragte sie schließlich. »Was meinst du?«

Der Stuhl kam zur Ruhe. »Entschuldige, Cynthia, könntest du das bitte noch mal wiederholen? Oder noch besser: Können wir später darüber reden? Ich möchte, dass du dich zuerst um das hier kümmerst.« Er reichte ihr ein Blatt Papier. »Das ist eine polizeiliche Pressemitteilung. Die neuesten Ermittlungsergebnisse zu diesem Schulbusunglück, über das du vor deinem Urlaub berichtet hast. Das bringen wir auf der Titelseite der Nachmittagsausgabe, ich brauche deinen Artikel also bis halb zwölf. Womit dir ...« – er sah auf die Uhr – »... etwas mehr als zwei Stunden Zeit bleiben.«

Sie blinzelte überrascht. »Aber … Du hattest mir doch gemailt, dass ich diesen Graffiti-Künstler interviewen soll …«

Er winkte ab. »Das kann einer von den Volontären erledigen. Marcus ist gerade unterwegs, um über das *Shifter Business Leaders Forum* zu berichten, und ich will, dass sich jemand mit Erfahrung um die Schulbusgeschichte kümmert. Der Fall wird ziemlich Furore machen, ich rechne mit heftigen Reaktionen.« Zum ersten Mal seit Monaten schenkte Rocky ihr ein freundliches Lächeln. »Also los, beweg dich, Wills! Ich verlasse mich ganz auf dich.«

Cynthias Gedanken überschlugen sich regelrecht, als sie mit der Pressemitteilung in der Hand zu ihrem Schreibtisch ging. Ihr Verdacht hatte sich bestätigt: Ein Strich mit einem Make-up-Bürstchen hatte genügt, um ihren Platz in der Redaktionshierarchie zu verbessern.

Cynthia legte die Pressemitteilung auf ihre Tastatur und ließ sich auf ihren Stuhl fallen. Ihren Kaffeedurst ignorierte sie. Besser, sie machte sich sofort an die Arbeit. Sie musste beruflich in Topform sein, wenn sie sich irgendwann als Schläferin outete. Außerdem war sie neugierig, was an dem Fall so spektakulär sein sollte. In ihrem ersten Artikel hatte Cynthia es vermieden, über die Unfallursache zu spekulieren. Aber angesichts der Tatsache, dass der Laster auf die Gegenfahrbahn geraten war, hatte sie automatisch auf Alkohol am Steuer getippt. Wenn sich das bestätigte, würde es mit Sicherheit einen Aufschrei geben.

Sie las die erste Zeile der Pressemitteilung, und ihr Magen krampfte sich schmerzhaft zusammen.

Mann wegen unverantwortlichen Fahrens der fahrlässigen Tötung angeklagt: Lkw-Fahrer John Edmonds, 37, ist vermutlich am Steuer eingeschlafen. Daraufhin geriet sein Fahrzeug auf die Gegenfahrbahn und stieß mit einem Schulbus zusammen, der anschließend in Flammen aufging. Zwei

Erwachsene und zwölf Kinder sind bei dem Unfall ums Leben gekommen. John Edmonds liegt im Krankenhaus, sein Zustand ist stabil.

Sie las die Pressemitteilung erneut durch und biss sich auf einen Fingerknöchel. Das war nicht gut. Die Shifter-Lobby würde behaupten, Schlaf habe ein Dutzend unschuldiger Kinder das Leben gekostet. Sie würden Blut sehen wollen.

Gegen elf hatte sie einen Lehrer, zwei trauernde Eltern und den Geschäftsführer der Spedition interviewt. Sie gab ihren Artikel wenige Minuten vor Redaktionsschluss ab.

»Gute Arbeit, Wills«, sagte Rocky, nachdem sie wegen eines neuen Auftrags zu ihm gegangen war. »*Shifters for a Twenty-Four Hour World* organisieren eine Pressekonferenz. Sie fordern anscheinend, dass Schläfer keine Lastwagen mehr über längere Strecken steuern dürfen. Der Bürgermeister und Jim Livington werden auch da sein, es gibt sicherlich eine lebhafte Diskussion. Sie beginnt erst um vier, aber du kannst hingehen, wenn dir die Überstunden nichts ausmachen.«

Cynthia war beflügelt. Sie stand bei ihrem Chef wieder hoch im Kurs und hatte es erneut auf die Titelseite geschafft. Ha, Marcus, zieh dich lieber warm an! Sie sah auf ihre Uhr. Es war kurz nach zwölf. »Also habe ich noch dreieinhalb Stunden Zeit, um die nächste Ausgabe zu aktualisieren. Ich werde im Bürgermeisterbüro anrufen, vielleicht erfahre ich, was er vorhat.«

Rockys Telefon klingelte. Er bat den Anrufer, einen Moment zu warten, legte die Hand vor die Sprechmuschel und wandte sich wieder an Cynthia. »Gute Idee. Aber das hat keine Eile. Als ich vier Uhr gesagt habe, meinte ich vier Uhr früh. Entschuldige, ich hätte mich klarer ausdrücken müssen.«

Ihr Lächeln erstarb. »Die geben um vier Uhr morgens eine Pressekonferenz?«

»Ja, wieso? Ist das ein Problem?« Stirnrunzelnd warf Rocky einen erneuten Blick auf die Ringe unter ihren Augen.

»Nein, natürlich nicht«, sagte sie rasch und zwang sich wieder zu einem Lächeln. »Das ist überhaupt kein Problem.«

»Hasch?«, fragte der Typ mit den Dreadlocks auf der Brücke. »Koks, Ecstasy, Speed?«

Cynthia lächelte geistesabwesend, ohne ihn anzusehen, während ihr netter Dealer von nebenan sein bewusstseinserweiterndes Angebot herunterleierte. Sie war nach einer Abendessenspause auf dem Weg ins Büro und wusste immer noch nicht, wie sie das mit der Pressekonferenz hinbekommen sollte. Sie musste ihren Artikel für die letzte Ausgabe aktualisieren, sodass sie nicht vorher nach Hause gehen und ein paar Stunden schlafen konnte. Die Pressekonferenz würde sicher bis sechs dauern. Wenn sie dann zwei Stunden für ihren Bericht veranschlagte, blieb ihr gerade mal eine Stunde Zeit, bevor ihre nächste Tagschicht begann. Wie zum Teufel sollte sie zweiunddreißig Stunden durcharbeiten, ohne zu schlafen? Und wenn sie auch nur gähnte, würde sie das sofort verraten.

Sie näherte sich dem Camden Market. Es war ein kalter, regnerischer Abend, die dunklen Wolken hingen tief am Himmel. Ihr fiel nur eine Lösung ein: die Kapsel in ihrer Handtasche. Cynthia schlug den Kragen hoch und zog den Kopf ein wie eine Schildkröte, die sich in ihrem Panzer verschanzt. Vielleicht wollte ihr das Universum mitteilen, dass es an der Zeit war, ihre Tablettenphobie ein für alle Mal hinter sich zu lassen, zu shiften und damit basta. Immerhin hatten sich all ihre 24/7 betreffenden Ängste als unbegründet erwiesen: Zehn Monate, nachdem es in den Handel gelangt war, waren immer noch keine Nebenwirkungen festgestellt worden. Außerdem war das Mittel jetzt legal. Und eine einmalige Einnahme von 24/7 musste ja nicht *zwangsläufig* ihr Leben verändern. Gut, sie hatte noch nie von jemandem gehört, der nach der ersten Dosis aufgehört hatte, aber das hieß nicht, dass es unmöglich war. Sie konnte die Ausnahme sein, die die Regel bestätigte.

Diese Überlegungen waren eine gespenstische Erinnerung an ihren letzten Streit mit Damien, und sie stöhnte innerlich. Verdammt noch mal, sie *wollte* dieses Zeug einfach nicht schlucken! Und an Damien wollte sie auch nicht mehr denken. Er fehlte ihr bloß immer noch so schrecklich ...

Da kam ihr noch ein Gedanke, und sie blieb wie angewurzelt stehen. Vielleicht gab es eine andere Lösung, einen Kompromiss, der es ihr erlaubte, länger auf Schlaf zu verzichten, ohne ihn gleich ganz abzuschaffen. Eine Lösung, die ihr half, die Kluft zwischen Shiftern und Schläfern tatsächlich eingehend zu erforschen. Cynthia machte kehrt und marschierte zu dem Mann auf der Brücke. Sie konnte nur hoffen, dass er ihre Begegnung von neulich schon vergessen hatte. *Mal ganz im Ernst: Sehe ich so aus, als würde ich Drogen nehmen?*

»Hallo, Schätzchen«, sagte er amüsiert. »Was kann ich für dich tun?«

»Ich hätte gern etwas Speed«, flüsterte sie und sah dabei möglichst unauffällig in eine andere Richtung.

Der Dealer lachte und flüsterte seinerseits mit kaum wahrnehmbaren Lippenbewegungen: »Wie viel darf's denn sein?«

Sie merkte, dass er sie auf den Arm nahm, und wurde rot. »Äh ... ein Gramm. Wie viel kostet das?«

»Sechzig Pfund.«

»Was? Das kommt mir aber teuer vor. Dafür kriege ich ja schon ein Gramm Koks.«

Erfreut sah sie, wie sich so etwas wie Erstaunen auf seinem Gesicht abzeichnete. Sie kannte die gängigen Preise seit dem Artikel, den sie über Drogen geschrieben hatte. Schon schien der Rastamann sie ernster zu nehmen. Er trat an den Rand der Brücke und schaute über den Kanal. Cynthia brauchte einen Moment, bis sie begriff, dass sie sich neben ihn stellen sollte.

»Der Preis ist wegen 24/7 gestiegen. Speed ist in letzter Zeit ziemlich beliebt. Wegen all der Leute, die nicht schlafen.«

»Wirklich? Aber … warum denn? Was wollen denn Shifter mit Speed?«

Er schüttelte den Kopf. »Nicht die Shifter – die Schläfer. Damit sie mit den Shiftern mithalten können.« Er musterte sie aus dem Augenwinkel und lächelte, wobei strahlend weiße Zähne aufblitzten. »Manche nehmen es sogar, um selbst als Shifter durchzugehen.«

Cynthia errötete noch heftiger. Sie starrte aufs Wasser, wo ein Kanalboot Passagiere an der Treppe entließ, die zum Markt hinaufführte. Was machte sie hier eigentlich? Sie verhandelte über den Preis einer Droge, damit sie so tun konnte, als nähme sie eine andere. Der reine Wahnsinn. Am besten, sie ging, und zwar sofort, bevor sie noch irgendeinen Unsinn anstellte.

»Vierzig Pfund«, sagte sie stattdessen mit fester Stimme. »Sechzig ist zu viel.«

Der Dealer lachte leise. »Du gefällst mir! Und du bist von hier, deshalb mache ich dir einen Spezialpreis. Einen Einstiegspreis: fünfundvierzig Pfund. Aber das nächste Mal gibt's keinen Rabatt mehr. Ich bin Geschäftsmann.«

Es wird kein nächstes Mal geben, dachte Cynthia, während sie diskret ein paar Geldscheine gegen einen Briefumschlag tauschte. Damit erkaufe ich mir nur die Zeit, die ich brauche, um meine Recherchen abzuschließen und ein für alle Mal zu beweisen, dass Schläfer in unserer Gesellschaft ernsthaft in Schwierigkeiten sind.

Es war kurz nach acht Uhr morgens, als Cynthia gegenüber ihrer Wohnung parkte. Ihre Augen brannten, und sie war immer noch etwas flatterig vom Speed. Die Szenen aus dem Bürgermeisterbüro ließen sie nicht mehr los. Es war kaum zu fassen, wie sehr sich Jim Livingtons Ton seit jener ersten Pressekonferenz verändert hatte. Damals war es ihr schwergefallen, sich seiner Argumentation zu entziehen. Aber jetzt, wo 24/7 zum Mainstream geworden war, hatten seine Ansichten etwas geradezu Militantes bekommen.

»Ich denke, wir sind uns alle einig, dass sich eine solche Tragödie nicht wiederholen darf«, hatte der Arzt vor den versammelten Reportern gesagt. »Schlaf ist mehr als nur eine Krankheit, die ihren Opfern so viel Lebenszeit raubt. Es ist ein bedrohlicher Zustand, der andere gefährdet. Der Tod dieser Kinder muss uns wachrütteln.« Dabei hatte Jim Livington bitter gelächelt. »Und zwar im wahrsten Sinne des Wortes: Wäre der Fahrer Shifter gewesen, würden diese jungen Menschen heute noch leben. Schläfer dürfen nicht mit Lkws auf unseren Straßen unterwegs sein. Man sollte ihnen einen Monat Zeit zum Shiften geben, oder aber sie müssen sich einen anderen Job suchen.«

Cynthia ging seine Rede im Geiste noch einmal durch, während sie den Mini abschloss und die Straße überquerte. Das Gruseligste war, dass offenbar keiner der anderen Reporter merkte, dass dieser Plan ein eklatanter Verstoß gegen die Menschenrechte war. Als Cynthia bei der anschließenden Fragerunde gewagt hatte, das anzusprechen, hatte sie so manch bösen Blick geerntet.

Sie dachte voller Vorfreude an ihr Bett. Hätte sie vorher gewusst, dass Rocky ihr den Vormittag freigeben würde, hätte sie die letzte Line Speed nicht mehr genommen. Hoffentlich hatte sie jetzt nicht mehr so viel von der Droge im Blut, dass sie nicht einschlafen konnte. Als sie am Café an der Ecke vorbeikam, sah sie gedankenverloren durch eines der Fenster hinein und entdeckte Damien.

Er saß allein an einem der hinteren Tische und aß ein Sandwich. Bei seinem Anblick zuckte sie zusammen, als hätte sie einen elektrischen Schlag bekommen. Sie blieb stehen und beobachtete ihn, ihr Spiegelbild schwebte zwischen ihnen wie ein Gespenst. Sie war hin- und hergerissen zwischen Sehnsucht und Selbstschutz. Nein, am besten, sie ging weiter. Wenn sie ihn wiedertraf, würde das nur die Wunden aufreißen, die gerade erst zu heilen begonnen hatten. Doch es war wie ein Sog, dem sie sich nicht entziehen konnte. Ohne nachzudenken legte sie eine Hand auf die Scheibe.

In diesem Moment sah er auf und entdeckte sie. Das Herz schien ihr aus der Brust zu springen, so heftig hämmerte es. Er stand auf und bedeutete ihr, hereinzukommen. Es war, als hätte eine fremde Macht von ihr Besitz ergriffen und zöge sie in das Café. In Damiens ausgebreitete Arme, der sie an sich drückte und ihr einen Kuss auf die Wange gab.

»Das ist ja eine Überraschung!«, sagte er und zog ihr einen Stuhl zurück. »Aber eine angenehme. Kaffee?« Sie nickte stumm, aus Angst, ihre Stimme könnte zittern. Er winkte die Kellnerin herbei und schenkte Cynthia ein Lächeln, von dem ihr ganz warm wurde. Endlich sagte sie mit einem Räuspern: »Was tust du denn hier?«

Er hielt sie mit seinem Blick aus verschiedenfarbigen Augen gefangen und musterte sie nachdenklich, so als sähe er sie zum ersten Mal. Eine lange Pause entstand, bevor er ihre Frage beantwortete. »Ich? Ich schlage hier bloß die Zeit tot, bis es spät genug ist, um beim Vermieter vorbeizuschauen, wegen eines Referenzschreibens. Er ist nämlich Schläfer. Ich brauche dringend eine eigene Wohnung, Dan will allmählich sein Wohnzimmer wiederhaben.« Er sah sie forschend an. »Und du? Wieso bist du schon so früh auf?«

»Das bin ich gar nicht«, sagte Cynthia. »Ich war überhaupt nicht im Bett. Ich komme gerade von …«

»Ich hab's gewusst!«, unterbrach er sie aufgeregt. »Deine Haut … Du bist ungefähr seit einer Woche dabei, stimmt's?« Er griff quer über den Tisch und fuhr sanft mit einem Finger über die Haut unter ihren Augen. Natürlich. Der *Shifter-Schimmer*. Sie hatte ganz vergessen, dass sie ihn noch trug. Sein Lächeln fühlte sich an wie der erste Sommertag nach einem langen, harten Winter. Er nahm ihre Hand. »Ich habe dich so vermisst«, sagte er leise.

»Ich dich auch«, erwiderte sie mit belegter Stimme. »Aber ich will ehrlich sein. Ich bin nicht …« Sie verstummte und suchte nach den richtigen Worten. Nach Worten, die diesen Moment nicht zerstören, Damien nicht wieder aus ihrem Leben vertreiben würden.

Er zog seine Hand rasch zurück. »O Gott, was bin ich nur für ein Idiot! Du bist mit jemandem zusammen, stimmt's? Mit einem anderen Shifter, der dich überzeugt hat, die Seiten zu wechseln? Deshalb hast du mich nicht angerufen, um mir davon zu erzählen.«

»Nein, nein. Es gibt keinen anderen.« Sie griff erneut nach seiner Hand. »Glaubst du ernsthaft, ich würde für einen anderen als dich 24/7 nehmen?«

»Was wolltest du mir dann erzählen?«

»Ich …« Sie verstummte und biss sich auf die Unterlippe. »Ich bin immer noch nicht über unsere Trennung hinweg. Ich habe es mit anderen versucht, aber es hat nicht funktioniert.«

Ein Lächeln huschte über sein Gesicht. »Ich bin auch noch nicht über unsere Trennung hinweg«, sagte er leise. »An dich kommt einfach keine andere heran.«

Tränen traten ihr in die Augen, und eine unbändige Freude

erfasste sie. Eine Stimme in ihrem tiefsten Innern sagte ihr, dass sie aufrichtig sein musste, ihre Beziehung nicht auf einer Lüge neu aufbauen durfte. Aber es war, als würde sie gegen den Wind anschreien – ein winziger Laut, der sofort vom Wirbelsturm ihrer Gefühle fortgerissen wurde.

Sie hatte Damien zurück. Nur darauf kam es an. Sie beide gehörten zusammen. Alles andere würde sich finden.

27

Ich richtete mich langsam auf. Katrinas Typ ging jetzt weg. Ich wartete ein Stück weiter vorn neben dem Pfad, duckte mich in den Schatten und beobachtete ihn, als er die paar Stufen, die vom Kanal wegführten, hochstieg. Dann verschwand er, und sie war allein unter der Brücke.

Ich rannte auf sie zu. Alles um mich herum begann sich zu drehen, wie auf einem Karussell. Es war eine düstere, furchtbare Fahrt. Sie sah mich nicht kommen, weil sie viel zu sehr damit beschäftigt war, den kurzen nuttigen Rock runterzuschieben, den sie extra für den anderen angezogen hatte.

»Katrina«, flüsterte ich. Aber nicht mit der liebevollen Stimme, die sie kannte – oh nein. Die Zeiten waren ein für alle Mal vorbei. Sie fuhr herum und sah mein Gesicht. Sofort riss sie ganz weit die Augen auf, weil ich sie auf frischer Tat ertappt hatte. Sie öffnete den Mund, als ob sie etwas sagen oder schreien wollte. Aber ich gab ihr erst gar nicht die Gelegenheit dazu. Ich legte meine Hände um ihre Kehle und drückte zu, stoppte die widerlichen Lügen, bevor sie rauskonnten.

In meinen Ohren rauschte es, laut wie der Ozean. Meine Finger drückten immer fester in ihren Hals, bis zu den Knochen. Sie wehrte sich, ihre Nägel zerschrammten meine Wange, es tat weh. Aber mein Zorn füllte mich ganz aus und gab mir Riesenkräfte. Nach einer Weile rührte Katrina sich nicht mehr und hing schwer und schlaff in meinen Armen.

Da ließ ich sie los. Sie glitt zu Boden und blieb einfach liegen. Mein Zorn brandete aus mir heraus wie eine große

Welle, die mich erfasst hatte und jetzt wieder ins Meer zurückrollte. Ich stand im Dunkeln auf dem Pfad, blinzelte und versuchte zu begreifen, was passiert war.

Irgendwas stimmte nicht mit mir, denn mein Gedächtnis funktionierte nicht mehr. Ich wusste, dass ich Streit mit Katrina gehabt hatte, aber nicht, worum es dabei gegangen war. Wie waren wir nur so weit weg von zu Hause gelandet? Und warum lag sie da auf dem Boden? Ich stupste sie vorsichtig an.

»Komm, Katrina, lass uns nach Hause gehen!«

Sie rührte sich nicht. Mich beschlich ein schlimmes Gefühl: So als wüsste ein kleiner Teil von mir ein furchtbares Geheimnis und würde es vor dem Rest von mir verbergen. Ich zog meine Frau hoch und legte ihren Arm über meine Schultern. Sie hing einfach nur schlaff an mir herunter und rührte sich nicht. Ich sagte mir, dass das ihre Narkolepsie sein musste, die auf einmal wieder da war. In ein paar Minuten würde sie aufwachen, und alles wäre wie immer.

Dann sprang die Zeit hin und her, wie ein Tonarm auf einer alten, verkratzten Schallplatte. Und ich sah plötzlich alles ganz genau vor mir: den im Schatten daliegenden Pfad. Die dünne Mondsichel auf Wasser, die an beiden Enden spitz zulief. Leere Marktstände, die aussahen wie Skelette winziger Häuser. Als die Zeit wieder normal ablief, war ich mit Katrina irgendwo auf dem Camden Market. Ihr Gewicht lastete schwer auf mir, meine Arme taten schrecklich weh. So langsam bekam ich Panik, denn mir dämmerte, dass ich etwas Schlimmes getan hatte. Schlimmer als schlimm. Ich zermarterte mir das Gedächtnis, wusste aber nicht, was.

Ich schleifte Katrina zu einem Marktstand aus Holzbrettern und schob sie hinein.

»Bist du wach, Liebling?«, fragte ich und strich ihr übers Haar. Dabei merkte ich, dass etwas nicht stimmte, denn sie hatte ihren Zopf nicht so geflochten wie sonst. Es war ein normaler Pferdeschwanz, der hin und her wippte. Vielleicht war der Zopf aufgegangen?

»Keine Sorge, Katrina«, sagte ich. »Ich mache dir genau die Frisur, die du so gern magst.« Inzwischen hatte ich das so oft gemacht, dass ich den französischen Zopf ganz leicht hinbekam. Als ich damit fertig war, setzte ich sie auf und lehnte sie mit dem Rücken an die Holzwand. Mittlerweile war mir ganz schlecht vor Angst. Warum wachte sie bloß nicht auf?

Dann hatte ich wieder einen Aussetzer. Das Nächste, was ich weiß, ist, dass ich wieder in Little Venice war, völlig durchnässt auf dem Boden des Boots lag und versuchte, die Bilder zu verdrängen, die mir ständig durch den Kopf gingen, Bilder, in denen ich Katrina etwas Schreckliches antat. Ich lag da, kniff die Augen zu und zählte immer wieder bis zehn, sagte mir, dass alles nur ein böser Traum gewesen war.

Und stellte fest, dass ich recht hatte! Denn *Katrina kam nach Hause*. Sie sagte, es tue ihr leid, dass sie so spät dran sei. Was für eine Erleichterung, was für eine wunderbare Erleichterung!

»Guter Gott, Jeff!«, sagte sie, stellte ihre Tasche ab und zog den Mantel aus. »Du bist ja klatschnass! Bist du in den Kanal gefallen?«

Ich bekam kein Wort raus, die Tränen schnürten mir einfach die Kehle zu. Aber ich spürte, wie ich unter den Tränen breit und dümmlich voller Liebe lächelte. Katrina. Meine wunderschöne, treue Frau. Das Ganze war nur ein furchtbarer Albtraum gewesen. Von dem Anti-Schlaf-Mittel. Eine Nebenwirkung nennt man das wohl.

Doch dann sagte Katrina: »Was ist denn mit deinem Gesicht passiert?«, und mein Lächeln erstarb.

Ich ging in unser kleines Bad, wo ich sehr lange blieb und auf die tiefen roten Schrammen auf meiner Wange starrte.

Ich versteckte sie unter einem Pflaster und behauptete, ein Ast hätte mich getroffen, als ich im Dunkeln den Treidelpfad entlanggelaufen sei.

Am nächsten Tag glaubte ich es selbst.

Cynthia kontrollierte zweimal ihren Shifter-Schimmer, bevor sie die Tür öffnete. Sie hatte gar nicht gemerkt, dass es draußen regnete, bis Damien mit einem nassen Schirm hereinkam. Er hatte einen dicken roten Ordner unter den Arm geklemmt.

»Guten Morgen«, sagte er, lehnte den Schirm an die Wand und zog seinen Mantel aus. »Na, wie stehen die Chancen auf ein Gourmet-Frühstück?«

Cynthia ging in die Küche voraus und sah lächelnd über die Schulter. »Du kennst mich ja. Müsli aus der Packung ist das Äußerste, was ich gourmettechnisch zu bieten habe.«

Als Damien vorgeschlagen hatte, vor der Arbeit auf ein kurzes Frühstück vorbeizuschauen, hatte sie die Chance dankbar beim Schopf ergriffen. Sie wusste, dass er um acht in der Arbeit sein musste, und hatte ihren Wecker deshalb auf halb sechs gestellt, um vor seinem Eintreffen noch sorgfältig *New Beginnings* aufzutragen.

In der Küche schaltete sie den Wasserkocher ein, und Damien legte seinen Ordner, der voller gelber Klebezettel war, vor sich auf den Küchentisch.

»Was ist das?«, fragte sie.

»Rohdaten von einer Studie«, erwiderte er. »Ich gehe sie noch mal durch, um sicherzustellen, dass wir beim ersten Durchgang nichts übersehen haben.«

»Das ist ja ganz was Neues! Seit wann nimmst du Arbeit mit nach Hause?«

Achselzuckend strich er über das Etikett auf dem Deckel. »Ich gehöre seit zwei Monaten zu dem Team, das für die klinischen Testphasen verantwortlich ist. Unser Supervisor verlässt die Firma Ende nächsten Monats. Ich möchte seine Nachfolge antreten.«

Cynthia holte die Kaffeepackung aus dem Schrank. Während sie Bohnen in die Kaffeemühle schüttete, unterdrückte sie ein Gähnen. »Das ist ganz schön … ehrgeizig, oder? Wenn du den Job erst seit zwei Monaten machst? Werden die nicht jemanden mit mehr Erfahrung befördern?«

Das laute Rattern der Kaffeemühle erzwang eine Gesprächspause. Als Cynthia sich wieder umsah, blätterte Damien träge in seinem Ordner und grinste zufrieden vor sich hin. »Ich kann doppelt so viel arbeiten wie andere Kollegen im selben Zeitraum: Das ist auch der Geschäftsleitung aufgefallen.«

Cynthia holte Milch aus dem Kühlschrank und wartete darauf, dass das Waser kochte. »Verstehe«, sagte sie bemüht neutral. »Mit anderen Worten: Sie sind Schläfer. Und du arbeitest, während sie sich ausruhen.«

»Genau.«

Cynthia musste an Marcus denken. An ihren vergeblichen Versuch, mit ihm Schritt zu halten. An ihre gescheiterte Beförderung. *Wir haben uns für jemanden entschieden, der bereit ist, auch zeitlich alles zu geben.*

Um den Gedanken zu verscheuchen, las sie mit schräg gelegtem Kopf die Ziffer, die mit schwarzem Filzstift auf dem Ordnerrücken stand: 68 047.

»Und, was ist mit der Studie?«, fragte sie. »Hast du was Interessantes entdeckt?« Sie zog die Nase kraus. »Irgendwelche … wie nennst du sie immer so schön … Protokollvarianten?«

»Protokollabweichungen«, verbesserte Damien. »Nein, bloß das übliche: Blutproben, die ein, zwei Minuten zu spät entnommen wurden, Urinproben, die ein paar Grad wärmer aufbewahrt wurden, als sie sollten, weil das Eis in der Wanne geschmolzen war. Nichts von Bedeutung.« Er sah ihr in die Augen und wurde auf einmal ernst. »Der beste Beweis dafür, dass uns nichts passieren kann, falls es denn eines Beweises bedurft hätte.«

Der Groschen fiel, und sie bekam leichte Schuldgefühle. »Ach, du kontrollierst die 24/7-Studie.« Sie vermied es, ihn anzusehen, indem sie sich rasch abwandte und den Kaffee eingoss. »Ich dachte, das wäre längst alles geschehen.« Sie stellte die zwei Kaffeebecher auf den Tisch und setzte sich.

»Ja, schon, aber … Das Verteidigungsministerium will kein Risiko eingehen. Deshalb nennen sie es auch ›abschließende Prüfung‹. Wir kontrollieren sämtliche Rohdaten von allen Studien erneut. So nach dem Motto: Vier Augen sehen mehr als zwei. Ich habe hier die Daten unserer allerersten Studie, und ich muss sagen, dass alles geradezu lehrbuchmäßig aussieht. Eigentlich sogar noch besser: Von den einunddreißig Probanden hat kein einziger über Nebenwirkungen geklagt. Das ist ehrlich gesagt ziemlich selten.«

»Einunddreißig?« Sie blinzelte nachdenklich. »Hast du mir nicht mal erzählt, dass die vorgeschriebene Probandenanzahl bei Draycotts Basis-Testreihen *zwei*unddreißig ist?«

Er runzelte die Stirn, warf einen erneuten Blick in den Ordner und blätterte darin. »Hm, ja, normalerweise schon. Außer jemand ist ausgeschieden.«

Sie räusperte sich. »Was war eigentlich mit dem Probanden, den wir damals im Arztzimmer gehört haben?«

Plötzlich hatte sie Damiens volle Aufmerksamkeit. »Wieso, was soll mit ihm sein?«, fragte er scharf.

»Er hatte eindeutig … Probleme. Vielleicht hat man beschlossen, ihn ins Krankenhaus zu bringen.« Oder ins Irrenhaus, dachte sie im Stillen.

»Nein, Cynthia«, sagte er energisch und blätterte weiter. »Hätte man ihn aus der Studie genommen, würde das hier stehen. Es gäbe Unterlagen dazu, ein Formular mit den Nebenwirkungen. Sein Name wäre durchgestrichen, würde aber nach wie vor auf der Liste auftauchen.« Er schloss den Ordner mit Nachdruck. »Aber dem ist nicht so.«

Sie streckte den Arm aus, um ihm eine Haarsträhne aus der Stirn zu streichen. Ihre Hand zitterte leicht bei der vertrauten Geste. »Vielleicht hat Draycott beschlossen ... ihn einfach aus den Aufzeichnungen zu tilgen? Weil es bei ihm nicht gut geklappt hat?«

»Nein, so etwas ist nicht erlaubt.«

Cynthia wurde immer nervöser. Versuchte Draycott zu vertuschen, was in jener Nacht passiert war? Und wenn ja, warum? Mit unerwarteten Reaktionen war in der Arzneimittelforschung immer zu rechnen, und die Probanden wussten das auch, wenn sie unterschrieben.

»Das ist vermutlich nur ein Versehen«, sagte Damien abrupt. »Vielleicht haben sie eine gesonderte Akte für ihn angelegt und sie woanders abgeheftet.« Aber er klang nicht sehr überzeugt. Er starrte einen Moment auf den zugeklappten Ordner vor ihm. Dann nahm er einen unüberlegt großen Schluck von dem heißen Kaffee und verzog das Gesicht. Als er merkte, dass sie ihn beobachtete, winkte er ab. »Ich werde der Sache nachgehen, wenn ich im Büro bin. Bestimmt gibt es eine logische Erklärung dafür. Und was den Typen anbelangt, den wir gehört haben ... der sitzt jetzt sicher zu Hause, sieht sich die *Eastenders* an und kratzt sich am Sack. Wetten, er kann sich nicht mal mehr an seine kleine ... Zitterpartie erinnern?«

Cynthia hallte der angsterfüllte Schrei, der sie den Flur hinuntergejagt hatte, erneut in den Ohren. Die Stimme hatte absolut panisch geklungen. *Keine Medikamente mehr! Mir reicht's!*

»Oh doch, ich bin sicher, er erinnert sich noch«, sagte sie leise.

28

Cynthia las sich den ersten Entwurf ihres Barbie-Killer-Artikels durch und runzelte unzufrieden die Stirn. Es war im Grunde nur Altbekanntes, das sie um ein paar Zitate und Farbtupfer ergänzt hatte, ohne dass es wirklich neue Erkenntnisse gab. Sie ließ sich seufzend in ihrem Stuhl zurücksinken. Vielleicht sollte sie lieber versuchen, aus der Opferperspektive zu berichten und den Moment schildern, als Nicole Whiteman sich aus der schützenden Umarmung ihres Mannes löste und ihrem Tod entgegenging. Als Phoebe Albertson sich von ihrem Freund trennte. Oder als Moira sich zum letzten Mal von Simon Caulder verabschiedete.

Wobei – seltsam, dass so viele Frauen kurz vor ihrem Tod mit ihrem Partner zusammen gewesen waren. Sie griff nach ihrem Notizblock und überflog mit wachsender Aufregung die Liste mit den Namen der Opfer. Mary Davies, Phoebe Albertson, Nicole Whiteman, Moira Yates und Andrea Prescott ... sie alle waren mit einem Mann zusammen gewesen, bevor sie ermordet worden waren: mit ihrem Freund, Ehemann oder Liebhaber. Oder, wie im Fall von Mary Davies, mit ihrem Freier. Sie hatten sich alle verabschiedet.

Ich habe sie geküsst. Sie ist gegangen und wurde ermordet.

Simon Caulders Worte schoben sich ungebeten in ihr Bewusstsein. Cynthias Blick huschte zur Liste zurück. Ein Kuss – jedes der Opfer hatte einen Mann geküsst, bevor es ermordet worden war. Im Fall von Mary Davies war es wahrscheinlich nicht nur bei einem Kuss geblieben.

Aber es gab eine bemerkenswerte Ausnahme: Lisa Reed.

Sie war mit Freunden aus gewesen. Dem Polizeibericht zufolge hatten sie die junge Frau bis zu der Straße begleitet, in der ihre Eltern wohnten. Cynthia starrte blind auf den Computerbildschirm. Mrs Reeds Stimme fiel ihr wieder ein, geistesabwesend und wie aus weiter Ferne, im Hintergrund das viel zu laute Ticken der Uhr. *Da war dieser junge Mann, Greg.* Cynthia dachte kurz nach. Dann griff sie zum Telefon und rief Nick an.

»Ich hab das doch alles schon der Polizei erzählt«, sagte Greg McGuire. Sie saßen in der Cafeteria der Universitätsbibliothek. Studenten beugten sich über abgewetzte Holztische und aßen von Plastiktabletts. Hin und wieder klirrte Besteck, doch abgesehen davon war es erstaunlich still – so still als würden die Bibliotheksregeln die Studenten noch bis in die Mittagspause verfolgen.

»Ich weiß«, sagte Cynthia. »Aber ich dachte, Sie haben bestimmt nichts dagegen, es noch mal kurz mit mir durchzugehen.« Sie hatte eine große Kanne Tee für sie beide gekauft. Gregs Tasse stand unangerührt vor ihm auf dem Tisch. Er seufzte. »Wir waren zu fünft«, sagte er. »Wir waren in einer Kneipe in der Edgware Road und sind erst spät gegangen, so gegen drei. Lisas Eltern wohnen ganz in der Nähe, also haben wir sie begleitet. Wir waren erst ein, zwei Minuten gelaufen, als ein Taxi auftauchte. Lisas Haus war nur eine Straße weiter, deshalb meinte sie, wir sollten das Taxi ruhig nehmen, sie würde den Rest allein zu Fuß gehen.« Sein Gesicht verzog sich bei der schmerzlichen Erinnerung. »Ich hätte darauf bestehen müssen, sie zu begleiten.« Er starrte auf den Tisch hinunter. »Aber wir haben uns verabschiedet, sind ins Taxi gestiegen – Schluss, aus. Und damit war auch ihr Leben vorbei.«

Cynthia beugte sich vor, versuchte, Blickkontakt herzustellen. Aber Greg starrte in seine Teetasse.

»Haben Sie sie zum Abschied geküsst?«, fragte sie leise.

Er sah abrupt auf, Erstaunen stand ihm ins Gesicht geschrieben. »Wie bitte?«, fragte er abweisend, als wäre das eine Falle.

Cynthia wurde schwindelig vor Aufregung. Ihr Instinkt hatte sie nicht getrogen, das spürte sie. Sie legte eine Hand auf Gregs Arm. »Als Sie sich verabschiedet haben, da haben Sie sie geküsst, nicht wahr?«

»Ich wüsste nicht, was Sie das …«

»Ja oder nein?«

Er griff zu seiner Teetasse und stellte sie wieder ab. Er lächelte ein leises, trauriges Lächeln.

»Ja, ich habe sie geküsst«, sagte er. »Die anderen drei sind zuerst eingestiegen, sodass Lisa und ich noch kurz allein geblieben sind. Ich habe sie hinter einen Baum gezogen und geküsst. Das hatte ich schon seit Längerem vor, und an diesem Abend hatte ich endlich den Mut dazu gefunden.« Er zuckte die Achseln. »Unser erster Kuss. Und auch unser letzter.«

Cynthia war so elektrisiert, dass sie beinahe aufgesprungen wäre. Stattdessen rutschte sie nervös auf ihrem Stuhl hin und her, während ihre Gedanken sich überschlugen. Der Mörder musste die Frauen beobachtet haben, bevor er sie tötete. Vielleicht war er ein Voyeur. Oder ein religiöser Eiferer, der sich von Unzuchttreibenden provoziert fühlte. Oder aber er war einfach nur neidisch auf fremdes Glück. Aber aus irgendeinem Grund hatte ein Kuss das Schicksal all dieser Frauen besiegelt.

»Haben Sie das der Polizei gesagt?«, fragte sie.

Wieder dieses Achselzucken. »Nein. Das war privat. Es hat mich auch niemand danach gefragt. Außerdem hielt ich es nicht für relevant.«

»Ich glaube, da haben Sie sich getäuscht«, sagte Cynthia.

Zurück im Büro, ging sie sofort zu Rockys Schreibtisch. Sie konnte es kaum erwarten, ihm zu erzählen, was sie herausgefunden hatte. Sie sah die Schlagzeile bereits vor sich: »Todeskuss für die Opfer des Barbie-Killers«. Das kam bestimmt auf die Titelseite. Aber der Stuhl des Nachrichtenchefs war leer. Das Telefon auf seinem Schreibtisch klingelte. Cynthia sah sich im Redaktionsraum um. Er konnte nicht weit sein; seine unverwechselbare Aktentasche – abgewetztes Leder voller mysteriöser Flecken – lehnte an seinem Stuhl. Wahrscheinlich war er gerade auf dem Klo. Cynthia hockte sich auf die Schreibtischkante und wartete. Das Telefon klingelte und klingelte.

»Wenn du Rocky suchst, wirst du noch eine Weile warten müssen«, sagte eine Stimme hinter ihr. »Die haben gerade eine Besprechung wegen irgendeinem Riesen-Scoop, der in die Morgenausgabe soll.«

Cynthia drehte sich um und entdeckte Tristan, den Leiter des Ressorts Wissenschaft und Technik. Er hatte wild gelocktes blondes Haar und leicht hervorstehende Augen, die ihn stets etwas erstaunt wirken ließen. Sein Arbeitsplatz befand sich auf der anderen Seite des Ganges, eine Reihe hinter Rocky.

»Die?«, echote Cynthia.

»Rocky, Marcus, der Geschäftsführer, der Chefredakteur und unsere Anwälte.«

Sie warf einen Blick auf Marcus' Schreibtisch. Er hatte wie wild auf seine Tastatur eingehackt, als sie losgegangen war, um Greg zu interviewen. Jetzt war sein Stuhl leer. Cynthia beschlich die böse Vorahnung, dass es ihr Kuss-Killer-Artikel womöglich doch nicht auf die Titelseite schaffen würde.

»Hast du irgendeine Ahnung, worum es geht?«, fragte sie.

Tristan zuckte nur gleichgültig die Achseln. Er war sehr auf seine eigenen Themen fixiert. Handelte es sich nicht um

Satellitensysteme, solarbetriebene Autos oder das weltgrößte Teleskop, war er nicht sonderlich interessiert.

»Ich habe Marcus irgendwas von 24/7 sagen hören. Und vom Premierminister war, glaube ich, auch die Rede.«

»Hmmm«, sagte Cynthia nachdenklich. »Das muss was mit der Debatte zu tun haben, ob 24/7 vom staatlichen Gesundheitssystem ausgegeben werden soll.«

Marcus Stimme ertönte direkt hinter ihr, und Cynthia zuckte zusammen. »Nein, darum ging es nicht.«

Sie wirbelte herum und sah ihn an. »Meine Güte, du hast mich fast zu Tode erschreckt!«

»Tut mir leid.« Sein kalter Blick wurde etwas wärmer, als er ihre Shifter-Schimmer-Augenringe entdeckte. Noch eine ganze Weile nach ihrem Treffen im Lamb and Flag war Marcus wiederholt zu ihr gekommen, um Hallo zu sagen, wobei er in ihrem Gesicht nach einem Hinweis darauf gesucht hatte, dass sie Shifter geworden war. Aber als die Wochen vergingen und sich nichts tat, hatte er die Nettigkeiten irgendwann eingestellt. Eisiges Schweigen war an ihre Stelle getreten.

Doch jetzt sah er sie mit wohlwollender Zufriedenheit an – wie ein Häuptling, der ein neues Stammesmitglied willkommen heißt. Cynthia wich seinem Blick aus.

»Rocky braucht wohl noch eine Weile«, sagte Marcus und rieb sich die Hände. »Er ist in einer Besprechung mit der Geschäftsleitung.«

»Ach ja?«, sagte Cynthia und wappnete sich gegen einen weiteren beruflichen Tiefschlag. »Was ist passiert?«

»Eine meiner Regierungsquellen hat mir eine ziemlich brisante Geschichte gesteckt.« Er machte eine bedeutungsschwere Pause. »Der Premierminister ist jetzt auch Shifter.«

29

Anti-Schlaf-Mittel trägt dazu bei, das Wirtschaftswachstum um mehr als zehn Prozent zu steigern

von Bruce Elder, Wirtschaftsreporter

Großbritanniens Wirtschaft hat im vierten Quartal ein Wachstum von enormen 10,2 Prozent zu verzeichnen, und zwar aufgrund einer erheblichen industriellen Produktivitätssteigerung.

Analysten nennen den plötzlichen Anstieg des Bruttoinlandsprodukts »Shifter-Effekt«. Seit die Einnahme von 24/7 weit verbreitet ist, sind Großbritanniens Firmenumsätze deutlich gestiegen, weil es eine Rund-um-die-Uhr-Nachfrage nach Waren, Dienstleistungen, Unterhaltung, Beförderung und Nahrungsmitteln gibt.

Auch der nationale Fachkräftemangel konnte dank längerer und flexiblerer Arbeitszeiten behoben werden. Die daraus resultierenden Umsatzzuwächse kommen ebenfalls der Staatskasse zugute: Höhere Einkünfte von Firmen und Arbeitnehmern lassen die Steuereinnahmen sprudeln. Frankreich dagegen muss erleben, dass seine Wirtschaft in diesem Quartal empfindlich geschrumpft ist, da die französische Regierung sich nach wie vor weigert, das Shiften zu legalisieren.

»Ökonomisch gesehen ist das reiner Selbstmord«, so Professor Ryan Baker vom neu gegründeten London Institute of Waking Studies. »Wie will Frankreich in einer 24-Stunden-Welt noch mithalten? Die französischen Bürger sollten sich wehren und dagegen auf die Straße gehen ...«

Sie saßen gerade beim Abendessen, als Damien ausrastete. Cynthia hatte Lasagne gemacht und erzählte von ihrer Todeskuss-Entdeckung, als sich sein Gesicht abrupt veränderte. Der Ausdruck aufmerksamen Interesses war verschwunden, und er starrte mit weit aufgerissenen Augen auf ihren Hals. Cynthia sprang auf und musterte ihr Spiegelbild im verglasten Küchenschrank. Ihr Puls raste, sie erwartete, ein widerliches Insekt auf ihrem Hals zu entdecken, eine Riesenspinne oder Kakerlake. Aber da war nichts.

»Damien, was ist denn?«, fragte sie.

»Was zum Teufel ... warum trägst du das?« Er zeigte mit zitternden Fingern auf ihren Hals. Es war warm in der Wohnung, deshalb hatte Cynthia ihren Wollpullover ausgezogen und trug nur noch ein schwarzes ärmelloses Oberteil. Ihr Hals war frei und ohne Schmuck. Damiens Stimme wurde schrill und bebend. »Wo hast du das her?« Sein Atem ging stoßweise. Sie versuchte ihn dazu zu bringen, sie anzusehen. Aber sein Blick hatte sich an ihrem Hals festgesaugt.

Er streckte die gespreizten Finger nach ihrer Kehle aus, und sie packte instinktiv sein Handgelenk.

Damiens freie Hand krallte sich heftig um ihren Unterarm. Sein Mund verzerrte sich zu einer hässlichen Grimasse, und einen schrecklichen Augenblick lang fürchtete Cynthia, er würde sie schlagen. Dann war der Moment vorüber, und Damien war wieder er selbst. Er ließ sie los und fuhr sich mit der Hand übers Gesicht.

»Tut mir leid«, murmelte er. »Ich hab mir da wohl was eingebildet.« Er griff zu seinem Messer und schnitt ein Stück von seiner Lasagne ab. Seine Finger zitterten. »Du wolltest mir gerade was erzählen. Über den Barbie-Killer?«

Cynthia konnte ihn nur mit offenem Mund anstarren, fassungslos vor Schock. Hatte sie sich die letzten Sekunden nur eingebildet? Oder hatte sie tatsächlich dem Mann, den sie liebte, ins Gesicht gesehen und sich vor ihm gefürchtet?

Sie atmete tief durch. »Mein Gott, Damien!«, sagte sie. »Du glaubst doch nicht im Ernst, dass wir diesen Vorfall einfach ignorieren können? Du hast mir Angst eingejagt. Wahnsinnige Angst!« Er versuchte, sie in den Arm zu nehmen, aber sie stieß ihn weg. »Ich muss wissen, was da gerade los war. Du hast gesagt, du hättest dir was eingebildet. Was zum Teufel hast du gesehen?«

Damien wirkte völlig zerknirscht. »Es tut mir so leid, dass ich dir Angst gemacht habe. Das wollte ich nicht, wirklich nicht. Es ist nur so, dass … Ich hätte schwören können, dass du ein Tuch trägst. Ein dunkelblaues Halstuch. Aber das stimmt natürlich nicht.«

»Ein Halstuch?«, wiederholte sie misstrauisch und musterte ihn, suchte nach einem Anzeichen dafür, dass er log. Aber es gab keines. Sie runzelte die Stirn. Das war doch absurd! Warum sollte Damien dermaßen heftig auf den Anblick eines Halstuchs reagieren? Außer … Als ihr einfiel, warum, bekam sie eine Gänsehaut. »Die Stewardess«, sagte sie. »Die Stewardess aus deinem Albtraum. Sie hat ein dunkelblaues Halstuch getragen, nicht wahr?«

Damien hielt sich die Hand an die Stirn. »Können wir bitte über was anderes reden?«

»Ich habe recht, nicht wahr?« Cynthia ließ nicht locker. »Du hast diese Stewardess in mir gesehen. Du hattest Halluzinationen, genau wie diese Versuchsperson, die plötzlich verschwunden ist.«

»Martin Gibbons«, sagte Damien tonlos, wobei er auf seinen Teller und die zerstückelte Lasagne starrte, die langsam kalt wurde.

Cynthia blinzelte überrascht. »Du kennst seinen Namen?«

Er zuckte die Achseln. »Ich hab dir doch gesagt, dass ich der Sache nachgehen werde. Ich habe Joe gefragt, ob jemand aus dieser Studie ausgeschieden ist. Und er meinte, er habe ein Nebenwirkungsformular für einen Probanden namens Martin Gibbons ausgefüllt, der aber weder am nächsten Tag noch sonst wann wiedergekommen sei.«

»Ein Nebenwirkungsformular? Hast du mir nicht erzählt, bei der Niton-Studie hätte man keinerlei Nebenwirkungen beobachtet?«

»Das Formular ist nicht im Ordner abgelegt, deshalb wusste ich nichts davon.«

»Und? Welche Nebenwirkungen hat Joe angegeben?«

Damien zuckte die Achseln. »Nichts Besonderes. Er sagte nur, Gibbons hätte sich ... merkwürdig benommen.«

Cynthia schüttelte ungläubig den Kopf. »Willst du mir ernsthaft weismachen, dass dich das alles kein bisschen beunruhigt?«

»Warum sollte mich das beunruhigen?«, sagte er trotzig.

»Gut, dann lass uns kurz Resümee ziehen.« Sie zählte die Fakten an ihren Fingern auf. »Erstens: Wir haben miterlebt, wie ein Mann, der an der Niton-Studie teilgenommen hat, völlig ausgeflippt ist und eindeutig Halluzinationen hatte, bevor er auf mysteriöse Weise verschwunden ist. Zweitens: Draycott scheint sämtliche Unterlagen vernichtet zu haben, die seine Teilnahme an der Studie belegen. Drittens: Dieser Martin Gibbons hat genau dasselbe Mittel genommen, das sich derzeit in deiner Blutbahn befindet. Und viertens: Du hast gerade halluziniert. Also frage ich dich noch einmal, ob dich das kein bisschen beunruhigt?«

Damien lachte auf. »Also, das ist ja wohl typischer Sensationsjournalismus! Ich hoffe, deine Artikel beruhen nicht auf dieser Art von Kurzschlusslogik. Okay, da war wohl ein Schatten auf deinem Hals, und einen Moment lang hat er so ausgesehen wie ein Tuch, mehr nicht. Und was Martin Gibbons angeht, möchte ich wetten, dass das Anti-Schlaf-Mittel nichts mit seinem Anfall zu tun hatte. Mit ihm muss schon vorher was nicht gestimmt haben. Vermutlich ist er schizophren. Und als die Draycott-Manager das merkten, haben sie ihn aus den Unterlagen getilgt – ganz einfach weil er gar nicht erst an der Studie hätte teilnehmen dürfen. Es gibt also für alles eine ganz harmlose Erklärung.«

Cynthia starrte ihn mit hochgezogenen Brauen an. »Interessant. Nur dass du diese Theorie gar nicht erwähnt hast, als wir neulich über ihn geredet haben. Du scheinst dir einige Gedanken darüber gemacht zu haben.«

Er griff nach seinem Weinglas, drehte es in seiner Hand und ließ die Flüssigkeit darin kreisen. »Eigentlich nicht. Das liegt doch klar auf der Hand, da muss man sich nicht groß Gedanken machen.«

»Trotzdem ...«

»Schluss jetzt!«, unterbrach Damien sie. Seine Stimme klang so aggressiv, wie sie sie noch nie gehört hatte. »Für mich ist das Thema damit beendet. Wenn es dir nichts ausmacht, würde ich jetzt gern über was anderes reden.«

Aber noch lange danach redeten sie überhaupt nicht, und Cynthia wurde das Gefühl nicht los, dass ihr Freund sich veränderte. Dass etwas Beängstigendes mit ihm vorging. Und dass dies hier erst der Anfang war.

Cynthia ließ sich Joe gegenüber auf einen Stuhl fallen und sah sich im Coffeeshop um. Nur ein paar vereinzelte Frühstücksgäste saßen im Sunshine Café: ein Mann in einem farbbespritzten Overall, der die *Sun* las. Eine gestresste Mutter, die verzweifelt versuchte, sich gegen drei zappelige Kinder durchzusetzen. Und zwei perfekt geschminkte junge Frauen in identischen dunkelblauen Kostümen mit Namensschildchen, vermutlich Hotelangestellte.

»Hallo, Cynthia.« Joe rieb sich gähnend die Augen. »Schön, dich endlich mal wiederzusehen.«

»Ja, es ist schon eine ganze Weile her.« Als er erneut gähnte, musste sie grinsen. »Bei dir ist es gestern wohl etwas später geworden?«

Er verdrehte die Augen. »Die Frau, die ich aufgerissen habe, war anscheinend Shifter. Den Fehler mache ich kein zweites Mal! Diese Mädels lassen einfach nicht zu, dass man sich danach zufrieden umdreht und einschläft. Sie war richtig sauer und hat mich immer wieder geweckt. Ein in die Jahre kommender Junggeselle wie ich ist da eindeutig überfordert.« Er drehte sich auf seinem Stuhl und hielt nach der Kellnerin Ausschau. »Weshalb ich auch sofort einen Kaffee brauche.« Eine junge Frau mit Schürze trat hinter der Sandwich-Vitrine hervor und kam mit einem Bestellblock an ihren Tisch.

»Einen sehr großen Kaffee, bitte.« Joe breitete die Arme aus, wie ein Angler, der mit dem Fang des Jahrhunderts angibt. »Ehrlich gesagt, kann er gar nicht groß genug sein. Sie dürfen ihn auch gern in einer Salatschüssel servieren.«

Cynthia sagte grinsend: »Für mich auch einen Kaffee, aber bitte ohne Salatschüssel.«

»Und?«, fragte Joe, nachdem die Kellnerin gegangen war. »Ich bin neugierig, worum es bei diesem mysteriösen Treffen überhaupt geht. Hast du endlich beschlossen, deinem nichtsnutzigen Freund den Laufpass zu geben und dich mit einem liebenswerten Iren auf eine lustvolle Entdeckungsreise einzulassen?« Er zwinkerte ihr zu.

Lachend sagte sie: »Ach, Joe, du hast mir gefehlt!«

»Tja. Deinem Freund scheint es da leider anders zu gehen.«

Stirnrunzelnd versuchte Cynthia sich daran zu erinnern, wann Damien das letzte Mal mit Joe ausgegangen war. Oder ihn auch nur erwähnt hatte. »Was ist denn los? Hattet ihr Streit?«

Die Kellnerin kam mit dem Kaffee – Joes wurde in etwas serviert, das wie eine Suppenschale aussah. Er wartete, bis sie wieder allein waren, bevor er sagte: »Damien scheint nichts mehr von mir wissen zu wollen. Immer wenn ich ein Treffen vorschlage, sagt er: ›Klar, treffen wir uns gegen ein Uhr morgens im Pub.‹ Und zwar an Wochentagen, obwohl er ganz genau weiß, dass ich um sechs in der Arbeit sein muss, wie er übrigens auch. Nur dass er keinen Schlaf braucht. Wenn er nicht irgendwann Vernunft annimmt, werden wir uns überhaupt nicht mehr sehen. Und an den Wochenenden scheint er immer mit irgendwelchen ominösen neuen Freunden verabredet zu sein.«

»Mit den Shiftern«, sagte Cynthia.

»Ja, genau. Fest steht, dass er mich nie fragt, ob ich mitkommen will. Dabei bin ich längst stubenrein.«

»Da hast du nichts verpasst. Diese Shifter … die bleiben gern unter sich. Ich bin mal mitgegangen, und es hat keinen Spaß gemacht. Die reden fast nur über Shifter-Themen und lästern über Leute, die schlafen.«

Joe wirkte niedergeschlagen. »Tja. Nach all den Jahren hätte ich schon gedacht, dass Damien und mich so schnell nichts trennt, aber …« Achselzuckend griff er nach seiner Kaffeeschale und blies auf die dampfende Flüssigkeit darin.

Cynthia sah ihn mitfühlend an. Sie hatte ja auch schon festgestellt, dass Damien immer mehr Zeit mit den Shiftern verbrachte, allerdings hatte sie nicht gewusst, wie weit er sich bereits von seinen alten Freunden entfernt hatte.

»Wie dem auch sei«, sagte Joe mit fester Stimme. »Du bist bestimmt nicht hergekommen, um dir mein Gejammer über deinen Liebsten anzuhören. Was kann ich für dich tun?«

Sie zögerte. Sie war hier, um Damien zu helfen. Trotzdem fühlte es sich so an, als würde sie ihn hintergehen. »Ich …

Ganz unter uns: Ich würde gern den Probanden ausfindig machen, der aus der Niton-Studie ausgeschlossen wurde. Martin Gibbons. Damien hat mir erzählt, du wüsstest mehr darüber.«

Joe zog die Augenbrauen hoch. »Ja. Ein seltsamer Typ. Irgendwas … stimmte nicht mit dem. Und zwar schon bevor er so ausgeflippt ist. Ich weiß aber nicht, was.«

»Damien sagt, du hättest ein Nebenwirkungsformular ausgefüllt, bevor er verschwunden ist?«

»Ja.« Er zögerte und sah sie misstrauisch an. »Ich will aber nicht, dass irgendwas davon in die Zeitung kommt.«

Cynthia schüttelte den Kopf. »Ich recherchiere nicht für einen Artikel. Das ist streng privat, ehrlich.« Sie hob die Hand. »Ich schwöre.«

Joe lachte. »Du hast wieder zu viele amerikanische Fernsehserien geschaut. Also … Martin Gibbons hat nicht zu unseren Stammprobanden gehört. Ich hatte ihn noch nie zuvor gesehen. Eines Nachmittags kam ich in sein Zimmer, und er hat einfach dagesessen und die Wand angestarrt. Und eine Art … Wimmern von sich gegeben.« Joe lehnte sich zurück. »Ich habe ihn gefragt, ob irgendwas ist, und da hat er mich angeschrien.«

»Was genau hat er geschrien?«

»›Verpiss dich! Lass sie in Ruhe!‹«

»Sie?«

Joe hob ratlos die Hände. »Keine Ahnung. Wie dem auch sei, ich hatte das Gefühl, das notieren zu müssen. Weil er so … weggetreten wirkte. Also habe ich ein Nebenwirkungsformular ausgefüllt und festgehalten, dass er ›einen reizbaren und verwirrten Eindruck‹ machte. Aber als ich am nächsten Tag nach ihm sehen wollte, war er verschwunden. Ich habe den Supervisor der Studie nach ihm gefragt, aber der hat sehr ausweichend reagiert und gesagt, Martin Gibbons nehme nicht mehr an der Studie teil, das war alles.«

»Nur aus Neugier: Stand der Name Martin Gibbons im weiteren Studienverlauf immer noch in den Unterlagen?«

»Natürlich. Allerdings durchgestrichen, so wie immer, wenn ein Proband ausscheidet. Warum?«

Sie zögerte. »Tja … jetzt ist er nicht mehr darin zu finden. Damien hat den Ordner mit nach Hause genommen und die Rohdaten überprüft. Für einen medizinischen Abschlussbericht. Und der Name Martin Gibbons taucht nirgendwo mehr auf. Damien sagt, das sei keine große Sache.«

Joe stieß einen leisen Pfiff aus. »Das stimmt natürlich nicht. Es bedeutet, dass die Originaldokumente vernichtet und durch neue ersetzt worden sind, was einen ernsthaften Regelverstoß darstellt. Mal ganz abgesehen davon, dass es illegal ist.«

Eine Pause entstand, in der Cynthia die neuen Informationen verarbeitete. Sie suchte in ihrer Handtasche nach einem Stift.

»Wie sieht Martin Gibbons aus?«, fragte sie schließlich.

Joe überlegte. »Ende zwanzig, Anfang dreißig. Ziemlich ungepflegt, was allerdings auf die meisten von Draycotts reizenden Probanden zutrifft. Oh, und er hat eine Tätowierung am Arm: eine Seejungfrau mit lächerlich großen Brüsten.«

»Haarfarbe?«

»So bräunlich, leicht gewellt.« Joe zuckte die Achseln.

Cynthia notierte die Informationen. »Du weißt nicht zufällig, wo ich ihn finden kann?«

»Hm, ich glaube, er wohnte in Hackney. Du kannst auch bei dem Krankenhaus nachfragen, in das er gebracht worden ist.«

Sie notierte »Hackney«, bevor sie fragte: »Welches Krankenhaus?«

»Das Queen Elizabeth. Zumindest vermute ich, dass er da gelandet ist, denn dorthin schicken wir alle Probanden, die negativ auf unsere Mittel reagieren. Vor besonders riskanten Studien warnen wir die dortigen Ärzte sogar vor.«

Cynthia nickte. »Du kennst nicht zufällig jemanden, der dort arbeitet und den ich inoffiziel befragen könnte?«

Joe zog die Schultern bis zu den Ohren hoch und setzte eine Leidensmiene auf. »Na ja, ich kenne da schon jemanden. Befreundet sind wir allerdings nicht gerade. Ach, ich hätte das gar nicht erwähnen sollen.«

»Wie heißt sie?«, fragte Cynthia lächelnd.

Er schüttelte den Kopf. »Im Ernst, das mit uns hat kein gutes Ende genommen. Es kam zu Verletzungen, Besteck war auch mit im Spiel. Ich bin selbst im Krankenhaus gelandet. Das Mädel hat so was an sich ...« Sein Blick verschwamm. »Aber im Bett ist sie toll«, fügte er noch hinzu. »Eine Wahnsinnsfigur, und unglaublich gelenkig ist sie auch.«

Cynthia hob abwehrend die Hand. »Bevor wir das unnötig vertiefen, verrat mir doch einfach ihren Namen ...«

Er seufzte. »Na gut. Aber sag nicht, ich hätte dich nicht gewarnt. Sie heißt Simone. Simone Dawson.«

Cynthia rief Simone im Krankenhaus an. Im Hintergrund hörte sie Notaufnahme-Chaos. Ein Mann schrie: »Sie hat mich gebissen! Die Schlampe hat mich doch tatsächlich gebissen!« Dann kreischte eine Frauenstimme: »Er hat meinen Hamster ermordet!« Cynthia fragte sich, ob die beiden Ereignisse in einem kausalen Zusammenhang standen.

»Hallo, ich heiße Cynthia Wills«, rief sie, um das Geschrei im Hintergrund zu übertönen. »Ein ... äh ... gemeinsamer Bekannter hat mir Ihre Nummer gegeben. Ich möchte Sie um einen kleinen Gefallen bitten und hoffe, Sie können mir helfen. Es geht um einen ehemaligen Patienten von Ihnen. Vielleicht können wir uns bei einem Drink darüber unterhalten?«

»Wer genau ist dieser gemeinsame Bekannte?«

»Äh, ein Exfreund von Ihnen.« Sie räusperte sich. »Joe.«

Zu ihrem Erstaunen wurde das mit lautem Gelächter quittiert. »Der irische Vollidiot! Sie wissen nicht zufällig, ob die Narbe an seinem Hintern jemals geheilt ist? Es würde mich freuen zu hören, dass er fürs Leben gezeichnet ist.«

»Keine Ahnung. Ich habe seinen Hintern noch nicht zu Gesicht bekommen.«

»Damit dürften Sie zu einer Minderheit der weiblichen Bevölkerung Londons gehören.«

Cynthia wusste nicht recht, ob Simone verbittert oder belustigt klang. Vermutlich beides. Irgendjemand flüsterte etwas im Hintergrund, und Cynthia schnappte das Wort »Tollwutimpfung« auf. »Hören Sie, Cynthia, ich muss weiterarbeiten. Worum geht es genau?«

»Das würde ich Ihnen lieber unter vier Augen erklären. Könnten wir uns nach Feierabend in der All Bar One um die Ecke vom Krankenhaus treffen?«

Simone zögerte. Im Hintergrund wurde erneut eine Männerstimme laut: »Diese gottverdammte *Vampirin*!«

Sie seufzte ins Telefon. »Meine Nachtschicht ist bald zu Ende, und ich möchte eigentlich nur noch nach Hause. Aber wir könnten uns morgen Nachmittag treffen. Vier Uhr wäre ... oh, Herrgott noch mal ...« Die Leitung war tot.

Cynthia wusste nicht genau, was sie erwartet hatte, aber auf keinen Fall das. Simone Dawson saß am Ende des Raumes. Sie war die einzige Frau ohne Begleitung in der von australischen Teenagern regelrecht überschwemmten Bar: ein weißblonder kurzer Pagenkopf, eine gepiercte Augenbraue und eine schwarze Lederjacke – nicht gerade eine typische Ärztin. Cynthia suchte automatisch nach dunklen Flecken unter ihren Augen. Fehlanzeige.

»Hallo, Sie müssen Simone sein. Ich bin Cynthia.« Ihr Händedruck wurde etwas zurückhaltend erwidert. »Darf ich Sie einladen? Wenn Sie Tee mögen, bestelle ich uns eine Kanne.«

Ein Schulterzucken. »In Ordnung.«

An der Bar überlegte Cynthia, wie sie am besten vorgehen sollte. Ursprünglich hatte sie an das Mitgefühl der jungen Ärztin für den verschwundenen Probanden appellieren wollen. Aber nachdem Cynthia sie gesehen hatte, glaubte sie nicht, dass das funktionieren würde. Sie musste sich auf ihr Bauchgefühl verlassen.

»So!«, sagte sie, als sie die Kanne und zwei Tassen auf den Tisch stellte. »Nachtschichten in der Notaufnahme – ich wette, da geht es ziemlich aufregend zu.«

Simone schnaubte leicht. »Man kommt sich manchmal vor wie im Zoo. Sie können sich nicht vorstellen, auf was für Ideen die Leute kommen. Studenten, die sich eine Überdosis lebender Goldfische einverleiben. Brautjungfern mit einem blauen Auge und herausgerissenen Haarbüscheln, nachdem sie sich um den Trauzeugen geprügelt haben. Gut situierte Herren mittleren Alters mit einer Hello-Kitty-Plastikfigur im Hintern.« Sie goss sich Tee ein, ohne Cynthia auch einzuschenken. »Und das allein gestern Abend.«

»Meine Güte, wie … interessant.« Cynthia nahm sich ebenfalls Tee und nippte an ihrer Tasse. »Hat 24/7 viel verändert?«, fragte sie unschuldig.

Simone musterte sie argwöhnisch. »Wie meinen Sie das?«

»Na ja, jetzt wo so viele Leute Shifter sind … Gibt es da Auffälligkeiten bei den Patienten? Irgendwelche neuen Entwicklungen?«

»Na ja, es gibt natürlich viel mehr Leute, die die ganze Nacht durchtrinken. Sie werden nicht mehr bewusstlos, also sind wir ständig am Magenauspumpen.«

Cynthia verzog angewidert das Gesicht. »Wie reizend.«

»M-hm. Ich habe inzwischen den Verdacht, dass eine der wichtigsten Funktionen des Schlafs darin besteht, den Alkoholkonsum einzuschränken.«

»Ist das die einzige Veränderung, die Sie in Bezug auf die Shifter bemerkt haben? Als das Medikament aufkam, waren die Ärzte doch so alarmiert, alle sagten Nebenwirkungen voraus. Aber jetzt sind sie völlig verstummt.«

Simone schnaubte verächtlich. »Sie sind nicht einfach nur verstummt. Eine Menge Ärzte sind mittlerweile selbst Shifter. Dieser Livington hat vielen ein derartig schlechtes Gewissen gemacht, dass sie die Seiten gewechselt haben. Mit diesem Gewäsch, dass er viel mehr Leben retten kann, jetzt wo er keinen Schlaf mehr braucht. Was für ein Scheiß! Aber viele Klinik-Egomanen haben sich das zu Herzen genommen. Wäre ja auch schlimm, wenn die Welt acht Stunden auf ihre unglaublichen Fähigkeiten verzichten müsste!«

Cynthia warf einen vielsagenden Blick auf die Haut unter Simones Augen. »Aber Sie nicht?«

Sie nahm einen Schluck Tee, bevor sie antwortete. »Nein.«

»Gibt es einen bestimmten Grund dafür? Haben Sie im Krankenhaus etwas erlebt, das Sie davor zurückschrecken lässt?«

Simone zögerte. Und in diesem Moment wusste Cynthia, dass sie ins Schwarze getroffen hätte. Sie ließ Simone nicht aus den Augen, die drauf und dran war, etwas zu sagen. Doch dann überlegte sie es sich anders und schüttelte kaum merklich den Kopf. »Es geht hier nicht um mich«, sagte sie in einem Tonfall, der keine Widerrede duldete. »Ich dachte, Sie wollen über einen ehemaligen Patienten von mir sprechen? Nicht, dass ich Ihnen da groß weiterhelfen kann. Ich wüsste eigentlich auch nicht, warum.«

Cynthia versuchte, ihre Enttäuschung zu verbergen. Sie hatte das Gefühl, hier etwas Wichtiges über 24/7 erfahren zu können. Aber wenn sie herausfand, was Martin Gibbons zugestoßen war, kam sie vielleicht auch so dahinter.

»Es gibt ein Forschungsinstitut hier in der Nähe, mit dem Ihre Klinik zusammenarbeitet. Es heißt Draycott Life Sciences.«

Simone nickte. »Die Pillenfarm. Wenn die dort Mist bauen, flicken wir ihre Probanden wieder zusammen. Und?«

Inzwischen war Cynthia zu der Überzeugung gelangt, dass man bei Simone mit Ehrlichkeit am weitesten kam.

Deshalb erzählte sie ihr alles von dem beängstigenden Vorfall bei Draycott, von den manipulierten Niton-Unterlagen, dem verschwundenen Mr Gibbons und von ihrem Entschluss, ihn aufzuspüren. Das Einzige, was sie unerwähnt ließ, waren Damiens Halluzinationen.

Simone hörte aufmerksam zu und schwieg. Als Cynthia geendet hatte, nickte sie. »Und was genau wollen Sie jetzt von mir?«

»Ich dachte, Sie könnten vielleicht einen Blick in Gibbons' Patientenakte werfen und mir sagen, ob er sich wieder erholt hat. Ich will keinerlei Details wissen – nur, ob es ihm gut ging, als er das Krankenhaus verlassen hat.«

Simone musterte Cynthia mit zusammengekniffenen Augen. »Dahinter steckt doch mehr als nur die Sorge um ein menschliches Versuchskaninchen, hab ich recht?«

Dieser Frau konnte man wirklich nichts verheimlichen. Cynthia hatte der Ärztin nichts von Damiens merkwürdigem Verhalten erzählen wollen, weil ihr das irgendwie illoyal vorkam. Aber wenn sie sich nicht täuschte und Simone selbst Vorbehalte gegen 24/7 hatte, konnte das die Medizinerin unter Umständen dazu bewegen, ihr zu helfen. Nach kurzem Überlegen sagte Cynthia: »Mein Freund nimmt das Mittel, und ich habe Angst es könnten Nebenwirkungen bei ihm auftreten. Deshalb möchte ich wissen, ob bei dieser Studie irgendetwas schiefgelaufen ist. Oder noch schiefläuft.«

Simone sah sie lange an – sie schien mehr über Damiens Probleme wissen zu wollen. Doch als Cynthia hartnäckig schwieg, griff die Ärztin in ihre Jackentasche und zog einen Stift hervor.

»Geben Sie mir Ihre Telefonnummer«, sagte sie und nahm einen Bierdeckel. »Und das Datum, an dem Ihr Versuchskaninchen eingeliefert wurde. Ich kann nichts versprechen, aber ich werde mal sehen, ob ich etwas herausfinde.«

»Danke«, sagte Cynthia. »Das ist wirklich nett von Ihnen.«

Simone sah sie düster an. »Mit Nettigkeit hat das nichts zu tun.«

30

Der Anruf kam schon am nächsten Nachmittag. Cynthia kehrte gerade aus der Teeküche zurück, als sie sah, dass ihr Handy auf dem Schreibtisch vibrierte. Sie konnte es gerade noch auffangen, bevor es über die Kante rutschte.

»Scheiße!«, sagte Simone anstelle einer Begrüßung. »Entschuldigung, mir ist das Handy runtergefallen. Also, ich habe mich mal nach der Patientenakte von diesem Gibbons umgesehen …«

»Oh, das ist ja … und?« Cynthia ließ sich auf ihren Stuhl sinken und hielt sich das andere Ohr zu, um den Redaktionslärm auszublenden.

»Und gar nichts. Er ist nie hier gewesen. Es gab keinen Martin Gibbons, Marty Gibbons, Funky Gibbons oder Gibson Martini.«

Cynthia runzelte die Stirn. Das war doch unmöglich. »Vielleicht habe ich mich im Datum geirrt?«, fragte sie zaghaft.

»Wahrscheinlich«, sagte Simone. »Deshalb habe ich den ganzen Monat überprüft, und jetzt raten Sie mal: Von einem Gibbons fehlt jede Spur. Also schließe ich daraus, dass die Frau Journalistin das falsche Krankenhaus erwischt hat.«

Cynthia dachte kurz nach. »Er hatte … psychische Probleme. Vielleicht haben sie ihn woanders hingebracht. An einen Ort, wo man besser auf solche Fälle vorbereitet ist.«

»Wir haben hier die beste Freak Show im ganzen Land«, sagte Simone leicht beleidigt. »Selbst wenn wir nicht das nächstgelegene Krankenhaus wären – wir wären die erste Wahl. Ich an Ihrer Stelle würde … Hey!« Gedämpftes Geschrei und ein Hupen ertönten. »Tut mir leid, irgend so ein Arsch hat mich ausgebremst. Also, wo waren wir stehen geblieben?«

Cynthia war überrascht. »Sie sitzen im Auto?«

»Auf dem Fahrrad. Also, sind Sie sich da ganz sicher? Hat Ihre Quelle wirklich mitangesehen, wie der Typ mit dem Krankenwagen abtransportiert wurde?«

»Nein«, musste Cynthia zugeben. »Ich wüsste nur nicht, wo er sonst sein sollte.« Sie runzelte die Stirn. »Ich frage mich, was mit ihm passiert ist.«

»Tja, was es auch war – wir hatten nichts damit zu tun.« Und die Leitung war tot.

Cynthia starrte auf ihr stummes Handy, während sie immer nervöser wurde. Fehlende Unterlagen waren schon verdächtig genug, aber ein vermisster Mensch? Sie dachte kurz nach, bevor sie sich zu ihrem Computer umdrehte und das Londoner Telefonbuch aufrief. Energisch tippte sie eine Nummer in ihr Telefon. Wenn hier jemand Personen aufspüren konnte, dann sie! Sie würde ein für alle Mal herausfinden, was Mr Gibbons zugestoßen war.

Vier Stunden später knallte Cynthia frustriert den Hörer auf die Gabel. Keiner der Gibbons' aus dem Londoner Telefonbuch hatte einen Verwandten mit Vornamen Martin, der in Hackney lebte. Sie hatte den Polizeireporter vom *Sentinel* den Namen in die Datenbank eingeben lassen, für den Fall, dass Gibbons vorbestraft war, jedoch ohne Erfolg. Sie hatte sogar einen Freund bei einer Kreditfirma recherchieren lassen – vergebens. Wenn tatsächlich ein Martin Gibbons in Hackney wohnte, besaß er nicht mal eine Kreditkarte, geschweige denn eine Hypothek.

Tja, das war's dann wohl, sie hatte versagt. Cynthia stützte das Kinn in die Hand und grübelte. Wer besaß heutzutage keine Kreditkarte? Jemand, den die Banken aufgegeben hatten. Jemand, der nie einen richtigen Job gehabt hatte. Sie richtete sich in ihrem Stuhl auf und schöpfte neue Hoffnung. Natürlich! Warum war sie nicht früher darauf gekommen? Martin Gibbons bezog wahrscheinlich Arbeitslosengeld.

Sie griff zu ihrem Adressbuch und schlug eine Seite auf, die mit »Behörden« überschrieben war. Sie hatte einen guten Kontakt im Arbeitsamt, zu jemandem, der ihr noch einen Gefallen schuldete. Wenn es einen Martin Gibbons in Hackney gab, der Stütze bekam, würde sie es bald wissen.

Etwas später stand Cynthia vor dem King Edward House. Der vornehme Name war der reinste Witz angesichts dieser schäbigen Sozialbausiedlung. Die Sonne ging schon unter, und die Gebäude warfen lange Schatten.

Hinter sich hörte sie Rufe. Sie drehte sich um und sah, wie ein halbes Dutzend Jugendliche auf ihren Fahrrädern enge Kreise zogen, die Gesichter von Sweatshirtkapuzen verdeckt. Sie wunderte sich, dass sie bei diesem Licht überhaupt noch etwas sehen konnten. Dann rief einer von ihnen: »Mir nach!«, und plötzlich kamen sie direkt auf Cynthia zugerast. Sie presste ihre Handtasche an sich und versuchte, zum Hauseingang zu rennen.

Doch schon nach wenigen Schritten hatten die Räder sie eingeholt. Graue und blaue Sweatshirts sausten an ihr vorbei und bildeten eine Mauer, die ihr den Weg versperrte. Sie begannen, sie zu umkreisen, und sie bekam es mit der Angst.

»Hey, Baby, du siehst aber guuuuuut aus«, sagte eine der Kapuzengestalten in einem seltsamen Singsang. Die anderen lachten dreckig, und sie sah Zähne aufblitzen. Dann sagte einer »Los, kommt schon!« und nahm den Weg, den sie gekommen war, der sie vom beruhigenden Verkehrsgewühl der Straße weggeführt hatte. Die anderen sausten ihm nach, wobei sie so dicht an ihr vorbeifuhren, dass sie sie beinahe streiften. Schweißperlen standen ihr auf der Stirn, und sie zitterte.

Sie holte ein paarmal tief Luft, um sich zu beruhigen, und betrat das Haus. Martin Gibbons wohnte im zweiten Stock, in einer Wohnung, die auf eine gewisse Kylie Manson angemeldet war. Vermutlich seine Freundin. Im Treppenhaus roch es nach Urin und frischem Curry. Cynthia hörte Stimmen und das Klappern von Töpfen.

Sie klingelte an der Wohnung Nummer 206, und die Tür öffnete sich gerade so weit, wie es die vorgelegte Kette erlaubte. Ein Auge erschien im Türspalt, und eine Frauenstimme fragte: »Was wollen Sie?«

»Hallo, ich bin Cynthia Wills von der Firma Draycott Life Sciences. Ich bin gekommen, um mich nach Martin Gibbons zu erkundigen.« Die Stimme begann: »Wir brauchen keine –«, als Cynthia sie mit den Worten unterbrach: »Unter Umständen hat er ein Anrecht auf eine Entschädigungszahlung.« Das Auge blinzelte ein, zwei, drei Mal. Eine nachdenkliche Pause entstand. Dann wurde die Tür zugemacht, und Cynthia hörte Metall klirren, bevor sie ganz geöffnet wurde.

Kylie Manson war hübsch, trotz ihrer Aufmachung mit hautengen Jeans, knallblauem Lidschatten und riesigen silbernen Kreolen.

»Wie hoch ist die Entschädigungszahlung?«

Cynthia setzte ihr geduldigstes, professionellstes Lächeln auf. »Ich müsste erst mit Mr Gibbons sprechen, um das entscheiden zu können.«

Kylie trat einen Schritt zurück und winkte Cynthia herein. Vor einem schwarzen Kunstledersofa stand ein riesiger Fernseher, auf dem MTV lief. Der Ton war ausgeschaltet. Halbnackte Frauen verrenkten sich auf dem Bildschirm.

»Martin!«, rief Kylie. »Da will dich jemand sprechen.«

Cynthia hörte von irgendwoher ein Brummen, dann tauchte ein unrasierter Mann um die dreißig auf, er trug Jeans und ein ärmelloses T-Shirt. Er sah Cynthia überrascht an.

»Sie sagt, du kriegst vielleicht Geld«, erklärte Kylie.

»Toll, was muss ich dafür tun?«

»Nur ein paar Fragen beantworten. Mein Name ist Cynthia Wills. Ich komme von Draycott Life Sciences.« Cynthia setzte sich auf die Couch und holte ihren Notizblock hervor. Martin setzte sich neben sie und war ganz Ohr. Er sah ganz gesund aus. Und vollkommen normal. Die Haut unter seinen Augen hatte dieselbe gelbliche Farbe wie das restliche Gesicht. Das hieß, dass auch die extremsten Reaktionen auf 24/7 bloß vorübergehend waren.

Cynthia schlug den Block auf. »Beginnen wir mit Ihrem Schlafrhythmus. Schlafen Sie? Und wenn ja, wie viele Stunden pro Nacht?«

Er kratzte sich nachdenklich am Kopf. »Weiß nicht … zehn vielleicht?«

Seine Freundin ließ sich mit einem Nicken auf die Armlehne sinken. »Ja, das dürfte ungefähr hinkommen. Der Kerl ist ein totaler Faulpelz.«

Martin zog ein mürrisches Gesicht. Cynthia tat so, als würde sie ihre Notizen durchlesen. »Nur, um sicherzugehen, dass meine Daten stimmen: Können Sie mir sagen, wie lange Sie genau im Krankenhaus waren?«

»Was?«, fragte er überrascht, so als wüsste er nicht, wovon sie sprach.

»Im Krankenhaus«, wiederholte Cynthia. »Sie sind in eine Klinik eingeliefert worden, nachdem sich bei Ihnen … Nebenwirkungen bemerkbar gemacht haben.«

Kylie und er wechselten einen schwer zu deutenden Blick. Dann sagte Martin: »Ach so, das! Ein paar Tage.«

Cynthia musterte ihn. Irgendwas stimmte hier nicht. »Könnten Sie etwas genauer werden? Ich brauche exakte Angaben.«

»Ich glaube, vier ...«, sagte er unsicher und sah sich hilfesuchend zu seiner Freundin um.

»Es waren vier«, sagte Kylie mit fester Stimme. »Da bin ich mir ganz sicher. Ich habe mir große Sorgen gemacht. Sie hätten ihn *umbringen* können!«

»Also, Mr Gibbons«, sagte Cynthia direkt an ihn gewandt. »Haben Sie seit Ihrer Entlassung aus dem Krankenhaus noch weitere Symptome an sich bemerkt?« Als er zögerte, fügte sie rasch hinzu: »Bei dieser Frage geht es nicht um die Höhe der Entschädigung, sondern nur darum, ob Sie erneut für einige Untersuchungen ins Krankenhaus müssen.«

Martin sah sie erschrocken an. »Nein«, sagte er rasch. »Es geht mir gut.«

Das stimmte hinten und vorn nicht! Cynthia wühlte in ihrem Gedächtnis. »Wie lange haben die Halluzinationen gedauert, nachdem Sie Draycott verlassen hatten?«

Er warf Kylie wieder diesen seltsamen Blick zu. Wie ein ahnungsloser Schüler, der im Unterricht aufgerufen wird und verzweifelt nach der richtigen Antwort sucht. »Hm, lassen Sie mich überlegen ...«

Er kratzte sich nervös am Arm. An seinem nackten, untätowierten Arm. Da begriff Cynthia. Ihr Blick huschte von einem Arm zum anderen. Sie klappte ihren Notizblock zu. »Wo ist Ihre Tätowierung geblieben?«, fragte sie ruhig.

»Wie bitte?«, sagte Martin und blinzelte jetzt schneller.

»Die Meerjungfrau-Tätowierung. Wo ist sie?«

»Oh, die ... äh, die hab ich mir wegmachen lassen.«

»Reden wir lieber wieder über die Entschädigung«, schaltete Kylie sich ein. »Haben Sie einen Scheck dabei? Ich finde nämlich, Sie sollten ihm das Geld sofort geben. Er hat lange genug gelitten. Er hat es sich *verdient.*«

Cynthia sah nachdenklich zwischen Martin und seiner Freundin hin und her. Die Gier und die Anspannung waren mit Händen zu greifen.

»Geben Sie mir nur noch eine Minute«, sagte Cynthia lächelnd zu Kylie. Es wurde Zeit, einen Köder auszulegen. »Martin, erinnern Sie sich noch an Andy Potter? Mit dem Sie sich während der Studie angefreundet haben?«

Sein Blick irrte durch den Raum, er vermied es, sie anzusehen. »Ich kann mir Namen schlecht merken. Die Studie ist schon lange her. Fast ein Jahr.«

»Trotzdem, ein bisschen seltsam ist das schon. Während der Niton-Studie waren Sie beide praktisch unzertrennlich. Sie müssen sich doch noch an ihn erinnern?« Eine Pause entstand. Sie hielt die Luft an. Als ihm keine Antwort einfiel, sagte sie: »Vielleicht sollten wir Sie im Krankenhaus doch noch einmal gründlich untersuchen. Wir müssen sicherstellen, dass Ihre Gedächtnisprobleme keine Langzeitfolge des Mittels sind.«

Martin lachte übertrieben laut und sagte: »Ich hab doch bloß Spaß gemacht! Natürlich erinnere ich mich an meinen alten Kumpel Andy! Wie geht's ihm denn so? Ich wollte ihn schon längst mal anrufen.«

Er hatte angebissen. Und verloren. »Es gibt gar keinen Andy Potter«, sagte Cynthia leise. »Ich habe ihn erfunden. Hätten Sie an der Studie teilgenommen, wüssten Sie das. Aber Sie waren gar nicht dabei, stimmt's?«

Martins Mund öffnete und schloss sich wieder. Kylie sagte: »Hey, Moment mal …«

Doch Cynthia unterbrach sie: »Wo ist Martin Gibbons? Wenn Sie mir das sagen, können wir vielleicht vermeiden, dass die Polizei eingeschaltet wird.«

Der Mann vor ihr war aufrichtig verwirrt. »Nein, Sie haben das alles falsch verstanden. *Ich* bin Martin Gibbons. *Er* hat sich für *mich* ausgegeben. Ich hab bloß einem Kumpel einen Gefallen getan.«

»Halt's Maul, Martin!«, fuhr Kylie ihn an. »Du musst der gar nichts sagen.« Sie wandte sich zu Cynthia. »Gehen Sie, sofort!«

»Ich sage es noch einmal«, wiederholte Cynthia. »Erklären Sie mir, was hier los ist, damit ich nicht die Polizei verständigen muss. Denn hier hat eindeutig ein Betrug stattgefunden.« Eine lange Pause entstand. »Gut«, sagte sie und griff nach ihrer Handtasche. »Ganz wie Sie wollen.«

Sie war schon fast an der Tür, als Martin sagte: »Ich habe ihm bloß erlaubt, meinen Namen und meinen Ausweis zu benutzen. Mehr nicht.«

Seine Freundin sprang auf. »Scheiße! Mir reicht's.«

Sie ging hinaus und ließ Martin auf dem Sofa sitzen, der Cynthia flehend ansah. »Ich kenne ihn aus dem Pub. Wir haben öfter mal was zusammen getrunken, und alle haben gesagt, dass wir uns ähnlich sehen. Er wollte an einer Medikamentenstudie teilnehmen, aber die wollten ihn nicht nehmen. Deshalb hat er jemanden gebraucht, der ihm hilft, sie auszutricksen. Er hat mir hundert Pfund gegeben, damit ich zu dem Institut gehe und ein paar Formulare ausfülle. Man hat mir Blut abgenommen, und ich musste in einen Becher pinkeln. Dann hieß es, ich wäre zu dem Test zugelassen. Danach hat er sich meinen Führerschein ausgeliehen und ist an meiner Stelle hin.«

Cynthia setzte sich wieder aufs Sofa und dachte nach. »Haben Sie seitdem wieder von ihm gehört?«

Martins Miene verdüsterte sich. »Nein. Dabei brauche ich dringend meinen Führerschein wieder. Ich hab ihn auf dem Handy angerufen, aber er geht nie dran. Und im Pub war er auch nicht mehr.«

»Wie heißt er?«

Martin wand sich. »Hören Sie, das ist ein Kumpel von mir, und ich will nicht, dass er Ärger kriegt. Deshalb kann ich Ihnen leider keine …«

»Er könnte Probleme haben«, unterbrach sie ihn. »Medizinische Probleme. Vielleicht haben Sie deshalb nichts mehr von ihm gehört. Und wenn er Probleme hat, hat er unter Umständen Anspruch auf eine erhebliche Entschädigungssumme. Natürlich werden wir den Scheck auf Sie ausstellen müssen, da er sich unter Ihrem Namen und Ihrer Adresse angemeldet hat. Aber ich bin mir sicher, Sie werden das Geld weiterleiten.«

Etwas glomm in Martins Augen auf. Er leckte sich die Lippen. »Wenn ich Ihnen seinen Namen nenne, müssen Sie mir versprechen, ihn für sich zu behalten.«

Sie schüttelte den Kopf. »Ich fürchte, das geht nicht.«

Er lehnte sich zurück, verschränkte die Arme und presste die Lippen zu einem schmalen Strich zusammen. »Dann sage ich nichts. Denn sollte mit ihm doch alles in Ordnung sein, will ich nicht, dass er Schwierigkeiten bekommt, nur weil ich die Klappe nicht halten konnte. Ich hab meine Prinzipien, und eines davon lautet, dass man seine Kumpel nicht verpfeift.«

Sie seufzte. »Wie wär's damit: Ich werde ihn nicht anzeigen und seinen Namen nicht weitergeben – es sei denn, ich finde heraus, dass ihm etwas wirklich Schlimmes zugestoßen ist und er Hilfe braucht.«

Martin musterte sie argwöhnisch. »Schwören Sie's?«

»Ja, Martin, ich schwöre.«

Er hielt ihren Blick eine Weile fest, bevor er nickte.

»Er heißt Loomis. Jeff Loomis.«

31

Katrina hatte über einen Freund, den sie während der Narkolepsie-Studie kennengelernt hatte, von der neuen Testreihe erfahren. Das Anti-Schlaf-Mittel sollte noch mal getestet werden, nur diesmal an Menschen ohne Schlafprobleme. Und zwar ausschließlich an Männern.

»Bitte melde dich als Freiwilliger«, sagte sie eines Abends beim Essen auf dem Boot. Eine Kerze stand auf dem Tisch, und ich sah die kleine Flamme in ihren Augen widergespiegelt. »Dann kannst du so tun, als würdest du die Tabletten nehmen, sie unter deiner Zunge verstecken und anschließend mit nach Hause bringen.«

Katrina war ganz verzweifelt, weil ihr Tablettenvorrat zur Neige gegangen war. Im Gegensatz zu mir hatte sie wieder angefangen zu schlafen. Es war jetzt drei Wochen her, seit ich meine letzte Tablette genommen hatte, und ich war nach wie vor kein bisschen müde. Katrina vermutete, dass das Mittel bei Nicht-Narkoleptikern besser wirkte.

Als ich sah, wie unglücklich sie war, wollte ich ihre Hand nehmen. Aber das ging nicht, weil sie beide Hände zu Fäusten geballt hatte. Und dann verwandelten sich ihre Hände plötzlich in Klauen. Also, ich meine, ich sah Klauen, wo eigentlich ihre Hände hätten sein müssen: scheußliche gelbe Dinger, die spitz zuliefen wie Messer. Also schloss ich die Augen, zählte bis zehn, und als ich sie wieder aufmachte, hatten sich die Klauen in ihre normalen Hände zurückverwandelt. Das funktionierte meistens: die Augen schließen und zählen. Nicht immer, aber in der Regel schon.

»Aber Katrina«, sagte ich und strich ihr zärtlich über den Arm. »Wenn ich das tue, bin ich vier Wochen weg, und wir würden uns fast einen Monat nicht sehen. Du weißt doch, wie sehr ich es hasse, von dir getrennt zu sein.«

Sie drehte sich weg, damit ich sie nicht mehr streicheln konnte. »Du hast leicht reden!«, sagte sie mit erstickter Stimmc – es klang wütend, verängstigt und traurig zugleich. »Du musst ja nicht jede Nacht schlafen! Es ist so furchtbar, Jeff. Wie Totsein. Wie habe ich das früher bloß ausgehalten? Mein Leben wird von diesem schwarzen Loch, von diesem Nichtsein verschluckt. Es raubt mir die Zeit. Es raubt mir das *Leben.*«

Dann begann sie zu weinen, und natürlich fühlte ich mich schrecklich. Trotzdem wollte ich nicht an der Studie teilnehmen. Vier ganze Wochen ohne Katrina. *Sie wird dich betrügen*, flüsterte die böse Stimme in meinem Kopf. *Sie versucht, dich loszuwerden.* Aber es war keiner der Tage, an denen sie sich wirklich Gehör verschaffen konnte, also schob ich sie weg. Katrina betrog mich nicht. Die böse Stimme versuchte wieder, mich reinzulegen, aber heute durchschaute ich sie.

Und dann kam mir auf einmal dieser geniale Gedanke. Es war doch ganz klar, dass ich unmöglich an dem Experiment teilnehmen konnte. Ehrlich gesagt habe ich mich ein bisschen gewundert, dass Katrina nicht längst selbst darauf gekommen war. Aber das lag wohl daran, dass sie nicht ganz sie selbst war – jetzt, wo ihre Nerven verrücktspielten, weil sie so dringend neue Pillen brauchte.

»Die Forscher da werden doch mein Blut untersuchen. Und dann werden sie merken, dass ich die Pillen schon nehme«, sagte ich. »Sie werden wissen wollen, wie ich da rangekommen bin, und wir beide werden riesige Probleme kriegen.«

Stirnrunzelnd sagte sie: »Oh. Das stimmt.« Ich dachte, die Sache wäre damit erledigt, aber sie sprang auf, ließ ihre Nudeln stehen und fing an zu telefonieren. Ich konnte hören, wie sie mit einem ihrer Freunde von der Narkolepsie-Studie sprach. Dann bekam sie irgendwoher die Nummer von jemandem, der schon an vielen Studien teilgenommen hatte und wusste, wie sie abliefen.

Ich ging ins Schlafzimmer und ließ sie allein – in der Hoffnung, dass sie bald aufgeben und nachkommen würde. Vielleicht konnten wir ein bisschen kuscheln. Aber eine Stunde später lag ich immer noch da und blätterte in einer Zeitschrift. Dann ging die Tür auf, und Katrina kam rein. Sofort warf ich die Zeitschrift auf den Boden, denn sie trug nichts als ihren roten BH und ein passendes Höschen. Mann, sie sah echt scharf aus! Und ihre Augen glänzten ganz aufgeregt, wie die eines kleinen Kindes, während sie mich anstrahlte.

Sie griff hinter sich, um den BH aufzuhaken. Dann warf sie sich auf mich und schlang mir die Arme um den Hals. »Liebling«, flüsterte sie mir ins Ohr. Ihr Atem kitzelte mich. »Ich weiß jetzt, wie wir es machen.«

Es sah Judy überhaupt nicht ähnlich, sich so zu verspäten, und Cynthia machte sich langsam Sorgen. Sie bestrich ihr Baguette mit etwas Butter und versuchte, nicht zur Tür zu starren. Sie saß bei »Mario«, einem italienischen Restaurant mit rotkarierten Tischdecken und kitschigen Venedig-Bildern an den Wänden, in dem man wenig überzeugende Pasta bekam. Judy hatte es vorgeschlagen, weil es gleich neben ihrer Kanzlei lag.

Cynthia hatte sie schon seit drei Monaten nicht mehr gesehen. Mit jeder unbeantworteten Nachricht, die sie auf Judys Mailbox hinterließ, wuchs ihre Enttäuschung. Es hatte eines Wutanfalls nach dem Piep bedurft, um ihre Freundin endlich zu einem Treffen zu bewegen.

Cynthia musste zweimal hinsehen, als Judy hereinkam.

Sie besaß keinerlei Ähnlichkeit mehr mit der entspannten, fröhlichen Frau, die mit ihr im Curzon Café herumgealbert hatte. Diese Judy war blass und eingefallen.

»Entschuldige, dass ich so spät dran bin. Leider kann ich auch nicht lange bleiben«, sagte sie, während sie sich auf den Stuhl gegenüber von Cynthia fallen ließ. Ein Kellner kam an ihren Tisch, brachte ihnen die Speisekarten und einen neuen Brotkorb. »Du kannst dir nicht vorstellen, wie viel ich vor der Ein-Uhr-Besprechung noch wegarbeiten muss. Der Tag hat einfach nicht genügend Stunden.«

Cynthia musterte ihre Freundin, während diese nach der Karte griff und das Angebot überflog. Ihre Augen waren blutunterlaufen und von neuen Fältchen umgeben. Die Haut darunter war beinahe schwarz.

»Ich versteh nicht ganz«, sagte Cynthia besorgt. »Wo ist deine zusätzliche Freizeit geblieben? Ich dachte, du nimmst 24/7, damit du neben der vielen Arbeit noch einen Ausgleich hast? Oder bekomme ich dich bloß deshalb nicht zu Gesicht, weil du viel zu sehr mit Spanisch, Fotografieren … und deinem neuen Freund beschäftigt bist?«

Judy klappte die Speisekarte zu, legte sie auf den Tisch und schüttelte müde den Kopf. »Das ist leider alles auf der Strecke geblieben – einschließlich meiner Beziehung zu Grant. Es hatte einfach keinen Sinn, denn wir haben uns so gut wie nie gesehen – jetzt wo ich einundzwanzig Stunden am Tag arbeite …«

»*Einundzwanzig* Stunden?« Cynthia war entsetzt. »Aber … was ist passiert? Ich dachte, du schaffst deine Fälle jetzt locker *und* hast noch Freizeit?«

Judy fuhr sich über die Stirn, und Cynthia sah, dass ihre Falten tiefer geworden waren. Sie sahen aus wie ausgetrocknete Flussbetten.

»Das war einmal, als ich noch eine von wenigen Shiftern im Büro war. Aber seitdem hat sich so einiges verändert.

Das ganze Umfeld hat sich verändert. Jetzt, wo niemand mehr schläft, arbeiten alle rund um die Uhr. Das wird einfach von einem erwartet, und da ich nach wie vor Partner werden möchte, darf ich nicht nachlassen. Seit einigen Monaten bietet die Firma einen Concierge- und Reinigungsservice an. Das klingt erst mal toll, aber damit hat man gar keine Ausrede mehr, das Büro zu verlassen. Es gibt sogar Leute, die jeden Vormittag in deine Wohnung gehen, deine Blumen gießen, die Katze füttern und dir frische Kleidung holen. Letzte Woche war ich ganze drei Mal zu Hause. Aber ich kann nicht klagen, meine Pflanzen haben nie besser ausgesehen.« Sie lachte freudlos.

Cynthia starrte ihre Freundin ungläubig an. »Das ist nicht witzig, Judy. Das ist gestört! Du hast das Mittel genommen, um dir mehr Freiraum zu verschaffen, und stattdessen bist du zu seinem Sklaven geworden. Ich habe dich noch nie so erschöpft gesehen. Warum hörst du nicht auf, 24/7 zu nehmen? Dann kannst du deinem Chef sagen, dass du gezwungen bist, nach Hause zu gehen und zu schlafen. So kommst du wenigstens für ein paar Stunden aus dem Büro.«

Judy verzog gereizt das Gesicht. »Nein, Cynthia«, sagte sie, wobei sie jede Silbe einzeln betonte. »Denn dann würde man mich feuern.« Sie schloss die Augen und holte tief Luft. Cynthia hatte das Gefühl, dass ihre Freundin sich zusammenreißen musste, um nicht auszuflippen. Als Judy weitersprach, klang ihre Stimme nicht mehr ganz so schrill. »Es ist nun mal so, dass ich in einer Rund-um-die-Uhr-Kanzlei arbeite, in der nur Rund-um-die-Uhr-Anwälte beschäftigt sind. Ich muss eben rund um die Uhr wach bleiben, damit ich mithalten kann.«

Cynthia beugte sich über den Tisch und legte ihre Hand auf die von Judy. »Du Ärmste«, sagte sie mitfühlend. »Dieses verdammte 24/7. Ich wünschte, es wäre nie erfunden worden.«

Judy zog ihre Hand zurück und verschränkte die Arme vor der Brust. »Ich nicht«, sagte sie und schüttelte energisch den Kopf. »Es hat ja nichts mit 24/7 zu tun, dass ich absurd viel Arbeit habe, und auch nicht, dass meine Kollegen krankhaft ehrgeizig sind. Das war schon immer so. Es kommt eben ganz darauf an, was man persönlich aus dem Shiften macht. Viele Leute schaffen es so, in ihrem Leben mehr Spaß unterzubringen. Und in ein paar Monaten gehöre ich vielleicht auch wieder dazu. Nämlich dann, wenn ich Partner bin. Dann habe ich mehr Entscheidungsfreiheiten und sollte mir den nötigen Freiraum für Freundinnen, das Fotografieren und … andere Dinge verschaffen können.« Ein Schatten glitt über ihr Gesicht, und Cynthia fragte sich, wie viel Hoffnung Judy in ihre kurze Affäre mit Grant, dem Anwalt, gesetzt hatte. Doch Judy gab sich einen Ruck und sah sich suchend nach dem Kellner um. »Sollen wir bestellen?«, fragte sie. »Ich habe seit fünf Uhr früh nichts gegessen und komme fast um vor Hunger.«

Der Kellner, Typ australischer Surfer, baute sich mit einem Bestellblock neben ihnen auf. Cynthia fiel auf, dass er keine Schatten unter den Augen hatte. Sie hatte mal irgendwo gelesen, dass Australier keine großen Fans von 24/7 waren.

»Ich nehme die Spaghetti Bolognese«, sagte Judy.

»Und ich die Ravioli.«

Der Kellner notierte es nickend. Bevor er ging, sah Cynthia, wie sein Blick über die Haut unter ihren Augen huschte. In letzter Zeit schienen das alle so zu machen: jeder schaute, auf welcher Seite man stand und seit wann. Plötzlich bedauerte sie es, Shifter-Schimmer zu tragen. Sie kam sich vor wie eine Betrügerin. Quatsch – sie *war* eine Betrügerin.

»Und?«, sagte Judy, die anscheinend Gedanken lesen konnte. »Deinem Shifter-Schimmer nach zu urteilen, schreiten deine Undercover-Recherchen voran?«

»Ja, es läuft ziemlich gut. Ich habe jede Menge Beispiele dafür, wie Schläfer diskriminiert werden. Ich hoffe, dass ich damit einen Artikel auf der Titelseite kriege und ein längeres Feature in der Sonntagsbeilage.« Auschließend erklärte sie, wie sie das Thema angehen wollte, nachdem sie Rocky erst einmal mit ihrem Schläfer-Status konfrontiert hatte. Was sie sehr bald tun würde. Also, ziemlich bald. Spätestens nächsten Monat. Das war eine Riesengeschichte, sie durfte also nichts überstürzen.

Judy hörte sich alles kommentarlos an. Nachdem Cynthia geendet hatte, entstand eine lange Pause. »Hmm«, sagte Judy zurückhaltend. »Das klingt ja so, als ob du … gründlich recherchiert hast.«

Cynthia blinzelte erstaunt. Mehr hatte sie dazu nicht zu sagen? »Du brauchst dich vor Begeisterung nicht gleich zu überschlagen«, kommentierte sie trocken.

Judy lächelte schwach und zuckte die Achseln. »Tut mir leid, aber ich finde das Thema Schläferrechte einfach nicht so aufregend.« Sie brach ein Stück Baguette ab und bestrich es mit Butter. »Ehrlich gesagt interessiert mich viel mehr, was aus diesem Irren geworden ist, der während der Niton-Studie verschwunden ist. Wolltest du ihn nicht treffen, als wir gestern telefoniert haben?«

»Ach ja, der.« Cynthia errötete. Nach ihrem Gespräch mit Martin Gibbons war sie sich ziemlich dämlich vorgekommen. »Ja, ich habe mit ihm gesprochen. Besser gesagt mit dem Mann, dessen Namen er benutzt hat. Wie sich herausstellte, hat der Mann, den ich bei Draycott schreien hörte, den Namen und die Blutproben seines Kumpels verwendet, um an der Studie teilnehmen zu können. Warum, kann man sich ja vorstellen. Er muss schon andere Mittel genommen haben, vermutlich Antipsychotika.«

»Aha«, sagte Judy und nickte. »Das würde sein seltsames Verhalten erklären und auch, warum du keine Krankenhausunterlagen finden konntest. Die Ärzte müssen die Wahrheit herausgekriegt und die Unterlagen unter seinem richtigen Namen abgelegt haben.«

Cynthia nickte. Zu diesem Schluss war sie auch schon gelangt. »Schwer vorstellbar, dass jemand so viel kriminelle Energie entwickelt, nur um sich hundert Mäuse zu verdienen. Aber was soll's.« Sie entfaltete ihre Serviette und legte sie auf den Schoß. »Das Ganze war also ein Sturm im Wasserglas – wenn auch einer, der nicht ohne eine wilde Katz-und-Maus-Jagd vonstattenging.«

»Ah. Eine wilde Katz-und-Maus-Jagd in einem stürmischen Wasserglas. Nicht meine Tasse Tee!«

»Du sagst es.«

Der Kellner kam mit ihrem Essen, und Judy wickelte hungrig ihre Nudeln auf die Gabel. »Jetzt haben wir aber genug über die Arbeit geredet!«, sagte sie und lächelte zum ersten Mal an diesem Abend. »Wie läuft's mit Damien? Zum Glück hat er endlich Vernunft angenommen. Ihr beide seid einfach wie füreinander geschaffen.«

»Ja, es läuft toll.« Cynthia nahm ein Stück Baguette und brach es brutal entzwei. »Es … es gibt da nur ein kleines Problem.«

»Ein Problem? Was denn für ein Problem?«

Cynthia zerkrümelte ihr Brot und hätte am liebsten gelogen. Die Wahrheit war zu peinlich. Aber sie musste mit jemandem reden, sie brauchte einen guten Rat. »Er ist … er weiß nicht, dass ich Schläferin bin.«

Judy sah sie verwirrt an. »Wie? Er glaubt, du bist Shifter?«

Cynthia nickte wortlos und schob sich hastig eine Gabel Ravioli in den Mund.

»Wie kommt er nur auf die Idee?«

Cynthia sah ihre Freundin verlegen an. Wenigstens hatte sie noch den Mund voll, ein guter Grund, nichts zu sagen. Verblüfftes Schweigen.

»Herrgott, Cynthia«, sagte Judy schließlich. »Du hast ihn *angelogen*, um ihn zurückzubekommen? Und jetzt lebst du eine Lüge? Wie schaffst du es bloß, wach zu bleiben?«

Cynthia schluckte. »Na ja, wir haben beschlossen, erst mal zu schauen, wie es so läuft, bevor wir wieder zusammenziehen. Ich kann also …« Sie zögerte. Schluss mit den Ausreden. Es wurde Zeit, dass sie ihr die Wahrheit sagte. »Speed. Wenn ich mit ihm ausgehe, nehme ich Speed.«

»Oh Gott! Ich fasse es nicht: Meine starke, kluge, aufrichtige Freundin erzählt mir tatsächlich, dass sie nicht nur eine Lüge lebt, sondern auch Drogen nimmt?«

»Hör auf!«, stöhnte Cynthia und wäre am liebsten im Boden versunken. »Ich weiß, wie sich das anhört.«

Judy schüttelte den Kopf. »Ich glaube nicht, dass du das weißt. Denn sonst würdest du sofort mit diesem Unsinn aufhören und wieder normal werden: Die Frau, die ich kenne und gernhabe, die unverstellt und kompromisslos ist und sich nicht verbiegen lässt. Cynthia, das sieht dir überhaupt nicht ähnlich …«

Ein Schrei unterbrach sie, und beide zuckten zusammen. Eine junge Frau am Fenstertisch war aufgesprungen und zeigte auf ihren Teller. »Da ist eine Kakerlake in meinem Essen«, rief sie. »Sie ist riesig! Und sie lebt noch!«

Cynthia und Judy ließen wie auf Kommando die Gabeln sinken.

Der Begleiter der Frau starrte auf ihren Teller, nahm dann ihre Hand und versuchte, sie zu beruhigen. »Ich glaube, das hast du dir bloß eingebildet«, sagte er. »Siehst du? Da ist nichts.«

Die Frau machte einen Satz nach hinten und presste sich an die Wand. »Nimm das Ding da weg!«, schrie sie. »Das ist ja ekelhaft. Dieses Lokal muss sofort *geschlossen werden*!«

Ihr Begleiter, dem das Ganze sichtlich peinlich war, zückte seinen Geldbeutel und drückte dem Kellner mit einem verkrampften Lächeln ein paar Scheine in die Hand. »Komm, Liebling«, sagte er und legte eine Jacke um die bebenden Schultern der inzwischen weinenden Frau. »Wir können auch zu Hause essen.«

»Meine Güte«, sagte Cynthia, nachdem die Tür sich hinter dem Paar geschlossen hatte. »Das war aber ziemlich gruselig.«

Der Kellner entschuldigte sich für den Aufruhr, als er die Teller abräumte. »Kann ich Ihnen noch einen Nachtisch bringen? Geht aufs Haus.«

Sie wollte schon Ja sagen, als Judy ihr mit einem energischen »Nein, danke, die Rechnung bitte« ins Wort fiel – um dann auf Cynthias enttäuschten Gesichtsausdruck hin zu sagen: »Jetzt sei nicht beleidigt! Ich habe dir doch gesagt, dass ich nicht viel Zeit habe. Dass ich wegen des Stromausfalls heute Nacht zwei Stunden verloren habe, macht es auch nicht gerade besser. Und jetzt erzähl mir bitte nicht, dass ich meine Daten regelmäßig sichern soll, wenn ich am Computer sitze, denn so schlau bin ich mittlerweile auch.«

Cynthia versuchte ihre Enttäuschung zu verbergen. Sie hatte gehofft, beim Dessert mit Judy besprechen zu können, wie sie sich Damien gegenüber verhalten sollte. Gemeinsam hätten sie vielleicht eine Lösung für das Schlamassel gefunden, in das sie sich selbst hineinmanövriert hatte. Sie hatte sich auf ein gutes Frauengespräch gefreut, wie sie es noch vor gar nicht allzu langer Zeit oft geführt hatten.

Die Rechnung kam, und Judy zahlte, wobei sie Cynthias Zwanzigpfundschein wegschob. »Ich lad dich ein«, sagte sie und zog ihre Jacke an. »Zum Dank dafür, dass du mir diese … Phase der Zurückgezogenheit nachsiehst. Zumal du ohne mich ja offensichtlich auf die schiefe Bahn gerätst.«

Die Straße war hell erleuchtet und stark befahren. Smog hing in der Luft und verschleierte die Skyline.

»Und, was hast du heute Abend noch vor?«, erkundigte sich Judy, als sie vor ihrem Bürogebäude stehen blieben.

Cynthia zuckte die Achseln. »Ich glaube, ich werde einfach nach Hause gehen. Ich sehne mich nach einer heißen Badewanne und will früh ins Bett.«

Judy lächelte ein wenig verkniffen. »Es muss schön sein, sich so lange Pausen leisten zu können.«

»Ist das dein Ernst? Ich habe gerade einen Dreizehnstundentag hinter mir, und zwischen meinen Schichten lagen höchstens elf Stunden.«

»Elf Stunden!«, sagte Judy wehmütig. »Was würde ich darum geben, elf Stunden Freizeit zu haben.«

»Freizeit kann man das wohl kaum nennen. Ich muss schließlich schlafen.«

Wieder dieses verkniffene Lächeln. »Ja, natürlich musst du das.«

Cynthia breitete die Arme aus und wollte ihre Freundin zum Abschied umarmen, aber Judy küsste nur kurz die Luft vor Cynthias Wangen, drehte sich um und lief dann mit raschen Schritten durch die Tür von Lyons, Mason and Leigh.

REM-PHASE

»Ich muss gestehen, dass auch ich zu den Schläfern zähle und mich bis vor Kurzem sehr dafür geschämt habe.«

Fran Lebowitz

32

März

Shift-bedingter Alkoholismus »bringt das nationale Gesundheitssystem an seine Grenzen«
von Martin Bowden

Ärzte warnen vor einem starken Ansteigen des Alkoholismus in Großbritannien, das mit einer erheblichen Zunahme von Gesundheitsproblemen wie Nieren- und Leberschäden einhergehen werde.

»Vor 24/7 hat Schlaf dem abendlichen Alkoholkonsum irgendwann ein Ende gesetzt«, so Dr. Susan Maddox, Forscherin beim British Health Watch. »Aber jetzt, wo Bars und Pubs rund um die Uhr geöffnet haben, melden Krankenhäuser immer mehr Fälle von Alkoholvergiftung. Die Leute werden in die Notaufnahme gebracht, nachdem sie zwanzig, dreißig, ja sogar vierzig Stunden durchgetrunken haben.«

Eine kürzlich von Health Watch durchgeführte Umfrage ergab, dass 48 Prozent der Shifter mindestens acht Einheiten Alkohol pro Woche mehr konsumieren, seit sie nicht mehr schlafen. Und 17 Prozent geben an, mindestens zwanzig zusätzliche Einheiten pro Woche zu trinken.

»24/7 ist ein Mittel, das stark mit Wohlstand und Erfolg assoziiert wird«, so Dr. Maddox. »Aber anstatt die hinzugewonnen Wachstunden sinnvoll zu nutzen, beschließt eine wachsende Minderheit von Shiftern, sie mit fruchtlosen, hedonistischen Aktivitäten zu verschwenden.«

Cynthias Frühschicht war gerade zu Ende gegangen. Sie hatte den Artikel in der *Tribune* gelesen und machte sich Sorgen über Damiens Alkoholkonsum, als das Telefon auf ihrem Schreibtisch klingelte.

Nick kam gleich zur Sache. »Er hat wieder zugeschlagen.«

Aufregung, aber auch Furcht erfasste Cynthia. Sie klemmte sich den Hörer ans Ohr und suchte in ihrer Schreibtischschublade nach dem Barbie-Killer-Notizblock.

»Ich bin jetzt vor Ort und …«, fuhr Nick fort, bevor die Verbindung durch lautes Rauschen gestört wurde. Im Hintergrund konnte sie Stimmengewirr und Sirenen hören. Dann ertönte ein seltsames Heulen.

»Was war das denn?«, fragte Cynthia.

»Ich weiß nicht genau … Wahrscheinlich ein Wolf. Nein, warte, ein Afrikanischer Wildhund.« Eine Pause entstand, bevor er hinzufügte: »Habe ich dir nicht gesagt, dass die Leiche im Zoo gefunden wurde?«

Cynthia quetschte ihren Mini zwischen zwei Polizeiautos. Sie zückte ihren Presseausweis, folgte einer Gruppe von Polizeibeamten durch das Tor und blieb kurz stehen, um die watschelnden und tauchenden Pinguine zu beobachten. Sie war seit Jahren nicht mehr im Zoo gewesen – nicht, seit ihr Vater tot war. Sie erinnerte sich noch gut, wie sie auf seinen Schultern gesessen, über die Köpfe der Menschen hinweggeschaut und Erdbeereis gegessen hatte.

»Nanu, Cynthia«, hatte er gesagt, wenn ein rosa Tropfen

über sein Ohr glitt oder in seinen Haaren landete. »Ich glaube, es schneit!«

Zwei Spurensicherer eilten vorbei, die Füße in Plastik gehüllt. Cynthia folgte ihnen. Sie blieb kurz stehen, als die beiden unter dem Absperrband hindurchschlüpften, das den Weg zwischen Dingo-Gehege und Gnu-Pferch blockierte. Sie betrachtete die künstlich angelegten Lebensräume, die sorgsam gepflanzten Büsche und Betonbehausungen, die aussahen wie Felshöhlen. Ein Stück weiter hinten sah sie eine Giraffe, ihr Kopf überragte den Erfrischungskiosk. Ob die Giraffe sich wohl noch an Afrika erinnern konnte? Und davon träumte?

»Cynthia.«

Nick tauchte auf dem Weg auf und kam ihr entgegen. Er gab ihr die Hand über das Absperrband hinweg, und sie schüttelte sie etwas befangen. Normalerweise begrüßten sie sich mit einem Wangenkuss. Aber aus irgendeinem Grund erschien das in diesem Moment unpassend: Es lag zu viel Tod in der Luft.

Die Leiche war direkt vor dem Dingo-Gehege gefunden worden. Die Tiere liefen unruhig in ihrem rechteckigen Universum hin und her. »Das ist ja … mal was ganz anderes«, sagte Cynthia.

Nick lächelte grimmig. »Ja, er liebt die Abwechslung.«

Sie musterte sein Gesicht und bemerkte die dunkle Haut unter seinen Augen. Ein blasser Malventon. Ein ungutes Gefühl beschlich sie. Doch dann gähnte er, fuhr sich mit dem Handrücken übers Gesicht, und Cynthia wurde wieder leichter ums Herz. »War es mit Sicherheit derselbe Täter?«, fragte sie. »Hat er …«

»Ja, er hat ihr das Haar geflochten, kurz bevor oder nachdem er sie erwürgt hat. Fragt sich nur, wie er mitten in der Nacht in den Zoo gelangt ist.«

Sie dachte nach. »Vielleicht arbeitet er hier?«

»Wir vernehmen das gesamte Personal. Aber das erklärt noch nicht die übrigen Morde. Und auch nicht, wie die anderen Leichen immer wie aus dem Nichts auftauchen konnten.«

Sie sah sich um. Hinter den Yaks fiel der Boden ab, dahinter war eine Anhöhe, auf der sich eine riesige, mit Netzen überspannte Vogelvoliere befand.

»Ich versteh's nicht«, sagte sie kopfschüttelnd. »Wie macht er das bloß? Er muss eine Art Houdini sein.«

»Keine Ahnung«, erwiderte Nick erschöpft. »Aber ich werde das Gefühl nicht los, dass die Lösung zum Greifen nah ist. Ich bin nur zu müde, sie zu sehen.« Er warf einen Blick auf die Uhr und schaute anschließend sehnsüchtig zu dem geschlossenen Erfrischungskiosk hinüber. »Ich würde sonst was für eine Tasse Kaffee geben.«

Cynthia warf einen erneuten Blick auf die Ringe unter seinen Augen. »Wann hast du das letzte Mal geschlafen?«, fragte sie sanft.

Seine Antwort war nur ein dumpfes Lachen. »Soll das eine Fangfrage sein? Kannst du dich noch an die Zeit erinnern, als man einfach geschlafen, aber nicht darüber geredet hat? Jetzt heißt es ständig: ›Warum schläfst du noch?‹ oder ›Wann hast du mit dem Schlafen aufgehört?‹« Er trat nach einem der Kieselsteine auf dem Weg.

Cynthia musste an Damien denken, daran, wie er heute Morgen ausgesehen, als er sich vorgebeugt und sie geküsst hatte. An das Blau und Braun seines ungleichen Augenpaars und die dunkellila Haut darunter.

Das Kreischen eines Affen holte sie ins Hier und Jetzt zurück. Nick starrte niedergeschlagen zu Boden.

»Tut mir leid«, sagte sie. »Ich wollte dich nicht …«

»Sechsunddreißig Stunden. So lange habe ich nicht mehr geschlafen.« Dann musterte er sie seinerseits genauer. Sie trug jetzt die Shifter-Schimmer-Nuance *Purple Twilight*.

»Bei dir ist es noch viel länger her, nehme ich an?«, sagte er leise.

Sie schüttelte nachdrücklich den Kopf. »Nein. Das ist Make-up. Es ... es ist wegen der Arbeit. Ich hab heute Nacht gerade mal fünf Stunden geschlafen. Ich muss wohl nicht dazu sagen, dass ich völlig fertig bin, ich brauche nämlich meine acht Stunden Schlaf.«

Da lächelte er. »Braves Mädchen.«

Das Knacken des Polizeifunkgeräts, das er umgehängt hatte, drang an ihr Ohr, eine Männerstimme leierte Zahlen herunter. Nick antwortete und nickte Cynthia kurz zu, bevor er unter dem Absperrband durchschlüpfte und den Weg hinunterlief. Ein Krankenwagen kam, Blaulicht und Martinshorn waren ausgeschaltet. Der Tod hatte dem Einsatz jede Dringlichkeit genommen. Sie schloss die Augen und dachte an den Fahrgast, der bald hineingeladen würde wie ein Stück Fracht. Was hatte die Frau hier mitten in der Nacht zu suchen gehabt? Vielleicht kannte sie den Mörder? Vielleicht hatte er sie überredet, über den Zaun zu klettern? Nein, völlig unmöglich. Die Absperrung, die den Zoo umgab, war hoch und oben mit Stacheldraht versehen. Cynthia musterte ihre Umgebung, konzentrierte sich auf den Steilhang, das Vogelhaus, den Yak-Pferch und den Kiosk.

Die Lösung ist zum Greifen nah.

33

Ich wachte davon auf, dass ich laut schrie. Ich wusste nicht, wo ich war. Ich war von weißen Wänden umgeben, von einem Haufen komplizierter Apparate. Ich versuchte mich aufzusetzen, war aber mit Gurten ans Bett gefesselt. Schläuche mit Nadeln an den Enden steckten in meinen Armen. Wenn ich mich bewegte, stachen sie. Das tat höllisch weh, also hielt ich mich ruhig und spürte, wie mein Herz galoppierte. Wie war ich hier gelandet?

Das Letzte, woran ich mich erinnern konnte, war, dass ich mit Carl im Aufenthaltsraum Billard gespielt hatte. Warum war ich nicht mehr dort? Und wo waren die anderen? Ich versuchte nachzudenken, aus allem schlau zu werden. Aber es war sinnlos, meine Gedächtnislücken waren einfach zu groß.

Vielleicht hatten die Studienleiter gemerkt, dass ich versucht hatte, die Tabletten zu stehlen. Ich hatte gemacht, worum Katrina mich gebeten hatte, nämlich so getan, als würde ich die Pille schlucken, während ich sie in Wirklichkeit unter meiner Zunge versteckte. Aber die Mediziner hatten mir anschließend mit einer Taschenlampe in den Mund geleuchtet. Ich musste die Zunge anheben, damit sie darunter nachschauen konnten. Also hatte ich die Pillen schlucken müssen, um nicht erwischt zu werden. Vielleicht hatten sie mich dabei ertappt. Vielleicht wussten sie, dass ich sie hatte beschummeln wollen, und das war die Strafe dafür.

Dann hörte ich Stimmen auf der anderen Seite der Tür. Ich lag ganz still da und lauschte angestrengt. Aber ich verstand nur Bruchstücke: »Die Blocker funktionieren nicht.« … »Ein Einzelfall und somit kein Grund zur …« »Einfach Pech.« Dann ein ganzer Satz: »Wir werden den Angehörigen sagen, dass er an Schizophrenie leidet.«

Ich wusste, was Schizophrenie ist: Das bedeutet, dass man verrückt ist. Redeten die über mich? Ich versuchte mich wieder zu bewegen, aber die Nadeln pieksten mich. Meine Augen schwammen vor Tränen, aber ich konnte nicht die Hand heben und sie mir abwischen. Was passierte mit mir? Alles war so verwirrend in letzter Zeit. Diese fürchterlichen Dinge, die ich immer wieder sah. Die Schlangen zum Beispiel. Und dann Katrina, wie sich ihr Gesicht ständig veränderte. Die schrecklichen Dinge, die ich ihr in meiner Fantasie angetan hatte. Allein beim Gedanken daran flossen mir heiße Tränen übers Gesicht. Katrina! Wo war sie? Vielleicht hatte ich einen Unfall gehabt und war im Krankenhaus. Vielleicht saß sie nebenan in irgendeinem Wartezimmer und kam schier um vor Sorge, hoffte, ich würde wieder aufwachen.

»Katrina!«, schrie ich, so laut ich konnte. Aber sie kam nicht. Daraufhin flossen mir nur noch mehr Tränen übers Gesicht, bis ich weinte wie ein Baby. Meine Frau. Meine wunderschöne Frau. Ich brauchte sie so sehr. Ich schloss die Augen und beschwor sie herauf, stellte mir vor, dass sie die Hand auf meine Stirn legte und sagte, wie sehr sie mich liebte und dass ich natürlich nicht verrückt war.

Es waren die Haare des Mädchens, die Damien ausflippen ließen: ihre rotgoldene Farbe. Aber als Cynthia das begriffen hatte, war es bereits zu spät.

Sie waren in ein indisches Restaurant gegangen, um ein Curry zu essen: steife weiße Tischdecken, rosa Plüschtapeten und zur Krönung fluoreszierende Sterne an der Decke. Cynthia knabberte an einem Pappadam und nahm die sich lebhaft unterhaltenden jungen Frauen am Nebentisch nur vage war. Eine davon war ein hübsches Mädchen mit rotblondem Haar und einem Hauch Sommersprossen. Eine ihrer Freundinnen musste einen Witz gemacht haben, denn plötzlich legte sie den Kopf in den Nacken und lachte laut auf. Damien schaute sich um, und kaum hatte er sie erblickt, wich alle Farbe aus seinem Gesicht.

»Sie!«, sagte er heiser, in einem Ton, dass Cynthia Gänsehaut bekam. Diesen Ton hatte sie erst einmal bei ihm erlebt: als er auf ihren Hals gestarrt und ein Tuch gesehen hatte, das es gar nicht gab.

Sie beugte sich vor und legte ihre Hände über die seinen. »Schatz«, sagte sie sanft. »Alles in Ordnung?«

Aber anstatt zu antworten, sprang er auf. Und noch bevor Cynthia ihn aufhalten konnte, rannte er zum Nebentisch. Das kehlige weibliche Lachen verstummte abrupt, als Damien die Rotblonde an den Schultern packte und wie wild schüttelte. Der Kopf der Frau wurde vor- und zurückgeschleudert, so als nickte sie heftig.

»Es war nicht meine Schuld!«, schrie er ihr ins Gesicht. »Ich kann nichts dafür, dass wir beide in diesem Flugzeug waren. *Sie* haben mich doch darum gebeten. *Sie wollten es doch!«* Der letzte Satz war ein einziges schmerzerfülltes Heulen. Überall im Lokal erstarrten die Gäste mit weit aufgerissenen Augen. Zwei Kellner mit Fliege kamen aus der Küche gerannt, packten Damiens Arme und zogen ihn weg. Das Mädchen mit den rotgoldenen Haaren starrte ihnen nach, eine Hand an die Brust gepresst.

Cynthia eilte an Damiens Seite. »Es tut mir so leid!«, sagte sie zu dem Tisch mit den jungen Frauen, zu den Kellnern, zum gesamten Lokal. »Er ... er muss Medikamente nehmen. Wahrscheinlich verträgt er sie nicht.« Eine lahme Entschuldigung, aber eine bessere fiel ihr auf die Schnelle nicht ein. Und sie schien zu funktionieren, denn die Kellner tauschten einen kurzen Blick und lockerten ihren Klammergriff. Cynthia zog ein paar Scheine aus ihrem Portemonnaie und warf sie auf den Tisch. Dann nahm sie ihren Freund an der Hand und trat den Spießrutenlauf quer durchs Lokal in Richtung Ausgang an.

Die kalte Nachtluft schien Damien wieder zur Besinnung zu bringen. Er blieb kurz auf dem Bürgersteig stehen, sah die stille Straße hinauf, als er versuchte, sich wieder zu fangen.

»Scheiße«, sagte er. »Ich fürchte, das war ein bisschen ... gestört.«

»Ja. Ich glaube, wir sollten etwas mehr Abstand zwischen uns und das Restaurant bringen.«

Er nickte matt, und sie nahm erneut seine Hand, führte ihn über die Straße zu einem kleinen Park, der die neuen Beleuchtungsvorschriften noch nicht erfüllte. Eine einzelne Laterne erhellte ein rechteckiges Stück Rasen und einen Asphaltweg. An seinem schattigen Ende stand eine Bank. Sie nahmen nebeneinander darauf Platz. Damien starrte wortlos geradeaus.

»Du musst mir die Wahrheit sagen«, sagte Cynthia schließlich. »Du musst mir sagen, was dir zugestoßen ist. Denn dein Albtraum ... liegt gar nicht in der Zukunft, stimmt's? Sondern in deiner Vergangenheit. Es gab wirklich ein Flugzeug. Und dieses Mädchen hat dich an jemanden erinnert, der mitgeflogen ist.«

Anstelle einer Antwort verzog Damien nur gequält das Gesicht. Und wieder hörte sie den Schmerz in seiner Stimme. *Es war nicht meine Schuld!*

Sie sah ihn forschend an. »Sie ist gestorben, nicht wahr?«

Er schlug die Hände vors Gesicht. Cynthia strich ihm über den Rücken, fest entschlossen, die Wahrheit herauszufinden. *»Sie wollten es doch«*, wiederholte sie nachdenklich. »Was hast du damit gemeint, Damien?«

Er rührte sich nicht, aber sie spürte, dass er mit sich rang. In wenigen Minuten würde er sich ihr entweder öffnen oder sie endgültig ausschließen. Sie wartete. Und hoffte.

Als Damien endlich etwas sagte, war seine Stimme kaum mehr als ein Flüstern. Cynthia beugte sich vor, sodass sich ihr Ohr direkt vor seinem Mund befand.

»Sie stand plötzlich da, kurz nachdem die Anschnallzeichen erloschen waren. Sie stand vor meiner Sitzreihe im Gang. Ich sehe sie noch genau vor mir: rotgoldenes, schräg gestuftes Haar. Eine Muschelkette. Sie hatte sie wohl im Urlaub gekauft. Hübsch. Sie war … sehr hübsch.« Er richtete sich wieder auf, ließ sich gegen die Lehne der Parkbank sinken. Cynthia tat es ihm nach. Damiens Augen starrten in die Ferne, als wäre er in Trance. Sie schwieg, aus Angst, den Bann zu brechen. »Sie hieß Rosie Shearer, aber das habe ich erst viel später erfahren. Ihr Freund saß neben mir auf 14B. Anscheinend hatten sie zu spät eingecheckt, um noch nebeneinander sitzen zu können, denn sie saß sieben Reihen hinter ihm, am Ende des Flugzeugs. Deshalb war sie vorbeigekommen, um sich mit ihm zu unterhalten.«

Er wandte das Gesicht zum Nachthimmel empor, und Cynthia stellte sich vor, wie er sich in den Moment zurückversetzte. Zu diesem ums Leben gekommenen Mädchen. »Sie war Schottin und rollte das R so nett, als sie sagte ›Das ist aber wirklich reizend‹.« Nacktes Entsetzen stand ihm ins Gesicht geschrieben. »Es machte mir nichts aus, und sie freute sich riesig. Also haben wir die Plätze getauscht, in zehntausend Metern Höhe, kurz bevor die Turbulenzen begannen. Ich habe meinen Sitzgurt aufgemacht und meine Sachen aus dem Gepäckfach genommen. Das Ganze hat nur ein paar Sekunden gedauert, aber ich kann mich noch an jedes Detail erinnern: an ihr dankbares Lächeln, als sie sich auf Platz 14A setzte. An ihre Finger, die mit dem Gurt hantiert haben, bis er eingerastet war.« Er atmete schwer. »Dann bin ich ans Ende des Flugzeugs gegangen, zu Sitz 21C.« Sein Mund verzerrte sich zu einem bitteren Lachen. »Der Rest ist, wie man so sagt, Geschichte.«

Sie dachte an den Albtraum: Damien, der aus einem zerbrochenen Flugzeug gerissen wurde und zur Erde stürzte.

»Also handelt dein Albtraum … von dem, was ihr zugestoßen ist, nicht wahr?«

Er schloss die Augen und schwieg. Cynthia hörte Verkehrslärm, ein Hupen in der Ferne.

»Ja«, sagte er, ohne die Augen zu öffnen. »Er handelt von dem, was ihr zugestoßen ist. Und was eigentlich *mir* hätte zustoßen müssen.«

34

Cynthia stand neben ihrem Vater am Strand von Bournemouth. Die Wellen umspülten ihre Knöchel. In der Ferne hörte sie Karussellmusik. Sie strahlte ihn an und wartete auf die Worte, die das Startsignal für ihren Wettlauf geben würden. Aber das Gesicht ihres Vaters veränderte sich, wurde blasser. Unter seinen Augen erschienen tintenschwarze Pfützen, die überliefen. Und als er sprach, war seine Stimme die von Marcus.

Schlafen ist für Schwache.

Cynthia schrak hoch, ihr Herz raste. Was zum Teufel hatte Marcus an ihrem Traumstrand verloren? Sie atmete ein paarmal tief durch, bis sich ihr Puls beruhigte, und sah auf den Wecker neben ihrem Bett: 00 Uhr 32. Es war sowieso höchste Zeit aufzustehen. Sie war um zwei mit Damien am Camden Lock verabredet.

Sie schlug die Bettdecke zurück und tapste über den grünen Teppichboden zum Kleiderschrank. Gähnend musterte sie seinen Inhalt. Was zog man am besten zu einer nächtlichen Kanalbootparty an? Sie ging ihre Röcke durch, bevor sie sich schließlich für einen Jeans-Minirock und einen roten Pulli entschied. Dann holte sie ihre beiden neuesten Einkäufe aus ihrer Handtasche und legte sie auf die Kommode. Der erste war ein neuer Tiegel Shifter-Schimmer: ein dunkelblauer Ton namens Midnight. Der zweite war ein weiterer Umschlag mit Speed. Sie war mittlerweile bei drei Gramm pro Woche angelangt und machte sich langsam Sorgen um ihre Gesundheit. Manchmal konnte sie die Absurdität ihres

Verhaltens selbst kaum fassen: Sie hatte Angst, ganz regulär zugelassene Pillen zu schlucken, und nahm stattdessen lieber illegale Drogen. Rasch verdrängte sie den Gedanken. Sie brauchte die Droge, um den Schlaf zu bekämpfen, solange sie der Welt etwas vormachen wollte. Nicht mehr lange, schwor sie sich – wieder einmal.

Bei dem Gedanken an Schlaf sah sie sehnsüchtig zu ihrem Bett hinüber. Seit Wochen hatte sie keine Nacht mehr durchgeschlafen. Selbst bei geschlossenen Fenstern wurde sie ständig von wildem Hupen und Motorenlärm geweckt. Und ehemals rücksichtsvolle Nachbarn dachten sich inzwischen nichts mehr dabei, zu jeder Tages- und Nachtzeit die Musik aufzudrehen.

Sie gähnte erneut. Also los. Sie öffnete den Umschlag, schüttete etwas von dem Pulver darin auf einen Spiegel und zog mit Hilfe ihrer Kreditkarte eine Line. Speed war eigentlich gar nicht so schlimm, redete sie sich ein, während sie einen Geldschein zusammenrollte. Im Grunde war es keine richtig harte Droge. Trotzdem vermied sie es, sich im Spiegel anzusehen, als sie durch das Geldscheinröhrchen das Pulver schnupfte.

Es war eine ungewöhnlich warme Nacht, und auf der Camden High Street wimmelte es nur so von Menschen. Die Läden waren geöffnet, und nicht nur in den Pubs, sondern auch davor drängten sich die Kneipengäste. Vor dem Pizzastand auf der anderen Straßenseite hatte sich sogar eine Schlange gebildet.

Als Cynthia aus dem Taxi stieg, hatte das Speed seine Wirkung entfaltet und die Müdigkeit verscheucht, die sich wie eine schwere Wolldecke über sie gelegt hatte. Sie entdeckte Damien auf Anhieb, er stand mit Dan und Edith am Ufer. Ein Holzboot lag in der Nähe vor Anker, die Mondsichel spiegelte sich daneben auf dem Wasser. Das Boot war lang und schmal, mit einem kleinen Umgang auf beiden Seiten der Kajüte. Es standen bereits ein paar Leute am Heck und tranken Bier aus der Flasche.

Cynthia ging zu Damien hinüber und hörte, dass Dan mal wieder große Reden schwang. »Angeblich machen die Schläfer einen Riesenaufstand deswegen«, sagte er. »Wer progressiv denkt, akzeptiert auch, dass es etwas mehr Umweltverschmutzung geben wird – jetzt, wo wir diesen enormen Aufschwung haben und die Leute rund um die Uhr Auto fahren. Es bringt nichts, ständig darauf herumzureiten, das ist eben der Preis des Fortschritts.« Er sah kurz zu Cynthia herüber und wollte sich schon wieder abwenden, als er die dunklen Ringe unter ihren Augen entdeckte.

Zum ersten Mal, seit sie sich kannten, beugte Dan sich vor, um sie auf die Wange zu küssen. »Cynthia! Wir haben uns ja schon ewig nicht mehr gesehen.« Um dann vielsagend hinzuzufügen: »Und, was gibt's Neues?«

»Ich glaube, das siehst du selbst«, erwiderte sie, um ihn nicht direkt anlügen zu müssen.

Damien legte den Arm um ihre Schultern und strahlte seine Freunde stolz an. Cynthia starrte zu Boden.

»Seit wann bist du ...«, fing Dan an, als ein durchdringender Pfiff ihn unterbrach und das Gemurmel am Kanal übertönte. Alle Köpfe drehten sich zum Boot. An dessen Heck stand ein großer, rotgesichtiger Mann, der zwei Finger in den Mund gesteckt hatte. Zu seinen Füßen befand sich eine Wanne mit Bier und Eis.

»Adrian, unser Gastgeber«, flüsterte Damien Cynthia ins Ohr.

»Alle Mann an Bord!«, rief Adrian. »Wir legen in fünf Minuten ab.«

Cynthia und Damien gingen mit den anderen an Bord. Adrian begrüßte jeden Gast mit Handschlag und einer Flasche Corona. Cynthia und Damien schlenderten zur Steuerbordseite des Bootes und setzten sich auf das niedrige Dach der Kajüte, ließen die Beine baumeln und nippten an ihrem Bier.

Das Dach begann unter ihnen zu vibrieren, als der Motor ansprang. Das Boot entfernte sich vom Camden Lock und kam an einem sanierten Lagerhaus vorbei. Ein Paar trank Wein auf einem Balkon im ersten Stock, auf dem Tisch lagen die ineinander verschränkten Hände der beiden. Cynthia beobachtete sie. Was sie wohl für eine Beziehung hatten? War ihre Liebe einfach und unkompliziert? Gab es so etwas überhaupt? Oder hatte jeder dunkle Geheimnisse, die nur darauf warteten, einem um die Ohren zu fliegen?

Das Kanalboot fuhr nach rechts, vorbei an Häusern, deren Gärten aufs Wasser hinausgingen. Sie konnte die Umrisse einer Schaukel erkennen. Dann blieben die Häuser zurück und wichen einer Wand aus Bäumen. Sie wartete, bis das Boot in Dunkelheit gehüllt war, bevor sie das Wort ergriff. »Damien, ich muss dir etwas sagen. Es hat mit ...«

Plötzlich dröhnte Musik aus dem Bootsinneren, sodass sie beide zusammenzuckten. Rammstein, Damiens Lieblingsband. Er trommelte mit seiner freien Hand auf das Bootsdach. »Das ist *Eisenmann.* Ich liebe dieses Lied.«

»Es ist gut«, sagte sie zerstreut. »Aber Damien, jetzt hör mir bitte mal zu. Ich muss mit dir über 24/7 reden ...«

Er lächelte. »Wo wir gerade beim Thema sind ...« Er hob seine Bierflasche und stieß mit ihr an. »Auf uns Nachtschwärmer!«

Sie wollte etwas erwidern, als er sich vorbeugte und sie mit einem Kuss zum Schweigen brachte. Dann wanderten seine Lippen bis zu ihrem Ohr, und er flüsterte: »Fast vermisse ich die Anfangszeit. Die ersten Wochen voller Freiheit. Es war toll, als wir noch ganz wenige waren. Etwas Besonderes. Jetzt machen es alle. Na ja, sieben von zehn erwachsenen Londonern.« Er grinste sie schräg von der Seite an. »Die Zahl habe ich aus einem *Sentinel*-Artikel, es muss also stimmen.«

Cynthia starrte aufs Wasser. Sie nahm einen Schluck Bier, bevor sie antwortete. »Ehrlich gesagt war Marcus' Artikel etwas irreführend. Er hat unterschlagen, dass die Londoner Zahlen auch deswegen so beeindruckend klingen, weil inzwischen alle Schläfer raus aufs Land ziehen, wo es nicht so viele Shifter gibt. Für die Leute hier ist es bei all den zusätzlichen Straßenlaternen und dem Verkehrslärm rund um die Uhr ziemlich schwer, Schlaf zu finden.«

Damien rutschte etwas zu ihr hin, sodass sich ihre Beine berührten, und fuhr mit einem Finger über ihr Handgelenk. »Vergiss die Schläfer«, sagte er. »Wenn sie sich am Arsch der Welt langweilen wollen – viel Spaß dabei! Von mir aus dürfen sie die Stadt gern den Leuten überlassen, die wach bleiben und sie genießen. Sich gegenseitig genießen.«

Er lächelte, und Cynthias Wangen brannten. Schluss mit den Ausreden – es wurde höchste Zeit, ihm die Wahrheit zu sagen. *Jetzt sofort.* Sie holte tief Luft. »Was ich dir eigentlich sagen wollte, Damien …«

Ein Geräusch unterbrach sie. Ein seltsames Heulen, das ihr irgendwie bekannt vorkam. Sie verstummte verwirrt, versuchte es einzuordnen. Sie starrte in die Dunkelheit und sah nichts als eine Wand aus Bäumen.

»Was …«, sagte sie, als die Bäume plötzlich endeten und einem niedrigen Zaun wichen. Dahinter befanden sich eine Betonhöhle und ein paar strategisch platzierte Felsbrocken. Das Geheul ertönte erneut.

»Was ist denn das?«, rief Damien.

»Ein Afrikanischer Wildhund«, sagte Cynthia zerstreut. Jetzt konnte sie den Erfrischungskiosk erkennen. Sie drehte sich um. Ja, und da war das Metallnetz der Vogelvoliere.

Adrian kam auf sie zu, einen frischen Eimer mit Eis und

Bierflaschen in der Hand. Er gab ihnen noch je ein Corona und wies dann mit dem Kinn zur Reling. »Viel Spaß!«, sagte er. »Nur so kann man etwas sehen, ohne zwanzig Pfund abdrücken zu müssen. Ich habe mal irgendwo gelesen, dass sie einen ›Nachtzoo‹ mit lauter nachtaktiven Tieren aufmachen wollen, damit sie rund um die Uhr geöffnet haben können.«

»Zwanzig Pfund«, wiederholte Damien und starrte auf den in der Dunkelheit daliegenden Zoo. »Das ist aber ziemlich heftig! Was gibt's denn da zu sehen? Nilpferdhäuser von Philippe Starck?«

Cynthias Gedanken überschlugen sich. Warum hatte sie den Kanal nicht gesehen, als sie mit Nick hier gewesen war? Dann fiel ihr der Bereich hinter den Tiergehegen wieder ein, dort, wo der Boden abgefallen und aus dem Blickfeld geraten war, bis er wieder steil anstieg. Sie hätte den Kanal nur bemerkt, wenn ein Boot vorbeigefahren wäre.

»Ist auf diesem Kanalabschnitt viel los?«, fragte sie Adrian.

Er zuckte die Achseln. »Eigentlich nicht. Vielleicht an sonnigen Wochenenden, da kommen öfter mal ein paar Leute vorbei, um einen verbotenen Blick auf die Warzenschweine zu werfen.«

Cynthia durchzuckte der bekannte Adrenalinstoß. Blitzschnell ging sie in Gedanken die Opfer des Barbie-Killers durch: Mary Davies, die auf dem Camden Market gefunden worden war, gleich neben dem Kanal. Lisa Reed, die in der Schleuse getrieben hatte, dort, wo das Kanalnetz auf die Themse traf. Und was war mit den Meanwhile Gardens? Sie wühlte in ihrem Gedächtnis. Hatte sie nicht einen Wasserweg auf der einen Parkseite gesehen … oder bildete sie sich das jetzt nur ein? Aber in Islington hatte es ganz sicher eine Wasserstraße gegeben, unweit des Abflussrohrs, in dem man die Leiche gefunden hatte. Sie konnte sich noch genau daran erinnern, dass ein Schwan unter der Brücke hindurchgeschwommen war.

»Wo genau sind wir jetzt?«, fragte sie Adrian eilig.

»Auf dem Grand Regent's Canal, kurz vor der Edgware Road. Wir werden darunter hindurchfahren und kommen dann nach Little Venice in Maida Vale.«

»Führt der Kanal vielleicht an den Meanwhile Gardens vorbei, in der Nähe der U-Bahn-Station Westbourne Park?«

»Ganz genau. Wir werden schon bald daran vorbeikommen. An diesem Abschnitt gibt es einen netten Pub.«

Bilder der Tatorte überschwemmten sie. Sie sah wieder die hell erleuchteten Bäume des Victoria Parks vor sich, das von Absperrbändern begrenzte Gebüsch, in denen Andrea Prescott gefunden worden war. Und hinter den Büschen ... Sie runzelte die Stirn und dachte nach. Ja, sie war sich sicher, dass sich die Parklaternen in einer Wasserfläche gespiegelt hatten, gleich hinter den Büschen. Sie wandte sich wieder an Adrian. »Führt der Kanal auch am Victoria Park vorbei?«

Er nickte. »Ja, aber der liegt in der entgegengesetzten Richtung, östlich von Camden.«

»Aber man könnte mit dem Boot hinfahren ... wenn man wollte?« Sie bekam vage mit, wie Damien sie befremdet ansah.

»Na ja, schon. Der Kanal führt am südlichen Rand des Parks entlang. Warum fragst du?«

Cynthias Herz hämmerte. Alles passte zusammen: Fünf der sechs Leichen waren in nur wenigen Metern Entfernung zum nächsten Kanal entfernt gefunden worden. Blieb nur noch Phoebe Albertson. Im Tudor Park hatte Cynthia kein Wasser bemerkt. Hatte sie es vielleicht übersehen? Denn wenn ihre Theorie stimmte, musste es auch dort einen Kanal geben.

Sie sah sich um. Sie waren auf einem einsamen Kanalabschnitt, der weit in die Stadt hineinführte. Die Uferbefestigung bestand aus Betonstufen auf beiden Seiten des Wassers. Irgendwo über ihnen wimmelte es nur so von Menschen und Autos. Aber hier unten war es ganz still. Wenn eine Frau hier auf dem Treidelpfad überfallen würde – würde man das mitbekommen? Wenn sie schrie, würde man sie hören?

Jetzt passierten sie Little Venice, und kurz darauf eine Rasenfläche, dic ihr bekannt vorkam. Meanwhile Gardens.

»Haben wir heute Nacht ein bestimmtes Ziel?«, wollte Cynthia von Adrian wissen.

»Nein, eigentlich nicht. Wir fahren einfach drauflos.«

Sie spürte Damiens forschenden Blick. »Was soll das alles, Cynthia?« fragte er.

Sie tat, als hätte sie ihn nicht gehört. »Wo sind wir jetzt? Ich meine, wo sind wir *genau*?«

Adrian sah sich im Dunklen um. »In der Nähe von Ladbroke Grove.«

»Und wo liegt von hier aus gesehen der Tudor Park?«

»Da drüben.« Er zeigte vage nach rechts.

»Auf diesem Weg kommen wir also nicht dorthin?«

»Nein.«

»Warum?«, fragte Damien. »Cynthia, ich finde, das wird langsam seltsam. Komm, gehen wir rein! Draußen wird es kalt, und ich hätte Lust auf ...«

»Was ist mit der anderen Abzweigung?«, fragte sie Adrian. »Oder gibt es weiter vorn noch eine? Kann die uns dorthin bringen?«

Er schüttelte den Kopf. »Der Park ist über einen Kilometer von hier entfernt. Da führt kein Kanal hin.«

»Oh«, sagte Cynthia und kam sich auf einmal ziemlich dumm vor. So viel zu ihrer Theorie.

»Komm«, sagte Damien. »Wir könnten auf dem Achterdeck ein bisschen rummachen.«

Cynthia lächelte. »Gut«, sagte sie und ließ sich vom Dach

gleiten. »Aber vorm Rummachen sollte man einer Frau mindestens ein Abendessen – «

Sie verstummte. Am rechten Ufer des Kanals wurde eine kleine Lücke sichtbar. Eine winzige Brücke unterbrach den Treidelpfad. Sie überspannte einen Wasserweg, der gerade breit genug für ein Boot war. Sie packte Adrians Arm. »Wo führt dieser Kanal hin?«

»Was? Ich sehe keinen … oh, keine Ahnung. Der ist mir noch nie aufgefallen.«

Cynthia eilte bereits zum Heck. Dan stand an der Ruderpinne. Er hatte ein Bier in der Hand und unterhielt sich mit ein paar Teenagern.

»Ich habe gar nichts gegen Schläfer«, sagte er gerade. »Sie haben ihr Leben … oder besser gesagt, zwei Drittel davon, und wir haben unseres. Rückwärtsgewandte Leute, die sich dem Fortschritt verweigern, wird es immer geben. Denkt nur an die Amish.« Die Teenager nickten ernst.

Cynthia klopfte Dan auf die Schulter und zwang sich zu einem Lächeln. »Hallo, ich bin gekommen, um dich von deinen Steuermannpflichten zu erlösen.«

Er runzelte die Stirn. »Kennst du dich damit aus? Ich habe schon viel Zeit auf diesem Boot verbracht und bin also eine Art Profi. Es ist nicht so leicht, wie es aussieht.«

Sie dachte schnell nach.

»Echt?«, sagte sie und sah ihn bewundernd an. »Heißt das, du kannst das Boot auch auf schmalen Wasserwegen manövrieren, auf denen höchstens Platz für ein Boot ist? Bist du so gut?«

Die Frage hatte die gewünschte Wirkung. Dan wurde gleich drei Zentimeter größer. »Aber klar doch!«

»Dann zeig es mir«, sagte sie, legte den Kopf schräg und lächelte. »Wir sind gerade an einem Seitenzweig des Kanals vorbeigekommen. Mal sehen, ob du uns da reinmanövrieren kannst.«

Seine Zähne über dem Ziegenbärtchen blitzten auf. Im orangefarbenen Schein der Treidelpfadlaternen sah das fast teuflisch aus. »Kein Problem«, sagte er. »Sag mir einfach, wo du hinwillst, und schon sind wir da.«

Zehn Minuten später krochen sie den schmalen Wasserstreifen entlang. Cynthia saß wieder mit Damien auf dem Dach und hatte die Knie angezogen, weil es immer kälter wurde. Adrian trat ans Heck und schaute sich nervös um.

»Dan, was machst du da?«, fragte er. »Das Boot hat auf beiden Seiten höchstens noch zwei, drei Zentimeter Platz, und meine Versicherung übernimmt keine Kratzer.«

»Es wird keine Kratzer geben«, sagte Dan, der die Stirn konzentriert in Falten gelegt hatte.

Cynthia strahlte ihren Gastgeber an. »Keine Sorge, er weiß, was er tut.«

»Das will ich ihm auch geraten haben«, murmelte Adrian.

Sie versuchte die Dunkelheit auf beiden Seiten mit ihren Blicken zu durchdringen. Das Boot fuhr zwischen zwei Häuserreihen hindurch, deren schattige Gärten direkt bis ans Wasser reichten. Cynthias Atem ging schneller. Sie fuhren eindeutig in die richtige Richtung. Dann wurde der Wasserweg von einem noch dunkleren Kreis verschluckt. Ein Tunnel.

»Verdammt!«, rief Adrian. »Der ist zu klein. Kommt gar nicht infrage, dass wir da reinfahren!«

Er hatte gerade einen Schritt auf die Ruderpinne zugemacht, als man in der Kombüse Glas splittern hörte und jemand rief: »Scheiße! Es brennt!«

Kurz war der Tunnel vergessen, Adrian kletterte hastig hinein, um nach dem Rechten zu sehen.

Als Cynthia wieder einen Blick zum Bug warf, ragte der Tunnel bedrohlich vor ihnen auf. Ein Mädchen in einem Navajo-Pulli lief mit einer Taschenlampe an ihnen vorbei.

Sie beugte sich über die Reling und beleuchtete das Wasser vor ihnen. Der Lichtkegel hüpfte über die ölige Kanaloberfläche.

Und dann verschluckte sie der Tunnel. Über ihnen wölbte sich eine niedrige, gemauerte Decke. Cynthias Brust war auf einmal wie zugeschnürt. Sie starrte geradeaus, folgte dem Schein der Taschenlampe und hoffte nur, dass sie bald auf der anderen Seite herauskämen. Aber der Tunnel machte eine leichte Biegung, sodass man nicht sehen konnte, wo er aufhörte.

»Was zum Teufel haben wir im weltkleinsten Tunnel zu suchen?«, schrie Adrian, der wieder aus der Kajüte gekommen war. »Wer von euch ist bloß auf diese geniale Idee gekommen?«

Cynthia wurde knallrot, zum Glück konnte man es in der Finsternis nicht sehen.

Plötzlich hob sich ein grauer Halbkreis vor all dem Schwarz um sie herum ab. Das ganze Boot schien erleichtert aufzuseufzen.

Die Tunneldecke verschwand, und die feuchtkalte Luft wich einer nach Blüten duftenden Brise. Cynthia zuckte überrascht zusammen, als sie direkt vor ihnen die tief hängenden Zweige einer Weide auftauchen sah.

»Verdammt!«, rief Adrian, bewaffnete sich mit einem Paddel und eilte zum Bug. Cynthia folgte ihm und erkannte, dass der Kanal direkt hinter dem Tunnel endete. Eine Sackgasse. Adrian beugte sich über den Bug und versuchte, den Aufprall auf die Betonwand zu dämpfen, die ihren Weg blockierte. Aber sie waren zu schnell.

Es gab einen dumpfen Knall, und alle taumelten einen Schritt vorwärts.

Adrian stöhnte. »Wir haben keinen Platz zum Wenden«, rief er Dan zu. »So wie es aussieht, müssen wir die ganze Strecke im Rückwärtsgang zurückfahren.«

»Oh je«, sagte Cynthia. »Das ist alles meine …« Dann sah sie, was hinter den Bäumen lag, und vergaß, was sie sagen wollte. Keine dreißig Meter von ihr entfernt stand die Statue mit dem Reiter auf einem sich aufbäumenden Pferd. Tudor Park.

Rufe und Gemurmel wurden laut, als die Passagiere schützend die Arme gegen die Weidenzweige hoben, die ihnen um die Köpfe peitschten.

»Wie idyllisch«, sagte Damien. »Wir scheinen in einem Baum stecken geblieben zu sein.«

Cynthia hatte nur Augen für die Statue. Jetzt war sie sich sicher.

»Hallo!«, sagte Damien und schnippte vor ihrem Gesicht mit den Fingern. »Erde an Cynthia. Bist du noch da?«

»Er hat ein Boot«, sagte sie laut und registrierte Damiens verwirrte Miene kaum. »Damit transportiert er die Leichen. Der Mörder hat ein Kanalboot.«

35

Als ich vom Einkaufen wiederkam, ertappte ich Katrina mit einem Mann. Der Fremde war jung und groß, er stand am Heck unseres Bootes und redete mit ihr. Sie stand mit verschränkten Armen in der Kajütentür und hörte ihm zu. Sie sah beunruhigt aus.

Wer zum Teufel war das? Was hatte er hier zu suchen? Ich blieb auf dem Treidelpfad stehen, die Tüten mit Tomaten, Wein und Nudeln in der Hand. Sie hatten mich nicht gesehen, und ich ging in die Hocke, um mich hinter der Bootsflanke zu verstecken. Dann schlich ich näher, bis ich hören konnte, was sie sagten.

»Darf ich Sie mal was fragen? Tragen Sie Ihr Haar immer so?«

Ich reckte den Kopf und sah, wie Katrina ihren Zopf berührte. Da wurde ich so wütend, dass ich ganz vergaß, mich zu verstecken.

»He, Sie!«, schrie ich und ließ meine Tüten auf den Steg fallen. Ich betrat das Boot und baute mich so drohend wie möglich vor ihm auf, brachte mein Gesicht dicht vor das des Fremden. »Das ist meine Frau, mit der Sie hier reden!«

Ich starrte ihm in die Augen und erwartete, so etwas wie Schuld oder Erschrecken darin zu sehen. Vielleicht sogar Eifersucht. Aber er zog nur eine Augenbraue hoch und musterte mich nachdenklich.

»Es ist alles in Ordnung, mein Schatz«, sagte Katrina mit dieser seltsamen Stimme, die sie in letzter Zeit öfter benutzte. Sie sprach jedes Wort überdeutlich aus, so als wäre ich ein

Idiot. »Der Mann hier ist von der Polizei. Er und sein Kollege sprechen mit allen hier am Kanal.«

Das war eine dreiste Lüge: Es gab gar keinen Kollegen. Katrina und der Mann waren allein auf dem Boot. Für wie blöd hielt sie mich eigentlich?

Dann war auf einmal alles viel zu hell. Die Boote um uns herum schienen immer größer zu werden, bis sie wie eine Wand vor mir aufragten. Ich sah weg, hin zum Kanal. Die Sonne glitzerte auf dem Wasser, blendete mich mit grellen weißen Flecken, dass es wehtat. Ich schloss die Augen und zählte bis zehn, aber diesmal vergeblich.

Ich holte tief Luft, schob die Lichter raus aus meinem Kopf und konzentrierte mich ganz auf den Mann vor mir. Ich musste diesem Mistkerl klarmachen, dass ich ihn durchschaut hatte. »Entschuldigen Sie, *Officer*«, sagte ich mit einem höhnischen Grinsen. »Haben Sie etwas dagegen, wenn ich mich kurz mit meiner Frau unterhalte ... und zwar *allein*?«

Ich wartete seine Antwort gar nicht erst ab. Ich drängte mich an ihm vorbei, packte Katrinas Hand, zerrte sie in die Kajüte und knallte die Tür hinter uns zu.

Sie musste begriffen haben, dass es vorbei war, denn sie sah sehr verängstigt aus. »Liebling, was hast du denn ...«, hob sie an.

Aber ich ließ sie nicht ausreden. »Du hältst mich wohl für einen Idioten!«, schrie ich. »Aber das bin ich nicht. Ich weiß genau, wer dieser angebliche Polizist wirklich ist! Das ist der Typ, mit dem du hinter meinem Rücken rummachst ... oder gibt es da mehrere?«

Sie schüttelte den Kopf und sah mich mit diesem flehenden Blick an, der mich immer ganz weichmachte, aber diesmal verfehlte er seine Wirkung.

»Jeff«, sagte sie. »Du solltest dich *reden hören*. Überleg doch mal, was du da sagst!«

Ich lachte, aber es war kein freundliches Lachen. Diese Hure. Diese verlogene Schlampe. Die Bootswände bewegten sich jetzt vor und zurück, als atmeten sie. Mir wurde heiß, und ich bekam kaum noch Luft. Ich machte einen Schritt auf Katrina zu, und sie wich zurück, bis sie direkt vor der Wand stand. Ich brachte mein Gesicht ganz nahe an das ihre, damit sie mir in die Augen sehen musste und begriff, in welchen Schwierigkeiten sie steckte.

»So kommst du mir nicht davon!«, flüsterte ich. Da hörte ich einen Knall hinter mir: die Badezimmertür. Ich fuhr herum, und plötzlich stand da ein Mann, den ich vorher nicht gesehen hatte. Er griff in seine Tasche und zückte eine silberne Dienstmarke samt Foto. »Guten Tag, Sir. Ich bin Alistair Gainer von der Londoner Polizei. Würden Sie bitte für ein paar Fragen mit aufs Revier kommen?«

Ich trat einen Schritt von Katrina weg, während meine Gedanken wie wild durch meinen Kopf schwirrten. Wenn dieser Kerl Polizist war, musste der Mann da draußen wirklich sein Kollege sein. Und das bedeutete, dass Katrina doch nicht log. Sie liebte mich, und der Mann, mit dem sie geredet hatte, war bloß ein Polizist, der Fragen zu irgendeinem Verbrechen stellte. Vielleicht war auf einem der Boote eingebrochen worden.

Auf einmal war der entsetzliche Druck auf meiner Brust verschwunden. Alles war bestens. Meine Frau liebt mich!, hätte ich am liebsten laut geschrien, so erleichtert war ich. Sergeant Gainer öffnete die Tür, und sein Kollege kam herein. Er zog den Kopf ein, damit er sich nicht an der niedrigen Decke stieß. Ich lächelte die beiden freundlich an. Es waren nur zwei nette Polizisten, die ihren Job taten.

Aber sie lächelten nicht zurück.

»Wir haben ihn!«, sagte Nick, kaum dass Cynthia abgenommen hatte.

Ihr stockte der Atem. »Oh mein Gott, ich hatte also recht? Ihr habt ihn auf einem Kanalboot gefunden?«

Nick lachte entspannt – wie befreit. Sie hatte ihn schon lange nicht mehr so lachen hören. »Ja, Detective Chief Inspector Wills, Sie haben mit Ihrem Spürsinn voll ins Schwarze getroffen. Wollen Sie nicht vielleicht unser Team verstärken? Als Journalistin vergeuden Sie nur Ihr Talent.«

Sie wickelte die Telefonschnur um ihren Finger und sonnte sich in seinem Lob. Sie konnte es kaum fassen: Sie, Cynthia Wills, hatte die entscheidende Rolle bei der Ergreifung eines Mörders gespielt. Eines Serienmörders sogar. Nicht mal Woodward und Bernstein hatten das geschafft.

»Woran habt ihr gemerkt, dass er es ist?«, fragte sie, während sie »GEFASST!« auf ihren Block kritzelte.

»Nun, seine Frau Katrina ist blond und trägt ihr Haar genauso wie die Opfer, was natürlich auffällig war. Ein paar unserer Leute sind von Haus zu Haus ... oder vielmehr von Boot zu Boot gegangen, und haben sie angesprochen. Ihr Mann war gerade nicht da, als sie kamen. Der eine bat darum, die Toilette benutzen zu dürfen, und als er wieder rauskam, war der Ehemann zurück, hatte die Frau ins Boot gezerrt und ging gerade in einem eifersüchtigen Wutanfall auf sie los. Der Kollege hat sofort gespürt, dass mit dem Typen was nicht stimmt. Also hat man ihn gebeten, mit aufs Revier zu kommen, und seine DNA mit den Haut- und Blutproben verglichen, die wir bei den Opfern gefunden haben, und *voilà* – Volltreffer!«

Cynthia biss sich auf die Unterlippe, um nicht ganz so idiotisch zu grinsen. Dann räusperte sie sich und fragte: »Er hat also gestanden?«

»Gewissermaßen. Er gibt zu, mehrmals darüber fantasiert zu haben, seiner Frau etwas anzutun. Immer dann, wenn er glaubte, sie mit einem anderen Mann ertappt zu haben. Aber er denkt, das wären nur lebhafte Tagträume gewesen. Ein Polizeipsychologe hat ihn befragt und ist zu dem Schluss gekommen, dass er die Frauen aufgrund von paranoiden Wahnvorstellungen ermordet hat. Sein erstes Opfer wurde vermutlich unweit von dem Ort erwürgt, wo es gefunden wurde. Aber anschließend hat er damit begonnen, die Frauen aufs Boot zu schleppen und sie damit zu transportieren. Er hat ihr Haar so geflochten, wie seine Frau Katrina es trug, damit es zu seinen Wahnvorstellungen passte, bevor er die Leichen dann an verschiedenen Stellen am Kanal abgelegt hat. Zum Zeitpunkt der Morde glaubte er stets, die Opfer seien seine Frau. Wenn dann die echte Katrina auftauchte, schaffte er es, sich einzureden, er habe sich die Morde nur eingebildet.«

Cynthia stellte sich vor, wie Lisa Reeds Leiche schlaff vor dem Barbie-Killer lag, während seine Finger sich durch ihr Haar bewegten. Sie bekam eine Gänsehaut.

»Und wer ist er?«, fragte sie mit gezücktem Bleistift. »Name, Beruf, familiärer Hintergrund und so weiter?«

»Er heißt Jeff Loomis, ist siebenundzwanzig Jahre alt und arbeitslos. Er hat in einem Gartencenter namens Full Bloom gearbeitet, aber seinen Job verloren, als er gegenüber einer Kundin ausfällig wurde.«

Cynthia runzelte die Stirn, während sie das alles notierte. Jeff Loomis ... der Name kam ihr irgendwie bekannt vor. Sie unterstrich ihn, suchte in ihrem Gedächtnis. Vielleicht hatte ihn einer der Angehörigen oder Freunde der Opfer erwähnt. Sie saugte nachdenklich an ihrer Unterlippe. Nein, das war es nicht. Aber wenn sie seinem Namen nicht bei den Recherchen zu den Morden begegnet war, wo -

»Oh Gott«, flüsterte sie.

Nicks Stimme schien ganz weit weg, so laut rauschte es in ihren Ohren.

»Cynthia? Alles okay?«

»Ich kenne den Mörder«, sagte sie, wobei es sie kalt überlief. »Beziehungsweise ich habe bereits von ihm gehört: Jeff Loomis war einer der Probanden an denen Niton erstmals an Menschen mit normalem Schlafrhythmus getestet wurde. Er ist vorzeitig aus der Testreihe ausgeschieden. Nachdem er Halluzinationen bekam.«

Eine lange Pause entstand. In Nicks Stimme lag mühsam unterdrückte Aufregung, als er fragte: »Wann war das?«

»Das ist schon eine Weile her … über ein Jahr.« Sie riss die oberste Schreibtischschublade auf und zog einen Notizblock hervor, auf dem »Martin Gibbons« stand. Sie blätterte darin und überflog ihre Anmerkungen. »Was ich dir jetzt erzähle, ist streng vertraulich. Du musst mir versprechen, dass du es unabhängig von mir überprüfst, sonst könnte mein Informant Ärger bekommen. Versprochen?«

»Versprochen.«

»Gut. Die Niton-Studie hat Mitte Februar letzten Jahres begonnen. Jeff Loomis war unter falschem Namen dort, er hat sich als Martin Gibbons ausgegeben. Nach etwas mehr als drei Wochen als Proband bekam er Wahnvorstellungen und wurde weggebracht. Später hat jemand bei Draycott seinen Namen und damit sämtliche Beweise für seine Teilnahme an der Studie entfernt. Vermutlich weil man herausfand, dass er sich unter falschem Namen eingeschmuggelt hatte.« Sie sah sich flüchtig im Redaktionsraum um und legte die Hand um die Sprechmuschel. »Meinst du, Niton hat ihn verrückt gemacht?«

Eine nachdenkliche Pause entstand. Cynthia wartete. Die Tür zu Nicks Büro musste offen stehen, denn sie hörte die Geräuschkulisse eines Polizeireviers: Telefonklingeln, Türenknallen, hin und wieder ein paar Gesprächsfetzen (»Madam, wenn Sie sich *bitte* beruhigen würden«).

»So verführerisch diese Theorie auch sein mag – nein, das glaube ich nicht«, sagte Nick schließlich. »Die ersten beiden Morde fanden *vor* Beginn der Studie statt, sodass er nicht unter Niton-Einfluss gestanden haben kann, als er sie beging.«

»Oh«, sagte Cynthia enttäuscht.

»Trotzdem, es ist interessant, dass man alle schriftlichen Beweise vernichtet hat. Egal, ob er sich nun unter falschem Namen eingeschmuggelt hat oder nicht: Es kann eigentlich nicht sein, dass man Menschen wochenlang ungetestete Medikamente verabreicht und dann so tut, als wäre nie etwas geschehen. Es muss doch Unterlagen dazu geben.«

»Vermutlich wollte Draycott verheimlichen, dass ein psychisch Kranker als Proband zugelassen wurde.«

»Kann sein.« Nick klang nicht sehr überzeugt.

»Welchen Grund sollte es sonst geben?«

»Hör zu, ich muss Schluss machen«, sagte Nick hastig. »Wir reden weiter, wenn Anklage gegen Loomis erhoben wird.«

Und er legte auf.

36

Gesichter, die mich anstarrten. Kurz schienen sie alle ineinanderzufließen wie Tropfen zu einer Pfütze. Zu einer Pfütze aus Augen. Sie durchbohrten mich.

Der Stuhl im Gerichtssaal war hart und unbequem. Ich rutschte nervös darauf herum, und meine Handschellen klirrten leicht. Als ich versuchte, die Hände voneinander zu lösen, schnitten mir die Handschellen schmerzhaft in die Haut. Ich zog erneut daran. Schmerz tat gut. Er war etwas Wirkliches.

Der Verteidiger sprach wieder mit dem Richter, und ich sah, wie die Worte nur so aus ihm herausströmten. Sie sahen aus wie schwarze Flüssigkeit: flüssige Worte für flüssige Gesichter. Alles floss ineinander.

Ich hatte Menschen etwas angetan. Frauen. Das behaupteten zumindest alle. Aber es stimmte nicht. Natürlich war ich wütend auf Katrina gewesen, das schon. Und ja, manchmal hatte ich mir auch vorgestellt, ihr etwas anzutun. Nach dem, was *sie* getan hatte, war das doch nur normal, dass ich diese Gefühle hatte. Ich kniff die Augen zu, versuchte, die leiernde Stimme auszublenden. Mich zu konzentrieren. Ich musste meine Gedanken festhalten, sie durften mir nicht entgleiten.

Hatte Katrina mich überhaupt betrogen? Ich hatte gesehen, wie sie andere Männer geküsst hatte, und … dem ein Ende bereitet. Aber sie war anschließend immer wieder nach Hause gekommen, deswegen wusste ich, dass ich mir alles nur eingebildet hatte. Täuschend echte Tagträume. In letzter Zeit spielte mir das Gedächtnis ständig solche Streiche. Böse Streiche.

Was machte ich hier eigentlich? Warum verurteilten mich alle? Ich sah mich im Gerichtssaal um. Die Gesichter wirbelten jetzt nicht mehr durcheinander, sondern waren nur noch ganz normale Gesichter. Einige waren mir zugewandt, und ich konnte Abscheu darin sehen. Und noch etwas anderes. Angst.

Warum? Begriffen die denn nicht, dass das ein einziges großes Missverständnis war? Ich hatte Katrina nichts angetan. Sie war hier, heil und wohlbehalten, irgendwo in diesem Gebäude. Sie wollten mich für etwas bestrafen, das ich nur in Tagträumen erlebt hatte. Und für Träume kann man nicht bestraft werden … oder?

Cynthia starrte von der Pressetribüne aus auf den Barbie-Killer hinunter. Sie hatte in ihrer Laufbahn schon über etwa ein Dutzend Prozesse berichtet. Die anderen Angeklagten waren starr und unbewegt gewesen. Aber nicht dieser hier. Sein Gesicht veränderte sich ständig. Im einen Moment hatte er die Augen weit aufgerissen, und sein Blick irrte wild von einem Gesicht zum anderen. Im nächsten kniff er sie wieder zu und verzerrte das Gesicht, als hätte er Schmerzen. Jetzt malte sich wachsendes Entsetzen darin, und er stöhnte leise. Speichelbläschen erschienen in seinen Mundwinkeln.

»Glaubst du, der schauspielert?«, flüsterte die *Express*-Reporterin neben ihr. »Und macht einen auf irre, um nicht in den Knast zu müssen?«

Der Mann auf der Anklagebank wiegte sich leicht hin und her, beugte sich vor, als wollte er sich zusammenrollen.

Cynthia schüttelte den Kopf. »Der schauspielert nicht.« Sie konzentrierte sich auf den Verteidiger, der gerade an der Reihe war.

»Euer Ehren«, sagte er. »Ich würde jetzt gern Katrina

Loomis in den Zeugenstand rufen und gebe zu Protokoll, dass ich mit ihrer separaten Vernehmung im Richterzimmer nicht einverstanden bin.«

Die Reporter um Cynthia wurden unruhig, Gemurmel wurde laut.

»Zur Kenntnis genommen«, sagte der Richter, ohne von dem Blatt Papier aufzusehen, auf das er etwas kritzelte. Unter seinen Augen lagen dunkle Ringe.

Der Verteidiger konnte gerade noch »im Interesse der Gerechtigkeit und Transparenz« sagen, bevor der Richter ihn auch schon mit erhobener Hand zum Schweigen brachte.

»Wir machen eine kurze Pause von einer Viertelstunde. Dann werden wir die Ehefrau anhören … und zwar im Richterzimmer.« Er verließ mit wehender Robe den Saal.

Die Journalisten erhoben sich und streckten sich. Cynthia warf einen Blick in den Zuhörerraum und entdeckte Nick in der zweiten Reihe. Er sah müde aus.

»Das war aber ziemlich seltsam«, murmelte eine Stimme direkt hinter ihr.

Sie sah sich um und entdeckte einen spindeldürren Mann mit wächsernem Teint. Wegen seiner Blässe fielen die dunklen Ringe unter seinen Augen besonders auf. Cynthia kannte ihn vage von Presseveranstaltungen. Drew irgendwer von einer Nachrichtenagentur. Ein altgedienter Gerichtsreporter.

»Hallo«, sagte sie und lächelte. Drew überlegte kurz, dann fiel ihm offenbar ein, wer sie war, und er strahlte sie an.

»Cynthia Wills! Was führt Sie denn hierher? Sollte nicht einer von euren Gerichtsreportern über diesen Fall berichten? Oder macht man wegen Ihres Verhaftungs-Scoops eine Ausnahme?«

Sie verließ mit ihm die Pressetribüne, hängte sich ihre Handtasche um. »Die Barbie-Morde waren so lange mein

Thema, dass ich bis zum Schluss darüber berichten darf. Wie wär's mit einer Tasse Tee?«

Drew lächelte. »Klar, warum nicht?«

Die Cafeteria des Justizgebäudes war ein deprimierender Ort mit langen Tischen und billigen Holzstühlen. Das Neonlicht ließ Drews Haut beinahe durchscheinend wirken.

»Und?«, fragte Cynthia, während sie ein Metallteekännchen und einen Pappbecher von ihrem Tablett auf den Tisch stellte. »Ich habe mitbekommen, wie Sie gesagt haben, die Entscheidung des Richters sei ›seltsam‹. Wieso?«

Drew zuckte die Achseln, während er Zucker in seinen Kaffee gab. »Der ganze Fall ist ungewöhnlich. Zunächst einmal hätte ich erwartet, dass es noch Monate bis zur Vorverhandlung dauert. Und dann finde ich es erstaunlich, dass der Richter die Ehefrau hinter verschlossenen Türen als Zeugin vernimmt, ohne zu sagen, warum – und das bei einem so aufsehenerregenden Fall.«

»Aber ich dachte, Zeugenaussagen in der Vorverhandlung sind immer geheim, um die Geschworenen nicht zu beeinflussen?«

»Ja und nein. Man darf nichts schreiben, was jemanden vorverurteilen könnte. Aber der Gerichtssaal ist öffentlich zugänglich, sodass wir dabei sein und uns Notizen machen können, die wir dann später verwenden dürfen. Ist das Urteil erst einmal gesprochen, können wir über die Vorverhandlung schreiben, was wir wollen.«

»Und was hat das jetzt Ihrer Meinung nach zu bedeuten?«, fragte Cynthia und goss Milch in ihre Teetasse. »Enthält Katrina Loomis' Aussage etwas, das vor uns geheim gehalten werden soll?«

Drew lachte und nippte an seinem Kaffee. »So wie Sie das sagen, klingt es nach einer richtigen Verschwörung. Ich wage zu bezweifeln, dass etwas so Dramatisches dahintersteckt. Es ist nur … ungewöhnlich. Und seltsam, dass David sich dermaßen dagegen wehrt.«

»David?«

»David MacNamara, der Verteidiger.«

Cynthia klappte den Teekannendeckel auf. Ein aufgeblähter Teebeutel verströmte bräunliche Wirbel, die sie an Blut erinnerten. Sie machte den Deckel gleich wieder zu. »Sind Sie mit allen Verteidigern auf du und du?«

»Ach, wenn man schon so lange Gerichtsreporter ist wie ich, kennt man die Hauptakteure. Aber viele von den Verteidigern hier würden mir niemals erlauben, sie mit Vornamen anzusprechen. Die meisten legen sich mit ihrer Perücke auch eine gehörige Portion Arroganz zu. Aber David ist ein feiner Kerl. Er muss sich so einiges anhören, weil er am Schlafen festhält. Irgendwie respektiere ich ihn dafür. Er mag altmodisch sein, unterwirft sich aber nicht dem Gruppenzwang.«

Jetzt wurde es laut, als eine lärmende Gruppe geschniegelter junger Männer und hübscher Frauen mit knalligem Lippenstift hereinplatzte, insgesamt etwa ein Dutzend Personen. Ihr fiel die helle Haut unter ihren Augen auf.

Sie wandte sich wieder Drew zu. »Was wollen Sie damit sagen? Dass der Verteidiger in diesem Prozess als einziger Gerichtsanwalt kein Shifter ist?« Die ausgelassenen Neuankömmlinge stellten sich an. Cynthia sah aus dem Augenwinkel, wie ein Muffin durch die Luft geworfen wurde.

»Nein«, sagte Drew. »Es gibt hier noch jede Menge alte Knacker, die schlafen. Aber David ist erst vierzig und in einer sehr jungen Kanzlei – alle seine Kollegen sind längst Shifter. Ich weiß wirklich nicht, wie er da mithält, aber irgendwie schafft er es.«

Drew zog seinen Stuhl ein Stück vor, als die Schläfer sich hinter ihm zum Nachbartisch durchquetschten. Cynthia musterte sie neugierig. »Verteidiger in spe?«, fragte sie.

»Ganz und gar nicht. Eine zum Scheitern verurteilte Sammelklage: Flugbegleiter einer Billig-Airline, die wegen Diskriminierung klagen. Man hat ihnen gesagt, dass sie shiften oder sich einen neuen Job suchen sollen.«

Cynthia runzelte die Stirn. »Warum zum Scheitern verurteilt? Für mich klingt das eindeutig nach Diskriminierung. Ich wundere mich, dass Sie nicht darüber berichten.«

Drew zuckte die Schultern. »Solche Fälle gibt es zuhauf. Dieser mörderische Lastwagenfahrer hat ihnen Tür und Tor geöffnet: Wenn eine Branche im Interesse der öffentlichen Sicherheit Schläfer ausschließen darf, sollte das allen anderen auch erlaubt sein.«

»Ach, kommen Sie. Es geht hier um Flugbegleiter. Wieso ist es ein Sicherheitsrisiko, wenn sie nach der Arbeit schlafen wollen? Meiner Meinung nach ist das nur ein Vorwand der Fluglinien, um Personal loszuwerden, das keine Lust auf extreme Überstunden und unregelmäßige Schichtpläne hat.«

Drew schüttelte den Kopf. »Das sehe ich anders. Was, wenn es am Ende eines Langstreckenflugs einen Notfall gibt? Auf einem Australienflug zum Beispiel. Wer wäre Ihnen da lieber: Ein Shifter oder ein fast schon bewusstloser Schläfer, der seit zwanzig Stunden auf den Beinen ist? Das Oberste Gericht hat bereits entschieden, dass Schläfer nicht wegen Diskriminierung klagen können, weil Schlafen oder Nichtschlafen eine *freie Entscheidung* ist. Ganz im Gegensatz zu einer bestimmten Rassenzugehörigkeit oder einer Behinderung.« Er trank seinen Kaffee aus und zerknüllte den Pappbecher, bevor er hinzufügte: »Wenn Leute sich selbst freiwillig benachteiligen, müssen sie auch damit leben, dass sie …« Er wedelte mit der freien Hand in der Luft herum, als suche er nach dem richtigen Wort.

»… benachteiligt werden?«, schlug Cynthia vor.

Er zielte mit dem verformten Becher auf einen Mülleimer und grinste, als der Becher erst vom Rand abprallte, dann aber doch noch hineinfiel. »Ganz genau. Verstehen Sie mich nicht falsch, es gibt viele Berufe, die sich mit Schlaf ohne Weiteres vereinbaren lassen. Na ja, viele vielleicht nicht, aber ein paar bestimmt. Und wer hart arbeitet, kann die Nachteile ausgleichen. So wie David MacNamara zum Beispiel. Aber im Großen und Ganzen wäre die Welt sicherer, wenn kein Unternehmen Leute einstellen würden, deren Urteilsvermögen im Laufe des Tages nachlässt, bis es sich irgendwann ganz abschaltet. Und auch wenn man das Thema Sicherheit einmal außer Acht lässt: Warum sollten Shifter Mehrarbeit für Kollegen leisten, die beschlossen haben, ein Drittel des Tages nicht existent zu sein? Hier zum Beispiel verstopfen die Schläfer mit ihren Diskriminierungsklagen bloß die Gerichte und verschwenden unsere Zeit.«

»Aber Sie können doch nicht …«

Drew sah auf die Uhr und sprang auf. »Verflixt, ich muss los, zu einem Entführungsfall in Saal sieben. Wir sehen uns dann vermutlich bei der Loomis-Anhörung. Mit etwas Glück lassen sie uns am Nachmittag wieder in den Gerichtssaal. Ich nehme an, Sie werden dort sein?«

Sie nickte. »Das möchte ich auf keinen Fall verpassen.«

Als Cynthia ihren Artikel abgab, war es fast dunkel. Sie trat hinaus auf den Bürgersteig und sah auf die Uhr. Mist! Wenn sie sich nicht beeilte, kam sie noch zu spät. Sie war mit Nick in einem Café in der Nähe verabredet, dessen größter Vorzug ein Raum im Souterrain war, den keiner zu kennen schien. Als sie kam, wartete Nick schon, an die Kühlvitrine mit den Desserts gelehnt. Sie holten sich ihren Kaffee an der Theke, bahnten sich einen Weg durch die Menge und gingen auf die Treppe am Ende des Lokals zu, die hinter einem Regal voller Bücher zur Geschichte des Kaffees versteckt lag. Unten war es ruhig, außer ihnen saß nur ein junger Mann mit Pferdeschwanz und einem Caffè Latte hier. Er war in der hintersten Ecke über ein Fachbuch gebeugt.

»Und, welchen Eindruck hast du von Loomis?«, fragte Nick, während sie Platz nahmen.

Sie zog die Nase kraus. »Unheimlich. Der ist eindeutig gestört.« Sie löffelte Cappuccinoschaum. »Irgendwie hat er es geschafft, dass man Mitleid und Furcht gleichzeitig empfindet.«

»Ja, das trifft es genau«, pflichtete Nick ihr bei und sah sie eindringlich an. »Bist du dir wirklich sicher, dass du mit ihm sprechen willst?«

»Natürlich, wieso fragst du? Gibt es schon eine Antwort auf meine Interviewanfrage?«

»Oh ja, die gibt es. Hör zu, Cynthia, es ist höchst ungewöhnlich, dass Reporter Zugang zu …«

»Es ist höchst ungewöhnlich, dass Reporter zur Verbrechensaufklärung beitragen«, unterbrach sie ihn. Es klang aggressiver als beabsichtigt. Er sah abrupt auf. »Ach, *komm*, Nick!« Sie schlug mit der flachen Hand auf den Tisch. »Ich habe mir diese Chance echt verdient! Nachdem ich so viel zur Klärung dieses Falls beigetragen habe, ist es doch sicher gerechtfertigt, die Regeln etwas zu lockern?«

Ein Grinsen breitete sich auf seinem Gesicht aus. »Ich sagte, dass es ungewöhnlich ist, nicht unmöglich. Es war nicht leicht, aber du bekommst dein Interview. Am Donnerstag um zwei. Ein Arzt wird dabei sein.«

Cynthia stieß einen Jubelschrei aus und warf beinahe Nicks Kaffee um, als sie aufsprang und die Arme um seinen Hals schlang. »Ich wusste doch, dass ich mich auf dich verlassen kann!«

Er lachte und wischte den übergeschwappten Kaffee mit einer Serviette auf. »Ja, genau, du hast keine Sekunde daran gezweifelt.«

Cynthia war ganz euphorisch, als sie sich wieder setzte.

Sie hatte exklusiven Zugang zum Barbie-Killer! Das war bei Weitem ihr wichtigstes Interview seit Jahren, vielleicht sogar das wichtigste überhaupt. Sie konnte es kaum erwarten, es Rocky zu erzählen. Sie strahlte Nick an. Der lächelte zurück und warf dann einen vielsagenden Blick auf die Uhr.

»Aber um auf *dieses* Interview hier zurückzukommen ...«

»Natürlich, entschuldige!« Sie versuchte sich wieder aufs Hier und Jetzt zu konzentrieren. Dann holte sie ihren Block heraus und platzierte ein Tonbandgerät zwischen sich und Nick.

»Darf ich unser Gespräch mitschneiden?«

»Klar.« Nick griff nach dem Gerät und drehte es hin und her wie ein Archäologe, der eine antike Tonscherbe inspiziert. »Werden diese Dinger immer noch hergestellt?«

»Ich traue den digitalen Aufnahmegeräten nicht. Die sind wie Spielautomaten: eine falsche Bewegung, und alles ist weg.«

Er lachte und stellte das Gerät zurück. »Du warst schon immer eine Technikfeindin.«

Cynthia drückte auf einen Knopf, und das Gerät summte. »Gut. Lass uns die Geschichte noch mal Punkt für Punkt durchgehen: Jeff Loomis verliert aus noch unbekannten Gründen den Verstand, auch wenn man vermuten darf, dass er an einer nicht diagnostizierten paranoiden Schizophrenie leidet. Er erwürgt Mary Davies, das erste Opfer, und lässt sie in einem Stand auf dem Camden Market zurück. Dann ermordet er Lisa Reed und wirft sie in Limehouse in den Kanal, wo sie sich in der Schleuse verfängt. Zwei Wochen später nimmt er unter dem Namen Martin Gibbons an der Draycott-Studie teil. Er bekommt Wahnvorstellungen und wird weggebracht ... in ein Krankenhaus?«

Sie sah Nick fragend an.

»In eine Privatklinik nach Nordlondon«, sagte er. »Mehr konnte ich bisher nicht herausfinden. Die Regierungsbehörden haben das zur Verschlusssache erklärt. Was ich mehr als nur ein bisschen suspekt finde. Deshalb wissen wir nur, dass man verschiedene Untersuchungen an ihm durchgeführt und ihn zwei Wochen später nach Hause entlassen hat. Seiner Frau wurde mitgeteilt, dass er an Schizophrenie leide.«

Cynthia konnte ihre Aufregung nur mühsam zügeln. Das Verteidigungsministerium ließ mitten in der Nacht Leute verschwinden, um heimlich Untersuchungen an ihnen durchzuführen. Das war der Stoff, aus dem Journalistenträume gemacht waren!

Sie riss sich zusammen. »Gut. Er wird also entlassen und ermordet vier weitere Frauen, die allesamt Katrina Loomis ähneln. Er sieht jedes Mal, wie das Opfer einen Mann küsst, und glaubt, es handle sich um seine Frau, die ihn betrügt.«

Nick nickte. »So kann man das zusammenfassen.«

Cynthia machte sich Notizen auf einer Zeitachse, die sie auf ihren Block gekritzelt hatte, bevor sie fragte: »Bist du enttäuscht, dass er für prozessuntauglich erklärt wurde?«

Nick zuckte die Achseln. »Das überrascht mich nicht weiter. Aus den psychologischen Gutachten ging ja schon deutlich hervor, dass er Fantasie und Wirklichkeit nicht auseinanderhalten kann. Für mich ist die Hauptsache, dass wir den Mörder von der Straße geholt haben. Ob er nun im Gefängnis sitzt oder in Sicherheitsverwahrung kommt, ist mir im Grunde egal – Hauptsache, er wird weggesperrt und kann niemandem mehr etwas tun.«

Cynthia nickte und kritzelte wild drauflos. Dann legte sie den Stift weg und griff nach ihrem Cappuccino. Sie nahm einen großen Schluck und ließ Nick nicht aus den Augen. »Als wir vorhin telefoniert haben, hast du angedeutet, hinter den manipulierten Draycott-Studienunterlagen stecke mehr als nur ein paar Manager, die ihren Arsch retten wollten.« Sie legte den Kopf schräg. »Könntest du mir das etwas näher erklären?«

Nick warf einen Blick auf das Tonbandgerät und schüttelte leicht den Kopf. Sie zögerte und machte es schließlich aus. Er fuhr sich über die Stirn. »Ich fürchte, damit kannst du mich nicht zitieren. Es ist nur eine Theorie. Aber ... wir sollten nicht vergessen, dass Draycott ursprünglich vom Verteidigungsministerium mit der Niton-Studie beauftragt wurde, und das ist nur ein Arm des vielarmigen Ungeheuers Regierung. Niton mag anfangs ein Projekt des Verteidigungsministeriums gewesen sein, aber als andere Regierungsbehörden davon Wind bekamen, müssen irgendwelche Leute ganz weit oben das enorme wirtschaftliche Potenzial erkannt haben, das darin steckt.« Er beugte sich vor und senkte die Stimme. »Hast du eine Ahnung, was 24/7 in diesem Land wirtschaftlich und finanziell bewirkt hat? Wir sind noch nie so produktiv gewesen. Der dramatische Fachkräftemangel wurde behoben, und es werden rund um die Uhr Geschäfte gemacht. Das Bruttosozialprodukt ist unglaublich stark gestiegen, rekordverdächtige Unternehmensumsätze haben die Aktienkurse emporschnellen lassen, und enorme Steuereinnahmen füllen die Regierungsschatulle. Dieses Medikament bedeutet für viele einflussreiche Leute sehr viel Geld. Wenn man dann noch den globalen Wettbewerb berücksichtigt ... Überleg doch mal, welchen Standortvorteil China hätte, wenn Großbritannien das Anti-Schlaf-Mittel verboten hätte, während sämtliche chinesischen Arbeitskräfte rund um die Uhr schuften dürfen.«

»Hm«, sagte Cynthia etwas zweifelnd. Sie hielt nicht viel von Regierungsverschwörungstheorien. Andererseits beantwortete das eine Frage, die sie schon länger beschäftigte. »Vermutlich erklärt das auch, warum am Anfang niemand auch nur versucht hat, den in Großbritannien ansässigen Internethändlern das Handwerk zu legen oder die Leute davon abzuhalten, 24/7 online zu erwerben.«

Nick nickte. »Ja. Meiner Meinung nach ...« Er hielt inne

und drehte sich nach dem Studenten um, der über sein Buch gebeugt in der Ecke saß.

Cynthia grinste. »Vorsicht. Das ist ganz klar ein Regierungsspion. Der Pferdeschwanz ist bloß angesteckt, das sieht man ja.«

Nick grinste auch. »Also, Witzbold, willst du nun hören, was ich denke, oder nicht?«

»Tut mir leid, erzähl weiter!«

»Ich glaube, die Regierung wollte verhindern, dass Informationen an die Öffentlichkeit dringen, die die Menschen von der Einnahme dieses Mittels hätten abhalten können. Wir leben in einem globalen Verdrängungswettbewerb, Cynthia. Länder mit einem hohen Bevölkerungsanteil an Shiftern stehen einfach besser da als andere. Das arme alte Frankreich hat inzwischen mit echten Problemen zu kämpfen. Keiner will mehr mit denen Geschäfte machen. Firmen, in denen um drei Uhr morgens niemand ans Telefon geht, gelten als rückständig und unprofessionell.«

Cynthia drehte an dem Lautstärkeregler des ausgeschalteten Tonbandgeräts. Sie hatte das Gefühl, Teile eines Puzzles vor sich zu haben, die einfach nicht zusammenpassen wollten. »Das ist eine interessante Theorie, aber ich verstehe nicht ganz, was sie mit unserem Fall zu tun hat: Wir haben ja festgestellt, dass Loomis schon verrückt war, *bevor* er 24/7 nahm.«

Nick lehnte sich zurück, streckte die Beine aus. »Du weißt das, und ich weiß das auch. Aber Draycott und das Verteidigungsministerium wussten das damals noch nicht. Aus ihrer Sicht hat ein Mann namens Martin Gibbons, der sich vollkommener geistiger Gesundheit erfreute, an der Studie teilgenommen und war, nachdem er vier Wochen lang das Medikament genommen hatte, nur noch ein sabbelndes Wrack. Wenn das herausgekommen wäre, wäre es mit der Shifter-Bewegung vorbei gewesen, bevor sie überhaupt richtig angefangen hatte. Deshalb wollte man alle Spuren verwischen.«

Cynthia wurde das Gefühl nicht los, dass sie einen entscheidenden Punkt übersahen. Sie trank ihren mittlerweile lauwarmen Cappuccino aus und suchte dann Nicks Blick. »Die einfachere Erklärung wäre doch, dass ein Proband unter falschem Namen mit bestehenden Gesundheitsproblemen während der Studie durchgedreht ist. Daraufhin ist man bei Draycott in Panik geraten und hat alles vertuscht, um einen Skandal und einen Gerichtsprozess zu vermeiden. Aber du behauptest, das sei alles Teil einer riesigen Regierungsverschwörung, die es sich zum Ziel gesetzt hat, eine ganze Nation Medikamente einnehmen zu lassen. Normalerweise würdest du doch jeden auslachen, der mit so was ankommt. Es sei denn ... Da ist noch etwas, nicht wahr? Etwas, das du mir bislang verschwiegen hast?«

Er musterte sie nachdenklich. Eine Pause entstand. Cynthia stellte ihre Tasse zurück auf die Untertasse und wartete.

Schließlich schien er sich einen Ruck zu geben. »Die Abteilung, die bei uns für die Erstellung von Verbrechensstatistiken zuständig ist ... war, wurde geschlossen.« Er schwieg kurz. »Auf Anordnung von oben.«

Cynthia blieb die Luft weg. Sie dachte an all die Schlägereien, die sie in den letzten Monaten beobachtet hatte, an die Streitereien um einen Sitzplatz in der U-Bahn, die Straßenprügeleien. An den Mann, der im Eingang einer Buchhandlung blutig geschlagen worden war. *So was passiert ständig.*

»Ich nehme an, die Kriminalitätsrate steigt?«, fragte sie schließlich.

»Und wie. Zumindest die der Gewaltverbrechen.«

»Welcher Grund wurde für die Schließung der Statistikabteilung genannt?«

»Personelle Gründe. Im Sinne von Personalverschwendung. Man solle sich lieber um die Aufklärung von Verbrechen kümmern, statt sie zu zählen. Sämtliche Abteilungsmitglieder wurden anderweitig eingesetzt.«

Cynthia trommelte mit den Fingern auf die Tischplatte. Sie merkte, dass das nervte, konnte aber nicht aufhören. »Wann wurde das beschlossen? Und wann hast du bemerkt, dass die Gewaltverbrechensrate steigt? So ungefähr?«

»Etwa vor vier Monaten.« Und dann, auf ihr Stirnrunzeln hin: »Das ist die Antwort auf beide Fragen.«

»Wie stark ist die Rate gestiegen? Nur so in etwa.«

Müde ließ er die Schultern hängen. »Sie hat sich mehr als verdoppelt, vielleicht sogar verdreifacht. Aber es ist nicht nur die bloße Anzahl von Verbrechen. Es sind vor allem die Leute, die sie begehen: lauter Ersttäter. Männer in Anzügen. Mütter auf Spielplätzen. Die Menschen sind extrem reizbar, und man geht sofort aufeinander los.«

Sie dachte an Simone. Daran, wie sie gezögert hatte, als Cynthia wissen wollte, ob ihre Erlebnisse im Krankenhaus damit zu tun hatten, dass sie 24/7 nicht nahm.

Nick beugte sich vor und senkte die Stimme zu einem Flüstern. »Und das ist noch längst nicht alles. In den letzten Wochen ist noch etwas Neues hinzugekommen – «

In diesem Moment knallte der Student in der Ecke plötzlich sein Buch zu und begann zusammenzupacken. Nick und Cynthia waren auseinandergefahren. Es kam ihnen vor wie eine Ewigkeit, bis er endlich seine Jacke angezogen, seinen kleinen Rucksack geschultert hatte und gegangen war.

»Wahnvorstellungen«, fuhr Nick fort, als sie wieder allein waren. »Leute ohne jede psychische Vorerkrankung sehen plötzlich Feinde, die es gar nicht gibt – sogar Monster! Die wildesten Sachen. Alles Leute, die weder Magic Mushrooms noch LSD nehmen.«

Cynthias Herz hämmerte. »Sondern?«

Aber sie kannte die Antwort bereits.

»Das hat keinen Nachrichtenwert«, sagte Rocky. Cynthia zuckte überrascht zusammen. Ihr Artikel über die gestiegene Verbrechensrate im Zusammenhang mit den Shiftern befand sich gerade auf dem Bildschirm des Nachrichtenchefs. Sie hatte aus »polizeilichen Quellen« zitiert – Nick hatte ihr erlaubt, dass sie darüber berichtete, solange sein Name nicht fiel. Sie hatte den Artikel in einem Rutsch heruntergeschrieben, ohne sich vorher mit Rocky abzusprechen. Dann war sie zu seinem Schreibtisch geschlendert und hatte gesagt, sie habe da einen Artikel, der vielleicht interessant sein könnte. Ob er einen Blick darauf werfen wolle? Und statt der erwarteten Lobeshymnen kassierte sie jetzt eine umstandslose Ablehnung.

»Wie … wie kannst du sagen, das hätte keinen Nachrichtenwert?«, stammelte sie. »Die Hälfte der Bevölkerung nimmt ein Mittel, das Gewalttätigkeit und Wahnvorstellungen hervorruft. Die Statistiken werden von der Polizei verheimlicht und die entsprechenden Delikte von den Gerichten klein gehalten. Das ist doch …« Sie hatte »unfassbar« sagen wollen, »schockierend«, »Stoff für den Pulitzerpreis«. Aber nach kurzem Überlegen entschied sie sich für »etwas, das die Leute wissen sollten«.

Rocky drehte sich mit seinem Stuhl zu Cynthia herum. Die Haut unter seinen Augen war beinahe schwarz. Sie sah eine Ader an seiner Schläfe pulsieren. War das früher schon so gewesen? Sie konnte sich nicht erinnern.

»Zunächst einmal: Was hast du für Beweise, um deine Theorie zu untermauern? Verbrechensstatistiken? Du sagst ja selbst, dass es keine gibt.«

»Das ist nicht *meine* Theorie. Der *Detective Chief Inspector* sagt …«

Aber Rocky winkte ab. »Ja, ja, dein anonymer Cop, der behauptet, dass die Verbrechensrate steigt. Ist er auch zu einer offiziellen Stellungnahme bereit – dazu, zu sagen, dass die Shifter an allem schuld sind? Es nicht nur nahezulegen oder anzudeuten ... sondern es tatsächlich auszusprechen?«

Sie biss sich auf die Unterlippe. Der Nachrichtenchef ließ eine halbe Minute verstreichen, bevor er sagte: »Das dachte ich mir.«

»Ich werde noch mal mit ihm sprechen und versuchen, ihn zu einer offiziellen Aussage zu bewegen. Ich bin mir sicher ...«

»Cynthia«, unterbrach Rocky sie so laut, dass sich alle Umsitzenden nach ihnen umdrehten. Er schloss kurz die Augen, schien sich nur mühsam zu beherrschen. Als er weitersprach, klang seine Stimme gefährlich leise. »Vielleicht solltest du dich lieber wieder um die wirklich wichtigen Dinge kümmern und über den Barbie-Killer berichten. Das interessiert die Leute, und dein Name wird morgen groß auf der Titelseite stehen. Ich bin schwer beeindruckt, dass du es geschafft hast, ein Exklusivinterview mit Loomis zu bekommen. Konzentrier dich darauf, statt ein Nichts so aufzublähen.«

»Aber ...«

»Nichts aber! Hör auf, deine und meine Zeit zu verschwenden, und mach dich wieder an die Arbeit.«

Cynthia bemerkte plötzlich, dass ihre Hand wehtat. Sie hatte sie so fest zur Faust geballt, dass sich die Nägel ins Fleisch gruben. Sie ließ locker und holte tief Luft. Rocky war ein hervorragender Journalist. Er musste doch irgendwie zur Vernunft zu bringen sein!

Aber seine Schläfenader pulsierte jetzt noch stärker. Er sah richtig wütend aus. Cynthia drehte sich um und ging langsam davon, in ihrem Kopf ein einziges Chaos. Sie hatte ihren Schreibtisch fast erreicht, als Rocky ihr noch etwas hinterherrief. »Es sind zweiundsechzig Prozent.«

Sie drehte sich um und sah ihn verwirrt an. »Wie bitte?«

»Du hast gesagt, die Hälfte der Bevölkerung seien Shifter.

In Wahrheit sind es zweiundsechzig Prozent.« Er schenkte ihr ein Lächeln, das man nur als fies bezeichnen konnte. »Wir sollten schon darauf achten, dass die Fakten stimmen, meinst du nicht auch?«

Dann klingelte das Telefon auf seinem Schreibtisch. Er nahm ab und ließ sie mit offenem Mund stehen.

37

Die Wände von Jeff Loomis' Zelle waren aus Beton und hellblau gestrichen. Die Sonne kämpfte sich durch einen dunkelblauen Vorhang, der vor das einzige Fenster gezogen worden war und den Raum in ein kaltes blaues Licht tauchte. Cynthia musste an einen Swimmingpool denken.

Loomis saß an einem kleinen Metalltisch, wiegte sich langsam vor und zurück und bewegte die Lippen. Sie beobachtete ihn durch ein kleines Fenster in der Zellentür. Das Interview war eine Riesenchance. Sie wollte gut vorbereitet sein. Sie umklammerte ihren Notizblock und holte tief Luft. Es stank nach Desinfektionsmitteln und Urin.

»Alles in Ordnung?«, fragte Doktor Samji. Er war um die vierzig, hatte eine goldbraune Hautfarbe und dickes, schwarzes Haar. Sein Lächeln war herzlich. Cynthia nickte angespannt.

»Keine Sorge«, sagte er. »Der Wärter und ich sind die ganze Zeit dabei. Wir können jederzeit eingreifen, wenn es Probleme geben sollte.«

Sie lächelte dankbar. Dann wurde die Tür aufgeschlossen, und der Wärter bezog direkt dahinter Posten. Langsam ging sie auf den Tisch zu. Jeff Loomis sah zu ihr empor, und seine Miene hellte sich auf.

»Katrina!«, rief er, während sie ihm gegenüber Platz nahm. Die schwarzen Ringe um seine Augen glichen überfließenden Teichen, sie bedeckten mittlerweile fast ein Drittel seines Gesichts. Die übrige Haut war gelb. Seine Arme waren erschreckend dünn und wiesen tiefe Kratzspuren auf.

»Hallo, Jeff … ich bin Cynthia. Wie geht es Ihnen?«

Ein Grinsen verzerrte das gelb-schwarze Gesicht. »Ich wusste, dass du kommen würdest!«, rief er entzückt. »Ich wusste es!« Und zu Cynthias Entsetzen warf er sich über die Tischplatte, um sie zu umarmen. Der abgestandene Schweißgeruch und die fiebrige Hitze seiner Haut überwältigten sie schier. Der Wärter machte einen Schritt nach vorn.

»Das genügt, Jeff!«, sagte Cynthia laut. Die Arme, die sie umfasst hielten, zogen sich zurück. Der Wärter ebenfalls.

»Tut mir leid, Katrina«, sagte Loomis zerknirscht. »Ich weiß, dass du wütend auf mich bist, aber ich dachte …«

»Ich bin nicht wütend. Ich will nur wissen, warum Sie diese Frauen getötet haben.«

Sie sah, wie seine Kiefer mahlten. Seine Augen bekamen einen flehenden Ausdruck.

»Ich liebe dich so sehr!«, wimmerte er. »Manchmal konnte ich gar nicht glauben, dass du mir gehörst. Ich hatte Angst, jemand könnte dich mir wegnehmen, jemand Besseres …« Dann verfinsterte sich seine Miene, und sein Blick huschte zu Doktor Samji. »Wer ist das?«, schrie Loomis. Er sprang auf, und Cynthia zuckte zurück, wobei sie fast mit dem Stuhl hintüber gekippt wäre. Der Wärter trat erneut vor und legte ihm schwer die Hand auf die Schulter. Das Gesicht des Barbie-Killers verzerrte sich zu einem animalischen Grinsen. »Was hast du mit diesem Typen zu schaffen? Glaub bloß nicht, ich merke nicht, was da läuft! Mir kannst du nichts vormachen, Katrina!« Dann verschwand das Grinsen, und seine Züge entspannten sich. Einen kurzen Moment lang schien er vollkommen klar im Kopf zu sein. »Wer sind Sie?«, fragte er blinzelnd, während er sich in der blauen Zelle umsah. »Wo bin ich hier?«

»Ich heiße Cynthia«, sagte sie. »Sie sind in einem … Krankenhaus. Ich wollte Ihnen ein paar Fragen stellen …«

Aber das Gesicht vor ihr veränderte sich erneut. Die Klarheit verschwand daraus, eine Maske des Entsetzens trat an ihre Stelle. »Eine Schlange!«, kreischte er und sprang wieder von seinem Stuhl auf, während sein Blick durch den Raum irrte. »Und da ist noch eine! Neiiin!« Er rannte in den hintersten Winkel, rollte sich wie ein Embryo zusammen und stieß jammernde Laute aus.

Cynthia drehte sich erschüttert zu dem Arzt um. »Können Sie ihm nicht irgendetwas zur Beruhigung geben?«

Der hob hilflos die Hände. »Wir haben ihm Valium verabreicht, bevor Sie kamen, aber das scheint keine große Wirkung auf ihn zu haben. Eine höhere Dosis wäre nicht zu verantworten.«

Ihren Notizblock umklammernd, erhob sie sich langsam, wobei sie die mitleiderregende Gestalt in der Ecke nicht aus den Augen ließ.

»Überall Schlangen«, keuchte Loomis mit angstgeweiteten Augen. »Warum verschwinden die nicht?«

Sie würde kein vernünftiges Wort mehr aus ihm herausbekommen. Sie schauderte, als sich die Tür hinter ihnen schloss. »Ist er immer so?«

»Im Grunde ja«, sagte Doktor Samji. »Die REM-Blocker wirken nicht mehr – das ist der Wirkstoff in 24/7, der Wachträume verhindern soll.«

Cynthia drehte sich noch einmal zu der Tür zum blauen Raum um. »Er hat also gar nicht wirklich Halluzinationen? Das sind Träume … oder besser gesagt Albträume?«

»In gewisser Weise ja«, sagte der Arzt und führte sie durch den Flur, vorbei an mehreren schweren Metalltüren. Hinter einer davon schrie eine Stimme Obszönitäten. »Die Erfinder des Anti-Schlaf-Mittels haben das menschliche Bedürfnis, zu träumen, eindeutig unterschätzt. Wahrscheinlich weil niemand wirklich weiß, wozu genau Träume eigentlich gut sind. Schläft man unter normalen Umständen zu wenig, sind Wachträume die Folge, wobei die Träume von der jeweiligen Umgebung beeinflusst und verzerrt werden. Wie sich herausgestellt hat, können REM-Blocker das nur für eine gewisse Zeit verhindern.«

Sie passierten eine Sicherheitsschleuse und ließen die bedrückende Atmosphäre hinter sich. Jetzt säumten schlichte Holztüren mit Namensschildern den Flur. Büros. Cynthia ließ seine Worte auf sich wirken.

»Ja, aber … das Anti-Schlaf-Mittel allein kann nicht für Jeff Loomis' Zustand verantwortlich sein. Denn er war schon geisteskrank, *bevor* er es genommen hat. Und dass die REM-Blocker bei ihm nicht mehr wirken … ist äußerst bedauerlich. Aber das ist doch bestimmt ein Einzelfall? Inzwischen nehmen zig Millionen Briten das Mittel. Und keiner von ihnen zeigt … solch extreme Reaktionen.«

»Das liegt daran, dass es noch keiner so lange eingenommen hat wie er.«

Cynthia blieb abrupt stehen. Dr. Samji ging noch ein paar Schritte weiter, bis er merkte, dass sie nicht mehr neben ihm herlief.

»Aber das stimmt doch gar nicht!«, widersprach sie. »Es gab Dutzende von Probanden, die an der Draycott-Studie teilgenommen haben. 24/7 wurde erst nach Beendigung dieser Studie im Internet verkauft, und viele von ihnen haben die Einnahme vermutlich fortgesetzt. Und dann fingen auch die ersten Freizeitkonsumenten damit an.«

Der Arzt lächelte grimmig. »Warum kommen Sie nicht mit in mein Büro?«, schlug er vor und zeigte auf eine der Türen. »Ich möchte Ihnen etwas erzählen, das ich bereits mehreren Regierungsstellen erzählt habe. Aber die Reaktionen, die ich darauf erhalten habe, waren … alles andere als beruhigend.«

Er öffnete die Tür und bat Cynthia mit einer Geste, einzutreten. Der kleine Raum war vollgestopft mit Büchern und Familienfotos. Gerahmte Diplome und Zeugnisse bedeckten die Wände. Sie zückte ihren Notizblock und nahm in einem Stuhl vor dem Eichenholzschreibtisch Platz. Dr. Samji setzte sich dahinter, faltete die Hände auf der Tischplatte und sah Cynthia ernst an. »Als Jeff Loomis vor der Vorverhandlung erstmals hierherkam, haben wir alle möglichen Untersuchungen an ihm vorgenommen, mit überraschenden Ergebnissen. Es stellte sich heraus, dass er seit zwei Jahren nicht mehr geschlafen hatte.«

»Aber das ist doch vollkommen ausgeschlossen, wie –«

Dr. Samji hob die Hand. »Ich habe seine Frau angerufen und sie danach gefragt. Sie wollte erst nicht recht mit der Sprache heraus, aber als ich ihr klargemacht habe, dass es ihrem Mann nur helfen konnte, wenn sie die Wahrheit sagte, gab sie zu, Probandin bei einer der ganz frühen Niton-Studien gewesen zu sein, die an einer kleinen Gruppe Narkoleptiker in Leeds durchgeführt wurde. Sie hat damals einen Pfleger bestochen, um große Mengen des Medikaments herauszuschmuggeln, und Jeff anschließend überredet, es auch zu nehmen. Unser Mr Loomis war immer noch hellwach, als er sich ein Jahr später für die Studie des Verteidigungsministeriums angemeldet hat. Die Firma, die sie durchgeführt hat, hieß …« Der Arzt schnippte stirnrunzelnd mit den Fingern.

»Draycott«, sagte Cynthia automatisch, während ihr die enorme Tragweite seiner Worte allmählich bewusst wurde. Ihr Puls begann zu rasen.

»Ja, ganz recht. Als er wieder nach Hause kam, war 24/7 frei erhältlich, und er nahm es auch weiterhin ein. Wie dem auch sei – das Mittel scheint länger zu wirken, als die Leute glauben: mindestens einen Monat pro Kapsel. Die Dosis von einer Kapsel pro Woche ist nie an Nicht-Narkoleptiker angepasst worden.«

Cynthia runzelte nachdenklich die Stirn. »Aber … warum zeigt seine Frau nicht dieselben Symptome?«

»Wegen ihrer Narkolepsie. Diese Erkrankung scheint die Nebenwirkungen auszuschließen, die wir an ihrem Mann beobachten können. Jeff Loomis war der Erste mit einem normalen Schlafrhythmus, der Niton genommen hat. Er ist den Freizeitkonsumenten um ein gutes Jahr voraus.«

Cynthia starrte Dr. Samji mit wachsendem Entsetzen an. »Das … erwartet sie also?«, flüsterte sie.

Der Arzt nickte düster. »Wenn sie nicht aufhören, das Mittel zu nehmen, ja. Zunächst werden sie gereizt. Dann haben sie Halluzinationen. Zunächst nur hin und wieder. Aber irgendwann verlieren die REM-Blocker ihre Wirkung, und sie werden von Wachträumen heimgesucht. Den ganzen Tag, die ganze Nacht.«

38

Bürgerrechtsbewegung fordert »Schlafurlaub«

von Marcus Grimsby

Shifter-Chefs machen Schläfern das Leben »unerträglich«, so eine neue Bürgerrechtsbewegung.

»Man verlangt von uns, dass wir jede Menge Überstunden machen und unregelmäßige Schichten arbeiten, was unsere körperliche und seelische Gesundheit gefährdet«, so der Sprecher von »Ein Recht auf Schlaf«, Dylan Bennett. »Die Arbeitgeber ignorieren einfach die Tatsache, dass viele Menschen nach wie vor schlafen müssen.«

Bennett vergleicht die Lage der Schläfer mit der von Schwangeren und sagt, beide bräuchten spezielle Zugeständnisse an ihre biologischen Bedürfnisse.

»Frisch gebackene Mütter bekommen mindestens drei Monate Mutterschaftsurlaub«, so Bennett. »Wir fordern ›Schlafurlaub‹ in Form einer gesetzlich vorgeschriebenen zehnstündigen Auszeit zwischen zwei Arbeitstagen.«

Kritiker wenden jedoch ein, dass sich Schlaf nicht mit der Mutterrolle vergleichen lasse, da er keinerlei Zweck habe und der Gesellschaft nichts zurückgebe.

»Ehrlich gesagt, finde ich es unverschämt, sinnloses Nichtstun mit dem Hervorbringen neuen Lebens zu vergleichen«, so Shifter-Aktivist James Livington. »Das ist eine Beleidigung für sämtliche Mütter auf diesem Planeten.«

Cynthia ließ sich der Länge nach aufs Wohnzimmersofa fallen und starrte an die Decke. Was sie über Jeff Loomis und das Anti-Schlaf-Mittel erfahren hatte, ließ sie nicht mehr los.

Bald würden alle rund um die Uhr Wachträume haben. Sie versuchte sich vorzustellen, wie die Welt wohl in einem halben Jahr aussähe, und bekam eine Gänsehaut. Irgendwo in den Tiefen ihrer Handtasche war ihre eigene 24/7-Kapsel versteckt. Sie setzte sich auf, nahm die Tasche und wühlte darin herum. Da war sie, in einem Fach zwischen Adressbuch und einer Packung Taschentücher. Sie nahm das kleine Oval heraus und rollte es zwischen Daumen und Zeigefinger hin und her. Dabei dachte sie an Jeff Loomis, der mit seiner Frau und den Schlangen in dem blauen Zimmer gefangen war. Mit seinen Träumen und Albträumen. Sie fröstelte.

Ihr wurde bewusst, dass sie nach wie vor den Midnight-Schimmer trug, den sie morgens vor der Arbeit aufgelegt hatte. Seit Monaten redete sie sich ein, dass sie ihn nur zu Recherchezwecken benutzte. Dabei hätte sie ihren Artikel längst schreiben können. In Wahrheit gab ihr das Make-up ein gutes Gefühl: nämlich, dazuzugehören. Zu den Siegern zu gehören. Zu den Furchtlosen, Fortschrittlichen, Wichtigen. Sie schüttelte den Kopf. Wie jämmerlich.

Cynthia holte ihr Handy heraus. Sie hatte noch einen Artikel zu schreiben, aber zuerst wollte sie mit Damien sprechen. Es wurde Zeit, dass er die Wahrheit über 24/7 erfuhr. Alle mussten sie erfahren.

Eine Stunde später saß sie an einem Ecktisch im Old Duck. Damien hatte seltsam geklungen, als er endlich ans Telefon gegangen war. Zerstreut und fahrig.

Sie sah sich um. Es war ziemlich viel los im Pub. Gäste aller Altersstufen, in Anzügen, Kleidern oder Fußballtrikots. Automatisch suchte sie die Gesichter nach Augenringen ab: Kein einziger Schläfer war dabei. Andererseits konnten die sich auch hinter Shifter-Schimmer verstecken, genau wie sie. Cynthia griff nach einem liegen gebliebenen Exemplar des *Telegraph* und überflog die Titelseite.

Ein Hollywood-Star war jetzt auch Shifter und zog seine Antidiskriminierungsklage gegen Spotlight Films zurück. Anscheinend stand man im besten Einvernehmen, denn das Studio hatte ihm die Hauptrolle in einem der nächsten großen Filmprojekte gegeben.

Sie blätterte um. Jugendliche hatten einen Obdachlosen an seinem Schlafplatz im Park zusammengeschlagen und dabei doppeldeutig gegrölt: »Stirb, du Penner!« Das Opfer lag schwer verletzt im Krankenhaus. Die Jugendlichen waren nach wie vor auf freiem Fuß.

Sie nahm einen Schluck Wein und zog eine Grimasse, weil er so sauer schmeckte. Die Luft im Old Duck war abgestanden und verbraucht.

»Hallo.« Damien ließ sich auf den Stuhl gegenüber fallen. Er verschränkte die Arme vor der Brust und schwieg.

»Damien? Alles in Ordnung? Der Wein ist grauenhaft, ich wollte mir gerade ein Bier holen. Kann ich dir etwas mitbringen?«

Er schien sich zusammenzureißen. »Ja, danke. Ein Jameson auf Eis wäre toll.«

Cynthia wartete an der Bar und wurde wieder von Zweifeln gequält. Sollte sie Damien wirklich gestehen, dass sie ihn in Bezug auf 24/7 angelogen hatte? Eigentlich musste sie das gar nicht. Schließlich hatte sie die perfekte Ausrede: Sie konnte sagen, sie hätte verstörende Neuigkeiten über das Mittel erfahren und würde deshalb aufhören, es zu nehmen. Aber was war das für eine Beziehung, in der sie nicht wagte, zu dem zu stehen, was sie für richtig hielt? Ja, sie liebte Damien, die Zeit ohne ihn war furchtbar gewesen, aber … so ging es nicht. Sie würde es ihm sagen.

Als sie den Whiskey vor Damien hinstellte, griff er sofort danach und stürzte ihn in einem Zug hinunter. Dabei bemerkte sie einen rostfarbenen Fleck auf seinem Ärmel. Blut. Damien merkte, dass sie ihn gesehen hatte, und bedeckte ihn mit seiner Hand. »Keine Sorge, das ist nicht meines«, sagte er mit einem verkrampften Lächeln. »Ich bin in eine, äh, Rauferei geraten.«

»Wer …«, begann Cynthia, überlegte es sich jedoch anders. Sie konnten später darüber reden. Sie durfte sich jetzt nicht vom Thema abbringen lassen. Sie holte tief Luft und sagte: »Ich hatte auch einen ziemlich harten Tag. Ehrlich gesagt, wollte ich mit dir darüber …« Sie verstummte, als sie sah, dass er ihr gar nicht mehr zuhörte. Er schaute an ihr vorbei zur Tür. Sie folgte seinem Blick und sah, dass sechs, sieben Studenten hereingekommen waren. Sie zogen gerade ihre Jacken aus. Darunter trugen sie T-Shirts mit Slogans wie »Komm und schlaf in meinen Armen ein!« oder »Shifter sind zum Gähnen«. Die Luft im Old Duck war wie zum Schneiden. Sämtliche Gespräche waren verstummt, wie wenn im Western die Saloon-Türen aufschwangen und der Bösewicht mit schwarzem Hut dastand. Die Menge teilte sich um die Neuankömmlinge herum.

Cynthia sah zu, wie die Schläfer hinter ihrem Anführer, einem jungen Mann mit blondem Pferdeschwanz, zur Bar gingen. Direkt hinter ihm lief eine hübsche Schwarze mit John-Lennon-Brille. Ein Mann an einem der ersten Tische stellte ihr ein Bein. Sie fiel hin, und ihre Brille ging zu Bruch. Einer ihrer Freunde half ihr auf. Ihr Anführer stand an der Bar und stritt sich mit dem Mann dahinter. Cynthia schnappte die Worte »unverschämte Diskriminierung« auf. Eine Menschenmenge scharte sich um die Schläfer, kesselte sie ein. Im Raum brodelte es förmlich vor Gewaltbereitschaft.

»Schau dir die Untoten an!«, sagte Damien tonlos. »Ich wundere mich nur, dass sie es geschafft haben, lange genug wach zu bleiben, um sich diese T-Shirts bedrucken zu lassen. Aber wahrscheinlich sind sie arbeitslos – da hat man viel Zeit.«

Cynthia schluckte. Ihr war übel. An der Bar wurde Geschrei laut.

»Ich will bloß ein Bier, warum könnt ihr uns nicht einfach in Ruhe …«

»Geht nach Hause ins Bett! Das ist doch das Einzige, was …«

Dann teilte sich die Menge und machte ein paar bulligen Typen in Old-Duck-T-Shirts Platz. Einer davon nahm den Mann mit dem blonden Pferdeschwanz am Ellbogen und zerrte ihn zur Tür. Die anderen Schläfer trotteten hinterher.

»Lauter Loser!«, murmelte Damien mit ausdruckslosem Gesicht.

Das war genug. Cynthia straffte sich und sah ihm direkt in die Augen. »Ich gehöre auch dazu«, sagte sie. Kaum hatte sie das ausgesprochen, war ihre Übelkeit verschwunden. Endlich war sie wieder sie selbst. Sie griff in ihre Handtasche, nahm die Kapsel heraus, die Damien ihr vor vielen Monaten gegeben hatte, und legte sie zwischen ihnen auf den Tisch. »Du kannst sie gern wiederhaben, denn ich werde sie nicht brauchen.«

Sie hob das Kinn und wartete auf seine Reaktion. Damien starrte erst auf die Shifter-Schimmer-Flecken unter ihren Augen, dann auf die Kapsel. Als er wieder aufsah, stand ihm Abscheu ins Gesicht geschrieben.

»Du hast mich also die ganze Zeit belogen«, sagte er leise.

»Ja. Und das tut mir leid. Aber es gibt etwas, das du über

dieses Mittel wissen solltest. Es ist ganz und gar nicht ungefährlich. Ich habe gerade erfahren, dass …«

»Weißt du, was du bist?«, unterbrach er sie und beugte sich mit verengten Augen vor. »Du bist eine verdammte Lügnerin. Eine bemitleidenswerte, jämmerliche Kreatur.« Damit schnappte er sich die Kapsel und stand so schnell auf, dass sein Stuhl beinahe umgefallen wäre.

»Damien!«, rief sie und wollte ebenfalls aufstehen. »Du musst mir zuhören! Das Mittel …«

Er packte sie brutal am Arm und zerrte sie halb über den Tisch. Sein Gesicht war wutentbrannt, und einen Moment lang befürchtete sie, er würde sie schlagen.

»Mich interessiert nichts, was du mir sagen könntest«, zischte er. Dann ließ er sie los, nahm seine Jacke und ging zur Tür, wobei er einen stämmigen Gast anrempelte.

»He!«, rief der Mann, als Bier auf den Teppich schwappte. »Pass auf, sonst …« Aber Damien war bereits verschwunden.

Cynthia zitterte, so schockiert war sie über seine Reaktion. Sie konnte einfach nicht glauben, dass er sie gepackt, so etwas zu ihr gesagt hatte und dann einfach … hinausgestürmt war. Sie starrte zur Tür. Als der Schock nachließ, bekam auch sie eine Mordswut, die sie zunehmend überwältigte. Was für ein Dreckskerl. Gut, sie hatte ihn belogen. Aber es war keine bösartige Lüge gewesen. Sie hatte doch nur gelogen, weil sie ihn unbedingt wiederhaben wollte! Sie hatte Damien MacKay noch einiges zu sagen, und er würde ihr verdammt noch mal zuhören, ob es ihn nun interessierte oder nicht!

Sie rannte aus dem Pub und blieb kurz auf der Schwelle stehen, um sich umzusehen. Der Nachmittagsnieselregen hatte sich in einen richtigen Wolkenbruch verwandelt. Schirmbewehrte Passanten hasteten an ihr vorbei. Von den

Autokolonnen stiegen Abgase auf. Da sah sie, wie Damien einen Block weiter die Straße überquerte. Sie lief ihm auf ihrer Straßenseite nach und musterte ihn über die Autodächer hinweg. Er eilte mit großen Schritten durch den strömenden Regen, war völlig durchnässt und hatte sie noch nicht bemerkt. Sie schlängelte sich zwischen den hupenden Fahrzeugen hindurch und hatte ihn gleich darauf eingeholt.

Damien war völlig überrumpelt, als sie ihn am Arm packte und ihn zwang, sich umzudrehen und sie anzusehen. Anscheinend hatte er gedacht, sie würde im Pub bleiben, in ihr Bier weinen und ihre Lügen sowie ihr Schläferdasein bereuen. Sie schäumte vor Wut.

»Du hattest recht mit dem, was du über mich gesagt hast!«, rief sie. »Zu hundert Prozent recht. Ich bin jämmerlich und bemitleidenswert. Und zwar deshalb, weil ich so blöd war, mich wegen meiner Liebe zu dir zu verbiegen und mich deinen bescheuerten Wünschen und Vorurteilen zu unterwerfen. Aber dass *du* mich als feige Kreatur bezeichnest, ist wirklich das Letzte.« Sie lachte verächtlich und baute sich in voller Größe vor ihm auf. Damiens Gesicht zeigte keine Spur von Wut mehr, sondern nur noch Erstaunen. Er trat einen Schritt zurück, so als könnte sie gefährlich werden. Aber ihre Finger umklammerten weiter seinen Ellbogen, und sie vollzog die Bewegung mit. »Willst du wissen, was wirklich feige ist, Damien? Eine Pille zu nehmen, um den eigenen Problemen zu entfliehen, statt den Mut zu haben, sich ihnen zu stellen. Tja, aber warum soll man sich seinen Dämonen ausliefern, wenn eine kleine Kapsel dafür sorgt, dass man sie ganz leicht hinter sich lassen kann, stimmt's?« Er wich weiter zurück, aber sie trat einen Schritt vor und schloss die Lücke. Ein Schritt vorwärts, und einer zurück – es war wie ein Tanz. »Aber weißt du was, Damien? Früher oder später wirst du lernen müssen, mit deiner Schuld umzugehen. Ganz einfach, weil du vor der Sache mit dem Flugzeug nicht davonlaufen kannst. Deine Dämonen werden immer zurückkehren. Deshalb wirst du deinen Mann stehen und kämpfen müssen, egal, wie schwer es dir fällt oder wie lange es dauert. So etwas nennt man Mut.«

Kaum hatte sie das ausgesprochen, war Cynthias Wut plötzlich verraucht. Sie nahm ihre Umgebung wieder wahr und merkte, wie durchnässt sie war. Ihre Haare trieften, das Wasser lief ihr übers Gesicht, und ihre Bluse klebte förmlich am Körper. Sie ließ Damiens Arm los und stand fröstelnd vor ihm. Einen endlosen, schmerzhaften Moment lang wartete sie, dass er etwas sagte. Er musste doch spüren, dass alles, was sie gesagt und getan hatte, aus Liebe geschehen war. Er öffnete den Mund, und sie beugte sich instinktiv zu ihm vor.

Doch er machte auf dem Absatz kehrt und verschwand im Regen.

39

Als Cynthia nach Hause kam, warf sie sich aufs Bett und weinte, wurde regelrecht von Schluchzern geschüttelt. Sie hatte Damien endgültig verloren. Sie hatte sein Gesicht gesehen, bevor er sich abwandte: ein Mann, der mit einer schweren Entscheidung ringt. Ihre Beziehung war beendet, aus und vorbei, diesmal für immer. Sie fühlte sich, als würde sie bei lebendigem Leib aufgeschlitzt und gehäutet. Sie hatte den einzigen Mann auf der Welt verloren, den sie jemals wirklich geliebt hatte.

Irgendwann verebbte ihr Schluchzen. Sie setzte sich auf, lehnte sich ans Kopfende des Bettes und fuhr sich mit dem regennassen Ärmel übers Gesicht. Schluss jetzt! Sie hatte noch einen Artikel zu schreiben. Danach konnte sie sich immer noch tage- oder wochenlang ihrem Kummer hingeben – wenn es sein musste, sogar monatelang. Aber zuerst würde sie ihre Arbeit erledigen.

Als Cynthia den Artikel fertig geschrieben hatte, war es drei Uhr morgens. Sie las ihn noch einmal durch und nickte. Der Text begann mit der Warnung des Arztes, bevor der Fall Jeff Loomis beschrieben wurde. Das mit der steigenden Kriminalitätsrate hatte sie weiter unten eingearbeitet, um zu zeigen, dass es bereits erste Anzeichen gab. Es war ein langer Artikel, weit über hundert Zeilen. Sie wusste, dass er der wichtigste war, den sie jemals schreiben würde. Die Frage war nur, ob Rocky bereit war, ihn zu veröffentlichen.

Sie fuhr den Computer herunter und ging ins Bad, um

sich bettfertig zu machen. Sie drückte Zahnpasta auf ihre Zahnbürste und schrubbte sich die Zähne, bis das Zahnfleisch schmerzte. Wenn sich der *Sentinel* weigerte, ihren Artikel zu drucken – und nach Rockys Reaktion auf ihren letzten Text sprach einiges dafür –, würde sie kündigen. Allein beim Gedanken daran spielte ihr Magen verrückt. Die Wahrheit über 24/7 würde vielen Leuten in hohen Positionen gar nicht gefallen. Aber es war ihre Aufgabe, die Wahrheit zu schreiben. Stellte sich der *Sentinel* nicht hinter sie, würde sie sich eben eine Zeitung suchen, die dazu bereit wäre. Und wenn sie jeden Chefredakteur in ganz Großbritannien persönlich anrufen musste! Nach diesem Entschluss fühlte sich Cynthia schon ein ganzes Stück besser. Stärker und selbstbewusster. Außerdem gab es auch noch das Internet. Ja, sie würde die Wahrheit ans Licht bringen. Sie spuckte den letzten Rest Zahnpasta aus und wusch sich das Gesicht, wobei sie im Spiegel mitverfolgte, wie sich das letzte bisschen Make-up in seifige Rinnsale auflöste. Auf Nimmerwiedersehen, Shifter-Schimmer!

Sie tupfte sich das Gesicht mit einem Handtuch ab und ging ins Schlafzimmer, wo sie ihre Kleider einfach auf den Boden fallen ließ. Jetzt, da der Gefühlsansturm verebbt war, war sie entsetzlich müde. Sie schlug die Bettdecke zurück und schlüpfte darunter, kuschelte sich in die weichen Daunen und ringelte sich ganz klein zusammen. Zumindest hatte das Lügen jetzt ein Ende. Gleich morgen würde sie den Shifter-Schimmer wegwerfen, ihn in die Tonne treten. Oder vielleicht in einer symbolischen Geste in den Fluss werfen. Das hätte wenigstens eine gewisse Dramatik. Vielleicht …

Dann brach die Erschöpfung über sie herein und spülte alle Worte mit sich weg. Eine warme, vertraute Strömung trug sie in die Höhe, an einen Strand in Bournemouth, an dem ihr Vater auf sie wartete.

Ein Geräusch weckte sie. Sie setzte sich auf und starrte in die Dunkelheit. Wieder dieses Geräusch: ein Kratzen, das aus dem Wohnzimmer kam. Sie hörte, wie ein Fenster aufgeschoben wurde. Auf einmal war sie hellwach: Irgendjemand brach bei ihr ein. Der Einbrecher musste an der Regenrinne hochgeklettert sein. Das Herz schlug ihr bis zum Hals, als sie die Bettdecke zurückschlug und auf Zehenspitzen zur Tür lief. Sollte sie sich verstecken? Oder dem Eindringling entgegentreten? Im Wohnzimmer knarrte eine Diele.

Wut überwand die Angst. Hatte sie heute nicht schon genug durchgemacht? Wer immer da draußen war, hatte sich die falsche Nacht ausgesucht, um sich mit ihr anzulegen. Sie hatte nicht vor, ängstlich in einer Ecke zu kauern, während irgendein zugedröhnter Teenager sich an ihren Sachen vergriff. Sie schlich im Dunkeln durch den Flur und spähte ins Wohnzimmer. Ein Mann stand vor dem Fenster: eine schwarze Silhouette vor dem grellen Kunstlicht, das von draußen hereinfiel. Cynthia legte einen Finger auf den Lichtschalter und zögerte. Sollte sie es anmachen und den Eindringling anschreien, damit er wegrannte? Oder war das dumm? Was, wenn es kein Kleinkrimineller war, sondern jemand wirklich Gefährliches?

»Cynthia, bist du das?«

Damiens Stimme. Sie lehnte sich gegen die Wand, ganz schwindlig vor Erleichterung.

»Damien … Verdammt, was machst du hier?«

»Ich … ich wollte dich um Verzeihung bitten. Dafür, dass ich dich so grob gepackt und angeschrien habe. Ich war wütend, dass du mich belogen hast, aber … das ist keine Entschuldigung.«

Sie wollte schon das Licht anmachen, als sie es sich anders überlegte. Sie ließ den Raum im Dunkeln liegen, ging über den Teppich zu Damien ans offene Fenster und blieb vor ihm stehen. »Nein, dafür gibt es wirklich keine Entschuldigung.« Ihre Stimme klang heiser. »Trotzdem: Ich verzeihe dir. Aber noch einmal tue ich das nicht! Ich sage es dir jetzt ein für alle Mal: So eine Chance bekommst du nie wieder. Das nächste Mal ziehe ich dir einen Stuhl über den Kopf und gehe.«

»Okay.«

»Das mit dem Stuhl ist übrigens ernst gemeint.«

Eine lange Pause entstand, während sie nebeneinander am Fenster verharrten. Es hatte aufgehört zu regnen. Auf der Straße unter ihnen rasten die Autos vorbei und verwandelten Pfützen in Wasserfontänen. Der Park gegenüber war hell erleuchtet, gemäß den neuen Gesetzen. Ein paar Hundehalter umrundeten ihn gemächlich. Paare knutschten unter Bäumen, einige Frauen trotzten dem nassen Gras und picknickten. Damien sah auf die Uhr.

»Halb fünf«, sagte er. »Wie viele einsame Stunden habe ich schon an diesem Fenster gestanden und mir vorgestellt, wie schön es wäre, wenn alle anderen auch wach wären!« Er wies mit dem Kinn auf den Park. »Jetzt ist es so weit.« Er drehte sich zu Cynthia um und sah ihr in die Augen. »Aber warum bin ich dann nicht glücklich?«

Eine Brise wehte herein und brachte den sauberen Duft mit, den es nur nach Regen gibt. »Ich glaube, so einfach ist das nicht«, sagte sie sanft. »Es gibt noch einige Hürden, die du überwinden musst.«

»Ja«, sagte er tonlos. »Das hast du heute Abend ziemlich deutlich gemacht.«

Cynthia verschränkte die Arme vor der Brust. Sie würde jetzt keinen Rückzieher machen. »Ich habe nur ausgesprochen, was dringend einmal gesagt werden musste.«

Damien zögerte, bevor er ihr mit einem kurzen Nicken recht gab.

Sie holte tief Luft. »Damien, hör zu. Wegen 24/7 ... Es gibt da etwas, das ich dir sagen muss ...«

»Ich weiß, was du mir sagen willst«, unterbrach er sie. »Du glaubst, dass ich es nehme, um meinem Albtraum zu entfliehen. Das stimmt auch, aber nicht nur. Nicht mehr. Es ist so, dass mich schon der Gedanke an Schlaf abstößt. All diese Körper, die erschlaffen, diese todesähnliche Leere.« Er schüttelte sich.

Cynthia legte eine Hand auf seinen Arm. »Das liegt daran, dass du vergessen hast, wie es war, zu schlafen. Bevor es dir der Unfall unmöglich gemacht hat.« Ihre Hand wanderte zu seinen Fingern und drückte sie. »Würdest du mir einen Gefallen tun, Damien? Schließ die Augen und versetz dich zurück. Versuch, dich wirklich daran zu erinnern. Mir zuliebe.«

Er schloss die Augen, und sie versuchte, ihm ihre Gedanken zu schicken: faule Sonntagvormittage in der gemütlichen Daunenhöhle. Zugezogene Vorhänge und ineinander verschlungene Gliedmaßen, Wärme und Leichtigkeit. Sie hatte gar nicht gemerkt, dass sie die Augen fest zugemacht hatte, bis sie sie erneut öffnete und sah, dass er sie anschaute.

»Ja«, sagte er leise. »Ich erinnere mich. Es ist nur so, dass ... Ich weiß nicht, wie ich je wieder dorthin zurückfinden soll. Ob das überhaupt noch geht.«

Sie wollte gerade etwas erwidern, als Damien die Hand hob und sich durchs Haar fuhr. Die Geste brachte wieder seinen Ärmel in ihr Blickfeld und damit auch diesen rostbraunen Fleck. Cynthia packte sein Handgelenk und zog es zu sich heran, um sich den Fleck genauer anzusehen.

»Diese ›Rauferei‹ ... Mit wem war die? Worum ging es?«

Er lachte bitter auf. »Um nichts. Ich habe mich mit einem Unbekannten geprügelt. Wegen nichts. Wegen rein gar nichts.«

Gewaltverbrechen nehmen zu. Die Leute sind gereizt, und man geht aufeinander los.

Sie lockerte ihren Griff. »Das war nicht das erste Mal, stimmt's?«

»Nein«, sagte er leise. »Nein. Ich werde aus heiterem Himmel unglaublich wütend und kann mich dann einfach nicht mehr beherrschen. Ich weiß nicht, warum das immer wieder passiert.«

Cynthia sah sein angespanntes Gesicht, seinen inneren Kampf. »Ich glaube, du weißt, warum«, sagte sie. »Du willst es bloß nicht wahrhaben.«

Auf der anderen Straßenseite ertönte ein Schrei, und Cynthia sah abrupt auf. Sie rechnete schon mit einer Schlägerei, aber es waren nur ein paar junge Männer, die Fußball spielten. Der Ball rollte auf die Picknickenden zu und blieb am Rand ihrer Decke liegen. Eine der jungen Frauen hob ihn mit beiden Händen über den Kopf und warf ihn zurück, was mit einer dankenden Verbeugung quittiert wurde: eine Szene, die zu einem Sommernachmittag gepasst hätte. In dem grellen, künstlichen Licht wirkte sie irgendwie unpassend.

Als Cynthia wieder zu Damien hinübersah, zog er etwas aus seiner Jeanstasche. Er öffnete die Hand und gab ein kleines, glänzendes Oval frei. Eine 24/7-Kapsel. Vermutlich die, die sie ihm zurückgegeben hatte. Er starrte sie an wie hypnotisiert. »Wenn ich die nicht nehme, kehren die Albträume zurück.«

»Ja«, sagte Cynthia leise.

»Mein Temperament ist ein paarmal mit mir durchgegangen. Meine Augen spielen mir hin und wieder einen kleinen Streich. Das ist doch ein ziemlich geringer Preis, den ich dafür zahle, die Albträume los zu sein, meinst du nicht auch?« Sein Blick suchte den ihren, und sie sah den inneren Aufruhr darin.

Cynthia sah in das Gesicht des Mannes, den sie liebte, und traf eine Entscheidung: Sie würde ihm nicht die Wahrheit über das Mittel sagen. Noch nicht. Das war Damiens Kampf, den er aus eigener Kraft gewinnen musste.

Sie strich ihm über den Arm. »Ich glaube, du musst dich entscheiden: Willst du deinen Albträumen aus dem Weg gehen … oder sie besiegen?«

Er öffnete die Hand. Die Kapsel lag jetzt mitten auf seiner Lebenslinie.

»Ich … ich will wieder so sein wie vorher. Wie vor dem Unfall, vor der Wut. Aber Nacht für Nacht in diesem Flugzeug zu sterben … Ich glaube, das stehe ich nicht mehr durch.« Bei den nächsten Worten versagte seine Stimme. »Dafür fehlt mir die Kraft.«

Cynthia strich ihm das Haar aus der Stirn. Seine Haut war heiß und feucht. »Du bist stärker, als du glaubst«, sagte sie. »Ich weiß, wie schwer es ist, mit einem Trauma zu leben. Ich habe selbst Probleme. Aber du solltest endlich akzeptieren, dass du diesen Kampf nicht allein gewinnen kannst. Du brauchst Unterstützung von außen. Professionelle Hilfe.« Sie hob das Kinn. »Um ehrlich zu sein, ich weiß nicht, ob unsere Beziehung überhaupt noch zu retten ist. Aber wenn du diese Dinge nicht angehst – dann ganz bestimmt nicht.«

Entsetzen stand in seinem Blick. Von dem Mann, der im Pub ihren Arm gepackt hatte, war nichts mehr übrig. Cynthia hatte Damien noch nie so unverstellt gesehen. So schutzlos.

Er holte hörbar Luft. Dann nickte er. »Du hast recht. Ich weiß, dass du recht hast. Ich muss das hinkriegen.«

Er senkte den Kopf, sodass seine Worte an den Boden gerichtet schienen. »Wirst du auf mich warten? Auch wenn es eine Weile dauert?« Bei dem verzweifelten Klang seiner Stimme krampfte sich ihr Herz zusammen. »Ohne dich hat das alles keinen Sinn.«

Cynthia umfasste sein Gesicht mit beiden Händen. »Ich werde warten. Und dann sehen wir weiter.«

Er legte die Arme um ihre Taille und zog sie an sich, sodass ihre Wange seine Brust berührte. So blieben sie lange stehen und schwiegen.

Schließlich löste sich Damien von ihr. »Jetzt oder nie!«, sagte er heiser. Er holte mit dem rechten Arm weit aus. Eine Sekunde verging, und dann noch eine und noch eine.

Cynthia hielt die Luft an.

Damiens Arm flog in einer Aufwärtsbewegung nach vorn. Die 24/7-Kapsel segelte durch die Nacht. Kurz konnte Cynthia sie sehen: ein winziges Oval, das vom grellen Licht der Straßenlaterne erhellt wurde, bis es in der Dunkelheit verschwand.

ENDE

Laura Brodie im dtv

Ich weiß, du bist hier
Roman
ISBN 978-3-423-**21313**-4

Sarah McConnells Ehemann war seit drei Monaten tot, als sie ihn im Supermarkt sah …

Ist David gar nicht bei einem Kajakunfall umgekommen, wie alle Welt angenommen hat? Sarah ist sich nicht sicher, ob sie sich nur eingebildet hat, ihn zu sehen. Doch eines Abends steht er vor ihrer Tür.

»Ein spannendes Verwirrspiel um einen totgeglaubten Mann, raffiniert komponiert.« (Madame)

Stimmen in der Nacht
Roman
ISBN 978-3-423-**21482**-7

Eine harmlose Studentenparty endet mit einem Blutbad im Haus der Dozentin Emma. Ihre kleine Tochter Maggie hat alles mit angesehen. Zehn Jahre später kommen die Ereignisse von damals wieder hoch …
Das Leben dreier Frauen wird von einem katastrophalen Ereignis unwiderruflich verändert. Und mit jeder unvorhergesehenen Wendung stellt sich wieder die Frage: Wie konnte es dazu kommen?

Beide Bände übersetzt von Britta Mümmler

Joy Castro im dtv

»Spannend, liebevoll, ein fantastisches Debüt.«
Ingrid Müller-Münch, WDR 5

Tödlicher Sumpf

Kriminalroman
Deutsch von Susanne Wallbaum

ISBN 978-3-423-**21454**-4

Die 27-jährige Nola ist Zeitungsreporterin in New Orleans und muss sich ihre Sporen in der Lokalredaktion mit Veranstaltungstipps und Klatschgeschichten verdienen. Doch dann bekommt sie ihre erste wirkliche Chance: Sie soll einen großen Artikel über freigelassene Sexualstraftäter schreiben. Als eine junge Touristin entführt und etwas später ermordet aufgefunden wird, beschleicht Nola die Furcht, dass sie selbst im Laufe ihrer Recherche womöglich mit dem Täter gesprochen hat und er jetzt auch sie verfolgen könnte. Kurz darauf verschwindet eine zweite Frau …